Björn Berenz

Heilig über Nacht

Weitere Titel des Autors:

FKK im Streichelzoo

Titel in der Regel auch als Hörbuch und E-Book erhältlich

Björn Berenz

HEILIG ÜBER NACHT

Roman

Lübbe Paperback

Dieser Titel ist auch als E-Book erschienen

MIX
Papier aus verantwortungsvollen Quellen
FSC® C014496
FSC
www.fsc.org

Originalausgabe

Dieses Werk wurde vermittelt durch die Literarische Agentur
Thomas Schlück GmbH, 30827 Garbsen.

Textredaktion: Lisa Bitzer, Landau
Umschlaggestaltung: Christina Seitz, Berkheim
Einband-/Umschlagmotiv: © shutterstock/UKRID
Satz: Urban SatzKonzept, Düsseldorf
Gesetzt aus der Garamond
Druck und Einband: GGP Media, Pößneck

Printed in Germany
ISBN 978-3-7857-2516-0

5 4 3 2

Sie finden uns im Internet unter www.luebbe.de
Bitte beachten Sie auch www.lesejury.de

Für Kalle und Jupp

Kapitel 1

Das ist sie also, die letzte Nacht meines Lebens. Ich bin überrascht, dass es nicht regnet. Dafür ist mir warm. Obwohl es bereits auf ein erträgliches Maß abgekühlt ist, schwitze ich wie ein Polarbär, den man in der Sahara ausgesetzt hat. Kein Wunder, das Tragen der beiden Fünfzehn-Kilo-Gewichtsscheiben durch die halbe Südstadt ist wahrlich kein Zuckerschlecken. Außerdem scheuert das Hanfseil an meinem Hals wie verrückt. Vielleicht hätte ich es nicht ganz so fest zuziehen sollen.

Dennoch bin ich zufrieden. Ich habe alles bis ins kleinste Detail geplant. Schließlich will ich wenigstens das Letzte, was ich tue, richtig machen. Zuversichtlich und mit einem beinahe euphorischen Kribbeln in der Magengegend schleppe ich mich über den Rhein. Die geschnorrte Zigarette klemmt lässig hinter meinem Ohr und wartet auf ihren großen Auftritt. Eigentlich bin ich ja Nichtraucher, aber besondere Momente verlangen nach besonderen Maßnahmen.

Es ist nicht mehr weit. Ich passiere bereits die im Mondlicht glitzernden Vorhängeschlösser, die zu Abertausenden am Geländer der Hohenzollernbrücke befestigt sind und um die Wette glänzen. Wie stumme Wächter beobachten sie mich auf meinen letzten Metern.

Schließlich bleibe ich stehen und starre stumm auf das größte Schloss weit und breit. Wieder und wieder lese ich die darauf eingravierten Buchstaben: *M + J forever.*

Ich bin mir nicht sicher, aber »forever« ist ein großes Wort und sicherlich dazu gedacht, eine längere Zeitspanne als drei

Monate zu umfassen. Meine Idee war es nicht. Ich war für ein schnödes »In Love« oder meinetwegen auch ein solides »together«. Aber wenn eine Traumfrau wie Malena einem wie mir das »forever« anbietet, hinterfragt man nichts, sondern beginnt zu träumen. Und die Zeit mit ihr war nichts anderes als ein Traum: zu schön, um wahr zu sein.

Vielleicht war es dekadent, ein Vorhängeschloss aus reinem 925er-Sterling-Silber als Zeichen unserer Liebe an eine rostige Eisenbahnbrücke zu hängen. Auf jeden Fall war es kitschig.

Malena liebt Kitsch. Das hat der Kitsch mir voraus.

Schon damals hätte ich skeptisch werden müssen. Denn es gibt noch eine andere Sache, wodurch sich unser Liebessymbol von den anderen Schlössern unterscheidet: Es ist ein Kombinationsschloss. Was die Tradition an sich recht merkwürdig erscheinen lässt, da es eben keinen Schlüssel gibt, den man zum Zeichen der ewigen Liebe auf Nimmerwiedersehen in den Tiefen des Rheins versenken kann. Dafür haben wir die Zahlen der Kombination aufgeteilt. Zwei für mich, drei für Malena.

Ein schlechter Deal.

Jetzt sind es nicht nur die Gewichtsscheiben, die an mir zerren. Nachdenklich streiche ich mir übers Gesicht und bleibe an der Narbe am Kinn hängen, die sich anfühlt wie ein deplatzierter Schwangerschaftsstreifen. Ein langer schmaler Strich vom Grübchen bis hinters Kinn. Zugezogen habe ich sie mir als Zehnjähriger, als sich meine auf dem Gepäckträger eingeklemmte Briefmarkensammelmappe gelöst und in den Speichen des Hinterrads verfangen hat. Kopfüber bin ich über den Lenker geflogen und konnte den Sturz gerade noch so mit dem Gesicht abfangen. Merkwürdig, dass ich mich gerade jetzt wieder daran erinnere. Beinahe so, als würde sich der Film meines Lebens schon jetzt abspielen wollen. So ist das eben, wenn man hochkant aus dem Paradies geschmissen wird. Ohne Abmahnung und Vorankündigung.

Leben, du kannst so grausam sein.

Besonders gern erinnert sich mein masochistisches Langzeitgedächtnis daran, wie Malena vor drei Monaten in mein Leben trat. Es war Liebe auf den ersten Blick. Dachte ich. Mittlerweile weiß ich, dass ich vermutlich nur das Glück hatte, dass sie bei unserem ersten Treffen gerade auf neue Kontaktlinsen eingestellt wurde. Doch für mich war es nicht irgendeine Liebe. Es war *die* Liebe. Gut, vielleicht hätte ich ihr das mal sagen sollen. Aber ich habe geglaubt, zwischen uns bestünde ein unsichtbares Band, das die Worte unnötig werden ließ.

Zumindest dachte ich das bis zu dem Tag, an dem Malena mir offenbarte, dass sie sich in einen anderen verliebt habe. Leider nicht in irgendeinen, sondern in ihn. Pedro. Meinen besten Freund seit dem ersten Tag im Kindergarten. Damals, in der Seesterngruppe.

Das war schlimm.

Die Liebe sei eine launische Diva, hat er später zu mir gesagt. Man könne nie wissen, wen sie als Nächstes umarme. Gegen Gefühle sei man machtlos, sie machten auch nicht vor der Freundin des besten Freundes Halt. Und dann meinte er noch, dass ich mich für sie freuen solle. So von Freund zu Freund.

Nur ein Teil von mir macht ihm einen Vorwurf. Vermutlich weiß er gar nicht, wie sehr er mir damit den Boden unter den Füßen weggerissen hat. Er war von Anfang an der Meinung, dass wir nicht zueinanderpassen würden. Schon allein deshalb, weil wir beide rothaarig sind und er die Befürchtung hegte, dass das Universum implodieren könne, wenn sich zwei Rothaarige … na ja.

Aber Malena und ich wussten es besser. Das Universum und der ganze Rest waren auf unserer Seite. Zumindest am Anfang. Dennoch ist die Tatsache nicht von der Hand zu weisen, dass wir nie in derselben Liga gespielt haben. Ich, der erfolglose Außenseiter. Sie, das angehende Supermodel. Ich mache mir nichts vor: In einer Theke für frische Molkereiprodukte bin ich der in die Ecke geschobene Analogkäse, der zwar am Verkauf teilnehmen darf, aber nie so wirklich dazugehört. Und bis vor drei Monaten war das auch in Ordnung so, ein Umstand, mit dem ich mich abgefunden hatte. Meinetwegen hätte es auch gern so weitergehen können. Schließlich ist es ein beruhigendes Gefühl zu wissen, wo sein angestammter Platz in der Nahrungskette ist. Aber dann musste mir ausgerechnet Malena über den Weg laufen. Der aromatische Brie, der tatsächlich ein Auge auf mich geworfen hatte, das in Wachspapier eingewickelte Möchtegernmolkereierzeugnis. Natürlich hatte ich nie eine Chance, neben ihr zu bestehen. Doch wenn man einmal auf einer Käseplatte neben edlem Blauschimmel, Gruyère und in Schnittlauch gerollten Ziegenkäsetalern glänzen durfte, will man nicht mehr zurück als Streusel auf eine Fertigpizza, umgeben von labberigem Pressschinken.

Es waren die tollsten drei Monate, die ich je hatte. Und, da mache ich mir nichts vor: die ich jemals haben werde. Und das sage ich nicht nur, weil es gleich vorbei sein wird. Also, mein Leben. Nein, das sage ich, weil es stimmt.

Sie fehlt mir. Heute sind es zwölf Tage ohne sie. Zwölf Tage seit Pedro. Seitdem hat bei mir eine neue Zeitrechnung eingesetzt. Ich werfe einen Blick auf die Uhr. Nicht mehr lange, bis ein weiterer Tag seit der Apokalypse anbricht. Demnach wären es in drei Minuten und drei Sekunden dreizehn anno Pedro. Dreizehn Tage ohne sie. So lange ist es her, dass mein bester Freund mir meine Malena geraubt hat.

Doch dazu wird es nicht kommen. Für mich wird die pedroanische Zeitrechnung bei Tag zwölf stehenbleiben.

Ich stoße ein sardonisches Lachen aus. Wie vergänglich so ein »forever« doch sein kann. Da hängen sie nun, meine hart verdienten siebenhundertfünfzig Euro, und grinsen mich hämisch an. Natürlich hätte ich das Schloss am liebsten von diesem verfluchten Brückengeländer entfernt, einschmelzen lassen und mir von dem Geld einen Besuch im *Pascha* gegönnt. Blöd nur, dass mich bei drei Ziffern genau eintausend Zahlenkombinationen davon abhalten. Eintausend Möglichkeiten zu scheitern. Sinnbildlicher kann meine Lebenssituation nicht umschrieben werden.

Ich weiß, dass ich Fehler gemacht habe in diesen drei Monaten. Ich habe Malena nie gesagt, was ich für sie empfinde. Und ich glaube, sie nahm es mir ernsthaft krumm, dass ich sie nie gemalt habe, obwohl sie mich oft dazu aufgefordert hat. Doch wie hätte ich ihr mit meinem jämmerlichen Talent gerecht werden können? Nein, zu versuchen, ihre unfassbare Schönheit auf eine Leinwand zu bannen, würde an Blasphemie grenzen. Sie hat das nie verstanden.

Allmählich werden die Hantelscheiben in meinen Händen unerträglich schwer. Vorsichtig, damit ich mir nicht die Finger zwischen den Scheiben einquetsche, lege ich sie auf dem Boden ab, der übersät ist mit grauen Kaugummiflecken und schwarzweißer Taubenkacke. Schön, dass ich meine letzten Minuten auf der Welt aus der Sicht eines Monochromaten wahrnehmen darf.

Ich überprüfe den Sitz des Seils und kontrolliere noch einmal die Knoten, die ich exakt so gebunden habe, wie es die Anleitung aus dem Internet vorgegeben hat. Wenn alles nach Plan läuft, sollte sich die Schlinge um meinen Hals mühelos von selbst zuziehen, wenn ich die Scheiben in den Rhein fallen lasse. Das andere Ende des Seils ziehe ich durch die Löcher der Gewichte und zurre sie mit einem dreifachen Doppelknoten fest. So weit, so gut, das sollte halten.

Jetzt kommt der schwierigste Part. Mit dem zusätzlichen Gewicht muss ich nun irgendwie über das Brückengeländer. Das tue ich, indem ich die Scheiben hochhieve und sie auf dem schmalen Geländer ablege. Das klappt nur mit akkuratem

Ausbalancieren. Es ist in dieser Phase meines minutiös geplanten Selbstmords wichtig, keine falsche Bewegung zu machen. Jede noch so kleine Erschütterung würde die Gussscheiben aus dem Gleichgewicht bringen und von dem Geländer fallen lassen, und das perfekte Timing wäre unweigerlich ruiniert.

»Was wird das denn?«, reißt es mich da nuschelnd aus meiner Gedankenwelt.

Gleichzeitig spüre ich einen sanften Druck auf meiner Schulter. Vor Schreck mache ich einen reflexartigen Hüpfer nach vorne und knalle mit dem Becken frontal gegen das Geländer. Doch für das Suhlen im Schmerz bleibt mir keine Zeit, da die Hantelscheiben drauf und dran sind, sich in Richtung Rhein zu verabschieden. In der letzten Sekunde bekomme ich sie zu fassen.

Atemlos blicke ich in das Gesicht eines vom Leben in Mitleidenschaft gezogenen Mannes jenseits der fünfzig, dessen schiefes Grinsen einen abgebrochenen Schneidezahn entblößt. Abgebrochen beschreibt seinen Anblick generell ganz gut. Ihm fehlt sogar eine halbe Augenbraue. Vielleicht ist er doch jünger, als er aussieht? Der buschige Bart und die filzigen, langen grauen Haare, die unter einer verschlissenen Wollmütze herauslugen, lassen sein wahres Alter schwer erkennen. Auch wird es sein Geheimnis bleiben, warum er sich offenbar LED-Leuchtstreifen unter die Mütze gepackt hat, die blass durch den grobmaschigen Wollstoff scheinen. Vielleicht ist es auch eine Weihnachtsbaumlichterkette.

Obwohl er mir eigentlich egal sein sollte, kann ich meinen Blick nicht von ihm abwenden. Selbst für Kölner Verhältnisse stehe ich einer echt schrägen Erscheinung gegenüber. Seine Hand umklammert eine Schnapsflasche mit klarem Inhalt. Der schmutzige Trenchcoat flattert ihm um die dünnen Beine, die in einer zerschlissenen und vor Dreck stehenden Cordhose stecken. Ein unangenehmer Geruch geht von ihm aus – eine Mischung aus altem Schweiß und grünen Gummibärchen.

Er grinst noch immer, was im diffusen Licht der orangefarbenen Brückenbeleuchtung wirklich gemeingefährlich aussieht. Mein Blick verliert sich in der Schwärze seiner lückenhaften Zahnreihe. Jeden Moment rechne ich damit, dass er ein langes Tranchiermesser hinter dem Rücken hervorzieht, um auf mich einzustechen. Einfach nur, weil ich zur falschen Zeit am falschen Ort bin. In Großstädten passiert so was ja andauernd.

Allein beim Gedanken reagiert mein Körper mit Gänsehaut. Das vertraute Gefühl der Angst macht sich in mir breit, was mich sehr verwundert. In einer solchen Situation sollte ich wahrlich nicht den Tod fürchten.

»Schutt in den Rhein abladen ist verboten!«, klärt mich der Penner mit einem vorwurfsvollen Blick auf die Hantelscheiben auf. Sein Blick aber ruht verdächtig lange auf dem Strick um meinen Hals.

Ich weiß nicht, was ich darauf erwidern soll. Also schweige ich.

»Warum trägst du einen Matrosenanzug?«, fragt er mich frei heraus.

Okay, womöglich habe ich meine letzte Nacht auf Erden nicht ganz so perfekt geplant. Vielleicht hätte ich mit den letzten Stunden meines Leben etwas Sinnvolleres anstellen können, als Dienst an einer Industriefritteuse zu schieben und tiefgefrorene Meerestiere in siedendem Öl zu ertränken. Ich bin eben pflichtbewusst. Bis zum letzten Atemzug.

»Das ist meine Arbeitsuniform«, erkläre ich. Warum, weiß ich selbst nicht. »Ich arbeite in einem Fastfood-Restaurant, und da trägt man so was. Die *Schnipsende Krabbe.* Schon mal gehört?«

Er sieht nicht so aus, als könnte er mir folgen. »Und warum ist sie rosa?«

Damit stellt er die erste berechtigte Frage des Abends. Und die verdient eine ehrliche Antwort.

»Hab mich verwaschen.«

Mein Gedächtnis versetzt mir einen weiteren Schlag mitten in die Magengrube. Denn es war Malenas rotes Höschen, das sich zwischen meine Arbeitsuniformen geschmuggelt hat. Jetzt habe ich als weitere Erinnerung an sie einen Satz rosafarbener Matrosenanzüge, mit denen ich mich jeden Tag aufs Neue der Lächerlichkeit preisgeben darf. Aber auch damit ist jetzt Schluss.

»Geht mich ja auch nichts an.« Er vollführt eine abwehrende Geste. »Aber was haste *damit* vor?«

Jetzt kommt er endlich zum Offensichtlichen. Sein Blick wandert abwechselnd zu den Hantelscheiben auf dem Geländer und dem Seil um meinen Nacken.

Allmählich wird mir der Kerl doch zu aufdringlich. »Nichts, was Sie etwas angehen würde. Ich möchte jetzt gern allein sein.«

Der Penner kommt meiner Aufforderung nicht sofort nach, sondern zögert. Er mustert mich argwöhnisch. Die anderthalb Brauen gehen nach oben, was die eine Gesichtshälfte in eine asymmetrische Schräglage rutschen lässt. Schließlich öffnen sich seine rissigen Lippen, und er sagt: »Da haste dir aber ein lauschiges Plätzchen zum Alleinsein ausgesucht. Wenn de mich brauchst, ich steh da drüben.«

»Ich brauche niemanden«, sage ich scharf, und um auf Nummer sicher zu gehen, zische ich: »Verschwinden Sie!«

Er weicht erschrocken zurück und hält sich die Schnapsflasche schützend vor die Brust. »Da hastet gehört!«, sagt er. Aber nicht zu mir. Sein Blick geht steil nach oben. »Braucht keine Hilfe.«

Ich bin verwirrt und auch erleichtert, als er es bei einem gleichgültigen Schulterzucken belässt und weiterschlurft. Komische Leute gibt es in dieser Stadt.

Ich beobachte ihn skeptisch. Er hat es nicht eilig, sondern torkelt von Geländer zu Geländer und singt dabei irgendetwas davon, wie er über den Äquator balanciert ist und jetzt seine Segel streicht. Einige Meter von mir entfernt bleibt er stehen und lehnt sich über das Geländer. Dann beginnt er, aus den Tiefen seiner Stirnhöhlen lautstark eine Ladung Schleim zu ziehen und sie mit Schwung ins Wasser zu spucken. Er scheint mit ganzer Inbrunst bei der Sache zu sein und freut sich grölend, als er ein vorbeifahrendes Schiff mit seiner Rotzbombe erwischt.

Zugegeben, den Soundtrack meines Freitods habe ich mir irgendwie anders vorgestellt. Aber das Leben ist nun mal kein Wunschkonzert.

Und wenn schon. Beinahe ist es mir recht, dass ich da nicht allein durchmuss. Ganz langsam, beinahe in Zeitlupe, hieve ich mich mit den Armen am Geländer hoch, klettere mit dem rechten Bein voran über das Gitter und setze mich neben die Gewichte.

Ich atme mehrmals tief durch. Mein Herz schlägt den Takt einer brasilianischen Sambagruppe beim Einmarsch in den Hippodrome. Den Karneval in Rio hätte ich ja schon mal gerne in echt gesehen …

Drauf gepfiffen. Jetzt bin ich bereit!

Bin ich das wirklich?

Plötzlich fallen mir all die Dinge ein, die ich noch nicht getan habe. Den Bausparvertrag auflösen, am Strand von Malibu von einer Rettungsschwimmerin gerettet werden, alle 719 Pokémon befreien. Ich atme die Nachtluft tief ein und versuche, jeden positiven Gedanken von mir abzustreifen. Alles kein Grund zur Panik. Darauf bin ich vorbereitet. Die Website der Selbsthilfegruppe der anonymen Suizidalen hat mich eindrücklich gewarnt, dass dies passieren würde. »Schalter umlegen und durchziehen«, lautete der Rat von Elvis 77. Es war sein letzter Eintrag, was den Tipp umso wertvoller macht.

»Also«, sage ich laut. »Ich zieh es jetzt durch.« Mit einem

tiefen Seufzer dränge ich die positiven Gedanken nach hinten. Noch einmal werfe ich einen Blick auf das verblichene Zifferblatt meiner Swatch, die ich schon seit dem zehnten Lebensjahr trage. Sie ist ein Geschenk von meinen Eltern, weil ich damals, als mein Kinn zusammengenäht wurde, so tapfer war. Wer hätte gedacht, dass dies meine letzte Uhr bleiben würde. Ich seufze erneut. Meinen Eltern hätte ich gern Lebwohl gesagt. Doch wegen einer derartigen Lappalie wollte ich ihnen nicht die Weltreise versauen.

23:59 Uhr. Just in time, denke ich.

Gleichzeitig verfluche ich den Penner, der mir meinen großen Moment versaut, indem er, dicht ans Geländer gedrückt, im hohen Bogen in den Rhein pisst und dabei *Viva Colonia* singt. Ja, er war dabei, aber prima war das deshalb noch lange nicht. Viva am Arsch!

Die laue Nachtluft saugt sich in meinen Lungen fest. Da sitze ich nun auf dem Geländer, lasse die Beine baumeln und blicke zum Fluss hinab. Unter mir erkenne ich die Umrisse eines Schiffes. Es hat Sand geladen. Mir kommt Malenas Lieblingssong der Band Tonbandgerät in den Sinn. *Schiffe aus Papier, die niemals sinken,* summe ich leise vor mich hin. Das Binnenschiff hat den Rhein aufgewirbelt. Weiße Kronen tanzen auf den Spitzen der Wellen, die rhythmisch gegen das tiefschwarze Ufer schwappen. Ich bin gespannt, ob ich auch Wellen schlage. Wenigstens einmal in meinem Leben.

Vorsichtig, um ja keine Erschütterung auszulösen, greife ich in die Hosentasche und ziehe das Handy heraus. Mit einer Hand löse ich die Tastensperre. Mit der anderen greife ich nach der Zigarette hinter dem Ohr und stecke sie mir in den Mund. Ungefähr zur gleichen Zeit wird mir bewusst, dass ich gar kein Feuerzeug dabeihabe. Genervt schnippe ich den glimmfreien Stängel in den Rhein. Er verschwindet in der Dunkelheit. Gleich mache ich es ihm nach. Dabei erfüllt es mich mit Genugtuung, dass es Pedros Hantelscheiben sind, die meinen Körper daran hindern werden, zurück an die Oberfläche zu steigen.

Laut einer Studie, die ich kürzlich beim Zahnarzt gelesen habe, hegen dreißig Prozent aller Jugendlichen bis fünfundzwanzig Suizidgedanken. Mit meinen achtundzwanzig bin ich zwar knapp über dem Schnitt, aber dennoch in guter Gesellschaft. Nur werde ich mich heute zu den sieben Prozent begeben, die es wirklich bis zum Ende durchziehen. Wie Elvis 77. Mein Held. Dem Leben mit stur in den Abgrund gerichteten Augen und einem feisten Lächeln im Gesicht Lebewohl sagen. Goodbye, arrivederci, au revoir. Bla-bla.

Obwohl das schon eine beträchtliche Höhe ist. Was wollte ich mir mit dieser Art zu sterben noch gleich beweisen? Auf die letzten Minuten meine Höhenangst bekämpfen? Damit ich nicht vollends versagt habe? Wenn es wirklich einen Gott gibt, werde ich mir wohl in Kürze eine ordentliche Standpauke anhören müssen.

Andererseits: Werde ich ihm begegnen, wenn ich mir das Leben nehme? Ist da nicht eher eine andere Abteilung für mich zuständig? Ein paar Stockwerke tiefer? Und, was noch viel wichtiger ist: Hätte ich mir die Gedanken vielleicht früher machen sollen, bevor ich mich mit Eisenscheiben, die es locker mit meinem Eigengewicht aufnehmen können, auf ein baufälliges Brückengeländer hocke?

Genieße den Augenblick, rufe ich mir in Erinnerung. Er zählt schließlich zu den letzten.

Ich schaue mich um. Was für eine Nacht! Kein einziges Wölkchen. Sternenklare Sicht. Zum Malen schön. Gut, das ist dann doch eine Sache, die ich vermissen werde. Das Malen. Kurz driften meine Gedanken ab zu all den unvollendeten Werken, die sich in meiner Kellerparzelle stapeln und niemals ihre Vollendung finden werden. Obwohl, was soll das Gejammer, ich hätte ohnehin nie den Mut aufgebracht, sie der Öffentlichkeit zu präsentieren. Denn ich hätte mich sofort vor einen Zug geschmissen, wenn mir jemand Talentfreiheit nachgesagt hätte. Nicht, dass es irgendetwas an meiner aktuellen Situation ändern würde …

Aus dem Augenwinkel nehme ich in einiger Entfernung eine Bewegung wahr. Ich wende den Kopf. Der Penner reißt mich mit seinem wilden Gefuchtel aus dem Abschied von der Welt. »Nein, nein und noch mal nein!«, höre ich ihn rufen. »Bin doch nicht der Samariter. Und wenn de dich auf den Kopp stellst und mit den Ohren wackelst. Ich hab genug!«

Dem stimme ich zu. »Ich auch«, rufe ich nach oben und drücke die Kurzwahl eins.

Erst ist das Freizeichen zu hören, aber bereits nach dem dritten Tuten knackt es. Sie hat also noch nicht geschlafen. Es ist gut, wenn sie hellwach ist und genau versteht, was ich ihr zu sagen habe.

»Hallo?«, höre ich Malenas Stimme in meinem Ohr. Glockenklar und elfengleich. Als würde sie unmittelbar neben mir stehen.

Meine Kehle schnürt sich derart zu, dass ich trocken schlucken muss. »Hey, ich bin's, Jonas«, krächze ich in gespielt guter Laune.

»Jonas!«, ruft sie ins Telefon.

Sie freut sich, ich kann es förmlich spüren. Mein Herz macht einen Hüpfer. Vielleicht ist doch noch nicht alles zu spät, vielleicht …

Dann höre ich seine Stimme. Pedro.

»Ist er bei dir?«, frage ich.

Die gespielt gute Laune ist dahin. Er ist bei ihr, und ich bin bei mir. Das ist so unfair.

Es wird still am anderen Ende der Leitung. Mist, ich bin kurz davor, es zu vermasseln. Also setze ich enthusiastisch nach: »Ich möchte dir bloß alles Gute zum Geburtstag wünschen.«

Ich höre, wie sie tief Luft holt. »Aber doch erst morg ... Oh, das nenne ich ja mal überpünktlich.«

»Ich weiß doch, dass dich meine Unpünktlichkeit immer so gestört hat.«

Sie hält inne. Ihr Zögern zieht sich hin wie Kaugummi. Schließlich sagt sie: »Das ist so lieb von dir. Weißt du, Pedro und ich ... Ich meine ... Es tut mir wirklich alles so leid. Aber deine Freundschaft bedeutet mir ...«

»Warte bitte«, unterbreche ich sie. »Ich muss dir unbedingt etwas sagen, bitte hör mir ...«

Die nächsten Worte werden von einem heranbrausenden Güterzug verschluckt, dessen vibrierender Dieselmotor das ganze Brückengeländer zum Beben bringt. Ich klemme das Telefon zwischen Schulter und Ohr ein und umklammere meinen Hantelscheibenberg. Das Grollen des schweren Zuges ist ohrenbetäubend, und ich fühle mich wie ein Artist auf einem Drahtseil, das zwischen zwei Wolkenkratzern gespannt ist. Die Lokomotive passiert nun meine Höhe und bringt einen starken Luftzug mit sich. Um mehr Halt zu bekommen, verhake ich mich mit den Beinen zwischen den Gitterstreben. Ein überraschend eisiger Wind bläst mir unter das Matrosenshirt und beschert mir eine millimeterdicke Gänsehaut.

»Was sagtest du?«, fragt Malena, als der Lärm verebbt.

»Ich sagte, dass ich ...«

»Himmel, wo bist du denn? Was war das für ein Krach?«

»Das tut jetzt nichts zur Sache«, entgegne ich. »Ich muss dir etwas sagen.«

Während ich so dasitze und ihr endlich sagen will, dass sie die Liebe meines Lebens ist, wird es plötzlich richtig dunkel um mich herum. Irritiert blicke ich nach oben und erschrecke so sehr, dass ich fast von der Brücke falle. Der ehemals sternenklare Himmel hat sich binnen Sekunden zu einer düsteren Gewitterwolke zusammengezogen.

»Was ist denn das?«, frage ich laut.

»Was meinst du?«, höre ich Malenas Stimme. Sie scheint plötzlich ganz weit weg. »Jonas, bist du noch dran?«

Es knistert in der Leitung, die Verbindung ist auf einmal erstaunlich schlecht.

»Ich will dir nur sagen, dass ...«, setze ich erneut an. Ich muss die Worte herausbrüllen, um sie selbst zu verstehen.

Wieder zittert es unter meinem Hintern. Derart heftig und in keiner Weise mit dem Beben vergleichbar, das die Diesellok verursacht hat. Diese Erschütterung ist tiefer und bedrohlich. Nahezu ... bösartig.

»Scheiße!«, höre ich den Penner rufen.

Damit hat er die Lage auf den Punkt gebracht.

Nur einen Augenaufschlag später rumst und kracht es, als würde das Universum nun doch mit dreimonatiger Verspätung implodieren.

Und da ergreift mich die Panik.

Der Penner hat sich wieder gefangen und ballt die Fäuste gen Himmel. »Na, komm doch!«, schreit er wie ein Wahnsinniger. »Ist das alles, was du drauf hast?«

Mein erster Gedanke gilt der Brückenstatik, die vermutlich endlich unter dem Gewicht der Abertausend Vorhängeschlösser einknickt. Hatten Experten ja lange genug vor gewarnt. Aber damit ist nicht der tosende Donner erklärt, der von überall herzukommen scheint. Der Krach zerreißt förmlich die Luft. Ich würde mir gern die Ohren zuhalten, was aber nicht geht, weil ich ja nach wie vor die vermaledeiten Hantelscheiben umklammert halte und das Handy außerdem immer noch zwischen Kiefer und Schulter hängt. Aus den Augenwinkeln nehme ich das Flattern mehrerer aufgescheuchter Tauben wahr. Oder sind es Fledermäuse?

Dann wird es ganz laut, und ich sehe einen schlohweißen Blitz, der sich unmittelbar hinter mir auf den Gleisen der Brücke entlädt. Aber er verschwindet nicht, als er in die Schienen einschlägt. Er baut sich zu einer grellen und immer breiter werdenden Windhose auf, die sich rasant auf mich zubewegt.

Ich versuche zu schreien, doch der Wirbelwind scheint sämtlichen Sauerstoff aus der Luft zu saugen. Sogar aus meinen Lungenflügeln. Plötzlich habe ich Angst zu ersticken – was ich in Anbetracht meines Vorhabens derart dämlich finde, dass ich lachen muss. Zumindest so lange, bis ich erkenne, dass der blitzende und kreischende Tornado nur noch wenige Meter von mir entfernt ist.

Gott, ist das grell!, denke ich und schirme die Augen ab. Es ertönt ein weiterer Knall unmittelbar neben mir. Vorsichtig spähe ich durch meine Finger und sehe die Welt untergehen.

Der Wind zerrt an meinen Haaren. Dann prallt etwas mit voller Wucht gegen mich. Und auch wieder nicht. Es fühlt sich beinahe so an, als ginge es ... durch mich hindurch. Als streife etwas meinen Brustkorb, meine Eingeweide. Meine Seele. Ich fühle mich befleckt und beschmutzt und auf eine unangenehme Art intim berührt.

Dann ist es schlagartig vorbei.

Der Lärm, die Helligkeit, das Gefühl. Von jetzt auf gleich ist da nichts mehr.

Ohne mein Dazutun kippe ich vor Schreck nach vorne. Zum Glück habe ich die Beine zwischen die Streben geklemmt. Ich kann mich gerade noch mit den Fingerspitzen am Brückengeländer festhalten, währenddessen verabschieden sich die Gewichte und treten ihre Reise in Richtung Rhein an. Mit Inbrunst formen meine Lippen ein »Nein!«. Ich bin jedoch nicht imstande, einen brauchbaren Laut hinterherzuschießen. Dafür sitzt der Schock zu tief.

Aber eines weiß ich sicher: Noch bin ich nicht so weit. Es gibt noch so vieles, was ich Malena erzählen will. Ich will nicht sterben!

Mit weit aufgerissenen Augen sehe ich dem Seil um meinen Hals zu, wie es Meter um Meter in die Dunkelheit gezogen wird. Meine Finger krallen sich in das rostige Eisen des Brückengeländers. Bald wird er kommen, der Ruck, der mich mit aller Gewalt nach unten zerren wird.

Auf drei fliegt uns das Leben um die Ohren, schießt mir Malenas Lieblingslied durch den Kopf. Also, Malena, *auf drei, auf zwei, auf uns …*

Dann ist er da, der Moment, von dem so viele reden. Die Schwelle des Todes, in der das ganze Leben noch einmal vor dem geistigen Auge abläuft. Es ist erschreckend, denn alles, was ich sehe, bin ich – schwitzend an der Industriefritteuse der *Schnipsenden Krabbe.*

Im nächsten Augenblick spannt sich das Seil bedrohlich, und mein Kopf wird noch ein weiteres Stück nach vorn gezogen. In meinem Nacken breitet sich eine Wärme aus, dann fängt er an zu brennen, als hätte jemand Benzin drüber gegossen, ein Streichholz dran gerieben und angezündet. Es tut höllisch weh.

Und dann ist es plötzlich vorbei. Fassungslos sehe ich dem Ende des Seils hinterher, das eben noch die Haut meines Nackens abgehobelt hat und nun den Gewichten nach unten folgt.

Kann das sein?

Ich löse eine Hand vom Geländer und reibe mir das wunde Genick. Meine Gefühle fahren Achterbahn. Ich lebe. Und brülle meine Erleichterung in die Nacht hinaus.

»Ich leeeebe!«

Ich lache und gröle. Es klingt morbide und schräg. Und sieht auch bestimmt total bescheuert aus, wie ich da auf der falschen, der Außenseite des Brückengeländers hänge, eine Gallionsfigur der Ironie des Lebens.

Ich verstumme abrupt. Sollte ich mich wirklich freuen?

Mich nicht eher dafür verfluchen, dass ich sogar für den Freitod zu blöde bin?

Vor allem: Warum genau lebe ich noch?

Irgendetwas hat wohl nicht funktioniert. Ich verdächtige die Strickbauanleitung aus dem Internet. Vielleicht hätte ich diese Knotentechnik zuvor auf ihre Tauglichkeit überprüfen sollen. Na ja.

Mit zittrigen Knien schwinge ich mich über das Geländer und bin froh, wieder halbwegs festen Boden unter den Füßen zu haben. Die Freude gewinnt schnell die Oberhand. Ich lebe! Grund genug, mir die Erleichterung von der Seele zu schreien. Ich tanze. Ausgelassen. Das erste Mal in meinem Leben, ohne ausgelacht zu werden. Ist ja auch kein Publikum da.

Apropos Publikum. Auf einmal ist es nicht nur das schmerzhafte Kratzen im Hals, das mich verstummen lässt. Vielmehr mischen sich in meine Kakophonie aus inbrünstigen Lauten Schreie, die definitiv nicht von mir stammen.

Mit trockenem Mund horche ich in die Nacht hinein. Das ist keine Einbildung, das ist eindeutig ein Hilferuf. Aus der Richtung des Penners kommend, der aber nicht mehr an seiner Stelle steht und kölsche Gassenhauer zum Besten gibt.

So schnell es meine wackeligen Beine zulassen, laufe ich dem Hilferuf entgegen. Das Bild, das sich mir zeigt, als ich über das Geländer blicke, ist derart skurril, dass ich erneut in ein hysterisches Lachen verfalle. Unter mir hängt der Penner, mit einer Hand am Sockel des Geländers festgekrallt, die andere fest die Flasche Korn umklammernd. Die Cordhose hängt ihm bis zu den Waden runter. Sein zu mir aufschauendes Gesicht wird von dem orangefarbenen Licht der Brückenlaterne angeleuchtet, die direkt über uns in der tiefschwarzen Nacht schwebt. Die Wollmütze und die darunter verborgene Christbaumkette scheinen sich gen Rhein verabschiedet zu haben.

Immer mehr Insekten, die zuvor die Laterne umschwirrt

haben, finden den Weg zu uns hinab. Der kalte Angstschweiß und das fischige Frittierfett in meinen Poren ziehen sie in Scharen an.

Trotz weicher Knie und Puddingarme mobilisiere ich meine letzten Reserven und beuge mich über das Geländer. Dankbar ergreift der Kerl meine ausgestreckte Hand. Er ist leichter, als er aussieht. Dennoch gelingt es mir nur unter dem größten Kraftaufwand, ihn über die Brüstung zu ziehen.

Erschöpft und völlig fertig sitzen wir anschließend nebeneinander auf dem Boden und schweigen uns an. Er lässt mich die ganze Zeit über nicht aus den Augen, was mir sehr unangenehm ist. Ich belasse es dabei, ihn aus dem Augenwinkel zu beobachten. Er scheint auf etwas zu warten.

»Alles okay?«, frage ich, als mir die Stille zu doof wird.

»Weiß nich.« Er mustert den Nachthimmel, der wieder seine funkelnden Sterne preisgibt. »Komische Nacht, wa?«

Dem stimme ich mit einem Nicken zu. Schließlich hält er mir die Kornflasche hin, in der noch ein etwa daumenbreiter Rest von einer Flaschenseite zur anderen schwappt. Ich nehme sie wortlos entgegen und leere sie in einem Zug. Mit einem lauten Rülpser werfe ich die Flasche in den Rhein.

Der Penner sagt noch immer nichts, aber ich sehe ihm an, dass er enttäuscht darüber ist, dass ich den Rest vom Fest nicht mit ihm geteilt habe. Trübselig sieht er der Flasche hinterher. Schließlich steht er auf und klopft sich den Staub von der Hose.

»Also, dann ...« Noch einmal zeigt er mir sein lückenhaftes Lächeln, wendet sich ab und geht. Nach ein paar Metern hält er inne, schaut wieder nach oben und breitet theatralisch seine Arme aus. »Ernsthaft jetzt?«, bellt er den Mond an. »Mehr hast du nicht drauf?«

Eine Antwort erhält er offenbar nicht. Jedenfalls kann ich keine hören. Stattdessen dringt ein übles Lachen aus seinem

Mund. Mit den Händen klopft er sich kichernd auf die Brust, tastet, von Lachkrämpfen geschüttelt, seine Beine ab, fährt sich glucksend übers Gesicht, als könnte er nicht glauben, dass er noch lebt. Dieses Bild befriedigt mich. Auch ohne ein Dankeschön. Sein Lachen will einfach nicht verebben. Es ist beinahe ansteckend.

Ich kann nichts weiter tun, als ihm nachzuschauen, wie er zwar leicht schwankend, aber zielsicher von der Brücke wandert und dabei Songfetzen in den Wind spuckt. Ich bewundere ihn. Zu jedweder anderen Aktion bin ich noch nicht in der Lage. Also bleibe ich auf dem kühlen staubigen Boden sitzen und schaue zu, wie die Silhouette des Mannes immer kleiner wird und sich schließlich ganz in der Schwärze der Nacht verliert.

Da sitze ich nun und lebe noch.

Was mache ich denn jetzt?

Die Antwort ist ernüchternd: Ich habe keine Ahnung.

Immerhin habe ich vor meinem Freitod keine gehässigen Briefe an all die Leute geschickt, denen ich schon immer mal die Meinung geigen wollte. Pedro. Malte Raffelsiefer, meinem Chef. Gudrun Enkelhuber, meiner Sportlehrerin in der Fünften. Zum Glück weiß niemand, dass ich mich umbringen wollte. Das wäre peinlich, so im Nachgang. Aber vielleicht wäre es auch gar niemandem aufgefallen.

Mittlerweile ist mein Hintern eingeschlafen. Ein unangenehmes Kribbeln, gefolgt von schmerzhafter Taubheit, breitet sich von den Pobacken bis zu den Oberschenkeln aus. Mühsam richte ich mich auf und stelle mich ans Geländer. Mir wird schlecht bei dem Gedanken, dass ich jetzt dort unten auf dem Grund des Rheins liegen könnte.

Ich habe mir noch nie Gedanken über die Zeit danach gemacht. Über das Leben nach dem Tod. Ob es da noch etwas gibt und überhaupt. Aber ich hoffe inständig, dass Elvis 77 mich nicht sehen kann.

Kapitel 2

Gefangen in meinem ganz persönlichen Déjà-vu, sitze ich auf dem Brückengeländer und fühle das kalte Metall an meinen Händen. Wieder erlebe ich den Moment, in dem sich die Gewichte selbstständig machen. Doch diesmal hält das Seil um meinen Hals. Mit einem starken Ruck werde ich kopfüber ins Schwarze gezogen.

Ich falle.

Unter mir erkenne ich das immer größer werdende Binnenschiff mit der holländischen Flagge am Bug. Nein, so darf es nicht zu Ende gehen! Doch als ich mich dem im Mondlicht schimmernden blank polierten Deck nähere, zieht jemand den Stöpsel, und der gesamte Rhein wird mitsamt Schiff und mir in einen gigantischen Strudel gezogen. Eine kolossale Kraft zerrt mich in immer schneller drehenden Kreisen ganz tief hinein in den Schlund ohne Grund, der nur aus Licht zu bestehen scheint.

Grelles Licht. Schmerzhaft grelles Licht. Ich habe das Gefühl, mich übergeben zu müssen. Ich drehe mich immer schneller und schneller, während es sekündlich heller wird.

Dann reißt es mich aus der Tiefschlafphase. Ich finde mich aufrecht sitzend in meinem Bett wieder. Meine Beine zucken und strampeln. An sie wurde das Signal noch nicht weitergegeben, dass alles nur ein Traum gewesen ist. Ebenso wenig gelingt es mir, die Augen zu öffnen. Dafür sind die Sonnenstrahlen, die sich durch die Ritzen der Jalousie in mein Schlafzimmer drängeln, viel zu blendend.

Ich reibe mir die Reste der REM-Schlafphase aus den Augen und schätze die Uhrzeit aufgrund der Helligkeit im Zimmer auf zehn am Morgen, was eine weitere Panikattacke in mir auslöst. »Fuck, fuck, fuck! Ich hab verpennt!«, schreie ich mir selbst entgegen.

Seltsamerweise fühlt es sich an, als hätte ich nur wenige Minuten geschlafen. Mein Schädel brummt. Vermutlich Nachwehen des billigen Fusels, der nicht nur meinen Kopf über Nacht in ein mit Glassplittern gespicktes Wattepad verwandelt hat, sondern auch ein Kurzhaarfell auf meiner Zunge hat wachsen lassen.

Bäh!

Mir ist heiß, mein ganzer Körper ist mit einem Schweißfilm bedeckt. Und gütiger Gott: Ist das hell! Ich muss die Augen wieder zusammenkneifen. Mit ungelenken Bewegungen ertaste ich den Wecker und halte ihn mir vors Gesicht. Ich wage es, die Lidspalte erneut ein Stückchen zu öffnen, ignoriere den explosionsartigen Schmerz hinter meiner Stirn und verstehe die Welt nicht mehr. Die rote Digitalanzeige zeigt drei Uhr elf an.

Das irritiert mich nun doch. Andererseits sind Stromausfälle in diesem Viertel seit dem Einsturz einiger U-Bahn-Schächte keine Seltenheit. Aber die Zahl blinkt nicht, und draußen ist helllichter Tag. Habe ich so lange geschlafen? Unmöglich.

»Ich muss Malte anrufen«, beschließe ich.

Es kann unmöglich drei Uhr am Nachmittag sein. Aber warum blinkt die verdammte Zahl nicht, wenn es doch ein Stromausfall war, der meinen Wecker ins Nirwana geschickt hat?

Meine Blase weiß zwar auch keine Antwort auf meine drängende Frage, meldet sich aber dennoch unaufgefordert zu Wort. Ich hieve mich aus dem Bett und bereue es augenblicklich. In meinem Kopf platzt eine weitere Schmerzblase mit einem dumpfen »Plopp«. Ich brauche dringend Kopfschmerztabletten. Und übel ist mir auch. Herbe Erinnerungen des vorabendlichen Korns dringen beim Aufstoßen an die Oberfläche und machen es sich auf meiner Zunge bequem. Der bittere Geschmack löst in meinem Magen eine Rebellion aus, genau wie die Aufzeichnungen der vergangenen Stunden, die der hauseigene Erinnerungstechniker in meinem Hirn gerade wieder auf die Mattscheibe zaubert. Sie lähmen mich mit einer unendlichen Traurigkeit. Nichts, aber auch gar nichts bekomme ich im Leben hin. Noch nicht einmal, es zu beenden.

Matt und schlapp und mit halboffenen Augen wanke ich in Richtung Toilette. Mein Unterbewusstsein registriert, dass ich das Badezimmerlicht über Nacht habe brennen lassen. Warum habe ich das getan? Keine Ahnung. Ebenso wenig weiß ich, warum ich ausgerechnet an Malena denken muss, als ich auf der Klobrille sitze und sich meine Blase plätschernd entleert. Doch auf einmal ist sie wieder allgegenwärtig. Vor meinen imaginären Augen sehe ich sie in eben diesem kleinen Badezimmer stehen. Die perfekten weißen Zähne putzend, mit nicht mehr bekleidet als dem Snoopy-Slip, den ich ihr aus dem H&M mitgebracht habe.

Irgendwas in meiner Leistengegend zieht sich zusammen. Ob sie ihn auch heute Nacht trägt? Vermutlich nicht. Pedro kann Comic-Unterwäsche nicht ausstehen.

Ganz schön still hier. Ungewöhnlich still. Warum eigentlich? Erst jetzt fällt mir auf, dass das Geräusch der Lüftung fehlt, die mich daran hindern soll, in meinem fensterlosen Badezimmer einen unwürdigen Erstickungstod zu sterben. Normalerweise schaltet sich der Ventilator automatisch mit der Beleuchtung an. Vermutlich ist die Sicherung aufgrund des Dauerbetriebs rausgeflogen. Eine unheilvolle Wolke in Gestalt meiner ebenso unförmigen Hausmeisterin, Frau Mutschler, projiziert sich auf die Innenseiten meiner Lider. Der Gedanke, sie morgen kontaktieren zu müssen, um den Schaden zu melden, lässt mich erschaudern.

Geht ja schon mal echt super los, der erste Tag meines neuen Lebens.

Ich wische mir über die schweißnasse Stirn und fische die Sandkörner aus meinen Augen. Die beste Idee, seitdem ich wach bin, denn es wird sofort lichter. Meinen Augen geht's also gut. Ist doch auch schon mal was.

Ich stelle mich vor das Waschbecken und schaufele mir eiskaltes Leitungswasser ins Gesicht. Das tut gut und belebt die Sinne. Der verchromte Wasserhahn schimmert gespenstig, was ihn beinahe kunstvoll erscheinen lässt. Ich richte mich auf, drücke mein Kreuz durch und werde mit dem erwarteten Knacken in der Wirbelsäule belohnt.

Zufrieden lächele ich meinem Spiegelbild entgegen.

Gleichzeitig frage ich mich, wer einen Deckenleuchter hinter mir aufgestellt hat.

Ruckartig drehe ich mich um. Doch da ist nichts. Kein Deckenfluter. Kein Scheinwerfer. Nicht mal ein Halogenspot.

Aber da war doch …

Noch einmal begutachte ich das Spiegelbild. Sehr intensiv und gründlich. Wenigstens in einer Angelegenheit habe ich mich nicht getäuscht. Einen Deckenfluter gibt es nicht. Aber …

Und dann kapiere ich es.

Die Quelle des grellen Lichts bin ich.

Mein gesamter Hinterkopf ist umgeben von einer leuchtenden Aura, derart hell, dass mein rotes Haar kaum noch als solches zu erkennen ist. Mein Gott, ich sehe aus wie ein fleischgewordener billiger Photoshop-Effekt!

Das ist der Moment, in dem ich das Waschbecken zweckentfremde und sich mein gesamter Mageninhalt ins Freie rettet. Während ich mir sturzflutartig die Seele aus dem Leib kotze, überlege ich mir bereits, wie ich die Bröckchen aus dem Waschbeckensieb herausgefischt bekomme.

Malena hasst verstopfte Flusensiebe.

Ich komme noch einmal in den Genuss des bitteren Fusels, der sich ein zweites Mal den Weg durch meine Speiseröhre brennt. Irgendwann lässt der Würgereiz nach. Um den Geschmack der bitteren Galle loszuwerden, spüle ich meinen Mund mit wohltuendem kalten Leitungswasser aus, das zu meinem größten Erstaunen süß schmeckt. Wie gezuckert.

Ausgelaugt wage ich einen weiteren Blick in den Spiegel und schaffe es diesmal, meinen Magen bei dem sich mir bietenden Anblick im Zaun zu halten.

Das grelle Ding über meinem Kopf ist immer noch da.

Was, verfluchte Kacke, ist das?

Ratlosigkeit macht sich in mir breit. Ich versuche, mir die Helligkeit aus den Haaren zu reiben – was natürlich nicht funktioniert. Stattdessen kribbelt es in meinen Handflächen, als ich direkt in die Lichtquelle hineinfasse. Erschrocken ziehe ich die Finger zurück. Allmählich droht die Panik von mir Besitz zu ergreifen.

Ich übe mich in analytischer Gelassenheit, wie ich es in meinem abgebrochenen Kunststudium gelernt habe: Erst das verstehen, was man sieht, dann zum Pinsel greifen.

Also dann. Meine Hände machen sich mit wissenschaftlicher Präzision ans Werk. Allzu viel gibt es für sie nicht zu tun. Im Spiegel sehe ich zwar, wie meine Hand durch eine leuchtende Aura gleitet, fühle aber keinen nennenswerten Widerstand. Egal, was ich auch anstelle, meine Synapsen sind einfach nicht in der Lage, die eingehenden Informationen zu verarbeiten.

Vielleicht sollte ich es noch mal mit dem Magen und dem Waschbecken versuchen. Die Kombination war ja eben ganz erfolgreich.

Ich weiß nicht, ob es an der Übelkeit und den Kopfschmerzen liegt oder ob es einfach nur die vollständige Verzweiflung ist, die diese Situation in mir auslöst. Doch plötzlich öffnen sich die Schleusen. Zunächst ist es eine einzelne Träne, die sich aus meinem Auge stiehlt. Ein einzelner, abgehackter Schluchzer. Dann ist der reißende Fluss nicht mehr aufzuhalten. Alle negativen Emotionen haben endlich den Weg ans Tageslicht gefunden und fordern nun meine ungeteilte Aufmerksamkeit.

Bitte schön. Können sie haben.

Ich ergieße mich in Sturzbächen der alles umfassenden Hoffnungslosigkeit und versuche das Aufheulen zu unterdrücken. Ich habe Angst, meine unmittelbaren Nachbarn könnten sich in ihrer nächtlichen Ruhe gestört fühlen. Ich leuchte mich vom Waschbecken durch den Flur bis ins Wohnzimmer und bleibe ratlos in der Mitte des Raums stehen. In Sachen Ratlosigkeit bin ich mittlerweile ganz gut.

Um ganz sicherzugehen, ziehe ich auch den integrierten Spiegel im Wohnzimmerschrank zurate. Dasselbe niederschmetternde Ergebnis. Das Wohnzimmer ist stockdunkel. Die einzige Lichtquelle geht von mir aus.

Ich. Bin. Das. Licht.

Wieder meldet sich mein Magen mit unkontrollierten Zuckungen zu Wort. Mehr Opfergaben kann er meinem Körper nicht abverlangen. Also lasse ich ihn krampfen und warte geduldig, bis er sich wieder beruhigt. Ich habe gerade ohnehin nichts Besseres vor. Mit meinen völlig entleerten Gedärmen und dem Restalkohol im Blut erlebe ich eine außerkörperliche Erfahrung, wie ich sie sonst nur aus den Esoterikzeitschriften meiner Mutter kenne. Ich stehe also so da, schaue mich selbst an und denke dabei die ganze Zeit: Gott, bist du hell.

Eine Stunde später stehe ich noch immer in der Mitte des Wohnzimmers und versuche, das Unfassbare zu begreifen. Alle paar Minuten wandert meine Hand wie fremdgesteuert zu meinem Kopf. Jedes Mal ziehe ich sie ängstlich zurück, sobald ich die Aura durchdringe und das Kribbeln einsetzt. Das ist aber auch ein gruseliges Gefühl.

Mücken und Motten, manche davon echt groß, umkreisen mich inzwischen, als wäre ich ein Planet mit eigener Umlaufbahn. Oder eine Straßenlaterne. Ich habe vergessen, das Fenster zu schließen. Als es so viele Insekten im Zimmer sind, dass ich anfange, mich zu ekeln, schließe ich die Augen und schaukele wie in Trance hin und her, vor und zurück. Vielleicht schlafe ich aber auch im Stehen und träume das alles.

Nein, ich träume nicht. Ich bin hellwach. Vor allem bin ich hell. Aber eben auch wach. Das weiß ich so genau, weil die Müllabfuhr gerade dabei ist, die vor meinem Fenster stehenden Tonnen zu leeren. Wäre auch zu schön gewesen.

Mittlerweile bereue ich es mehr denn je, gestern Abend derart jämmerlich versagt zu haben. Ich werde Pedro das mit seinen Gewichten erklären müssen. Ängstlich, resigniert und von oben bis unten mit Traumata vollgepackt verstecke ich mich schließlich unter der Bettdecke. Aber auch dort ist es hell.

Unaufhaltsam kriecht der Morgen näher. Über mir hat mein übergewichtiger Nachbar mit seiner Frühgymnastik begonnen. Bei jedem Aufkommen seines massiven Körpers auf der Matte quietschen und ächzen die Trampolinsprungfedern so jämmerlich, dass ich Mitleid bekomme. Wie jeden Morgen. Nur gut, dass ich ein toleranter Mensch bin und mich nicht traue, den Weg der direkten Konfrontation einzuschlagen.

Der erneute Drang meiner Blase zwingt mich aus meiner Bettdeckenhöhle zurück ins Bad. Dort betrachte ich mich noch einmal eingehend im Spiegel und versuche, das Ding auf meinem Schädel unter wissenschaftlichen Gesichtspunkten zu analysieren. Eine echte Herausforderung, schließlich bin ich Kunststudent und kein Quantenphysiker. Und selbst das ist geschmeichelt, da ich das Studium abgebrochen habe. Im dritten Semester.

Dieses Ding, das meinen gesamten Hinterkopf umgibt, ist hell. Unglaublich hell. Am intensivsten leuchtet es an den Stellen, an denen es mich berührt, also im kompletten hinteren Bereich meines Schädels. Dort kribbelt es auch am stärksten. Wenngleich ich mich allmählich daran gewöhne und nicht mehr ständig dem Impuls nachgebe, daran kratzen zu müssen. Schließlich weiß ich nur zu gut, dass das Schuppen und fettiges Haar verursacht. Ich mache mir nichts vor: Beides kann ich in meinem jetzigen Zustand am allerwenigsten gebrauchen.

Die Helligkeit des Scheins reicht bis zur Badezimmerdecke und leuchtet einen Radius von schätzungsweise einem halben Meter um mich herum aus. Unauffällig ist das nicht. So weit die Fakten.

Dann kommt mir eine Idee. Ich nehme ein Handtuch vom Haken und werfe es mir über den Kopf. Entgegen meiner Erwartung, das Textil würde auf dem leuchtenden Ring aufliegen, sehe ich nun einfach aus wie ein Trottel, der sich ein Handtuch auf den Kopf gelegt hat. Ganz normal, eigentlich. Doch die Helligkeit kämpft sich durch die groben Maschen des Stoffs und sieht ein bisschen aus wie die Härchen, die sich durch die Nylonstrumpfhose eines schlecht rasierten Frauenbeins drücken. Nur eben leuchtend.

Malenas Beine sind ja immer superglatt. Als hätte sie keine genetische Veranlagung zum Beinhaarwuchs.

Malena.

Meine Herzklappen übernehmen sich mit der Blutzufuhr.

Als würde sich der Gedanke an sie damit schneller vertreiben lassen, schüttele ich hastig den Kopf.

Dennoch mag ich das Handtuchergebnis. Die Aura ist mithilfe des Frottees weitestgehend verschwunden. Also bastele ich mir einen provisorischen Turban, so wie ich es schon oft gesehen habe, wenn Malena aus der Dusche kam, und betrachte das Ergebnis im Spiegel. Vorübergehend ist das akzeptabel.

Zumindest würde ich es so bis zum Bäcker schaffen, ohne allzu große Aufmerksamkeit zu erregen.

Mein Alter Ego lacht mich aus. Vor wenigen Stunden wollte ich mich noch von der Brücke stürzen, jetzt kümmere ich mich um die Meinung anderer Leute.

Hier und da blitzen noch einzelne Lichtstrahlen aus den Umwicklungen hervor. Ich ziehe die Handtuchenden fester, und die Strahlen verschwinden.

Was jedoch bleibt, ist das riesige Fragezeichen auf meiner Stirn. Was, zur Hölle, ist das? Ich kann mich nicht daran erinnern, jemals etwas von einer derartigen Erscheinung gehört zu haben. Dabei gibt es ja die unglaublichsten Dinge: Menschen, die auf einmal keine Kälte mehr spüren oder von jetzt auf gleich dauerhaften Schluckauf bekommen. Über Nacht ergrauen. Oder verblöden. Aber von einem spontanen Heiligenschein habe ich wirklich noch nie gehört.

Verdutzt glotze ich mein Spiegelbild an, das meine Gedanken verbalisiert: »Heilig über Nacht?« Dann hebt es die Schultern und zieht unschlüssig die Unterlippe nach unten.

Noch einmal nehme ich das Handtuch herunter und betrachte den Schein genau. Es ist schwer zu widersprechen, aber diese Aura wirkt tatsächlich in etwa so wie die Nimbusse, die ich bereits zu Hunderten auf alten Gemälden und in Kirchen gesehen habe. Zuletzt bei meinem Kunststudium, als wir die italienische Renaissance durchgenommen haben.

Ja, in der Tat, je länger ich diesen Vollmond in meinem Nacken betrachte, desto mehr sieht er aus wie ein Heiligenschein. Nicht so ein Teil, das einige Zentimeter über dem Kopf schwebt. Nein, mein Schein geht in einer einzigen fließenden Bewegung von mir aus. Beinahe so, als leuchte mein Hinterkopf von innen.

Das ist spooky.

Aber noch sehe ich keinen Grund zur Beunruhigung. Es ist

ja nicht so, dass mir irgendetwas wehtut. Also versuche ich, mein schweißkaltes Spiegelbild zu beruhigen: »Das wird irgendeine Allergie sein.«

Der Gedanke gefällt mir. Und so abwegig ist das nicht, schließlich bin ich gegen alles Mögliche allergisch. Ich kann mich nicht länger als fünf Minuten im selben Raum mit einem felligen Lebewesen aufhalten, egal ob Hund, Katze oder Chinchilla – interessanterweise auch nicht mit Tante Ulla aus Wesseling. Ich kann keine Milchprodukte zu mir nehmen, ohne einen sturzflutartigen Durchfall auszulösen. Nickel auf meiner Haut geht gar nicht, da sich dadurch innerhalb von Sekunden juckende und nässende Rötungen bilden, die ich mir blutig kratzen muss. Und zur Zeit der Pollenflüge droht mir regelmäßig der Erstickungstod, sodass ich die meisten Frühlinge meines jungen Daseins in geschlossenen Räumen verbracht habe. Ja, vermutlich bin ich sogar allergisch gegen das Leben selbst.

»Was soll ich denn jetzt machen?«, fragt mein Spiegelbild, das sich mit meiner Antwort nicht so recht zufriedengeben will.

Ich zur Beruhigung: »Mach dir mal keinen Kopf, das wird schon nichts Schlimmes sein. Wenn es heute Nachmittag noch da ist, gehen wir zum Arzt und lassen uns ein paar Tabletten verschreiben.«

Spiegelbild: »Und wenn der auch keinen Rat weiß?«

»Keine Ahnung«, gestehe ich mir schließlich selbst ein. »Dann lassen wir uns eben einen Bart wachsen und pilgern nach Santiago de Compostela?«

Das Spiegelbild nickt zufrieden. »Klingt nach einem Plan.«

Kapitel 3

»Was machen die Shrimps, Weasley?«, fragt Hans und berührt mich an der Schulter.

Es ist eine freundschaftliche Geste, die mir das Gesicht von Pedro vor Augen führt, gefolgt von Malena. Dann beide zusammen, was mir wiederum die Tränen kommen lässt. Könnte aber auch der ätzende Schweiß sein, der mir von den lichten Augenbrauen ungebremst auf die Wangen tröpfelt.

»Hallo, Erde an Weasley?«

Die Hitze staut sich unter meinem Frottee-Turban. Am liebsten würde ich mir das Handtuch vom Kopf reißen. Ich hasse meinen Spitznamen mindestens genauso wie J. K. Rowlings Romane, denen ich diese Beschimpfung zu verdanken habe. Dabei habe ich mal von einem Land gehört, in dem rothaarige Männer wie Gottheiten verehrt werden. Genau da wäre ich jetzt gern. Memo an mich: Nach der Schicht unbedingt mal danach googeln.

»Haaaalloooo?«

»Sind in Arbeit«, antworte ich tonlos und schütte den Inhalt des zweiten Beutels in das vor sich hin brodelnde trübe Frittierfett. Der Geruch von in der Sonne liegendem altem Fisch steigt mir in die Nase. Mittlerweile mag ich ihn. Dasselbe gilt auch für Hans. Obwohl ich ihm diesen Job zu verdanken habe.

»Alles okay?«

Hans ist nicht nur mein Kollege, sondern auch mein Nachbar. Ich erinnere mich noch gut an unser erstes Treffen, als er einzog – und mit ihm eine durch das ganze Treppenhaus strömende Patschuli-Duftwolke. Wir waren uns auf Anhieb sympathisch. Ich mag ihn, weil er aufgrund seiner Herkunft von der schönen Insel Mauritius so angenehm anders ist und diesen exotischen Hauch in die Tristesse des Wohnblocks bringt. Hans spricht ein perfektes, akzentfreies Deutsch, was er seinem Vater zu verdanken hat, der jahrelang in einem Düsseldorfer Nobelhotel gearbeitet hat. Mich fand Hans wohl ganz interessant, weil ich der erste Mensch mit roten Haaren war, den er je gesehen hatte. Irgendwann hat er mir dann von seinem Nebenjob erzählt und dass die dort noch immer Leute suchten.

Also gut, dachte ich damals. Warum nicht? Als eine Art Übergangslösung. Dieses *damals* ist nun schon zwei Jahre alt.

»Alles okay«, sage ich und versuche mich an meinem zwölften falschen Lächeln des Tages. Um kurz nach zehn.

Hans lächelt zweifelnd zurück. »Erzählst du mir, warum du ein Handtuch um den Kopf gewickelt hast?«

Ich verziehe mit gespielter Verachtung die Lippen. »Gerade du solltest das wissen, Mr. Hindu.«

Nicht, dass mein Kollege streng religiös unterwegs wäre, aber beim Herbeirufen seiner Gottheiten ist er normalerweise immer schnell bei der Sache.

Als von ihm dieses Mal weder verbal noch mimisch irgendeine Reaktion kommt, löse ich auf. »Es ist ein Turban. Nach was sieht's denn sonst aus?«

»Nach einem zu oft gewaschenen Handtuch.« Er schnalzt mit der Zunge, um seiner Missachtung Ausdruck zu verleihen. Das macht er ständig. »Warum hast du nichts gesagt? Mein Onkel verkauft die besten Turbane der Stadt. In allen Farben, Formen und Größen.«

Ich grummele etwas vor mich hin, was ich selbst nicht verstehe, und widme mich wieder der Fritteuse.

»Sieht echt kacke aus, Weasley«, findet Hans.

»Du musst ja nicht so rumlaufen.«

»Ja, Shiva sei Dank!«

Ein siedend heißer Spritzer Fett schießt aus der Fritteuse und frisst sich durch den dünnen Stoff meines Matrosenanzugärmels. Trotz der Schmerzen zucke ich nur leicht zurück. Mittlerweile machen mir die heißen Mikrofetttropfen, die mir auf die Unterarme spritzen, kaum noch etwas aus.

»Übrigens habe ich gestern mit meiner Cousine Dalaja geskypt«, wechselt Hans galant zu einem seiner Lieblingsthemen. »Ich hab dir doch von ihr erzählt.«

»Kann sein. Weiß ich nicht mehr.«

Was kein Wunder ist. Hans hat unzählige Cousinen. Und er erzählt andauernd von ihnen. Meist, weil er den Plan hat, eine von ihnen mit mir zu verkuppeln.

»Doch, hab ich. Sie ist eigentlich Balu versprochen.«

»Balu? Dem Bären aus dem Dschungelbuch?«

»Witzig, Weasley. Sehr, sehr witzig. Tut der Name jetzt irgendetwas zur Sache?« Hans vollführt eine wegwerfende Geste und vergisst dabei auch das genervte Rollen mit den Augen nicht. »Auf jeden Fall ist neulich rausgekommen, dass Balu die Mitgift gar nicht aufbringen kann, die zwischen seinen und meinen Eltern ausgemacht war.«

»Und?«

»Na, und jetzt ist sie wieder zu haben. Dalaja. Mein bildhübsches Cousinchen aus Curepipe.«

Zu Beginn unserer Freundschaft dachte ich noch: Der ist ja nett, dass er mich mit seinen Verwandten bekanntmachen will. Mittlerweile weiß ich es besser. Als erster Sohn des Familienoberhauptes ist es seine gottverdammte Pflicht, taugliche Ehemänner für die ledigen Frauen seiner Familie zu suchen. Und davon scheint es viele zu geben. Was vermutlich an der genetischen Verbreitung des ausgeprägten Oberlippensaums in seiner Sippe liegt. Und damit meine ich nicht die Bärte der heiratstauglichen Ehemänner.

»Und?«, frage ich noch einmal.

»Na, da dachte ich mir, dass ich euch beide doch mal miteinander bekannt machen könnte.«

»Ähm, du weißt aber schon, dass ich in Köln lebe und sie auf Mauritius?«

»Wo ist das Problem? Gibt doch Skype!«

Ich denke nicht wirklich über diese Möglichkeit nach. »Hans, ich mag dich, aber bitte tu mir den Gefallen und hör auf damit, mir deine Cousinen anzudrehen. Ich will nicht nach Übersee verkuppelt werden. Außerdem hab ich Ma…« Ich breche mitten im Satz ab. Wie schnell man doch die Tatsachen verdrängt.

»Du meinst, Pedro hat Malena«, stellt Hans unnötigerweise klar.

Es aus seinem Mund zu hören macht den Schmerz nur noch schärfer.

»Sag, warum ist er noch gleich dein bester Freund?« Als könnte er die in mir tobenden Qualen von meinem Gesicht ablesen, wechselt er schnell die Richtung des Gesprächs: »Mauritius ist wirklich schön. Und wenn ich später dorthin zurückkehre und mich mit meiner Geschäftsidee selbstständig mache, wäre es doch toll, wenn wir uns beide zusammen dort niederlassen.« Mit dem Frikadellenwender zeichnet er eine Linie in die Luft: »Ich und mein Mauritius à la Car, du und Dalaja…«

Jetzt zeige ich ihm, wie gut ich im Augenrollen bin. Die Geschäftsidee ist nach der Verkupplung der Cousinen sein zweites Lieblingsthema. Doch die ist tatsächlich so gut, dass sie zumindest Aussicht auf Erfolg haben könnte. Als Chauffeur mit eigenem Auto möchte er Touristen *seine* Insel zeigen. Doch bis dahin muss er erst einmal durch die Shrimpshölle. Für Hans ist *Die Schnipsende Krabbe* dennoch ein echter Glücksgriff. Schließlich gibt es nicht viele Fastfood-Läden, die ohne tote

Kühe auskommen. Außerdem arbeitet er nur hier, um genügend Geld auf die Seite zu legen, damit er sich später seinen Traum erfüllen kann.

Es muss schön sein, wenn man noch Träume hat.

Meine Kopfhaut brennt erbärmlich.

»Gerling! Telefon!«

Die wütende Stimme legt sich schrill über das dumpfe Brodeln der Fritteuse. Ohne Vorwarnung steht mein frisch aus dem Wirtschaftsstudium kommender Boss hinter mir und wedelt mit dem Schnurlostelefon vor meinem Gesicht herum.

»Für mich?«, frage ich überrascht.

Er hat die Hand weit ausgestreckt, um sich seinen teuren Anzug nicht mit dem siedenden Fett zu besudeln. Ich mag ihn nicht. Niemand tut das. Malte Raffelsiefer ist fünf Jahre jünger als ich, sieht verschlagen aus (und ist es auch) und lässt jeglichen Respekt vor dem Alter vermissen. Oder einen Funken Menschlichkeit, was seine Untergebenen betrifft.

»Hab ich dir nicht gesagt, dass deine Freunde nicht auf der Festnetzleitung anrufen sollen?«

»Doch, hast du.«

»Und hab ich dir nicht gesagt, dass Telefonieren während der Arbeit streng verboten ist?«

»Doch, hast du.«

»Außerdem kamst du zu spät heute.«

»Ich weiß, der Bus ...«

»Und deine Uniform hattest du auch nicht an bei Schichtbeginn.«

»Aber doch nur, weil ich nicht schon wieder in einem rosafarbenen Matrosenanzug durch die halbe Stadt laufen wollte!«

»Warum nicht?«

»Hallo? Matrosenanzug? Rosa? Köln?«

»Ist dir klar, dass ich dafür eigentlich eine Meldung an die Zentrale machen müsste?«

Ich wünsche mir die Brücke und Pedros Gewichte herbei. Aber diesmal nicht für mich.

Meldung bei Zentrale bedeutet Anruf bei Papi, dem eigentlichen Besitzer der *Schnipsenden Krabbe.* Aber Malte mag es nicht, wenn man die Dinge beim Namen nennt. Dafür mag er es, sich aufzuregen. Am liebsten über mich.

»Was kann ich dafür, wenn ich angerufen werde?«, verteidige ich mich zaghaft und werfe einen demütigen Blick auf das Telefon. Das kann ich mittlerweile ganz gut.

»Spielt keine Rolle!« Widerwillig drückt er mir den Hörer in die Hand und bleibt dann mit verschränkten Armen neben mir stehen.

Vielleicht sollte ich ihn bewundern, dass er mit dreiundzwanzig Jahren seinen Bachelor im Internationalen Business Management gemacht hat und der jüngste Geschäftsstellenleiter aller drei *Schnipsenden-Krabben*-Filialen in Köln, Düsseldorf und Olpe ist. Vielleicht würde ich das sogar, wenn er nicht so ein Riesenarsch wäre und uns Angestellten mit seinem theoretischen Business-Management-Wissen das Leben zur Hölle machen würde. Guantánamo kann nicht schlimmer sein.

»Mach kurz«, befiehlt er.

Eingeschüchtert drücke ich mir den Hörer ans Ohr.

»Hi, Keule, Pedro hier. Also, wie sieht's aus?«

»Wie sieht was aus? Hör mal, du weißt doch, dass ich während der Arbeit schlecht telefonieren kann.«

»*Überhaupt nicht* telefonieren kann«, verbessert mich Malte.

»Klar, weiß ich«, höre ich Pedros Stimme. »Wollte dir auch nur sagen, dass ich um neun bei dir bin.«

»Warum bist du wann wo?«

»Um neun bei dir«, sagt Pedro wieder.

»Ja, aber warum?«

»Na, wegen Malenas Geburtstagsparty im *Nightlife.*«

»Das war jetzt lange genug«, findet Malte. »Gib mir das Telefon zurück. Es könnten Kunden anrufen.«

»Das ist ein Fast-Food-Schuppen, kein Fünf-Sterne-Restaurant. Warum sollten hier Kunden anrufen? Bestimmt nicht, um einen Tisch zu reservieren!«

»Trotzdem war das jetzt lange genug, hrm. Die Shrimps verbrutzeln. Hrm-hrm.«

Ich drehe mich zur Seite, um Maltes blödes Gesicht nicht länger ertragen zu müssen. »Ich will aber nicht auf Malenas Geburtstagsparty.«

»Klar willst du! Du bist um neun fertig. Ich hupe, und du kommst raus.«

Malte steht wieder vor mir und versucht, nach dem Telefon zu greifen. Mit einer ruckartigen Bewegung schaffe ich es, eben das zu verhindern.

»Nein, Pedro, werde ich nicht. Außerdem habe ich keine Lust, mir ständig von dir sagen zu lassen, dass ...«

Malte hat einen weiteren Grapscher angetäuscht, dann jedoch die andere Richtung eingeschlagen, und erwischt mich eiskalt. Seine langen E. T.-Finger umfassen das Gehäuse des Schnurlosapparats und versuchen, ihn von meinem Ohr wegzuzerren.

»Um neun«, höre ich Pedros Stimme. Würde ich doch nur einmal in meinem Leben auch so souverän klingen.

Malte gewinnt die Oberhand, was aber nichts daran ändert, dass ihm das Telefon aus der Hand gleitet und im hohen Bogen in Richtung Fritteuse fliegt.

In einer letzten Anstrengung schreie ich dem sich immer weiter entfernenden Hörer nach: »Vergiss es, Pedro! Nur über meine Leiche!«

Kapitel 4

Schweigend nähern wir uns im Stop-and-go-Tempo der Tür. Über die Köpfe unserer Vorderleute hinweg kann ich bereits den Türsteher erkennen, der in bester Julius-Caesar-Manier über gesellschaftliches Leben und Tod entscheidet. Er scheint in seinem Reich mit Strenge zu walten. Nahezu jeder Zweite wird abgewiesen und zieht peinlich berührt oder Flüche vor sich hinmurmelnd an uns vorbei – auf dem Weg der Schande. Ich kenne jeden Stein dieses Pfades.

Gleich sind Pedro und ich an der Reihe.

»Find ich gut, dass du dich doch noch dazu entschieden hast mitzukommen.«

»Wozu sind Freunde denn da«, knirscht der splitternde Zahnschmelz zwischen meinen Zähnen.

Pedro überprüft noch schnell den Sitz seines nachtschwarzen leicht glänzenden Jacketts und fährt sich mit der Hand durchs beneidenswert dichte Haar. Dabei bleibt sein verachtungsvoller Blick an mir hangen. »Warum trägst du eigentlich ein Handtuch auf dem Kopf?«

»Das ist ein Strandtuch.« Ich höre selbst die Klugscheißerei aus mir sprechen, aber ich bin wirklich nicht in Stimmung für Kritik. »Außerdem kann ich herumlaufen, wie ich will. Ich meckere ja auch nicht über deinen Kleidungsstil.«

Hauptsächlich deshalb, weil es da nichts zu meckern gibt – wofür ich ihn noch mehr hasse. Pedro sieht einfach unverschämt gut aus, und das weiß er auch. Als Halbsarde ist er der Typ Mann, dem die Frauen scharenweise zu Füßen liegen. Als

Malena und ich noch ein Paar waren, hat Malena mal gesagt, dass er den Modetyp »Fine & Playful« verkörpere. Damals ist mir bereits eine gewisse Schwärmerei in ihrer Stimme aufgefallen.

Ich bin ja eher der Typ »Shabby chic«. Nur ohne chic.

»Es ist ihr Geburtstag«, hebt er vorwurfsvoll an, »da hättest du dich ja ruhig mal ein bisschen zurechtmachen können.«

»Wozu? Sie ist doch nicht mehr meine Freundin!«, fahre ich ihn wütend an.

Jetzt ist er es, der betreten zu Boden sieht und dort nach Phrasen sucht, um das in die Katastrophe abgleitende Gespräch in andere Bahnen zu lenken. Er sucht vergebens, bis etwas anderes an mir seine Aufmerksamkeit auf sich zieht. »Und was hast du da drin?« Er weist auf die Plastiktüte in meiner Hand und will danach greifen.

Rechtzeitig ziehe ich sie weg, sodass sein Griff ins Leere geht. »Was wohl? Ein Geschenk für Malena.«

»Was schenkst du ihr denn?«

»Das geht dich überhaupt nichts an.«

»Natürlich geht mich an, was du meiner Freundin schenkst.«

»Jetzt hör aber auf! Bis vor Kurzem war sie schließlich noch meine Freundin.«

»Richtig: *war*. Außerdem hat das mit euch beiden doch hinten und vorne nicht gepasst. Allein schon wegen eurer Haare. Ernsthaft, was hättet ihr damit eurem Nachwuchs angetan?«

Das bringt mein Toleranzfass zum Überlaufen. Ich stampfe fest mit dem Fuß auf den Boden auf und ärgere mich im nächsten Augenblick darüber, dass die rote Filzauslegeware sämtliche Geräusche absorbiert. Dennoch hole ich tief Luft, um endlich mal das ans Tageslicht zu lassen, was mir schon seit Wochen auf der Seele brennt. Doch bevor ich in dieses Horn stoße, wird unser gänsefüßiger Narrhallamarsch von einer dunkelhäutigen Wand aus dicken Muskeln ausgebremst.

Ich hebe meinen Kopf und blicke in ein Gesicht mit tiefen Furchen und einem brutalen Mund, der Kopf fast kahl rasiert, die Nase breit und klobig. Ein abcheckender Blick, der weniger Pedro als mir gilt. Schließlich ein bestimmtes Kopfschütteln. »Du und du, ihr kommt hier nicht rein.« Der farbige Türsteher nickt erst mir und dann Pedro zu, dann richtet er die schwere Goldkette mit dem großen Kreuz um seinen Hals, als wäre sie eine Krawatte.

Ich habe mich bereits halb aus der Reihe gelöst und stelle mich mental auf den Weg der Schande ein.

»Was? Aber warum denn nicht?«, fragt Pedro aufgebracht.

Ich kann ihm seine Erregung nicht verübeln. Schließlich ist er es nicht gewohnt, abgewiesen zu werden.

Mir passiert das andauernd.

»Weil sich der da ein Badetuch um den Kopf gewickelt hat.« Der Schwarze zeigt auf mich.

»Na und?«, entgegne ich. »Wir sind hier in Köln, was erwartest du?«

»Ist aber kein Karneval.«

»Die Musik klingt aber danach«, sagt eine Stimme hinter uns.

Die Stimme hat recht. Ein dumpf klingender kölscher Gassenhauer wummert durch den Eingangsbereich, der die Vermutung nahelegt, dass just in diesem Augenblick auf der Tanzfläche alle Hände zum Himmel gehen.

»Ist ja auch Kölsch-Abend«, weiß der Türsteher. »Jedes Kölsch zum halben Preis.«

»Klingt super«, findet Pedro.

»Nicht für euch.«

»Ey, aber wir müssen da rein! Meine Freundin feiert da heute ihren Geburtstag.«

Der Türsteher zuckt gleichgültig mit den Schultern. Hinter uns setzt unruhiges Murren ein. Ich zupfe an Pedros Schulter, doch der steht wie ein Fels in der tosenden Brandung vor Afrika.

Der Türsteher schenkt uns bereits keine Aufmerksamkeit mehr und winkt das hinter uns stehende Pärchen zu sich heran, was Pedro rasend werden lässt. Typisch, dass sich seine Wut gegen mich richtet.

»Nur deinetwegen!«, fährt er mich lauthals an. »Weil du dich nie an die Etikette halten kannst. Wie kann man denn nur auf die dämlich Idee kommen und mit einem Handtuch auf dem Kopf in eine Nobeldisco wollen?«

»Strandtuch«, verbessere ich ihn, was aber völlig untergeht, da er es mir wutentbrannt vom Kopf reißt und mit Schmackes auf den Boden wirft.

Ich ertappe mich dabei, wie ich mich selbst über das plötzliche Licht wundere. Der dunkle Eingangsbereich erhellt sich mit einem Schlag und offenbart unschöne Flecken unbekannter Herkunft auf dem roten Filzteppich. Hinter mir stoßen Menschen überraschte Laute aus. Eine Mädchenstimme quiekt schrill auf. Ich fühle mich schlagartig nackt ohne mein Turban-Provisorium.

Pedro tritt zurück und starrt mich an. Sagen tut er nichts. Überhaupt ist es auf einmal ungewöhnlich still hier. Dann bringt er ein inbrünstiges »Mia madre!« über die Lippen.

Der Türsteher umfasst das schwere Kreuz an seiner Kette. Sein gigantischer Unterkiefer liegt mehr oder weniger auf dem roten Teppich, so weit steht ihm der Mund offen. »Was, um Himmels willen, ist das?«, krächzt er und schlägt ein Kreuz.

Darauf weiß ich leider auch keine Antwort. Auf jeden Fall ist es unsere Eintrittskarte ins *Nightlife.*

Das Handtuch über die Schultern gelegt, kämpfe ich mir einen Weg durch den schmalen Eingangsbereich des Clubs und fühle mich wie ein blutiger Autounfall auf der gegenüberliegenden Fahrbahn. Alles und jeder hält inne in dem, was er gerade tut, und starrt mich an. Der Laden ist proppenvoll, sodass jeglicher Fluchtversuch bei einer Massenpanik im Vorhinein zum Scheitern verurteilt ist. Dennoch spaltet sich die Menge vor mir wie von Spliss befallenes Haar. Ich werde von Blicken durchbohrt. Aufgerissene Münder drohen mich einzusaugen. Ich grinse mich durch das Foyer und weiche jedem direkten Augenkontakt aus. So viel Aufmerksamkeit wurde mir das letzte Mal zuteil, als ich beim Sportfest in der Schule während des Tausend-Meter-Laufs Durchfall bekam. Das war der Tag, an dem meine Hülsenfrucht-Allergie entdeckt wurde.

Ich atme tief durch, als ich die Toiletten erreiche. Vor dem Spiegel lasse ich erst einmal den Hahn laufen und träufele mir eiskaltes Wasser ins Gesicht. Ich hatte noch nie eine Panikattacke, glaube aber, dass ich jetzt verdammt nah dran bin. Nur mühsam beruhigt sich mein schnappender Atem wieder. Im grellen Schein der Neonröhren fällt meine leuchtende Aura kaum auf. Vielleicht sollte ich einfach den Rest des Abends hier bleiben. Obwohl der Gedanke verlockend ist, setze ich mir wieder den Turban auf den Kopf und überprüfe letztmalig den Sitz. Als wäre sie ein Schutzschild, umfasse ich die Plastiktüte und drücke sie mir fest gegen die Brust. Ich atme mehrere Male tief ein und nehme den Geruch von Duftspüler und Urinstein tief in mir auf. Noch einen Blick in den Spiegel.

»Ich wär dann so weit«, sagt der Mann, der mir irgendwie ähnlich sieht. Ich muss zugeben, dass mir der Turban steht. Zumindest verdeckt er meine etwas zu hohe Stirn. Langsam stoße ich die verbrauchte Toilettenluft aus. Jetzt bin ich bereit für Malena.

Vor der Tür wartet bereits Pedro, dessen Gesichtsausdruck sich einfach nicht zwischen Staunen und Schrecken entscheiden kann. Ich ignoriere ihn und marschiere schnurstracks an ihm vorbei. Doch diesmal spaltet sich nichts mehr vor mir – nicht das kleinste Härchen. Ich muss mir regelrecht den Weg freikämpfen. Bis es Pedro zu bunt wird und er die Führung übernimmt. Zielstrebig führt sein Weg durch das zappelnde Menschenmeer.

Und irgendwann steht sie da. Malena. Umzingelt von ihren Freundinnen, die ich allesamt vom Sehen kenne, die mich selbst aber noch nicht in ihrem Mikrokosmos wahrgenommen haben. Und wenn schon. Viel mehr Aufmerksamkeit lasse ich ihnen nicht zuteilwerden. Das einzige Wesen, für das ich Augen habe, ist Malena.

Sie trägt ein petrolgrünes Kleid, das übersät ist mit schwarzen Flecken, die sich bei näherem Hinsehen als Blütenprint entlarven. Grün ist meine Lieblingsfarbe, besonders an ihr. Das Kleid reicht ihr bis ans Knie und endet in flatternden Zipfeln, die bei jeder Bewegung den Schaft ihrer schwarzen Stiefel streicheln. Malenas Wangen sind etwas gerötet und bringen die darauf befindlichen Sommersprossen noch deutlicher zum Vorschein. Das gefällt mir. Vermutlich hat sie Sekt getrunken. Davon bekommt sie immer glühende Wangen. Sie sieht atemberaubend schön aus. Ich kann meinen Blick nicht von ihr wenden. Auch dann nicht, als sie Pedro entdeckt und wie ein Pfeilgiftfrosch auf ihn zuhüpft. Mit Schwung fällt sie ihm um den Hals und deckt ihn mit Küssen ein. Das ist der Zeitpunkt, an dem mir endgültig klar wird, dass es hier nichts mehr für mich zu holen gibt.

Als sie mit ihrer übertriebenen Begrüßung fertig ist, nimmt sie mich endlich zur Kenntnis. Eine geschlagene Sekunde lang schauen wir uns in die Augen. Ich verliere mich sofort in den algengrünen Zwillingsteichen und bekomme weiche Knie.

»Was trägst du da auf dem Kopf?«, fragt sie mich unvermittelt.

»Hab 'ne Wette verloren«, lüge ich spontan.

Sie lacht und zuckt mit den Schultern.

Dann fällt mir wieder ein, warum ich hier bin, und ich hole das Päckchen aus der Plastiktüte. »Alles Liebe zum Geburtstag.« Ich drücke ihr einen Kuss auf die heiße Wange und stehle ein paar Duftmoleküle ihres fruchtigen Parfüms.

»Was ist es denn?«

»Mach es auf.«

Mit äußerster Sorgfalt löst sie die Klebestreifen vom geblümten Geschenkpapier. Gladiolen in den zartesten Pastelltönen. Ihre Lieblingsblumen. Sie hat generell ein Faible für Blumen.

Als sie das Geschenk aus der Verpackung befreit hat, werden ihre Augen groß. Gleichzeitig klappt ihr Kopf hoch wie ein PEZ-Spender. »Das muss doch ein Vermögen gekostet haben!« Sie hält die mit Swarovski-Steinen besetzte Spieluhr in der Hand und mustert sie eingehend.

Ich bin froh, dass ich den Arztbesuch zugunsten der Geschenkbesorgung aufgeschoben habe. Der entstehende Effekt übertrifft meine Erwartungen. Das Licht der Lasershow bricht sich in den funkelnden Teilchen und verleiht der Dose den Anschein, als würde sie von innen heraus leuchten.

In etwa so wie ich.

Ich winke ab. »Ach was, nicht der Rede wert.«

Von wegen. Ich denke an die unzähligen Narben auf meinen Unterarmen und die vielen Liter Schweiß, die mich Malenas Geschenk tatsächlich gekostet hat. Vom Krustentieren-Genozid ganz zu schweigen.

»Sie ist wunderschön.«

»Wie du«, flüstere ich.

Aber sie hört mich nicht. Sie hat nur noch Augen fur das Geschenk. Als Malena die Spieluhr öffnet, beginnt die Porzellanballerina in der Mitte ihre Pirouetten zu drehen.

»Schade, dass es hier so laut ist und man die Musik nicht hören kann.« Malena strahlt mich an.

Ich nicke. »Sie würde dir gefallen.«

Jetzt fällt sie mir um den Hals. Ich drücke sie fest an mich, vergrabe meine Nase in ihrem Haar und finde mich in einem Meer aus Wildrosen wieder.

Dann gibt mir Malena einen Kuss auf den Mund. »Danke.«

»Jederzeit«, sage ich.

Pedro sagt gar nichts.

»Kommt mit, das muss ich den Mädels zeigen!« Sie zieht mich hinter sich her und wirft mich an Ort und Stelle ihren Freundinnen zum Fraß vor. »Guckt mal«, beginnt Malena freudestrahlend mit der Fütterung, »die hat mir Jonas geschenkt.«

Sie hält ihnen die Spieluhr entgegen, und ich hebe unsinnigerweise den Zeigefinger, um mich als Spieluhrschenker zu outen. In meinem Rücken spüre ich Pedros Blicke, dem es gar nicht passt, dass sich seine Herzallerliebste derart erfreut über mein Geschenk zeigt.

Ihre Freundinnen hingegen haben weitaus weniger Interesse an der Spieluhr als an mir. Sie lassen die pirouettendrehende Primaballerina links liegen und scharen sich im Halbkreis um mich.

Warum, wird mir erst klar, als mir das eine Ende des Strandtuchs auf die Schultern fällt. Dann das andere. Und prompt stehe ich ohne Kopfbedeckung da und erhelle das Dunkel. Das Handtuch bleibt mir auf den Schultern liegen. Wie bei einem Rapper. Oder bei Jopi Heesters. Weniger cool, aber genauso dämlich anzusehen.

Na toll, jetzt fühle ich mich noch unwohler. Ich hasse es, dass sie mich anglotzen, als wäre ich ein exotisches Tier in einem Terrarium, das so abstoßend hässlich ist, das man einfach hingucken muss. Und das tun sie.

Vier wunderschöne Augenpaare durchbohren mich und denken überhaupt nicht daran, von mir abzulassen. Ich schlucke schwer und bringe ein gestottertes »Ha-ha-hallo!« zustande.

Meine Hand schnellt nach oben und versucht zu retten, was noch zu retten ist. Notdürftig lege ich mir das Tuch über den Kopf, um nicht noch mehr aufzufallen. Dabei ist es ohnehin schon zu spät.

»Was 'n das?«, fragt mich die Braunhaarige in der Mitte und zeigt auf meine Erleuchtung.

Malenas Freundinnen, es sind drei an der Zahl, scheinen denselben Frisör zu haben oder zumindest die gleiche Tönung zu verwenden. Lediglich in der Haarstruktur unterscheiden sich die Frisuren voneinander.

Ich zucke mit den Schultern. Noch habe ich mich mit dem Ding nicht genug angefreundet, um ihm einen Namen zu geben. »Nichts weiter«, sage ich, »nur 'ne ... allergische Reaktion.«

»Das sieht aber interessant aus«, meint die rechts von Malena stehende Freundin mit der voluminösesten Mähne und einem süßen Stupsnäschen, in das ich gerne kneifen würde.

»Ich find's sexy ... irgendwie«, findet die linke, der ich zu jedem anderen Zeitpunkt dringend von der Dauerwelle abgeraten hätte. Bei den Flusen, die sie auf dem Kopf hat. Allerdings bin ich wohl auch der einzige Mann, der bei ihrer Oberweite noch einen Blick auf ihre Frisur hat.

Ich bringe einen aufrichtigen Dank zustande. Meine Lippen ziehen sich ganz von allein zu einem Grinsen auseinander.

»Ich bin übrigens die Tati«, sagt die Dauerwelle.

»Jonas«, sage ich steif, worauf sie kichert. Keine Ahnung, warum.

»Toller Name. Passt gut zu dir! Darf ich's mal anfassen?« Aus irgendeinem Grund beißt sie sich dabei auf die Unterlippe.

»Äh, klar doch.« Der Abend beginnt mir zu gefallen.

Malena und ihre Freundinnen wollen alle Einzelheiten über meine plötzlich aufgetauchte Erscheinung wissen. Ich erzähle ihnen alles. Lediglich den Toilettengang, das Erbrechen und den Selbstmordversuch umfahre ich großspurig.

Aus den Augenwinkeln sehe ich Pedro im Abseits stehen, was mir ein enormes Maß an Genugtuung verschafft. Viel wichtiger aber ist, dass Malena meine Nähe sucht. Bei jeder sich bietenden Gelegenheit streicht sie mir über den Arm, lehnt sich gegen mich und richtet mir das Haar. Jedes Mal, wenn ihre grazilen Finger meine dünnen Strähnen berühren, kribbelt es wohlig. Und ich bin mir sicher, dass es das auch ohne dieses über mir schwebende Ding tun würde.

Auch Malenas Freundinnen buhlen um meine Aufmerksamkeit. Ich muss mich gar nicht anstrengen, um sie zu unterhalten. Ich sage etwas Lustiges, und sie fangen an zu lachen. Auch wenn ich nichts Lustiges sage, lachen sie. Überhaupt wird an diesem Abend viel gelacht. Liegt vermutlich am Kölsch zum halben Preis. Und ehe ich mich versehe, habe ich ein Glas nach dem anderen geleert und stehe nie länger als einen Augenaufschlag mit einem leeren Getränk in der Hand da. So geht das eine ganze Weile. Wir unterhalten uns, wir scherzen. Singen uns gemeinsam durch deutsches Kulturgut von gestern, heute und morgen. Ich hätte nicht gedacht, dass mir Malenas Geburtstagsparty derart viel Spaß bereiten würde. Ihre Freundinnen sind wirklich supernett, total aufgeschlossen und zuvorkommend.

»Lass uns tanzen«, sagt irgendwann die Dauerwelle mit den Pornomaßen, die sich mir als Tati vorgestellt hat, und hakt sich bei mir unter.

»Ich, ähm … bin nicht so der Tänzer.«

Sie schaut mich an. Ich weiß nicht genau, was sie mit ihren Augen macht, aber es reicht ein Wimpernschlag, um die absolute Kontrolle über mich zu übernehmen.

»Okay«, sage ich ferngesteuert. Noch einmal versuche ich, das Handtuch auf meinem Kopf festzuzurren.

»Lass doch«, hält Tati mich ab. »Ich mag das.«

Sie zerrt mich hinter sich her. Mit einem entschuldigenden

Blick verabschiede ich mich von Malena. Vielleicht irre ich mich, doch ich meine, Wehmut in ihrem Blick zu erkennen. Sofort nimmt Pedro meinen Platz an ihrer Seite ein und zwingt ihr einen Kuss auf.

Erneut spaltet sich die Menge vor uns. Wir flankieren Gesichter mit offen stehenden Mündern und weit aufgerissenen Augen. Schwer zu sagen, ob sie mir oder dem Atombusen gelten. Vielleicht ist es aber auch die Mischung aus beidem.

Auf der Tanzfläche ist bereits ordentlich was los.

»Und du bist auch Model?«, frage ich Tati, während ich versuche, meine Gliedmaßen zu ordnen.

Sie hat ihren Rhythmus bereits gefunden und bildet eine Einheit mit dem Takt des Musikstücks. »Nicht reden«, sie legt mir den Zeigefinger auf den Mund. Er fühlt sich schön weich an. »Jetzt wird getanzt!«

Ich konzentriere mich auf den treibenden Beat irgendeines längst vergessenen Eurodancefloor-Stücks aus den tiefsten Neunzigern und suche den Rhythmus. Als ich den Takt finde, wippe ich von einem Bein zum anderen. Meine Arme machen stromlinienförmige Wellen. Mir ist selbst klar, wie bescheuert das aussieht, aber immer noch besser, als sie leblos herabbaumeln zu lassen. Die Tatsache, dass ich von vornherein im Mittelpunkt des Tanzflächengeschehens stehe, macht das alles nicht besser.

Tati scheint sich an meinem nicht vorhandenen Tanztalent überhaupt nicht zu stören. Ihre dünnen Flusen wirbeln vor ihrem Gesicht umher. Vielleicht ist das der Grund, warum sie die Augen geschlossen hält. Ich wage mich ein Stück näher an sie heran und lege meine Hände auf ihre vibrierenden Hüften. Sie schlägt die Augen auf und schenkt mir ein Lächeln. Nun entspanne auch ich mich und entdecke zum ersten Mal in meinem Leben mein Becken, das ich in Tatis Rhythmus vor und zurück bewege.

Ich weiß nicht, wie lange wir beide uns mit sexuellen Versprechungen antanzen. Mein Körper ist aufgeladen mit ekstatischer Erotik, die die Luft zum Flirren bringt. Tati ist nicht unbedingt mein Typ, was vermutlich daran liegt, dass niemand außer Malena mein Typ ist. Dennoch finde ich sie heiß. Ich tanze nicht, ich zappele vor Aufregung. Ich hatte noch nie in meinem Leben einen One-Night-Stand, aber selbst ich spüre, dass ich ganz kurz davor stehe. Ich verliere mich in Tatis auf und ab wippender Oberweite und wünsche mir gleichermaßen ein Glätteisen herbei, um ihrer Dauerwelle den Garaus zu machen.

So fühlt es sich also an, beim weiblichen Geschlecht zu landen. Begehrt zu werden. Und dann spielt mir das Schicksal zum ersten Mal so richtig in die Karten. Als der elende Neunziger-Song vorbei ist, spielen Brings auf. Aber nicht mit irgendeinem Stück, sie spielen *Halleluja.* In der Version mit Lukas Podolski. Es braucht nur den ersten Vers des choralen Refrains, um die Tanzfläche zum Ausrasten zu bringen. Von überall her tönt es »Halleluja«. Und auf einmal wird mir bewusst, dass dies mein Song ist. Auch die anderen nehmen es wahr. Binnen Sekunden bildet sich eine Menschentraube um mich herum, die mich ansingt, anklatscht und anfeuert. Vor mir tanzt Tati auf der Stelle und schaut mich erwartungsfroh an.

Das Volk will eine Show? Das Volk kriegt eine Show!

Ich mach es, wie Peter es vorschlägt. Ich nehme mir ein Herz und singe selbst: »Halleluja!« Meine Hände schießen nach oben. Meine Beine machen etwas, das sich wie tanzen anfühlt. Und die Menge tobt. Es ist Wahnsinn! Niemals hätte ich gedacht, dass Tanzen ein derart befreiendes Gefühl auslösen kann. Tati schiebt sich an mich ran und macht den Twist. Auf einmal spielen wir die Tanzszene aus *Pulp Fiction* nach, und ich komme mir vor wie John Travolta höchstpersönlich. John Travolta mit einem Heiligenschein, verdammt!

Ich mache ihr den Starshooter, schneide die Salatgurke, rühre den brodelnden Kessel und verweise auf die Notausgänge. Ich spule mein ganzes aus dem Fernsehen angeeignetes Love-Parade-Rave-Programm ab. Dann, gerade als es am schönsten wird und unsere Becken tatsächlich drauf und dran sind, sich zu berühren, hält mein Model in der Bewegung inne und nähert sich meinem Ohr.

»Ich hab Durst. Gehen wir was trinken?«, haucht mir ihr warmer, schwer gehender Atem entgegen.

»Wie? Was? *Jetzt?*«

»Hm, mein Mund ist schon ganz trocken.« Sie leckt sich über die Lippen.

Auch ich bin ganz schön außer Puste. Also nicke ich und folge ihr zur Bar, ohne meinen Blick von ihrem Rücken abzuwenden. Makellos und durchtrainiert. Vermutlich schwimmt sie.

»Was darf's denn sein?«, frage ich.

»Lass mal stecken, bei mir geht das schneller.« Als ich sie fragend anschaue, fügt sie hinzu: »Ich kenne den Barkeeper. Wir hatten mal was miteinander.«

»Oh, na dann.« Ich lasse ihr den Vortritt und hoffe, dass sie den letzten Satz irgendwann einmal über mich sagen wird: *»Der mit dem Heiligenschein? Den kenn ich, wir hatten mal was miteinander.«* Ja, das wäre schön.

»Was magst du trinken?«, reißt sie mich aus meiner Traumwelt.

Nach dem billigen Fusel von gestern Abend und dem vielen Kölsch steht mir nicht der Sinn nach Alkohol. »'ne Limonade vielleicht?«

»Du bist echt süß. Bin gleich wieder da, lauf nicht weg.«

»Ganz bestimmt nicht.«

Während ich ihr nachschaue, sammle ich in Gedanken bereits die nächsten Gesprächsthemen, die ich bei ihr anbringen kann. Ich fühle mich wie ein Hochseefischer, der einen ganz dicken Brummer am Haken hat und ihn jetzt nur noch an Bord bringen muss. Hoffentlich reißt mir vorher nicht die Schnur.

»Wow, das war ja echt 'ne super Show«, höre ich eine weibliche Stimme ganz dicht hinter mir. Sehr sanft und samtig.

Augenblicklich richten sich meine Ohrhärchen auf. Ein wohliger Schauer durchfährt mich. Ich schwenke den Kopf zur Seite und sehe in zwei tiefblaue Punkte.

»Du bist ganz schön ... hell«, sagt eine Frau, die mir den Atem raubt.

»Äh ... danke.«

Was soll ich sonst sagen? Mir werden nicht häufig Komplimente gemacht. Genau genommen bin ich mir nicht einmal sicher, ob dies eines ist. Zumindest verkneife ich mir ein auf der Zunge liegendes »Du aber auch«. Dabei wäre das nicht einmal gelogen. Vor mir steht ein zauberhaftes Wesen, ganz in Weiß. Ihrem Haar wurde ein absichtlicher Wasserstoffunfall zuteil, derart weißblond ist es. Auf eine zweifellos billige, aber auch anziehende Weise. Und die Frau versteht es, sich zu schminken. Der Gloss auf ihren Lippen – definitiv mit Schimmer – glänzt mit ihren strahlenden lagunenblauen Augen um die Wette.

Eines ist sicher, sie ist hier mindestens so fehl am Platz wie ich. Darauf lässt nicht nur ihre lange glatte Mähne schließen, die von einer Stirnkette gehalten wird, in deren Mitte ein ovaler Stein eingefasst ist. Sie trägt ein schlichtes, figurbetontes langes Kleid aus einem glatten weißen Stoff. Vermutlich Satin.

»Ist das irgend so ein Special-Effekt aus 'nem Internetshop?«, fragt sie und fixiert die über mir erstrahlende Aura. »So wie diese farbigen Kontaktlinsen?« Dabei saugt sie am Strohhalm, der in ihrem Cocktailglas steckt, und betont damit auf eine extrem verführerische Art ihre ausgeprägten Wangenknochen. Vermutlich weiß sie das auch.

»Was? Ach, das. So in der Art«, sage ich vorsichtig.

»Darf ich's mal anfassen?«

Ich halte ihr den Kopf hin.

Sie streckt die Hand aus und gleitet durch meine leuchtende Aura. Mit wachsender Begeisterung schaut sie dabei zu, wie ihre Hand im Licht badet und von einem leuchtenden Schein umgeben wird.

»Das kribbelt total«, kichert sie.

Sie hat so tolle Hände.

Ich nicke hilflos und weiß nicht, was ich sagen soll.

Das Problem nimmt sie mir ab, indem sie mich fragt, ob ich etwas trinken möchte. Ich bin verwirrt und geschmeichelt zugleich. Es ist noch nie vorgekommen, dass mich eine Frau danach gefragt hat. Noch seltener ist es passiert, dass es gleich zwei an einem Abend tun.

»Ähm, ich krieg schon.«

»Oh.« Sie saugt erneut an ihrem Strohhalm und lächelt mich an.

Sie ist echt schön. Bei jeder noch so kleinen Bewegung zeichnet der glatte Stoff ihre Figur nach.

Da drängt sich eine holunderblütig duftende *Aloha*-Flasche mit neongelbem Strohhalm in unsere Mitte.

»Wer ist denn das?« Tatis Stimme klingt spitz mit einer leicht aggressiven Note im Abgang.

»Keine Ahnung«, gebe ich ehrlich zu.

»Und wer ist *das?*«, fragt die Unbekannte. Ihr abschätzender herablassender Blick bedeutet Ärger, das erkenne sogar ich, der Emotionale-Intelligenz-Legastheniker.

»Das ist Tati.«

»Ah, süß«, sagt die blütenweiße Schönheit. »Ich darf mal?« Sie nimmt der perplex dreinblickenden Tati die Limonadenflasche aus der Hand, schmeißt den Strohhalm weg und nimmt einen großen Schluck. Echt sexy, wie sie die Flasche ansetzt.

»Lecker«, findet sie und streckt mir ihre Hand entgegen: »Ich heiße Juli«, sagt sie. »Wie der Monat.«

Dann drückt sie der Dauerwelle die Flasche wieder in die Hand, legt in einer fließenden Bewegung ihre Arme um meinen Hals und öffnet leicht den Mund. Im nächsten Augenblick werde ich von einer nach Holunderblüten schmeckenden Zunge erobert. So gut hat noch nie zuvor eine Limonade geschmeckt.

Als sie mit dem Küssen fertig ist und das Universum aufhört, sich um mich zu drehen, ist Tati verschwunden. Mit dem Holundergeschmack auf der Zunge lege ich eine brüskierte Miene auf und weiche vor Juli zurück. Sie soll bloß nicht glauben, ich wäre leicht zu haben.

»Sollen wir zu mir gehen und damit weitermachen, womit wir gerade aufgehört haben?«

Meine Mundhöhle trocknet schneller aus, als ich Spucke produzieren kann. Doch für ein »Okay« reicht es glücklicherweise noch.

Kapitel 5

Ich weiß nicht, warum und wie es so weit gekommen ist. Wichtig ist nur: Malena liegt neben mir.

Meine Malena. Schlaftrunken grinse ich mich in den neuen Tag und kuschele mich ganz dicht an sie. Es tut so unendlich gut, sie wieder in den Armen zu halten. In Löffelchenstellung habe ich all meine Extremitäten um sie gewickelt. Am liebsten würde ich in sie hineinkriechen. Ich suche nach ihrer Hand. Meine Finger verhaken sich mit ihren. Ich rutsche noch ein Stückchen weiter an sie ran und genehmige mir einen ganz tiefen Zug vom wunderbaren Duft ihrer Haare.

Sie riecht so gut.

Es ist aber nicht das Bouquet von Wildrosen.

Die Erkenntnis lässt mich schlagartig aus dem Halbschlaf hochschrecken. Diese Haare hier riechen nach Kamille. Und sie sind nicht rot. Sie sind blond. Superblond.

Vor Schreck zieht sich alles in mir zusammen. Ein elektrischer Schlag bis zum kleinen Zeh. Vorsichtig löse ich mich von dem fremden Körper und stehle mich zurück auf die andere Seite der Matratze. Wobei mir auffällt, dass das definitiv nicht mein Bett ist.

Panisch reiße ich die Augen auf und beginne mit der Orientierungsphase. Ich befinde mich in einem Himmelbett. Das Gestell ist aus dicken Bambusrohren, darüber sind beigefarbene Stoffvorhänge drapiert. Schneeweiße Satinbettwäsche liegt über mir. Sauber und gut riechend. Eine fremde Umgebung. Nichts, was ich wiedererkenne. Ebenso fremde Wände, die gegenüberliegende komplett mit einer Waldfototapete verschönert.

Ganz langsam krabbelt die Erinnerung an die vergangene Nacht die Bettdecke empor. Die Bekanntschaft aus dem *Nightlife.* Der holunderblütige Kuss. Ich kann mich noch daran erinnern, mit ihr die Diskothek verlassen zu haben, doch dann reißt die Erinnerung ab.

Mit einem Ruck werfe ich die Bettdecke von mir und richte mich auf. Ein barbarischer Schmerz zieht durch meinen Kopf und explodiert direkt hinter meinen Augäpfeln. Mein Puls rast. Und dieses widerwärtige Gefühl im Mund, weil ich vor dem Schlafengehen nicht die Zähne geputzt habe … Zum Dank gammeln auf meiner Zunge nun schale Kölsch-Moleküle vor sich hin und bereiten mir Übelkeit.

Dann merke ich, dass ich splitternackt bin. Vor Scham ziehe ich die Bettdecke wieder hoch und stelle vorsichtshalber das Atmen ein. Aufrecht im Bett sitzend, versuche ich meine Gedanken zu sortieren. Ganz schön hell hier im Schlafzimmer, denke ich noch, bis mir klar wird, dass ich einen nicht gerade geringen Anteil dazu beitrage.

Behutsam hebe ich die Bettdecke auf der anderen Seite der Matratze an. Ich bin offenbar nicht der einzig Nackte in diesem Bett. Das macht mich wütend. Allem Anschein nach hatte ich gestern den ersten One-Night-Stand meines Lebens und kann mich an nichts mehr erinnern. Wie unfair ist das bitte?

»Verdammter Alkohol«, fluche ich aufgebracht vor mich hin. Was keine so gute Idee ist, denn auf einmal kommt Bewegung in die andere Bettseite.

Meine One-Night-Stand-Partnerin, deren Name mir partout nicht mehr einfallen will, gibt nuschelnde Laute von sich und drückt ihren Kopf tiefer ins Kissen. »Machst du bitte das Licht aus? Ich will noch schlafen.«

Ich räuspere mich. »Klaro.«

Da ich das Licht bin, entscheide ich mich dafür, mich stante pede vom Acker zu machen. Es wird ohnehin Zeit, gleich sieben Uhr durch. Lautlos stehe ich auf, ziehe mich an und schleiche auf Zehenspitzen aus dem Schlafzimmer.

Ich kenne nicht viele Wohnungen von jungen gut aussehenden, alleinstehenden Frauen. Dennoch bin ich mir sicher, dass dieser Einrichtungsstil mit nichts vergleichbar ist, was ich jemals gesehen habe. Die Decken des Single-Apartments sind mit kilometerlangen Stoffbahnen in den unterschiedlichsten Pastelltönen abgehangen. Der Rest ist naturbelassen mit viel Birkenholz und sehr erdigen Tönen. Jede Menge Äste und Blattwerk, die die kuschelige Atmosphäre einer Waldlichtung aufkommen lassen. Die ganze Einrichtung erinnert mich ein wenig an Frodos Hobbithöhle im Auenland. Ganz viel Holz, Gestrüpp und Grün. Richtig gemütlich eigentlich. Was mich aber nicht daran hindert, die Bude auf schnellstem Wege zu verlassen.

Mit dem Zufallen der Haustür wird mir schwer ums Herz. Das ist wieder mal typisch. Es genügt aber offenbar nicht, dass ich mich an keine Einzelheiten erinnern kann, ich habe auch noch ein schlechtes Gewissen Malena gegenüber. Was soll sie nur von mir denken, wenn sie erfährt, dass ich es mit einer wildfremden Person getrieben habe? Vielleicht sogar wie ein Tier. In der Nacht ihrer Geburtstagsfeier. Ich bin ein schlechter Mensch.

Natürlich sind das verrückte Gedanken. Schließlich hat Malena damit umgekehrt gar keine Probleme. Dennoch hat sich in mir ein gänzlich falsches Gefühl eingenistet. Als hätte ich von einer verbotenen Frucht genascht und davon Durchfall bekommen.

Aber es hat sich noch ein anderer Faden in mein wirres Gefühlsknäuel gemischt. Während ich die regendurchnässten Straßen entlanggehe und dem verkaterten Köln beim Erwachen zusehe, driften meine Gedanken immer wieder zurück zu

Malena. Die Gewissensbisse werden noch größer, als ich mich daran erinnere, wie sie mich bei der Geschenkübergabe angelächelt hat. Überhaupt lag da etwas in der Luft zwischen uns beiden. Ich kann es drehen und wenden, wie ich will. Ich fühle mich, als wäre ich Malena fremdgegangen. Hoffentlich erfährt sie niemals davon.

Gedankenversunken schiebe ich meinen angeschlagenen Körper durch die Stadt. Der Nieselregen tröpfelt auf mein Haupt und lässt statisch aufgeladene Funken wie Schuppen auf meine Schultern herabrieseln. Was mich an mein eigentliches Problem erinnert: Das verdammte Licht umgibt immer noch meinen Kopf!

Dann wird mir bewusst, dass ich mein Strandtuch in der Hobbithöhle vergessen habe. Und ich bin weder der Einzige noch der Erste, dem das auffällt. Jetzt, wo ich meine Umgebung bewusst wahrnehme, sehe ich, dass die Leute auf dem Weg zur Arbeit überrascht stehen bleiben und mich schräg von der Seite angucken.

Wie unangenehm. Ich grüße höflich und gehe weiter. Schließlich beschleunige ich sogar ein wenig meinen Schritt, weil niemand zurückgrüßt.

Dann kommt mir ein Geistesblitz. Vielleicht sollte ich Malena anrufen und ihr von der Nacht erzählen! Jede Faser in mir brennt förmlich danach, ihr aufs Brot zu schmieren, dass sie nicht mehr die einzige Frau in meinem Leben ist. *War.* Was auch immer. Ich wüsste zu gern, wie sie darauf reagieren würde. Vielleicht würde sie eifersüchtig werden, ihren Fehler einsehen und Pedro auf den Mond schießen. Das wäre schön.

Ich erschrecke mich zu Tode, als neben mir ein Auto mit quietschenden Reifen zum Stehen kommt. Mein Blick trifft den des Fahrers, der aus dem geöffneten Fenster glotzt und nichts anderes als mich wahrzunehmen scheint.

Hinter ihm hupt es. Erst einmal, dann ein paar Mal kurz hintereinander. Schließlich fühlen sich auch die anderen Teilnehmer des Berufsverkehrs auf der belebten Straße dazu genötigt, in das Hupkonzert einzusteigen. Der Mann aber lässt sich davon nicht beirren und starrt mich weiter unverhohlen an.

Das ist mir jetzt aber echt unangenehm. Ich wende mich von ihm ab und setze meinen Weg fort. Nach den ersten Schritten verfalle ich in einen leichten Trab.

Als dann aber auch die Autos auf der gegenüberliegenden Seite langsamer fahren und einen stockenden Verkehr auf der Aachener Straße produzieren, wird mir richtig mulmig zumute. Ein Strafzettel wegen Erregung öffentlichen Ärgernisses ist das Letzte, was mein finanziell gebeuteltes Konto jetzt gebrauchen kann.

Ich flüchte in die nächste Seitenstraße und fische einen zerlesenen *Kölner Express* vom Vortag aus einem Papierkorb. Schützend halte ich mir die Zeitung über den Kopf. Auf den ersten Blick sieht es sicherlich danach aus, als würde ich mein Haar vor dem nieselnden Regen abschirmen.

Erstaunlicherweise funktioniert es. Als ich einmal ums Karree laufe und meinen Heimweg wieder aufnehme, hat der Autotross in seinen gewohnten Berufsverkehrstrott gefunden.

Wenig später habe auch ich mein Ziel erreicht. Gerade noch gefehlt hat mir der Haussheriff in Form von Frau Mutschler, die mit verschränkten Armen im Spalt ihrer Wohnungstür steht. »Ah, der Jonas. Von nebenan.«

Ich sehe, dass sie bewaffnet ist. Mit Besen und Kehrschaufel.

»Das trifft sich ja gut. Sie hatten letzte Woche Tre-Ho-Bo.«

»Ach?«, stoße ich mit gespieltem Erstaunen aus. Natürlich weiß ich, dass ich dran gewesen wäre. Aber aufgrund meines suizidalen Plans habe ich gedacht, dass ich für das Versäumen des Treppenhaus-Hof-Bordstein-Dienstes nicht zur Rechenschaft gezogen werden würde.

»Ich weiß, das wollte ich gleich am Wochenende tun, aber …«

»Aber, aber, immer diese Aber. Bleibt es eben wieder an der alten Mutschler hängen, hab ich recht?«

»Ich, äh ...«

»Aber ich wollte Sie ohnehin noch sprechen. Die Lastschrift für die letzte Monatsmiete ist geplatzt.« In der Hand mit der Kehrschaufel erkenne ich einen Brief mit dem Logo meiner Bank.

»Oh.«

»Da muss ich jetzt schon die Hausverwaltung drüber informieren. Das sieht man dort natürlich gar nicht gern.«

»Natürlich nicht. Ich kümmere mich sofort darum.« Resigniert nehme ich ihr den Brief aus der Hand und schiebe mich an der Hausmeisterin vorbei.

»Und was ist mit der Tre-Ho-Bo?«

Ich lasse den *Express* sinken und greife nach Besen und Kehrschaufel. Zeitgleich drücke ich Frau Mutschler die nasse Zeitung in die Hand. »Bitte schön, wenn Sie noch reinlesen möchten.«

Will sie nicht. Zumindest greift sie nicht danach. Dafür aber fällt ihr Gesicht in der nächsten Sekunde in sich zusammen – ein einziger überschüssiger Hautlappen. Sie schlägt beide Hände vor den Mund, was mit einem hohlen Klatschen belohnt wird, das schallend durch den bis zur Decke gefliesten Hausflur hallt. »Herrgottszeitenundmaria«, klingt es gedämpft zwischen ihren Fingern hervor. Dann bekreuzigt sie sich.

Daran bin ich ja mittlerweile gewöhnt.

»Alles in Ordnung mit Ihnen?«, frage ich vorsichtig. Gleichzeitig frage ich mich, wann das Treppenhauslicht angegangen ist. Ganz ohne das typische Klicken und Aufflackern der einzelnen Leuchtstoffröhren wird der blitzblanke und dennoch erschreckend hässliche Gang in grelles Licht getaucht. Frau Mutschler sieht so fahl aus wie die eierschalenfarbenen Fliesenkacheln.

»Alles in Ordnung mit Ihnen, Frau Mutschler?«

»Das sollte ich Sie fragen! Was ist denn das da?« Sie gestikuliert mit der rechten Hand in meine Richtung.

Ich drehe mich um, kann aber hinter mir nichts erkennen. Dann, in der Vorwärtsdrehung, dämmert es mir. Jetzt ist es mein Körper, aus dem die Spannung entweicht. »Wenn ich das wüsste«, sage ich matt. »Vermutlich was Allergisches.«

»Ganz bestimmt nicht«, schießt es aus ihr heraus wie ein Eichhörnchen aus einer Baumkrone. »Das ist ein Heiligenschein! Wahrhaftiger! Ein Heiligenschein.«

Voll ins Schwarze, meiner Meinung nach. Aber ich wiegele ab. »Nein, ganz sicher nicht.«

»Wenn ich es doch sage! Das sieht doch ein Blinder. Ein Heiligenschein ist das.«

»Bitte, Frau Mutschler, nicht so laut! Die Leute schlafen sicherlich noch.«

»Papperlapapp. Wer um diese Uhrzeit noch schläft, gehört ohnehin schleunigst aus dem Bett gejagt.«

Ich erhasche einen Blick auf meine Swatch. Es ist noch keine halb acht.

»Kommen Sie mal näher«, befiehlt sie, kommt dann aber mit kleinen Tippelschritten aus der Tür und zurrt den Gürtel ihres Morgenmantels zu. Ein weiteres »Grundgütiger!« entfährt ihr.

Als daraufhin niemand mehr etwas sagt, setze ich zum Gehen an. »Na ja, ich verzieh mich dann mal in den Keller und schnapp mir den Eimer für die Tre-Ho-Bo.«

»Nichts machen Sie! Sie kommen jetzt auf einen starken Kaffee zu mir herein.«

»Aber ich ...«

»Nichts aber!« Mit einer einladenden Geste bedeutet sie mir, in ihre heiligen Gemächer einzutreten. Ich schaffe es gerade so, den sich bildenden Kloß des Unbehagens in meiner Kehle herunterzuschlucken, und folge dem Flapp-Flapp ihrer Hauspantoffeln.

Frau Mutschlers Wohnung riecht nach ungesunder Sauberkeit. Eine nicht näher definierbare Beklommenheit macht sich in mir breit, als ich den langen und schmalen Flur betrete und ihr in die Küche folge. Dort dominieren eine Eckbank aus dunklem Holz und eine Küchenzeile aus demselben Grün wie die Auslegeware im Flur. Mir springen eine orangefarbene Kaffeemaschine und der farblich dazu passende Toaster ins Auge.

»Gefallen Sie Ihnen?«, fragt Frau Mutschler freudig, als sie meinen Blick bemerkt.

»Ähm …«

»Das ist noch gute deutsche Markenware. Haben sich über dreißig Jahre bewährt. Erst wollte ich sie wegschmeißen, aber jetzt sind sie ja fast schon wieder modern, hab ich recht?« Sie gluckst wie ein zufriedenes Baby nach einem Bäuerchen. »Setzen Sie sich doch.«

»Ach, wissen Sie, ich stehe ganz gerne, und eigentlich wollte ich …«

»Sie sollen sich setzen.« Das Glucksen weicht einem bedrohlichen Grollen.

»Aber gern.« Ich nehme auf der harten Eckbank Platz und schaue ihr bei der Kaffeezubereitung zu. Esslöffel um Esslöffel häufen sich in einem nikotingelben Filter, bis sich ein kleiner brauner Berg bildet. Die Spitze streicht Frau Mutschler mit dem ausgestreckten Zeigefinger ab, damit sie den Deckel zubekommt.

»Ich hoffe, Sie mögen starken Kaffee?«

Ich nicke zustimmend und mache mich auf eine schlaflose Woche gefasst.

»Und nun, junger Mann, erzählen Sie doch mal!« Sie zieht den mir gegenüber befindlichen Stuhl unter dem Tisch hervor und lässt sich ächzend nieder. »Was hat es denn nun mit dieser Gloriole auf sich?« Über den Tisch weht ihr saurer Atem zu mir herüber. Sie hatte wohl schon Kaffee.

»Mit der was?«

Ihr Zeigefinger schießt nach vorn und deutet auf das Licht, das von meinem Hinterkopf ausgeht.

»Ach, so. Also, ich ... ähm, keine Ahnung. Auf einmal war er da. Einfach so. In einem Moment habe ich geschlafen, und im nächsten Moment, bäm!, war er da. Ohne Vorwarnung.«

»Aha«, sagt sie nur.

Im Hintergrund schlürft und schmatzt die Kaffeemaschine.

»Nichts kommt von einfach so«, lässt sie einen ihrer Kalenderabreißsprüche vom Stapel, »alles hat einen Sinn.«

»Wenn Sie meinen ...«

»Gab es denn zuvor eine Erscheinung? Vielleicht ein Taborlicht?«

»Ein was?«

»Bibelfest sind Sie nicht, oder?«

»Sie meinen in Bezug auf den Inhalt und die Frohe Botschaft und so?«

»Im Testament ist oft die Rede von einem gleißenden Licht. War es etwas Derartiges, das auf Sie herabgeschienen hat?«

»Wie gesagt, ich habe geschlafen.« Von meinem Ausflug auf die Deutzer Brücke muss sie am allerwenigsten erfahren. »Aber Sie glauben doch nicht wirklich, das sei ein Heiligenschein?«

Sie schiebt ihren Unterkiefer von rechts nach links und lässt die Zunge an den Innenseiten der Wangen entlangfahren. Vermutlich spielt sie gerade mit ihrem losen Gebiss. Dann gibt auch sie ein schmatzendes Geräusch von sich und sagt: »Was soll es denn sonst sein?«

»Eine Allergie?«, schlage ich mal wieder vor.

Sie lacht auf und wendet sich dem Küchenschrank zu. »Schnäpschen?«

Ich werfe einen Blick auf die Wanduhr. Es ist noch keine acht. Dennoch willige ich ein.

»Um von der katholischen Kirche heilig gesprochen zu werden, müssen Sie ein frommes Leben geführt und gute Taten begangen haben.«

Ich denke über mein nicht ganz so frommes Leben und meine an einer Hand abzuzählenden guten Taten nach. Okay, ich habe da gestern jemandes Leben gerettet – aber ansonsten?

»Vor allem aber müssen Sie tot sein.« Frau Mutschler leert ihr Schnapsglas in einem Zug und haut es verkehrt herum auf den Tisch. Ohne die Miene zu verziehen, sieht sie mich an. »Und tot sehen Sie weiß Gott nicht aus.«

»Ich fühle mich auch eigentlich noch ganz lebendig.«

Ich rieche an dem Schnaps und habe dabei meine Gesichtszüge nicht ganz so gut unter Kontrolle wie Frau Mutschler. Zumindest das ist ihr ein Lachen wert.

»Einfach exen und an was Schönes denken«, rät sie mir.

Stur befolge ich den Rat, denke an Malena und bereue es sofort. Die lauwarme Flüssigkeit fackelt sich Funken sprühend meine Speiseröhre entlang. Ich röchele und huste mir die Schärfe aus dem Hals, was das Brennen aber nur noch schlimmer macht.

Jetzt ist Frau Mutschlers Lachen deutlich zu hören. Sie steht auf und klopft mir auf die Schulter. Für eine Frau ihres Alters ungewöhnlich fest. »Geht's wieder?«

Ich nicke, während ich mir die Tränen aus den Augen wische.

»Noch einen?«

»Nein, bloß nicht!«

Schulterzuckend dreht sie noch einmal den Schraubverschluss der dickbauchigen Flasche auf. »Lassen Sie uns der Sache auf den Grund gehen. Ist denn so etwas schon einmal in Ihrer Familie vorgekommen?«

»Nicht, dass ich wüsste.«

»Gab es in Ihrer Familie irgendwelche sonstigen übersinnlichen Vorkommnisse? Stigmata vielleicht?«

Da ich den Film gesehen habe, weiß ich, wovon sie redet. »Nein, niemand hat bisher aus den Händen geblutet oder schwebte im Schlaf einen Meter über der Bettdecke.« Obwohl ich mir bei Tante Ulla da nicht ganz sicher bin.

»Kein Grund, sich über mich lustig zu machen. Ich versuche nur zu helfen. Sie glauben ja gar nicht, wie häufig Derartiges vorkommt. Aber davon wollt ihr Frevler natürlich nichts wissen.«

Die Kaffeemaschine gibt ein ächzendes Stöhnen von sich, das nach vorletztem Atemzug klingt.

Frau Mutschler hält in ihrer Ausführung inne und fasst sich ans Kinn. »Heilig wird man nicht so ohne Weiteres. Schon gar nicht über Nacht. Gott hat Sie ausgewählt, so viel ist sicher. Nun müssen wir nur noch herausfinden, was er damit bezweckt.« Sie steht auf und nimmt sich der Kaffeemaschine an.

»Wieso denn *wir?*«

»Na, glauben Sie, das ist Zufall, dass er sein Zeichen in meinem Haus zur Erscheinung bringt?«

»Wieso denn Ihr Haus? Sie wohnen hier doch selbst nur zur Miete.«

Sie richtet sich zur vollen Größe von einem Meter fünfundfünfzig auf. »Nur zur Miete? Wie können Sie so etwas sagen! Mein Mann war hier über fünfunddreißig Jahre lang Hausmeister. Bis zu seinem Ende. Gott sei seiner Seele gnädig.«

»Bestimmt war er das«, sage ich freundlich und bemüht, die Wogen zu glätten. Dabei hält sich mein Mitgefühl in Grenzen. Ich habe Frau Mutschlers Mann nie kennengelernt. Aber auch, wenn er ein doppelt so großer Charmebolzen war wie sie, konnte ihm ein IKEA-Regal in puncto Sympathie problemlos den Rang ablaufen.

Dennoch muss es schwer für die alte Dame sein, ihr Leben allein zu bewältigen. Tagein, tagaus. Da bleibt einem nichts weiter mehr als die Tre-Ho-Bo und der Glauben an den lieben

Gott, um wenigstens nach dem Tod paradiesische Verhältnisse zu haben.

»Wissen Sie, meine Schwester hatte ebenfalls einmal eine Offenbarung.«

»So?«, frage ich.

»Hm, ich glaube, es war 1986, da hat sie eine Zucchini geerntet, die das Profil von Jesus Christus hatte.«

Gott allein weiß, dass ich wirklich versuche, mir eine Zucchini mit einem Gesicht vorzustellen. Es gelingt mir nicht.

»Und Sie glauben, dass das ein … ein Zeichen war? Eine Offenbarung?«

»Das – oder Tschernobyl.« Sie kräuselt die Lippen und glotzt dann wieder verzückt meinen Heiligenschein an.

Schwer zu sagen, ob sie sich gerade über mich lustig macht. Ich erschrecke mich vom Geräusch der Kaffeemaschine, die ein letztes Aufbäumen in Form eines verschluckten Gurgelns von sich gibt.

»So, Frau Mutschler. Ich muss dann auch mal wieder. Ich habe heute noch ein ordentliches Pensum zu bewältigen.«

»Och«, sagt sie und zieht einen Schmollmund. »Jetzt, wo der Kaffee fertig ist? Das ist aber schade. Wo müssen Sie denn so eilig hin?«

Ich stehe auf und werfe einen enttäuschten Blick auf die braune zähflüssige Masse, die in der vergilbten Glaskanne vor sich hin brodelt. Absolut gespielt, denn ich habe echt Angst vor dem Gebräu, das diese Maschine ausscheidet.

»Zum Arzt«, sage ich, »Sie wissen schon.«

»Die werden dort nichts finden, sag ich Ihnen. Stigmata lassen sich nicht mit Wissenschaft erklären. Und Wunder schon mal gar nicht!«

Kapitel 6

»Hast du einen Termin?«

Die Sterilität der Praxis hat sich auch im Gesicht der Arzthelferin breitgemacht, die ihren Blick einfach nicht von meinem Turban Marke Eigenbau lösen kann.

Ich kenne Fräulein Rabensack seit meiner Kindheit. Und obwohl es sich nicht mehr gehört, nenne ich sie noch immer so: Fräulein. Das ist nur fair, denn ich bin in ihren Augen offensichtlich auch nicht erwachsen geworden.

Sie spricht betont langsam mit mir. »Und warum hast du ein Handtuch auf dem Kopf?«

»Darum«, gebe ich voller Ungeduld zurück. »Und nein, ich habe keinen Termin, aber es ist wirklich, wirklich dringend!« Um meinen Worten mehr Ausdruck zu verleihen, hüpfe ich ungeduldig auf und ab, als sei der Toilettengang längst überfällig.

»Es ist aber nichts mehr frei«, sagt sie. Die Entschiedenheit in ihrer Stimme lässt erkennen, dass dies ihr letztes Wort ist.

»Na schön.« Resigniert lasse ich den Kopf hängen und schlurfe zum Ausgang. Zumindest tue ich so.

Sie senkt ebenfalls ihren Blick und hämmert kopfschüttelnd auf die weiße Tastatur des Computers ein.

Das ist meine Chance. Ich biege, statt zur Tür zu marschieren, links ab und drücke ruckartig die Klinke zum Behandlungszimmer runter.

»He!«, höre ich es hinter mir rufen. Fräulein Rabensack springt auf. »Du kannst da doch nicht einfach so …«

Doch, ich kann. Noch ehe sie es vor den Tresen schafft, habe ich mich durch die Tür des Behandlungszimmers gemogelt und sie hinter mir geschlossen. Sicherheitshalber schließe ich ab. Man weiß ja nie. Schwer atmend blicke ich nach vorn und sehe in zwei überraschte Augenpaare. Das eine Paar kenne ich, es gehört meinem Hausarzt. Das andere ist mir unbekannt – was uns beiden mehr als recht ist. Es gehört einem älteren Herrn, der die Hosen bis zu den Knien heruntergelassen hat, und sich den behandschuhten Zeigefinger des Arztes im Anus gefallen lassen muss.

»Hämorriden«, erklärt er mit brüchiger Stimme und wird dabei noch nicht einmal rot.

Das Alter muss ein wirklicher Segen sein.

»Entschuldigen Sie, dass ich hier so reinplatze.«

Beide sind zu perplex, um irgendeine Art der Entrüstung an den Tag zu legen. Mein Hausarzt zieht den Finger aus dem älteren Herren, woraufhin dieser sofort nach seiner Hose greift und sie sich hastig überstreift.

»Es ist wirklich ein Notfall, und Fräulein Rabensack wollte mich nicht zu Ihnen lassen.«

Dr. Henning Sauerbier streift sich den Gummihandschuh ab und legt ihn auf eine Petrischale. Ich widerstehe trotzdem dem Versuch, ihm die Hand zu reichen.

Übellaunig verschränkt er die Arme vor der Brust. »Was kann denn so dringend sein, dass du einfach so in eine Behandlung platzt?«

Ich weihe ihn und den Mann mit den Hämorriden in das Geheimnis unter dem Frotteeturban ein. Beide zeigen dieselbe Reaktion wie Pedro, der Türsteher, Frau Mutschler und all die namenlosen anderen, denen ich auf der Straße begegnet bin. Sie reißen die Münder auf und sagen lange Zeit nichts. Sie sehen mich an, dann sich und bleiben schließlich wieder an meinem Heiligenschein hängen.

Der alte Mann schickt ein Stoßgebet gen Himmel, bekreuzigt sich mehrmals im Zeitraffer und verlässt dann beinahe fluchtartig die Praxis.

»Gute Besserung«, rufe ich ihm hinterher.

Der Arzt, der mich seit meiner Kindheit behandelt, kommt langsam auf mich zu. Sein Blick ruht über meinem Kopf. Er hebt die Hände und vollführt damit Gesten, als modelliere er eine Tonvase. »Faszinierend«, sagt er.

»Vielleicht eine allergische Reaktion?« Ich kann es einfach nicht lassen.

»Seit wann?«

»Vorletzter Nacht.«

Schweigsam kratzt sich Dr. Sauerbier am Kinn und geht zurück zu seinem Schreibtisch. Dort greift er zum Telefon, drückt auf eine Taste und wartet. Ich hopse auf die Behandlungsliege und lasse die Beine baumeln. Wir sehen uns forschend an. Ich bin mir sicher, dass in meinem Blick etwas Flehendes liegt. In seinem erkenne ich Neugier gepaart mit einem Funken Häme. Wie damals bei meiner Diagnose der Vorhautverengung.

Ich schrecke kurz auf, als er ohne Vorwarnung in den Hörer spricht: »Ich habe da etwas, das müsst ihr euch unbedingt ansehen. Das könnt ihr euch nicht vorstellen. So etwas hab ich noch nie gesehen.«

Es gefällt mir nicht, wie er mein Wehwehchen einer mir unbekannten Person mit Superlativen schmackhaft macht. Und es sind definitiv nicht die beruhigenden Worte, die man als Patient hören möchte.

»Wer muss sich was ansehen?«, werfe ich ein. Ich bin irritiert. Und ängstlich. Doch vermutlich ist heute nicht der Tag, an dem meine Fragen beantwortet werden.

Dr. Sauerbier wendet den Blick von mir ab und schaut zum Fenster hinaus. Viel zu sehen gibt es da nicht, da die Jalousien heruntergelassen sind. »Nein, nicht erst in ein paar Wochen. Er braucht sofort einen Termin, schnellstmöglich. Na gut, ich warte.« Er zieht eine Schublade des Schreibtisches auf und fördert ein in der Mitte gefaltetes DIN-A4-Blatt zutage, das er mir hinhält. »Hier, füll das schon mal aus.«

Ich fühle mich unwohl. Selbst das lebensgroße Skelett am Fußende der Behandlungsliege scheint mich auszulachen.

Er hält die Hand über den Hörer und dreht sich von mir weg. Während ich den Fragebogen durcharbeite, kann ich hören, wie er »medizinisches Phänomen« in die Hörmuschel flüstert.

Als er fertig ist mit seinem Telefongespräch, in dem sich ein lateinischer Begriff an den nächsten gereiht hat, reißt er mir den Fragebogen aus der Hand – ungeachtet dessen, dass ich noch nicht fertig bin. »Du hast morgen um drei einen Termin in der Bonner Uniklinik. Melde dich am Empfang und frage nach Prof. Dr. Gräulich. Er und sein Team werden dich untersuchen.«

»Warum denn nach Bonn? Welches Team?« Und überhaupt: Ich will nicht in die Uniklinik nach Bonn. Da kommen doch nur ernste Fälle hin! »Meinen Sie nicht, dass das ganz von selbst verschwinden könnte?«

»Das weiß Gott allein.« Dr. Sauerbier hebt die Schultern und schüttelt den Kopf. »Das hier übersteigt eindeutig meinen Zuständigkeitsbereich.« Noch immer hält er mir die Überweisung entgegen. Er scheint wirklich erpicht darauf zu sein, mich abgeben zu wollen.

Ich bin gekränkt und nehme den Wisch entgegen. »Alles klar, vielen Dank. Und bis dahin, soll ich irgendetwas beachten?«, frage ich, während ich mir das Strandtuch zurechtlege. Mittlerweile geht mir das Turbanbinden leicht von der Hand. Im Spiegel überprüfe ich den richtigen Sitz und schenke dem Skelett ein gehässiges Grinsen.

»Was weiß denn ich? Nimm halt viel Flüssigkeit zu dir, das kann nie schaden. Und viel Schlaf. Gegen die gerötete Kopfhaut habe ich dir ein Antischuppenshampoo verschrieben, das Rezept bekommst du am Empfang.«

Er geleitet mich hinaus, wofür ich ihm unendlich dankbar bin, da mich bereits der Blick von Fräulein Rabensack zur Salzsäule erstarren lassen könnte.

»Halt mich auf dem Laufenden, wie es ausgegangen ist«, ruft er mir noch hinterher.

Wieso ausgehen? Was soll denn hier ausgehen?

* * *

Mit der Überweisung in der Hand schiebe ich mich und mein Strandtuch durch die Straße auf der Suche nach Lösungen. Zum Beispiel, wie ich die Handschrift von meinem Hausarzt entziffert bekomme, um herauszufinden, aufgrund welcher Diagnose man mich in der Bonner Uniklinik auf den Kopf stellen will.

Während ich darüber nachdenke und an der Ampel auf einen schlauen Einfall warte, höre ich die *Marimba*-iPhone-Melodie. Was aus mehreren Gründen merkwürdig ist. Zum einen deshalb, weil ich gar kein iPhone besitze. Dass es dennoch der *Marimba*-Ton ist, weiß ich, weil ihn Malena auf ihrem alten Gerät hatte. Noch ungewöhnlicher ist der Umstand, dass ich ganz allein an der Ampel stehe. Weit und breit kein Mensch. Nur ich. Und *Marimba*.

Aber noch etwas ist äußerst ungewöhnlich. Denn *Marimba* klingt, als würde er von einem Knabenchor vorgetragen. Und damit es so richtig gruselig wird, ist die Herkunft der Melodie nicht zu orten. Sie kommt nicht von links. Sie kommt nicht von rechts. Es hat den Anschein, als würde sie meinem Kopf entspringen. Wie gesagt, echt gruselig. Und sie wird lauter.

Allmählich zweifle ich an meinem Verstand. Ich drücke die Handballen fest auf meine Ohren, was die Lautstärke der

Melodie aber nur verstärkt. Also summe ich dagegen an. Irgendwas von den Sportfreunden Stiller.

Zwecklos. Meine eigene Stimme wird übertönt. Aber nicht von den infernalischen Chorklängen des Grauens, sondern von einem Sattelschlepper, der an mir vorbeirauscht und einen warmen Luftzug mit sich zieht.

»Hier stimmt etwas nicht!«, schreie ich die unschuldige Ampel an, die in diesem Moment auf Grün springt. »Hier stimmt etwas ganz und gar nicht!«

Wie recht ich habe, merke ich, als der Sattelschlepper erneut an mir vorbeizieht.

Zumindest ein Teil davon. Der hintere.

Während ich noch denke: »Wie komisch, so was hab ich ja noch nie gesehen«, wird mir das ganze Ausmaß der Situation bewusst. Die Fakten fasst mein Unterbewusstsein schnell zusammen: Der Anhänger des Sattelschleppers hat sich gelöst und rollt an mir vorbei. Mit sich zieht er den Duft von frischem Heu, der aus den seitlich angebrachten silbergrauen Lüftungsschlitzen zu kommen scheint.

So weit, so kurios.

Richtig krass aber wird es, als ich die Richtung verfolge, die das führerlose Geschoss eingeschlagen hat, und einen armen Tropf am Ende der Straße erkenne, der gerade dabei ist, die Einkäufe aus dem Kofferraum seines Renault Twingo zu räumen. Und auch hier ist mein Unterbewusstsein wieder schnell mit den Fakten zur Stelle: Die Knautschzone des Kleinwagens wird nicht ausreichen.

»AAAACHTUNG!«, schreie ich mir die Seele aus dem Leib. »VOOORSICHT!« Dabei wedele ich wie ein Besessener mit den Armen.

Doch der Mann scheint mich nicht zu hören. Er findet den Staudensellerie spannender, dem er gerade seine ganze Aufmerksamkeit widmet.

Geistesgegenwärtig hechte ich dem Anhänger hinterher und hab ihn nach wenigen Metern eingeholt. Zum Glück ist er langsamer, als ich gedacht habe. Oder ich bin schneller. Egal! Mit aller Kraft schiebe ich meinen untrainierten Körper an ihm vorbei und versuche das brennende Inferno in meinen Oberschenkeln auszublenden. Es gelingt mir. Da ist nichts mehr. Nur noch die Straße, der Anhänger und die immer lauter werdende iPhone-Melodie: *Damdamdam-da-damdam-da-damdamdam.*

Sie macht mich wahnsinnig, mobilisiert aber gleichermaßen meine letzten Kraftreserven. Jetzt endlich hab ich den Anhänger eingeholt, der seinen Weg ins Verderben unbeirrt fortsetzt – als gleite er auf Schienen. Dafür legt der Knabenchor noch ein paar Dezibel drauf: *Damdamdam-da-damdam-da-damdamdam.*

»AAAACHTUNG!«, höre ich mich erneut schreien.

Endlich, der Mann lässt von seinem Sellerie ab und blickt in meine Richtung. Idiotischerweise zeige ich hinter mich auf den Anhänger und forme ein »Lauf!«. Dabei fühle ich mich wie Indiana Jones im Tempel des Todes auf der Flucht vor der riesigen Steinkugel. Nur hab ich keinen Goldschatz in der Hand, sondern eine beknackte Handymelodie im Ohr und einen noch beknackteren Heiligenschein über meinem Kopf. Was für ein beschissenes Leben das doch ist.

Der Mann lässt seinen Sellerie fallen, er begreift die Situation sofort. Was ihn aber nicht daran hindert, auf der Stelle stehen zu bleiben. Wild winkend gebe ich ihm zu verstehen, dass er sich verpissen soll. Dabei bin ich derart emotional, dass ich selbst ins Straucheln gerate und aus den Augenwinkeln die schweren schwarzen Reifen des Ungetüms sehe, die mich mühelos plattwalzen würden. Ich strauchele, behalte aber das Gleichgewicht und hechte dem Mann entgegen. Mit letzter Kraft werfe ich mich auf ihn und schaffe im Wurf eine Drehung zur Seite, die uns beide neben dem Twingo auf den Boden schleudert. Nicht weit weg von ihm kommen wir unsanft auf dem Asphalt auf. Immerhin weit genug, um nicht zwischen dem dünnen Blech der Franzosenkarre und dem Auflader zerquetscht zu werden. Mit einem kreischenden Schrei bohrt sich der Anhänger in den hinteren Teil des Kleinwagens. Es rumst und kracht, dass sich die Metalle biegen. In der nächsten Sekunde ist alles vorbei.

Ich schüttele mir die Anstrengung aus den Gliedern, richte mich auf und helfe dem Mann auf die Beine. Er blickt mich verdutzt an und fährt sich durchs lichte Haar.

»Das war echt knapp, Mann«, sage ich.

Er nickt unablässig, was mich ein wenig an einen Wackeldackel auf einer Hutablage erinnert. »Mein Auto«, stammelt er.

»Das ist wohl hin.«

»Mein Staudensellerie.«

»Der ist auch Matsch.«

»Dann werde ich wohl noch mal einkaufen gehen müssen. Margret bringt mich um, wenn ich ohne Staudensellerie nach Hause komme.«

Ich starre ihn fassungslos an und bin gewillt, ihn durchzuschütteln. Passanten strömen von allen Seiten herbei. Die meisten gaffen, einige wenige kümmern sich liebevoll um den unter Schock stehenden Mann. Ich entferne mich langsam vom Ort des Geschehens und reibe mir das malträtierte Steißbein.

»Hey, du!«, spricht mich da jemand von hinten an. Ich drehe mich nach links und rechts. Sehe aber niemanden.

»Hey, du!«, höre ich es wieder.

»Hm, was? Wer ich?«

»Genau. Du!«

Mein Kopf geht nach schräg oben. Die Stimme kommt aus dem Anhänger. Sie klingt unglaublich dunkel und basslastig.

»Wer spricht da?«, frage ich durch die Gitterstäbe hindurch

und erhalte die wenig aufschlussreiche Antwort: »Ich. Lässt du uns raus?«

Jetzt zwängt sich eine feuchte zartrosafarbene Kuhnase durch die Stäbe. Aus den riesigen Löchern steigt Dampf empor.

»Du bist eine Kuh«, stelle ich fest.

»Genau«, sagt die Kuh. »Lässt du uns raus?«

»Aber Kühe können nicht sprechen.«

»Wenn du das sagst. Lässt du uns trotzdem raus?«

Meine Knie haben plötzlich die Konsistenz von Kartoffelpüree. Anscheinend ist Sellerie-Man nicht der Einzige, der unter Schock steht.

»Los, schnell«, feuert mich die Riesenschnauze an und leckt im Anschluss mit einer unglaublich großen Zunge über die Gitterstäbe. »Lass uns raus!«

»Du bist eine Kuh«, sage ich wieder.

»Genau. Und leider keine Milchkuh.«

»Ich spreche mit einer Kuh.«

»Ich heiße übrigens Lotta. Lässt du uns jetzt raus?«

Ob Schock oder nicht, diese Kuh hat ein Anliegen. Und wer bin ich, dieses infrage zu stellen? Es braucht nicht viel, um den Verschluss des Viehtransporters zu öffnen und die Ladeluke nach unten zu klappen. Dann stehen wir uns gegenüber. Lotta und ich. Sie ist eine hübsche Kuh. Mit großen weißen Flecken und süßen behaarten Kuschelöhrchen auf dem Kopf.

»Danke«, sagt Lotta.

»Keine Ursache«, entgegne ich und mache Platz für ein halbes Dutzend Kühe, das sich schweigend an mir vorbeischiebt und in Richtung Stadt aufmacht. Bis irgendjemand ruft: »He, wer hat die Kühe rausgelassen?« Das ist mein Stichwort, um die Beine in die Hand zu nehmen.

Etwas Gutes hat die Sache. Der verdammte Chor in meinem Kopf ist verstummt, und ich werde nie wieder Rindfleisch essen.

Kapitel 7

Aufgepeitscht und immer noch außer Atem sitze ich auf meiner Wohn-Schlaf-Ess-Couch und lasse die Finger auf der Suche nach einer Selbstdiagnose über die Tastatur fliegen. Doch die Recherche bei Google führt zu keinem Ergebnis. Und auch bei Wikipedia finde ich keinen Hinweis auf eine Erkrankung, die der meinen gleicht – und da stolpert man normalerweise immer über irgendetwas Besorgniserregendes. Im Forum der Anonymen Hypochonder ist kein Sterbenswörtchen über Heiligenscheine erwähnt. Dafür stoße ich auf einen wissenschaftlichen Artikel, demzufolge es Forschern gelungen ist, einen Hund zu lumineszieren. Allerdings hat er nur nachts geleuchtet. Und in Blau.

Und am nächsten Tag war er tot.

Bevor ich eine unschöne Schlussfolgerung ziehen kann, klingelt mein Telefon. Müde greife ich nach dem Teil und nuschele halbherzig: »Hallo-ho?«

»Hi, ich bin's. Juli.« Die Stimme klingt ein wenig nervös, aber ich höre ein Lächeln heraus. »Erinnerst du dich noch an mich?«

Ungläubig halte ich mir das Telefon vom Ohr und starre es entgeistert an. Woher hat sie meine Nummer? »Natürlich erinnere ich mich an dich.«

»Und? Was machst du denn gerade?«

»Och, nichts Besonderes.« Ich schließe die Seite mit dem leuchtenden Hund. »Woher hast du denn meine Nummer?«

Kurz wird es still in der Leitung. »Die hast du mir doch gegeben. In der Nacht …«

Verdammter Filmriss. Ich kann mich an nichts erinnern.

»Ich wollte dir eigentlich nur sagen, dass du dein … Handtuch bei mir vergessen hast.«

»Strandtuch. Danke.«

»Und dass ich es extrem schade fand, dass du am Morgen einfach so gegangen bist.«

»Aber du hast doch gesagt, ich soll gehen.«

»Äh-ä«, kommt es aus dem Hörer. »Nie im Leben.«

»Doch, du hast gesagt, ich soll das Licht ausmachen. Und da ich das Licht war, dachte ich …«

»Das Licht«, säuselt sie in den Hörer. »Das war so …«

»Hell?«, versuche ich ihr auf die Sprünge zu helfen, was sie kichern lässt. Es vermischt sich mit den knarzenden Sprungfedern des Trampolins über mir. Das abendliche Sportprogramm meines Nachbarn hat begonnen.

»Und?«, beginnt sie nach einer Weile unschönen Schweigens.

»Was und?«

»Würdest du mich gern wiedersehen?«

Eines muss ich dieser Juli lassen: Sie ist *sehr* direkt. Mir wird warm, und ein bisschen schnürt sich mir die Kehle zu. Will ich das wirklich? Sie wiedersehen? Nagt das Gefühl des Fremdgehens nicht immer noch an mir?

»Hallo?«, kommt es besorgt aus dem Hörer. »Bist du noch dran?«

»Ja«, brülle ich ins Telefon. »Ich meine … ja. Natürlich. Sorry, stehe momentan etwas unter Strom.«

Wieder wird es ruhig am anderen Ende. Und es ist keine angenehme Stille, wie man sie von Vertrauten kennt. Diese hier ist erdrückend und belastend. Ich fühle mich schlecht. Als hätte ich auch sie betrogen. Ich sollte echt mal einen Psychiater aufsuchen, bei meinem ausgeprägten Frauenkomplex. Liegt sicherlich am schwierigen Verhältnis zu meiner Mutter. Diese Stille ist geradezu erdrückend und treibt mir den Schweiß aus den Poren. Um das Schweigen irgendwie zu durchbrechen, quassele ich einfach drauflos.

»Du glaubst gar nicht«, beginne ich, froh über den Laut meiner eigenen Stimme, »was mir gerade eben passiert ist.«

Es folgt eine dramatische Pause, in der ich mich zwinge, bis drei zu zählen.

»Ich habe ein Leben gerettet!«

Und mit einer Kuh gesprochen.

»Du hast was?«

»Ich bin ein Lebensretter!«

Und die Kuh hieß Lotta.

Aufgeregt erzähle ich Juli jede Einzelheit von dem Ergebnis, das gerade mal eine Stunde zurückliegt. Nur die Kühe umfahre ich großspurig. Dafür halte ich mich aber mit kleinsten Details auf und berichte in schillernden Farben, wie ich wie ein Wahnsinniger dem rangierlosen Anhänger hinterhergehechtet bin und den schockgefrosteten Mann tatsächlich vor dem sicheren Zerquetschungstod gerettet habe. Gut, die Sache mit dem Knabenchor behalte ich auch erst mal für mich, da das mit dem nötigen Abstand selbst in meinen Ohren irgendwie komisch klingt. Sie soll bloß nicht denken, ich wäre ein Schizo oder so. Es reicht ja schon, dass ich eine leuchtende Aura um mich herum habe.

Gerade, als ich die Schilderung meiner Heldentat beendet habe und mich im Glanz ihrer Bewunderung suhlen will, klingelt es. Diesmal sogar richtig.

Erst einmal.

Dann noch einmal.

Und dann ganz schnell und oft hintereinander.

»Du, Juni …«

»Juli«, verbessert sie mich.

»Juli. Ich muss auflegen, da ist jemand an der Tür. Scheint dringend zu sein.«

»Ah, klar doch.«

Stille.

Dann sagt sie: »Sehen wir uns denn mal wieder?«

»Meld dich doch einfach noch mal, dann machen wir was aus, okay? Tschüssi!«, sage ich und drücke die Taste, um das Gespräch zu beenden. Gesagt. Getan. Die Leitung ist tot.

Ich hab einfach so eine Frau weggedrückt, mit der ich Geschlechtsverkehr hatte. Ich muss grinsen. Ein ungewohnt männliches Gefühl überkommt mich. Gut, dieses *Tschüssi* zum Schluss hätte ich mir schenken können, aber ...

Es klingelt wieder. Diesmal wütender.

»Jaaa, doch!« Ich greife nach dem Strandtuch und wickle es mir mit fahrigen Bewegungen um den Kopf. Das Klingeln ist nun zu einem permanenten Ton ohne Unterbrechung geworden. »Ich komm ja schon!«

Und während ich mit Schwung in den Flur rase, die Klinke der Wohnungstür nach unten drücke und die Tür aufreiße, wird es hell. Aber so richtig.

Wenn man in Köln aufgewachsen ist, wundert einen nichts mehr. Nicht einmal ein Fernsehteam mit einer aufgebrezelten Moderatorin inmitten einer betongrauen Häusersiedlung. Zunächst denke ich mir nichts dabei. Vermutlich drehen sie wieder mal ’ne Doku vom Schlage *Nutten, Nippes und Nahverkehr – die dunkle Seite von Köln*. Erst neulich haben sie einen ganzen Straßenzug gesperrt, um eine Verfolgungsjagd für *Alarm für Cobra 11* abzudrehen. Damals haben sie auch bei mir geklingelt, um vor meinem Fenster eine Beleuchtungsbatterie aufzustellen. Für die Unannehmlichkeiten habe ich fünfzig Euro bekommen. Fand ich echt nett damals. Bis mich die Stromrechnung erreichte.

Und so wundere ich mich heute nur wenig, dass eine Kamera auf mich gerichtet ist und ich von einem grellen Scheinwerferlicht geblendet werde. Im Vordergrund steht eine zwar bildhübsche, aber viel zu stark geschminkte Frau um die dreißig mit einem Mikrofon in der Hand. Daneben kann ich einen jungen Kerl mit riesigen Kopfhörern und einem an einem langen Stab aufgespießten Wiesel in der Hand ausmachen.

»Herr Gerlinger?«, fragt mich die dunkelhaarige Moderatorin freundlich.

»Ähm, ja-ha?«

Ich staune kurz darüber, dass sich ihr ohnehin schon gewinnendes Lächeln tatsächlich noch mehr in die Breite ziehen lässt.

»Darf ich mich kurz vorstellen? Wir sind von CenterTV. Katrin Sommerfell mein Name. Ich moderiere die *Rheinzeit*.« Ein stolzer Glanz stiehlt sich in ihr Gesicht.

»Aha.«

»Kennen Sie unser regionales Nachrichtenformat?«

»Also, ehrlich gesagt, hm ...«

»Wir haben von Ihrem ... leuchtenden Wunder gehört«, fährt sie fort, ohne meine Antwort auf ihre Frage abzuwarten.

»Welches Wunder?«

»Ihre Vermieterin hat uns angerufen.« Das Lächeln weicht keinen Millimeter aus ihrem Gesicht, die forschenden braunen Augen aber haben sich zu Schlitzen zusammengezogen. »Frau Mutschler.«

»Sie ist nicht meine Vermieterin.«

Das Wiesel des Kopfhörermannes baumelt nun zwischen der Moderatorin und mir.

»Kamera an?«, fragt Frau Sommerfell. Und während ich noch dabei bin, über ihr Outfit zu staunen – ein eng geschnittenes Nadelstreifen-Jackett über einem weißen Top, darunter eine neonpinkfarbene Hüftjeans und schmutzige Turnschuhe –, wirft sie ihr Haar nach hinten und sagt: »Meine Damen und Herren, wir befinden uns vor der Haustür vom neuen Wunder von Köln, Herrn Jonas Gerlinger.«

Jetzt fühle ich mich dann doch um meine Privatsphäre gebracht. Schützend halte ich eine Hand vor mein Gesicht und versuche mit der anderen, die Kameralinse abzudecken.

»He«, macht der Kameramann einen auf Gewerkschafter. »Lass das, Freundchen, wir machen hier bloß unseren Job!«

»Genau«, mischt sich der Wieselhalter ein.

»Das ist Hausfriedensbruch«, stelle ich unmissverständlich klar. Die sollen ruhig wissen, dass ich meine Rechte kenne.

»Herr Gerlinger, ich bitte Sie! Unsere Zuschauer möchten alles über dieses Wunder erfahren. Das sind Sie ihnen schuldig.«

»Welches Wunder? Wem bin ich was schuldig?«, frage ich gereizt. »Hier gibt es kein Wunder! Verschwinden Sie!«

Es bräuchte Hammer und Meißel, um das Lächeln aus dem Gesicht der Moderatorin zu klopfen. »Das glaube ich nicht«, sagt sie ruhig. »Wären Sie so nett und würden Ihr Handtuch ...«

»Strandtuch! Und ich denke nicht dran. Los, hauen Sie endlich ab!«

Während ich mich echauffiere, spüre ich, wie mir das aufgespießte Wiesel das Tuch vom Kopf wischt. »Ups«, sagt der Stabhalter in gespielter Unschuld.

Mit einem inbrünstigen »Heiliger Bimbam!« lässt der Kameramann seinen Gefühlen freien Lauf, als mir das Strandtuch auf die Schultern fällt und den Heiligenschein entblößt.

»Hast du das im Kasten?«, fragt die *Rheinzeit*-Tante. Jetzt ist das Lächeln aus ihrem Gesicht verschwunden. Sie sieht mich mit weit aufgerissenen Augen an.

»Sind Sie jetzt zufrieden?«, fauche ich sie wütend an. Ich lege mir das Tuch wieder über den Kopf.

Die Moderatorin hat derweil ihre Professionalität zurückerlangt. »Herr Gerlinger, wie kam es zu dieser eindrucksvollen Erscheinung?«

Ich antworte nicht. Stattdessen lausche ich den Trampolinfedern, deren qualvolles Stöhnen im gesamten Treppenhaus widerhallt.

»Seit wann haben Sie diesen Heiligenschein?«

Ich bleibe stumm. Von mir wird sie nicht noch mehr Material für ihr abendliches Schundformat geliefert bekommen. Nie und nimmer!

»Verfügen Sie über Wunderkräfte?«

Ich reagiere nicht. Aber auch der Versuch, dem Dreigestirn die Tür vor die Nase zuzuschlagen, misslingt, da der Stabwieselträger in weiser Voraussicht seinen Fuß zwischen Tür und Rahmen platziert hat. Allem Anschein nach bewegt er sich auf vertrautem Terrain, denn seine Schuhe sind mit Stahlkappen verstärkt.

»Ist Derartiges schon mal in Ihrer Familie vorgekommen?«

Die Moderatorin steht nun ganz dicht vor mir und hält mir das Mikro unter die Nase. Ihr Parfüm ist drauf und dran, mich um den Verstand zu bringen. Für eine Sekunde schließe ich die Augen und fühle mich auf eine taufrische Frühlingswiese versetzt, deren Grashalme von den ersten Strahlen der Morgensonne getrocknet werden. Dann habe ich mich wieder im Griff. Ich schiebe das Mikro weg und versuche noch einmal, die Tür ins Schloss zu kriegen.

Keine Chance.

»Ich rufe die Polizei«, sage ich entschieden.

»So bringt das nichts.« Die Moderatorin wendet sich an die Bild- und Ton-Assis.

»Kohle?«, kommt eine brummige Männerstimme hinter der Kamera hervor.

»Muss wohl«, erwidert die Stahlkappe.

»Also schön, Herr Gerlinger, nennen Sie Ihren Preis.«

»Was denn für einen Preis?«

»Na, für die Exklusiv-Story.«

»Nichts da, gehen Sie weg. Ich bin nicht käuflich. Ich ... äh ...«

Dann lerne ich sie kennen. Meine neue Lieblingsfarbe: lila. Denn das ist das Einzige, was ich wahrnehme, als der Mann mit den Kopfhörern mit einem Fächer aus Fünfhundert-Euro-Scheinen vor meiner Nase herumwedelt. Ohne dass ich meinem Gehirn befehle, vorsätzlich darüber nachzudenken, geschweige denn überhaupt etwas zu denken, drehen sich meine Füße zur Seite, vollziehen meine Hände eine einladende Geste, formen sich in meinem Mund die Worte: »Aber bitte, wo bleiben meine Manieren? Treten Sie ein. Käffchen?«

Da stehe ich nun in meinem Wohnzimmer und führe das erste Interview meines Lebens. So souverän die Moderatorin ihre Fragen auf mich abfeuert, so unsicher haspele ich mich durch die Antworten, die klingen wie »keine Ahnung«, »auf einmal war er da«, »quasi über Nacht« oder »vermutlich nur 'ne Allergie«.

»Was machen Sie beruflich, Herr Gerlinger?«

Zunächst bin ich versucht, ihr von meinem Job an der Industriefritteuse in der *Schnipsenden Krabbe* zu erzählen, besinne mich aber rechtzeitig eines Besseren. »Ich bin Künstler.«

»Ja.« Sie lächelt in die Kamera. »Das erklärt den Geruch nach Acrylfarben und die Staffelei.« Sie zeigt mit einem perfekt manikürten Finger an mir vorbei. Die Kamera folgt ihr und hält meine Malerecke für die Nachwelt fest. »Darf man denn eines Ihrer Werke sehen?«

»Die stehen im Keller ... wegen Platzmangel.«

Aber das ist nur die halbe Wahrheit. Tatsächlich stehen sie dort, weil ich ihren Anblick nicht ertrage, da sie mich zu sehr an mein eigenes Scheitern erinnern.

Und so geht es weiter, Fragen über Fragen, die mit allem zu tun haben, aber nichts mit dem Offensichtlichen. Das gefällt mir. Leichter habe ich mein Geld noch nie verdient.

Ein Umstand, den der Ton- und Lichtassistent nicht von

sich behaupten kann. Er flucht unentwegt über die Lichtverhältnisse, mit denen er den leuchtenden Schein über mir nicht perfekt in Szene setzen kann. Am meisten macht ihm aber das Trampolingehopse meines adipösen Nachbarn zu schaffen. »Ich kann so nicht arbeiten«, murmelt er sein leidvolles Mantra vor sich hin.

Die Moderatorin, Katrin, zeigt sich davon gänzlich unbeeindruckt. »Glauben Sie, dass Sie von einer höheren Macht auserwählt wurden, um etwas Besonderes zu bewirken?«

Als wäre es mit dem Lichtschein über mir nicht schon warm genug, brutzelt das Kameralicht auf mich ein. Ich bekomme feuchte Hände. »Ich verstehe die Frage nicht so ganz. Was meinen Sie mit ›auserwählt‹?«

Katrin lächelt einfach weiter, ohne auf meinen Einwand einzugehen. Auch ihre nächste Frage lässt keinen Funken Ironie erkennen. »Herr Gerlinger, sind Sie der neue Messias?«

»Der bitte *was?*«

»Sind Sie der Messias?«

Was bin ich froh, dass ausgerechnet jetzt ihr Handy klingelt. Dankbar atme ich aus und warte auf den Abbruch des Interviews.

Doch der kommt nicht. Die Kamera ist nach wie vor auf mich gerichtet, das Mikrofon hält mir Katrin stoisch ins Gesicht. Ihre Augenbrauen ziehen sich zusammen. Eine stumme Aufforderung, dass sie noch immer auf meine Antwort wartet. Derweil wird das Klingeln des Handys lauter.

Irritierte Blicke werden ausgetauscht. Völlig zu Recht.

»Wollen Sie denn nicht drangehen?«, frage ich konsterniert, als der Ton immer weiter anschwillt.

Es ist dieselbe Verwirrung, die nun über Katrins Gesicht huscht. »*Woran* soll ich gehen?«

»Wie woran? Was ist das denn für eine Frage?« Ich lache verstört und fühle mich gleichermaßen verarscht.

Sie schüttelt den Kopf. »Alles okay mit Ihnen, Herr Gerlinger? Geht es Ihnen gut?«

»Aber ja doch, klar. Nur das Handygeklingel macht mich verrückt. Kann nicht endlich mal jemand drangehen? Das stört doch hier voll bei den Aufnahmen, oder nicht?«

»Welches Handy?«, fragt der Tonmann.

Hilfesuchend blicke ich zum Kamerafritzen, der nun ebenfalls aufschaut. Sein rechtes Auge ist gezeichnet vom tiefen Abdruck der Kameragummierung, was ihm eine unheimliche Ähnlichkeit mit dem Hund von den *Kleinen Strolchen* verleiht.

Doch ich bin der Einzige, der darüber lachen kann. Genau genommen klingt das, was aus meinem Mund kommt, auch gar nicht wie ein Lachen. Dafür ist es viel zu hysterisch. Was vermutlich daran liegt, dass es jetzt auch bei mir klingelt. Auf einmal sind all meine Sinne geschärft. Aus irgendeinem Grund fällt mir gerade jetzt diese banale Volksweisheit ein: »Alles Gute kommt von oben.«

Also schaue ich hoch.

Zunächst sehe ich nichts. Doch dann erkenne ich, dass kleinste Putzpartikel von oben herabrieseln und in Katrins dunklen Haaren landen. Genau über uns sind plötzlich feine Risse an der Decke zu sehen. Sie streben nach allen Richtungen, werden immer dicker und fressen sich durch den Putz der Zimmerdecke. Die Moderatorin bemerkt nicht, dass ihre mühsam zurechtvoluminierte Frisur immer mehr eingestaubt wird. Entschlossen hält sie mir das Mikro entgegen und wartet geduldig auf die Antwort ihrer Frage, die ich schon längst vergessen habe.

»Stimmt etwas nicht, Herr Gerlinger?«

Ich verstehe sie kaum mehr, da die Lautstärke des *Marimba*-Knabenchors ins Unermessliche gestiegen ist. »Was?«, schreie ich über den Lärm hinweg.

Nun schreit auch sie. »Möchten Sie vielleicht, dass wir eine Pause einlegen?«

Nein, eine Pause ist nicht ganz das, wonach mein Körper verlangt. Ohne dass ich großen Einfluss darauf hätte, stürze ich mich auf die Moderatorin und reiße sie im Fall mit mir. Sie schreit. Ich schreie. Und auch Kamera- und Tonmann schreien. Würde jetzt jemand einen Schuhkarton ins Bild halten, es wäre der perfekte Werbespot für Zalando.

Warum ich schreie, weiß ich nicht. Katrin aber schreit vor Wut, weil ich dem Exklusiv-Interview ein derart rapides Ende bereitet habe. Kamera- und Tonmann hingegen schreien definitiv vor Schreck. Und sie haben allen Grund dazu. Denn gerade, als die Moderatorin und ich wenig sanft auf meiner Wohn-Schlaf-Ess-Couch landen, wird unser Gebrüll von einem ohrenbetäubenden Lärm zerrissen. Die Hölle tut sich auf. Allerdings nicht von unten, sondern komischerweise von oben. Und alles geht viel zu schnell, als dass ich jede Einzelheit bewusst aufnehmen könnte.

Es kracht, rumst und donnert. Dann fallen riesige Brocken von der Decke und hüllen mein Ein-Zimmer-Apartment mit dichtem Staub ein. Mir ist sofort klar, dass es das Ende von Katrins Frisur bedeutet.

Wäre es nicht meine Wohnung, die in Schutt und Asche gelegt würde, wäre es lustig, mit anzusehen, wie dieser dicke Mann in einer viel zu engen glänzend blauen Lycra-Leggings von der Decke baumelt. Unter ihm befinden sich Sprungfedern und einige Teile, die mit gutem Willen als Reste eines Trampolins identifiziert werden können.

Nur mit Mühe schafft er es, sich zurück nach oben zu hangeln. Als er sich endlich aus seiner Situation befreit hat, schaut sein feuerrot angelaufener Kopf zu uns runter. Er schnaubt und keucht. Der Schrecken steht ihm ins Gesicht geschrieben.

Unsere Blicke treffen sich.

»Ich bin übrigens Rüdiger«, erfahre ich endlich seinen

Namen. Er versucht sich an einem Lächeln. »Wat hast du denn da über dem Kopp?«

»Hast du alles im Kasten, Tom?«, fragt der Tonmann.

Der Kameramann nickt atemlos und richtet die Linse stur auf das Loch in der Decke. Der Lichtstrahl der Kamera zerschneidet die staubige Luft mit einem dicken Strahl.

»Alles okay mit dir?«, fragt der Tonmann nun die Moderatorin, auf der ich noch immer liege.

Ihre Augen sind bedrohlich weit aufgerissen. Sie schiebt sich eine staubgraue Strähne aus dem Gesicht und starrt mich an. »Sie haben mir das Leben gerettet.«

»Eine meiner leichtesten Übungen«, winke ich ab und bin einfach nur glücklich, nicht mehr diesen nervigen Klingelton hören zu müssen.

Kapitel 8

Das Pärchen sitzt engumschlungen im Sand und betrachtet den Sonnenuntergang. Es ist das Paradies. Sanfte Wellen schlagen ans flache Ufer. Der Himmel gleicht einer sterbenden Feuerglut, die orangerote Sonne ist bis zur Hälfte im schwarzen Meer abgetaucht. Es ist ein spektakuläres Panorama und wirkt wie der Fantasie eines Airbrush-Künstlers an der Hafenpromenade von Mallorca entsprungen.

Eine frische Brise weht vom Meer herüber. Ich spüre den eisigen Wind unter meinen Federn. Ich bin eine Möwe. So weit die Fakten. Und obwohl mein Gehirn die Größe einer verschrumpelten Walnuss hat, weiß ich, dass die Kälte nicht von der Windböe herrührt, sondern von der Anwesenheit des Strandpärchens.

Am Horizont tauchen zwei Delfine auf, die aufeinander zu schwimmen. Sie durchbrechen die spiegelglatte Oberfläche des Meeres und springen in dem Moment, in dem sie auf gleicher Höhe sind, so eng aneinander vorbei, dass sie für den Bruchteil einer Sekunde ein Herz bilden. Das Mädchen seufzt leise auf. Romantik pur.

Mein kleiner Möwenmagen krampft sich zusammen.

Bevor die Delfine wieder ins Meer abtauchen, schnattern sie fröhlich, als wollten sie das Pärchen zu ihrer frischen Liebe beglückwünschen.

Ich schreie auf, protestiere lautstark: »Rä-grä grä-krää!« Selbst in meinen Möwenohren klingt es erbärmlich. Ausgerechnet jetzt kommt mir Fischkotze hoch.

Ich ziehe meine Kreise enger und blicke auf die beiden Menschen herab. Gefangen in einer Vogelperspektive. Durch und durch. Ihre Gesichter sind mir vertraut. Sie lehnen ihre Köpfe gegeneinander. So nah, dass ihre gemeinsame Silhouette nun selbst ein Schattenherz vor der sinkenden Sonne bildet.

Pedro! »Kräähh!«

Malena! »Kräähh!«

Der Drang, mich zwischen sie zu drängen, ist riesig. Ich will mich auf Pedro stürzen, ihn dafür zur Rechenschaft ziehen, dass er mir jetzt sogar die Träume versaut, ihn mit meinen Fäusten malträtieren. Doch da ist nichts weiter als Federn und kleine hässliche Krähenfüße.

»Rä-grä grä-krää!« Mir bleibt nichts anderes übrig, als meine Empörung in den verfickten Sonnenuntergang zu kreischen. Mein kleines wild pochendes Vogelherz schlägt im Stakkato.

Derweil dreht Malena den Kopf, und ich sehe, wie sich ihre leicht geöffneten Lippen denen von Pedro nähern. Igitt! Warum tut denn niemand was?

Dann weiß ich, wie ich es selbst verhindern kann. Ich tue das, was alle Möwen in dieser Situation tun würden.

Ich scheiß drauf.

Während einer scharfen Rechtskurve berechnet mein Möwenhirn mit einer Selbstverständlichkeit Winkel, Fallhöhe und Fluggeschwindigkeit, als wäre es für keine andere Aufgabe konzipiert worden, und entspannt ebenso selbstständig den Rektalmuskel. Genau im richtigen Augenblick.

Ich seile einen ab und, bingo, treffe Pedro. Mitten auf sein volles Haar. Mein Kreischen wird lauter und klingt nach purer Freude. Vermutlich bin ich eine Lachmöwe. Schnatternd lache ich meinen besten Freund und Widersacher aus und bin gleichermaßen stolz auf mich, dass ich (wenn auch nur in meinem kranken Unterbewusstsein) zumindest diesen einen Kuss verhindern konnte.

Doch ich freue mich zu früh. Der wütende und äußerst angekackte Pedro springt auf und schleudert etwas in meine Richtung. Ist das sein Arm? Natürlich nicht. Aber ich bin im Körper einer Möwe gefangen und habe für das Denken nur einen gewissen Platz zur Verfügung. Während ich ihn also noch mit großen Glubschaugen anstarre und damit beschäftigt bin, gegen den Wind anzukämpfen, sehe ich einen länglichen Gegenstand auf mich zukommen. Und gerade, als ich mich frage, warum Pedro einen Kochlöffel mit an den Strand nimmt, werde ich schmerzlich getroffen und stürze ab. »Kraaaaaaahhh!«

»Maaaaannnnn! Mach dein scheiß Handy aus! Das ist ja nicht mehr auszuhalten!«

Schlagartig reiße ich die Augen auf und reibe mir die Stirn. »Krääähh!«, stoße ich einen Schrei aus. Doch diesmal klingt es nach: »Was zur Hölle ...?«

Was meine Augen einfangen, gefällt mir ganz und gar nicht. Es ist mein Nachbar Rüdiger, dessen hummerroter Kopf aus dem Deckenloch hängt und mich wüst beschimpft.

Dann sehe ich einen Kochlöffel neben mir liegen. In meinem Bett. Mein Gehirn, wieder auf Normalgröße angeschwollen, beginnt zu begreifen. »Sag mal, geht's noch? Du kannst mir doch keinen Kochlöffel an den Kopf knallen! Und überhaupt: Schon mal was von Privatsphäre gehört?«

»Schon mal was von Ruhestörung gehört?«, wettert er zurück. »Den ganzen frühen Morgen über klingelt, piepst und vibriert dein doofes Handy. Ich könnte ausflippen. Sei froh, dass ich nicht gleich 'nen Topf hinter dem Kochlöffel hergeworfen habe!«

Bevor ich etwas darauf erwidern kann, zieht er mit einem wütenden Schnauben seinen Kopf zurück und zerrt die blaue Bauplane ruckartig über das Loch.

Das ist definitiv nicht der beste Start in den Morgen – findet auch mein Handy, das in meiner Achselhöhle vibriert. Trotz der Schmerzen, die meine Helligkeit verursacht, muss ich die Augen weit aufreißen, als ich die Botschaft auf dem leuchtend blauen Display lese: siebenundzwanzig Anrufe in Abwesenheit. Dreiunddreißig eingegangene Kurznachrichten.

»Jesus! What the fuck?!« Als das Telefon just in dieser Sekunde erneut zu klingeln anfängt, lasse ich es vor Schreck fallen. Es zeigt eine mir unbekannte Nummer.

Räuspernd nehme ich das Gespräch entgegen.

»Spreche ich mit Cherrn Gerlinger?«, höre ich eine Frauenstimme mit osteuropäischem Akzent.

»Ähm, ja-ha?«

»Dem Cheiligen von Köln?«

»Dem bitte was?!«

»Ich Sie chabe gesterrrn in Ferrrnsehen gesehen«, schnarren die Rs nur so durch den Hörer. »Seitdem ich muss unentwegt denken an Sie. Ich Sie unbedingt muss kennenlerrrnen. Sind Sie verheirrratet?«

»Hören Sie mal, Sie müssen mich da mit jemandem verwechseln. Falsch verbunden!« Panisch suche ich nach der Taste mit dem roten Telefonhörer. Doch kaum habe ich sie gedrückt, klingelt es schon wieder.

»Hallo?«

Meine Begrüßung wird von einer bellenden Stimme zurückgeworfen. »Spreche ich mit Jonas Gerlinger? Aus dem Fernsehen?« Bevor ich antworten kann, fährt er fort: »Jean Karell ist mein Name. Für Sie nur Jean. Ich bin Inhaber der Cockbuster Agency.«

Es folgt eine Kunstpause, in der mir dämmert, dass die Cockbuster Agency nichts mit den Geisterjägern zu tun hat.

»Sagen Sie, haben Sie schon einmal darüber nachgedacht, ins Filmbusiness einzusteigen? Ich habe einen absoluten Traumjob zu vergeben. Unsere renommierte Agentur sucht ausdrucksstarke Darstellerinnen und Darsteller jeglichen Alters für ästhetische Filmaufnahmen. Gepflegtes Äußeres, Standfestigkeit und Ausdauer sind von Vorteil. Diskretion ist unser Geschäft. Jemand wie Sie würde hervorragend in meine Kartei …«

Ich lege auf und spüre, wie mir die Schamesröte in die Wangen schießt. Ästhetische Filmaufnahmen? Standfestigkeit? Man muss kein Genie sein, um zu begreifen, worum es dabei in Wahrheit geht. Aber ein absoluter Vollidiot, wenn man auf diesen Nepper-Schlepper-Bauernfänger reinfällt.

Wieder klingelt es. Mit unterdrückter Rufnummer. Ich nehme all meinen Mut zusammen und gehe ran. »Hallo-ho?«

Kurz darauf muss ich den Hörer vom Ohr weghalten, da mir eine grelle Stimme hysterisch entgegenschreit. Ob männlich oder weiblich ist nicht auszumachen. Aber ich bin jetzt definitiv hellwach und finde auch die Auflegen-Taste sofort.

Fragend, hilfesuchend blicke ich mich um. Die Apokalypse war zu Besuch. Überall Dreck und Staub und Deckenreste. Malena würde auf dem Absatz kehrtmachen, wenn sie dieses Chaos sehen würde. Sie ist doch so für Sauberkeit.

Wieder summt mein Handy. Aus Reflex greife ich danach und lese die eingehende SMS: Tolles Interview, gestern. Sahst voll süß aus, lol. CU & LG Juli

Als ich mich aus dem Bett schäle, versinken meine nackten Füße in einer zentimeterdicken puderzuckerfeinen Staubschicht. Plötzlich überfällt mich ein Hustenreiz. Ich kann nur hoffen, dass in dem Sechzigerjahre-Gemäuer kein Asbest verbaut wurde. Was in Köln aber eher unwahrscheinlich ist.

Mit wackeligen Beinen stehe ich auf und leuchte mir den Weg ins Badezimmer. Wenn ich es mir recht überlege, muss ich mir um asbestverseuchte Luft wohl wirklich keine Gedanken machen, wenn ich dieses leuchtende Ding weiter über mir schweben habe. Ob es krebserregend ist? Zumindest fühle ich ein Ziepen und Brennen auf meiner Kopfhaut. Nein, das kann nicht gesund sein.

Ein Blick auf die Uhr zeigt mir, dass ich weit vor meiner gewöhnlichen Zeit aus dem Schlaf gerissen wurde und noch Luft habe bis zu meiner Fritteusenschicht. Als ich mir den Deckenstaub aus dem Gesicht waschen will, ziehe ich die Hand unter dem eiskalten Wasserstrahl schmerzhaft zurück. Was ist denn das? Es fühlt sich beinahe an wie ...

Zur Bestätigung meiner Diagnose ziehe ich den Spiegel zurate, der auch prompt meine Vermutung bestätigt: Sonnenbrand! Da ich aufgrund meiner papyrusdünnen Haut UV-Strahlung meide wie der Teufel das Weihwasser, kann dies nur bedeuten, dass ich die roten Blasen meinem Heiligenschein zu verdanken habe.

Echt witzig.

Während ich mir eine dicke Schicht Aloe-Vera-Creme auf Stirn, Wange und Nasenflügel auftrage, überlege ich mir, was ich mit der restlichen Zeit bis zur Arbeit am besten anfangen könnte. Aus meinem Schlafzimmer höre ich das Handy klingeln. Wie nervig.

Allem Anschein nach hat der Fernsehbericht gestern Abend eine einschlagende Wirkung gezeigt. Vermutlich darf ich die nächsten Tage nur verkleidet das Haus verlassen, bis sich die Wogen wieder geglättet haben. Dabei bin ich zuversichtlich. In einer Großstadt gewöhnen sich die Einwohner schnell an alles. Da dürfte ein Heiligenschein in wenigen Tagen bereits ein alter Hut sein, nach dem sich niemand mehr umdreht.

Aber der Bericht ist das schnell verdiente Geld wert gewesen. Außerdem: Vielleicht macht es Malena stolz, dass sie nun einen populären Ex-Freund hat. Kurz eruiere ich die Möglichkeiten, die ich an diesem Morgen habe. Ich könnte malen. Der Sonnenuntergang mit den Schattenriss-Delfinen zeichnet sich immer noch deutlich vor meinem geistigen Auge ab. Aber das ist dann selbst mir zu kitschig. Mein Blick streift die an einem Haken an der Tür hängenden Turnschuhe. Genau.

Ich mache es wie Rüdiger und beginne den Tag mit Frühsport.

Keine fünf Minuten und drei eingezogene Aloe-Vera-Schichten später stecke ich in meinem Joggingdress, habe den Heiligenschein unter einem provisorischen Piratentuch und der Kapuze meines Hoodies verborgen und ziehe die Wohnungstür hinter mir zu. Ich marschiere durch den Hausflur und komme gerade an der Tür zur Straße an, als ich eine allzu vertraute Stimme hinter mir höre.

»An Ihrer Stelle würde ich da nicht rausgehen.«

Es ist der Automatismus der Motorik, der mich die Haustür trotzdem aufziehen lässt und mich um eine Erfahrung reicher macht. Denn jetzt weiß ich, wie sich der Mann im Leben des Brian gefühlt haben muss, als er nackt die Fensterläden aufstieß. Nur, dass es mich besser erwischt hat. Schließlich bin ich angezogen. Aber ich fühle mich entblößt bis auf die Unterhose, als mich Dutzende Augenpaare erwartungsvoll anstarren.

»Ist er das?«, sagt ein bärtiger Mann mit Batikshirt, auf dem ein riesiges Peace-Zeichen prangt. Seine hohe Stirn ist in skeptische Falten gelegt.

»Weiß nich, der soll mal die Kapuze runternehmen«, höre ich einen anderen sagen.

»Sind Sie Herr Gerlinger?«, fragt mich eine blonde Frau mit einem Neugeborenen im Arm. »Der Jonas?«

Ein Mann in den Vierzigern sagt: »Der aus dem Fernsehen?«

Ich nicke schüchtern. »Ähm … ja?«

»Der mit dem Heiligenschein?«

»Der Leben retten kann?«

»Und Wunder vollbringt?«

Man lässt mir nicht mal mehr die Zeit zum Verneinen. Die Fragen werden geradezu auf mich abgefeuert.

Schließlich ergreift die Panik Besitz von mir. Die Menge bewegt sich auf mich zu, als wäre sie ein einzelner lebender

Organismus. Ein stinkender, unaufhaltsamer Algenteppich auf dem Weg zum Strand von Rimini. Mitten in der Hauptsaison.

»Darf ich Sie anfassen?«

»Haben Sie heilende Kräfte?«

»Können Sie die Lottozahlen voraussehen?«

Die Menge kommt immer näher. Ein einziges Sichbewegen von Leibern. Ich nehme nur noch nach mir greifende Hände und aufgerissene Mäuler wahr. Und diese Augen. Diese weit aufgerissenen Augen, die mich unentwegt anstarren. Sie ziehen mich aus!

Dann plötzlich: Applaus. Ein Tosen wie bei einem Helene-Fischer-Konzert.

»Wir wollen ihn sehen!«, schreit mir der Batik-Albtraum atemlos entgegen. »Zeig uns den Schein!«

»Ja«, schreit die Menge. »Zeig uns den Schein! Zeig uns den Schein! Zeig uns den Schein!«

»Einen Teufel werde ich!«, rufe ich zaghaft zurück und tue das einzig Richtige: Ich hänge meine Joggingpläne an den Nagel, schiebe mich zurück in den Hausflur und drücke die Tür hinter mir ins Schloss. Fäuste hämmern gegen das mit Draht verstärkte Sicherheitsglas der Alu-Stahl-Haustür.

In diesem Moment springt die Flurbeleuchtung an. Eine Lampe schafft es nicht über das Aufflackern hinaus. Am anderen Ende des Ganges wartet der nächste Albtraum auf mich.

»Sagen Sie nicht, ich hätte Sie nicht gewarnt.« Mit verschränkten Armen lehnt Frau Mutschler an der Wand und schaut mich rechthaberisch an.

Tue ich auch nicht. Ich sage gar nichts. Überhaupt bin ich nicht in der Lage zu antworten. Mein Herz ist kurz davor, meine Rippen zu zerschmettern und mir aus der Brust zu hüpfen. Ich sehe es quasi schon vor mir liegen. Noch einmal zuckend, bevor es vor Anstrengung stirbt.

»Na«, die Arme der Mutschler lösen sich aus der Verschränkung und winken mich zu sich. »Kommen Sie auf den Schrecken doch erst mal auf 'nen Kaffee mit rein.«

Da sitze ich wieder in Frau Mutschlers Küche und höre der orangefarbenen Kaffeemaschine beim Röcheln zu. Ich kenne diese Frau, seitdem ich hier wohne. Doch nie habe ich sie als eine gesellige Zeitgenossin wahrgenommen, die Kontakt zu ihren Mitmenschen pflegt. Umso erstaunter bin ich, dass sie bereits am frühen Morgen Besuch hat. Und damit meine ich nicht mich, sondern drei ältere Damen, die mich verstohlen anlächeln. Freundlich, interessiert, sympathisch.

»Das sind Else, Maria und Edeltraud«, übernimmt Frau Mutschler die Vorstellungsrunde.

Die drei Damen nicken jeweils kurz auf, als ihre Namen fallen.

Ich bin noch immer stumm wie ein Fisch und warte ab, welche weiteren Überraschungen der Tag für mich bereithält.

»Sie sind ganz große Fans von Ihnen«, lässt Frau Mutschler schließlich die Katze aus dem Sack.

»Ach?« Ich bekomme Kopfschmerzen. Das ist eindeutig zu viel für einen einzigen Morgen. »Ich wollte doch nichts weiter, als eine Runde um den Block joggen. Und jetzt steht da draußen eine Meute vor der Tür und will mir an die Wäsche. Und nicht auf die positive Art, wie es mir vielleicht gefallen könnte. Was wollen die nur von mir?«

»Ist das nicht offensichtlich?« Frau Mutschler hat einen verschlagenen Ausdruck in den Augen.

Dann fällt mir ein, dass ich noch eine Rechnung mit der Hausmeisterin offen habe. »Das habe ich Ihnen zu verdanken, nicht wahr? Sie haben mir das Fernsehteam auf den Hals gehetzt! Oder wer hat CenterTV verraten, dass ich hier wohne?«

Sie streckt die Hände von sich. »Ich habe nur getan, was ich als meine Pflicht ansehe. Schließlich muss doch die Welt von diesem Wunder erfahren, hab ich recht?«

Die drei Damen nicken zustimmend.

»Was denn für ein Wunder?« Angestrengt reibe ich mir die Schläfen und wünsche mich nach Weit-weit-weg.

»Wie ich soeben sagte«, fährt Frau Mutschler unbeirrt fort, »sind meine Freundinnen echte Fans von Ihnen. Hab ich recht?«

»Oh, ja!« Jetzt übernimmt die Frau, die bei Edeltraud genickt hat, das Wort. Etwas zu hektisch stellt sie ihre Kaffeetasse ab und versaut damit sowohl die Spitzentischdecke als auch den Gesichtsausdruck von Frau Mutschler. »Ich hab Sie gestern im Fernsehen gesehen«, legt sie begeistert los. Sie hat eine angenehme Stimme, die sich aufgrund ihrer Nervosität jedoch etwas überschlägt. »Wie Sie sich auf das junge Ding gestürzt haben. Zuerst dachte ich: Na, der geht aber ran, aber als dann so mir nichts, dir nichts die Decke heruntergekommen ist ...«

Ich lächele gequält.

»Und dann der Heiligenschein. Wie der geleuchtet hat«, schließt sich die Frau in der Mitte an, deren Name sich schon längst in die unendlichen Weiten meines lückenhaften Kurzzeitgedächtnisses verabschiedet hat.

»Ja«, fällt ihr die Dritte im Bunde ins Wort. »Dürfen wir den mal sehen?«

Eine durchaus nett gestellte Frage. Sowieso sind die drei Ladys sehr freundlich. Sie haben so gar nicht diese herrische Art von Frau Mutschler an sich. Im Gegenteil, sie sind nahezu liebreizend und erinnern mich an meine Oma.

»Na, also schön«, sage ich großherzig und streife Kapuze und Piratentuch vom Kopf.

Ich muss zugeben, dass selbst ich ein wenig angetan bin, wie die dunkelgrüne Küche plötzlich im neuen Glanz erstrahlt.

Die drei Damen schlagen sich die Hände vor den Mund. Bekreuzigen sich. Murmeln das Vaterunser. Derart synchron, als hätten sie es einstudiert. Extra für mich.

»Jesses Maria«, murmelt Edeltraud.

»Um Gottes willen«, sagt die in der Mitte

»Was hat Gott denn damit zu tun?«, will ich wissen.

»Verstehen Sie denn nicht?«, sagt Edeltraud. »Sie sind auserwählt worden. Haben Sie denn keine Ahnung von der Bibel? Vom Christentum?«

»Das ist doch totaler Quatsch«, bremse ich den Enthusiasmus der Damen aus. »Ich tippe auf eine Allergie. Denn kurz davor habe ich es mit einem neuen Schuppenshampoo versucht, und ...«

»Und die Sache mit der Moderatorin?«, mischt sich Frau Mutschler ein. »Dem Schenker-Rüdiger, der mit seinem Trampolin aus der Decke gepurzelt ist und mit seinem Gewicht ein Flusspferd hätte plattmachen können?«

»Was soll mit dem sein?«

»Ein Wunder war das!«

»Das war kein Wunder, das waren die Gesetze der Schwerkraft.«

»Ganz Köln hat es gesehen«, stellt die Mutschler trocken fest. »Leibhaftig. Sie haben ein Wunder vollbracht.«

»Das war doch bloß eine logische Schlussfolgerung, weil der Putz von der Decke gerieselt ist.«

Während ich mich ebendies sagen höre, driften meine Gedanken in eine andere Richtung ab. Mir fällt dieser lauter werdende Knabenchor wieder ein, den ich auch beim Viehtransporter an der Ampel im Ohr hatte. Diese innere Eingebung, dass gleich etwas passiert. Dieser unnatürliche Zwang, meinen Blick auf die Decke zu richten. Als würde mir etwas unglaublich Mächtiges seinen Willen aufzwängen. Dieses Gefühl hatte ich zuletzt, als ich noch zu Hause bei Mutti gelebt habe.

»Aber ich bin kein Heiliger«, setze ich mich zur Wehr. Hauptsächlich, um das Gedankenkarussell abzubremsen.

»Ja, das hat Jesus auch von sich behauptet.« Edeltraut sagt das mit einer Bestimmtheit, als wäre sie damals in Judäa dabei gewesen. »Streiten Sie es ruhig ab, junger Mann. Aber Sie sind etwas ganz Besonderes.«

»Bin ich nicht!« Obwohl mein Hautarzt das auch schon mal behauptet hat. Da hat sich das Besondere jedoch auf den Allergietest bezogen, bei dem ich vierundzwanzig ausgefüllte juckend rote Kästchen erreicht habe. Seitdem habe ich in der Praxis den Spitznamen Adventskalender.

»Würden Sie uns trotzdem einen Gefallen tun?«, fragt die Frau in der Mitte. Else, jetzt ist der Name wieder da.

Sie lächelt so nett.

»Klar. Was denn?«

»Würden Sie uns segnen?«

Kapitel 9

Nachdem ich den drei Damen die Hand aufgelegt hatte, etwas von »Gesegnet seist du, liebe Else, Maria und Edeltraud« vor mich hin gemurmelt hatte (es ist ja nicht so, dass ich wirklich eine Ahnung von Segnungen hätte), sah ich ein Meer aus glücklichen, faltigen Gesichtern. Das war schön.

Noch schöner wurde es, als mir Frau Mutschler feierlich den Schlüssel zum Hinterausgang überreichte und mir einen Mietnachlass in Aussicht stellte, wenn ich ihr hin und wieder einen kleinen Gefallen tun würde. Jetzt, da ich quasi ihr berühmtester Mieter sei. Als sie mir auf Nachfrage versicherte, dass diese Gefallen nicht sexueller Natur sein würden, willigte ich ein.

Was kann sie schon mehr von mir wollen, als hin und wieder eine ihrer Freundinnen zu segnen oder hier und dort auf ein Wehwehchen die Hand aufzulegen?

Tatsächlich hat die Anerkennung des Damenkränzchens etwas in mir ausgelöst. Auch wenn ich noch immer von einer handfesten Allergie ausgehe, hat diese Lobhudelei Spuren hinterlassen. Wer weiß, vielleicht bin ich wirklich etwas Besonderes. Durch meinen Körper sprudelt ein schier unerschöpflicher Strom an Ich-Bewusstsein. Dank dieses Dings über mir bin ich auf einmal wer. Zwar stellt sich nach wie vor die Frage: wer? Aber immerhin bin ich ein Jemand. Jemand, der wahrgenommen wird. Natürlich wäre es mir lieber, aufgrund meiner selbst gemocht zu werden. Zum Beispiel wegen meiner Kunst. Aber dafür müsste ich die Bilder zunächst mal jemandem zeigen. Ein grausamer Gedanke.

Gestärkt mit diesem Selbstwertgefühl habe ich heute meine rosa eingefärbte Arbeitsuniform im Schrank hängen lassen und stehe Malte im Umkleideraum der *Schnipsenden Krabbe* in Zivil gegenüber. Doch bevor er mir seine Bosheiten an den Kopf knallen kann, mache ich ihm klar, wo es langgeht: »Damit du's weißt, solange meine neue Uniform nicht da ist, werde ich nicht mehr als rosaroter seefahrender Panther durch Köln laufen!«

Malte wechselt kurz einen Blick mit Hans, der sofort zu Boden sieht. Dann guckt er mich wieder vieldeutig an und wirkt zu meiner Überraschung keineswegs verärgert. Obwohl die Krawatte um seinen Hals derart festgezurrt ist, dass ein Hautläppchen hervorquillt, sehe ich keinen nervös zuckenden Adamsapfel.

»Und tut mir leid, dass ich fünf Minuten zu spät bin«, füge ich leise hinzu.

Ich muss mir die Augen reiben, als seine Hand eine wegwerfende Geste vollführt. »Schwamm drüber«, höre ich. »*Das* ist also der Grund für dieses Handtuch?« Es klingt nicht wirklich nach einer Frage.

»Eigentlich ist es ja ein Strandtu ...«

»Ich hab dich im Fernsehen gesehen, Freund.«

Freund?

»Gestern bei CenterTV.«

Irgendwie charmant, dass er das noch hinzufügt. Es ist ja nicht so, als wäre ich unentwegt auf allen Kanälen zu Gast.

»Warum hast du mir nicht von diesem ... Ding erzählt?«

Hilflos schieben sich meine Schultern nach oben. Was hätte ich ihm denn auch sagen sollen? Dass ich neuerdings leuchte wie ein Glühwürmchen und augenscheinlich mehr Leben rette als Amnesty International?

»Seit wann sind wir eigentlich wieder per du?«, frage ich.

Da ist es wieder, dieses nebulöse Grinsen. Falsch und verschlagen. »Ich bitte dich. Wie lange kennen wir beide uns schon? Komm, lass mich mal sehen.«

Mit einem Wisch verabschiedet sich mein Strandtuch auf den frisch gewienerten Boden und lässt mich und den Personalbereich in grellem Glanz erstrahlen. »Heiliger Strohsack«, entfährt es Malte.

»Om Namah Shivaya!«, höre ich Hans erstaunt ausrufen, der gerade dabei war, sich seine Matrosenhose zuzuknöpfen. »Das sieht aber nicht gesund aus.«

»Na ja«, wiegele ich ab. »So wild ist das jetzt nicht. Es verbrennt nur die Haut ein wenig. Aber der Arzt geht nicht davon aus, dass es ansteckend ist.«

»Zumindest erklärt das den Tumult vor der Haustür heute Morgen«, sagt Hans, der drei Etagen über mir wohnt – allerdings mit Blick in den dunklen Innenhof. »Und ich dachte schon, es wäre eine Wohnung frei geworden.«

»Weißt du, was das ist?«, begeistert sich Malte.

Vorsichtig streiche ich mir über die brennende Stirn. »Na, ein Sonnenbrand, vermute ich mal. Aber mit etwas Creme und ...«

»Das ist ein Geschenk des Himmels«, fährt er mir über den Mund. »Weißt du denn nicht, was das bedeutet?«

»In Bezug auf meine Stromrechnung, oder was?«

»Das bedeutet, dass deine Tage an der Fritteuse gezählt sind!«

Ein Schock durchfährt meinen Körper. »Du schmeißt mich raus? Aber das kannst du nicht! Gut, ich komme hin und wieder zu spät und verbrutzele mehr Tierchen, als in den Verkauf gehen. Aber mich wegen dem hier«, ich fasse mir ins Licht, »rauszuschmeißen, ist Diskriminierung der übelsten Sorte! Was glaubst du, was los sein wird, wenn die Gewerkschaft davon erf...«

»Du kommst in den Verkauf.«

»Du willst mich verkaufen? Aber ich bin doch kein Leiharbeiter aus Turkmenistan!«

Hans schüttelt nur den Kopf. Und Malte tut etwas, was er ganz, ganz selten tut: Er lacht.

Dann hab ich's endlich kapiert. Sämtliche Gesichtsmuskeln ziehen sich zusammen. Ich kann es zwar nicht selbst sehen, aber es fühlt sich nach einer mächtig erstaunten Grimasse an. »Ich komme in den *Verkauf?*«

Malte nickt bestimmt. »Du kommst ganz nach vorne. An die Kasse. Direkter Kundenkontakt.«

»Ist das dein Ernst?«

»Hans ist mein Zeuge. Freust du dich?«

Und wie ich mich freue. So sehr, dass ich Malte fest in die Arme schließe und für uns zwei leuchte.

Selbst Hans gluckst fröhlich. Kein Wunder. Es passiert schließlich selten, dass es einer von uns raus aus der Frittierhölle schafft. »Dass muss ich Dalaja erzählen«, keucht er. »Das macht dich noch interessanter.«

»Wer ist Dalaja?«

»Dass du mir nie zuhörst, Weasley! Meine bildhübsche Cousine aus Mauritius, die dich unbedingt kennenlernen möchte.«

»Sorry, Mann, da klingelt nichts.«

»Das kann doch nicht wahr sein! Dalaja. Die demnächst nach Deutschland kommt, zum Studieren. Sie kann es kaum erwarten, dich kennenzulernen. Wenn ich ihr jetzt noch erzähle, dass du an die Kasse darfst … Mann, Mann, Mann. Meine Familie wird so stolz auf ihren ältesten Sohn sein, dass er seiner Cousine einen derart gut situierten …« Plötzlich hält er inne und massiert sein glattrasiertes Kinn, während er mich mustert. »Aber von dem Ding da über deinem Kopf erzähle ich ihr besser nichts. Das könnte sie erschrecken.«

»Kundenkontakt«, schreie ich ihm das magische Wort entgegen. »KUNDENKONTAKT!«

Ich kann es nicht fassen. Endlich geht es auch mal für mich bergauf im Leben. Ich reiße mir das Hemd vom Leib und freue mich zum ersten Mal überhaupt darauf, in meinen Matrosenanzug schlüpfen zu dürfen – doch dann erblicke ich den rosafarbenen Stapel auf der Umkleidebank. »Aber die Uniform, so kann ich doch nicht …«

»Die Geschäftsführung spendiert dir eine. Ich hab noch eine im Lager. Für Notfälle.«

»Mensch, Malte! Das ist echt groß von dir.«

»Ja«, er strahlt mich an und klopft mir auf die Schultern. »Ich weiß.« Im Stechschritt stolziert er an mir vorbei und winkt mich mit dem Zeigefinger hinterher. »Komm mit, ich zeig dir alles.« An Hans richtet er die Worte: »Du kriegst das doch heute allein hin, nicht wahr?«

Hans lächelt selig, wie es ihm seine Religion und Landsmänner seit Jahrtausenden vorgelebt haben. »Klar, Herr Raffelsiefer, ist kein Problem!«

Mit einem Freudenschrei mache ich auf dem Absatz kehrt und laufe zurück zu meinem Spind.

»Was machst du denn da?«, blökt Malte mich an.

»Na, das Strandtuch …«

»Lass es liegen«, befiehlt er mir barsch. »Das brauchst du jetzt nicht mehr. Hans räumt das gleich weg!«

»Aber ich kann doch nicht … Ich fühle mich so nackt ohne.«

»Das war keine Bitte.« Um seinen Worten Ausdruck zu verleihen, kommt er zu mir rüber und kickt das Frotteeknäuel mit seinen spitzen Lackschuhen weg.

»Und mein Hütchen? Das Matrosenschiffchen?«, frage ich in einem letzten Anfall von Hoffnung.

»Kein Schiffchen für dich. Ich will den ganzen Schein an der Kasse.«

Kapitel 10

»Biolumineszenz«, sagt der Doktor über seine bernsteinfarbene Hornbrille hinweg.

Auch wenn wir hier in Bonn sind, fällt es mir schwer nachzuvollziehen, warum er dem Politikerchic der späten Sechzigerjahre frönt. Seine knorrigen und von Falten durchzogenen Hände fahren über meinen Kopf. Mal sanft, mal fest. Hin und wieder beginnen sie zu reiben, als ließe sich die leuchtende Aura wie ein Rubbelfeld von einem Jahrmarktlos ablösen.

»Ganz sicher sogar«, murmelt er. »Wissen Sie, in China haben die mal erfolgreiche Versuche mit leuchtenden Hunden und Ratten gemacht.«

»Ist nicht wahr«, sage ich matt.

»Doch, doch. Hm, allerdings haben die nur im Dunkeln geleuchtet. Und auch nur ganz schwach.«

Die Sache mit dem anschließenden Tod behält er für sich. Entweder, um mich nicht zu beunruhigen, oder er hat den Artikel nicht zu Ende gelesen.

Ich schüttele unmerklich den Kopf. Das ist sie also, die Wunderwaffe meines Hausarztes, in dessen Obhut ich mich von Kindesbeinen an befinde. Der meine abstehenden Ohren behandelte und mir in der Pubertät mit einer Engelsgeduld erklärte, dass es keine Creme gegen Sommersprossen gäbe und keine Pille, mit der sich die Haarfarbe ändern ließe.

»Sie haben in jüngster Zeit nicht zufällig eine Fernreise nach Asien angetreten?«

»Ähm, nein.«

»Oder wurden entführt und waren für einen nicht länger zu ermittelnden Zeitraum bewusstlos?«

»Wie, was? Nein, natürlich nicht.«

»Haben Sie vielleicht irgendwelche Injektionen erhalten, denen Sie keine besondere Bedeutung zugemessen haben?«

Ich denke darüber nach, ob er diese Frage wirklich ernst meint. »Hat das schon mal jemand mit Ja beantwortet?«

Jetzt habe ich ihn verschreckt. Verschnupft zieht er seine Hände zurück und sieht mich über die Brillengläser hinweg an. »Hören Sie, ich versuche nur, alle Eventualitäten auszuschließen. Die Sache mit der Bioluminenz ist zu diesem Zeitpunkt der Untersuchung nämlich die einzig plausible Erklärung. Dafür müsste aber eine nicht näher zu beschreibende Substanz in Ihren Körper gelangt sein, um einen solchen Effekt zu erzielen.« Er zeigt auf meinen Kopf.

»Verstehe«, sage ich. Dabei verstehe ich überhaupt nichts.

»Ganz so ungewöhnlich ist diese Erscheinung nicht«, führt der Doktor weiter fort. Hat er sich mir eigentlich vorgestellt? »Wenngleich ich noch nie von einem derart ausgeprägten Fall gehört habe.« Er gibt ein Schmatzen von sich.

»Beruhigend zu hören, Herr Doktor.«

»Professor Doktor«, verbessert er mich.

»Entschuldigen Sie.«

»Macht ja nichts, tun Sie's einfach nie wieder.« Noch immer schmatzend, rückt er sich die Brille zurecht und knickt mein rechtes Ohr nach vorn. »In Japan gab es jüngst Untersuchungsergebnisse, die bewiesen haben, dass jeder Mensch von einer leuchtenden Aura umgeben ist. Im Normalfall sind diese Auren jedoch von tausendfach geringerer Intensität, als dass es das menschliche Auge wahrnehmen könnte. Unter bestimmten Verfahren jedoch können diese dargestellt werden. Gehen wir einfach mal davon aus, dass diese Aura bei Ihnen ... Hm, vielleicht aufgrund eines genetischen Defekts, oder ...«

»Einer Allergie?«, falle ich ihm ins Wort.

»Nein.« Er lächelt milde. »Wohl eher nicht. Man vermutet ein Nebenprodukt biochemischer Vorgänge. Es würde den Rahmen sprengen, Ihnen das an dieser Stelle zu erklären.«

Vermutlich, weil du es selbst nicht kannst, du blasierter Affe.

»Wir werden noch ein paar Tests machen, die vielleicht ein wenig unangenehm sein könnten, sicherlich aber ein wenig mehr Aufschluss über dieses ... Phänomen geben.«

»*Wie* unangenehm?«

Jetzt ist es ein verschmitztes Lächeln, das sein Gesicht ziert. »Lassen Sie es mich so sagen: Wenn Sie sich untenrum schon einmal frei machen könnten?«

»Sie belieben zu scherzen.«

Sein Griff nach dem Pappkarton mit den Latexhandschuhen lässt das jedoch nicht vermuten.

»Sie möchten doch sicherlich, dass wir der Sache von vorn bis hinten auf den Grund gehen.«

Ich schaffe es nicht zurückzulächeln. Warum ging seine Stimme ausgerechnet bei »bis hinten« so schräg nach oben?

Er stakst auf einen Schrank zu, öffnet eine Schublade und zieht ein Plastikpäckchen hervor, das sich als Bausatz einer Spritze herausstellt. Einer Spritze mit gigantischer Nadel. Als er das viel zu lange Teil mit wenigen Handgriffen und scharfschützenartiger Präzision zusammengesetzt hat, steckt er die Nadel in ein braunes Glasgefäß und zieht eine Flüssigkeit auf.

»Haben Sie jemanden, der Sie nachher abholen kommt? Das Führen von Verkehrsmitteln können wir in Ihrem baldigen Zustand nicht verantworten.«

Kaum hat er den Satz zu Ende gesprochen, öffnet sich die Tür des Behandlungsraums, und ein Dutzend Männer und Frauen in weißen Kitteln tritt, ohne zu grüßen, auf uns zu.

* * *

Sie haben mich auf den Kopf gestellt, mein Innerstes nach außen gestülpt. Ich wurde an Elektroden angeschlossen und mit leichten bis intensiven Stromstößen malträtiert. Man hat mich in eine Röhre geschoben, in der es bedrohlich hämmerte und ich mich eine halbe Stunde lang nicht bewegen durfte. Mir wurden literweise Blut, Speichel, Stuhl und Urin abgezapft und Haarproben entnommen (und das, wo es bei mir doch auf jedes einzelne Haar ankommt). Man hat mir Haut abgeraspelt und einen Fingernagel mit einem bestialischen Werkzeug bis aufs Nagelbett abgeknipst.

Und alles, was ich mir nach endlosen Stunden zurück im Besprechungszimmer des Professor Doktors anhören darf, ist: »Tja, Herr Gerlinger. So leid es mir tut, die Tests haben nichts ergeben. Jetzt heißt es zunächst einmal abwarten, bis alle Ergebnisse vorliegen.«

»Och«, mache ich meiner Enttäuschung Luft. »Und wie lange kann das dauern?«

»Weiß nicht. Wochen?« Er steht auf und reicht mir die Hand, die ich halbherzig ergreife.

Ich bin enttäuscht. »Und das war es jetzt?«

Er nickt.

»Aber werde ich das Teil wieder los? Ich kann doch nicht ewig damit rumlaufen.«

Er zuckt mit den Schultern. »Machen Sie das Beste draus! Gehen Sie nach Hause und erfreuen Sie sich Ihres Lebens. Sie sind kerngesund. Alles Weitere sehen wir dann, wenn die endgültigen Ergebnisse vorliegen.«

»Kerngesund?«

Er nickt wieder. »Also bis auf das Ding auf Ihrem Kopf.«

Er sagt nicht Heiligenschein. Aber er ist ja auch Wissenschaftler.

»Wir haben Ihnen aber noch eine Salbe zusammengemischt, gegen die Hautirritationen. Tragen Sie die zweimal täglich dick auf.« Er hält mir eine unscheinbare Dose mit rotem Deckel hin.

»Sie meinen gegen den Sonnenbrand?«

»Nein, nach einem Sonnenbrand sieht das eigentlich nicht aus.« Aus irgendeinem Grund wischt er sich die Hand an seinem Kittel ab, nachdem sich unsere Finger bei der Salbenübergabe berührt haben. »Eher nach einer Allergie.«

Während er die Tür öffnet, um mich galant hinauszugeleiten, klopft er mir freundschaftlich auf die Schulter. Vielleicht soll es aber auch ein aufmunterndes Schulterklopfen sein – sicher bin ich mir da nicht. Selbst dann nicht, als er sagt: »Wer weiß, vielleicht ist es ja doch schlicht und ergreifend ein Wunder.«

Als ich vor der Klinik auf Pedro warte, fühle ich mich wie durch den Fleischwolf gedreht. Genau genommen stimmt das ja auch. Doch es ist nicht nur diese körperliche Abgeschlagenheit. In meinem müden Leib hat sich eine Ratlosigkeit ausgebreitet, die mir zunehmend die Luft zum Atmen nimmt. Wenn man mir noch nicht einmal in der Uniklinik helfen konnte, wo denn dann? Wie soll es jetzt weitergehen? Ich kann ja nicht mein ganzes Leben lang mit einem zum Turban gewickelten Strandtuch auf dem Kopf herumlaufen!

Meine Stirn brennt, die Wangen glühen, und meine Lippen fühlen sich an, als hätte ich sie zwischen die heißen Platten eines Glätteisens gehalten. Die Creme gegen was auch immer, die mir der Arzt als wohlwollende Geste überreicht hat, um nicht ganz so hilflos dazustehen, scheint meiner empfindlichen Haut nicht zu bekommen. Aber den beißenden Schmerz in meinem Gesicht heiße ich willkommen, lenkt er mich doch von dem hungrigen Tier in meinem Inneren ab, das meine Lebensfreude auffrisst und sein depressives Heulen in mir verbreitet. Ich bin wieder an einem Punkt in meinem Leben angelangt, an dem ich es am liebsten beenden würde. Wozu mich noch weiter quälen? Vielleicht sollte ich einfach das Finale einläuten und mich vor das nächstbeste Auto stürzen.

Das nächstbeste Auto ist ein phantomschwarzes Audi A5 Cabriolet. Ich stürze mich nicht davor, sondern warte, bis es auf meiner Höhe ist, damit ich einsteigen kann.

»Warum glänzt denn dein Gesicht so?«, will Pedro wissen.

»Sonnenbrand.«

»Steht dir, dieses Signalrot.« Er grinst.

Ich nicht. »Danke, dass du mich abholst.«

»Keine Ursache, wozu sind denn Freunde da?«

Ich verschlucke mich an meiner eigenen Spucke.

»Und, was sagen die Ärzte?«

»Dass es in China leuchtende Ratten gibt.«

Während ich mühsam damit beschäftigt bin, eine halbwegs bequeme Position im Schalensitz einzunehmen, bekomme ich ein langes rotblondes Haar zu fassen. Ich halte es mir vors Gesicht. Es ist von Malena.

»Ich weiß«, stöhnt Pedro, der mich beobachtet hat. »Sie haart schlimmer als ein afghanischer Windhund.«

»Bei mir hatte sie das Problem nicht«, purzelt es mir unüberlegt aus dem Mund.

»Sie hat zurzeit aber auch echt jede Menge um die Ohren«, erklärt Pedro. »Das Studium, ihre Modelkarriere. Demnächst darf sie übrigens im Vorprogramm vom Finale von *The next Supermodel* laufen.«

Als ich das höre, bin ich freudig erregt. Gleichermaßen zerreißt es mir das Herz. Denn auf einmal fühle ich mich wieder daran zurückerinnert, wie wir beide auf meinem Bett lagen (sie in Comic-Unterwäsche) und das Online-Formular der Casting-Agentur für dieses Event ausfüllten. Ich freue mich aufrichtig für Malena, dass es geklappt hat. Es könnte ihre große Chance sein, endlich entdeckt zu werden.

»Wobei ich ja versucht habe, ihr das auszureden«, greift Pedro meinen Gedankenfetzen auf. »Nicht auszudenken, dass sie dann Karriere machen und um die Welt reisen würde. Überleg mal, was das für unsere Beziehung bedeuten würde!« Er lacht kurz, wird aber augenblicklich wieder ernst. »Sag mal, du weißt auch nicht, was in letzter Zeit mit Malena los ist?«

»Du meinst, weil sie mich verlassen hat und jetzt mit dir zusammen ist?«, frage ich lapidar.

»Was? Nein.« Amüsiert boxt er mir gegen die Schulter, was zwar wehtut, ich mir aber nicht anmerken lasse. »Bist echt ein schräger Vogel, manchmal.«

»Danke.«

»Seit ihrer Geburtstagsparty ist sie irgendwie ...«

»Was?«

Er sucht nach Worten. Dann findet er eins. »Abwesend. Wenn wir zusammen sind, hat es den Anschein, als wäre sie nie so ganz bei der Sache.«

»Du hast doch selbst gesagt, dass sie viel zu tun hat. Das Studium, ihre Modelkarriere ...« Unauffällig stecke ich mir das Haar in die Hosentasche.

»Ich weiß«, unterbricht er mich. »Aber das ist es nicht. Ihr Verhalten hat einen anderen Grund.«

Jetzt bin ich es, der die Notbremse zieht. »Du, Pedro, ich glaube wirklich nicht, dass ich der Richtige bin, um mir eure Beziehungsprobleme anzuhören.«

»Aber du kennst sie besser als ich. Ihr seid ja schließlich beinahe so etwas wie Bruder und Schwester.«

»Sagt wer?«, fahre ich ihn an.

»Ich. Vielleicht hat sie ja dir gegenüber irgendetwas erwähnt ... Ich weiß ja auch nicht.«

»Nein, hat sie nicht. Seitdem ihr zusammen seid, hat sich unser Kontakt sehr dezimiert.«

»Dabei redet sie die ganze Zeit von dir.«

Sie redet von mir? Ich beherrsche mich, um nicht jubelnd aufzuschreien. Um Fassung bemüht, bringe ich ein hoffentlich gleichgültig, halbwegs desinteressiert klingendes »Sooo?« heraus.

»Na ja, nicht direkt von dir«, rudert Pedro zurück. »Vielmehr von dieser Lichthaube da über dir.« Er stößt einen spitzen Ton aus. »Tut beinahe so, als wäre das etwas Besonderes.«

Auf einmal geht meine Nase zu. Vermutlich bin ich gegen die Ledersitze allergisch. »Vielleicht ist es das ja auch«, erwidere ich gereizt. »Sogar der Arzt eben hat davon gesprochen.«

»Ist ja auch egal. Auf jeden Fall komme ich gerade einfach nicht an Malena ran.« In einer Lenkpause blickt er zu mir herüber. »Hast du vielleicht eine Idee, wie ich ihre Aufmerksamkeit zurückbekommen kann?«

»Pedro, ich will davon echt nichts wissen!«

»Aber du bist der Einzige, mit dem ich darüber reden kann. Wir sind doch Freunde.«

Ich habe einen Augenbrauenkrampf, derart hoch habe ich sie gezogen.

»Die besten«, fügt er resolut hinzu.

Ich sehe ihm an, dass er wirklich leidet. Und es gefällt mir natürlich nicht, ihn so zu sehen. Auch wenn ich ihm Malena auf keinen Fall gönne. Trotzdem höre ich mich sagen: »Lass ihr einfach den Freiraum, den sie jetzt braucht.«

»Aber ich will sie die ganze Zeit um mich herum haben.«

Wer nicht?

»Sie ist doch kein Haustier«, widerspreche ich schroff. »Mach ihr klar, dass du immer für sie da bist, sie sich aber frei entfalten kann.« Während ich spreche, schüttele ich innerlich den Kopf. Er versteht wirklich absolut überhaupt nichts von Malena. »Zeig ihr, dass du es ernst meinst, aber eng sie dabei nicht ein, okay? Denk dir etwas Symbolisches aus, das ihr zeigt, dass du hinter ihr stehst.«

Pedro nickt. Was bei ihm aber nichts zu heißen hat. »Das mach ich«, sagt er entschlossen. Ein souveränes Grinsen nistet sich in seinem Gesicht ein. »Und sonst? Wie läuft's bei dir? Was macht die Liebe?«

Es ist schon ganz gut, dass das Tragen von Schusswaffen in diesem Land verboten ist. Anderweitig hätte ich soeben ein ganzes Magazin verbraucht.

»Was ist denn mit dieser Schnalle aus dem *Nightlife,* mit der du dich verdrückt hast? Die sah echt heiß aus. Geht da was?«

»Keine Ahnung«, weiche ich aus. »Wir treffen uns hin und wieder.« Hauptsächlich sage ich das in der Hoffnung, dass er es Malena weitererzählt. Vielleicht macht es sie eifersüchtig.

Er nickt anerkennend. »Seit du das Scheining hast, läuft es echt gut bei dir, was?«

»Ja, genau.« Wie von allein legen sich meine Arme um den Körper. Ich sehne mich in die Fötusstellung. Mein Gesicht brennt so sehr. Am liebsten würde ich mich verkriechen.

Als wir meine Straße erreichen, versinke ich tief im Sitz, um die Menschentraube vor meiner Tür nicht auf mich aufmerksam zu machen. Wie besprochen, hält Pedro an der nächsten Seitenstraße, damit ich den Weg zu Fuß in Richtung Hintereingang einschlagen kann.

»Also«, sage ich und entführe heimlich ein weiteres Haar von Malena aus dem Auto. »Danke fürs Fahren.«

»Kein Ding«, sagt Pedro. »Danke für den Tipp.«

»Kein Ding.«

»Darf ich dir noch einen Rat geben? So von Freund zu Freund.«

»Aber gerne, *Freund.*« Ich bin mir sicher, dass mein geheucheltes Grinsen alles andere als souverän wirkt. Ich hasse ihn! Ich hasse ihn! Ich hasse ihn!

»Lass dir mal etwas mit deiner Kopfbedeckung einfallen. Das Handtuch sieht echt beknackt aus.«

Kapitel 11

»Jonas, mein bleichgesichtiger Freund mit den Feuerhaaren! Was machst du denn hier?«

»Ich brauche deine Hilfe. Und den Staubsauger.«

Hans lächelt mich an. »Tritt ein und bring Glanz in meine Hütte.«

»Echt komisch, Hans. Wirklich komisch.«

»Entschuldige, war nicht so gemeint.«

Mit einer angedeuteten Verbeugung geht mein Nachbar beiseite und öffnet die Tür so weit wie nur möglich. Ein gütiges Lächeln dominiert seine sanften Züge.

Ich versuche, das Lächeln zu erwidern, und betrete seine Wohnung, in der es nach Joghurt und Jasmin riecht. In seinem Wohnzimmer sind die Rollläden heruntergelassen. Das erklärt den dunklen Flur. Eine Meditations-CD dreht ihre Runden im Player. Meeresrauschen, vermischt mit orientalischen Klängen. Auf dem Bücherregal glimmen Räucherstäbchen vor sich hin. Auf der dunkelbraunen Teppichbodenauslegeware liegt eine messingfarbene Klangschale. Den dazugehörigen Klöppel hält Hans in der Hand.

Es ist offensichtlich, dass ich ihn beim Meditieren gestört habe. Doch er legt die Gelassenheit eines Zen-Meisters an den Tag und lässt sich den Ärger darüber nicht anmerken. Stattdessen lächelt er weiter dieses entwaffnende Lächeln. Seine dunkle Haut betont das strahlende Weiß seiner Zähne.

»Komme ich gerade ungelegen?«, frage ich.

»Wieso?«, fragt er zurück.

»Na, du warst gerade am Meditieren.«

»Ich habe nicht meditiert, ich habe gebetet.«

»Oh.«

Hans nimmt eine respektvolle Haltung ein, legt die Hände vor der Brust aneinander und führt sie zur Stirn. »So, jetzt bin ich fertig.«

Ein klein wenig bin ich enttäuscht. Da bietet sich mir die Möglichkeit, einen Blick in eine andere mir so fremde Religion zu erhaschen, und dann komme ich zu spät.

»Kein Ommm, kein Bauchreiben an der Buddhastatue? Was bist du denn für ein Buddhist?«

Eine steile Falte zeichnet sich auf seiner Stirn ab, während er angestrengt einen Punkt über mir fixiert. »In erster Linie bin ich Hindu«, stellt er klar. »Ich persönlich glaube, dass der Buddhismus nur eine Reformation des Hinduismus ist. Und was Buddha angeht, so bin ich der Überzeugung, dass er nur einige Missstände innerhalb des Hinduismus reformieren wollte. Buddha selbst unterstützt diese Ansicht mit den Worten: ›Ich lehre nur das, was alle Weisen sagen.‹ Er lehrte vor allem die Einheit der Religionen und die Erkenntnis aller Erleuchteten.«

Bei dem letzten Wort fühle ich mich spontan angesprochen.

Und tatsächlich fragt Hans: »Bist du nicht auch der Meinung?«

»Ähm …«

Er setzt sich im Schneidersitz auf den Boden und grinst mich verhalten an. Mir wird bewusst, dass es das allererste Mal ist, dass ich seine Wohnung betrete. Und ich habe echt was verpasst.

Mein Blick verfängt sich in einer bunten Skulptur mit Elefantenkopf und vielen Armen, die Hans zur Halterung für seine vielen Halsketten und Armbänder umfunktioniert hat. Über uns hängen eine Girlande aus bunten tibetischen Gebetsfähnchen und jede Menge Bilder von Menschen an schneeweißen Traumstränden. Vermutlich seine Freunde und Verwandten aus Mauritius. Dort muss es wirklich schön sein.

Ich lasse meinen Blick über die Bilderreihe schweifen und finde, dass ich mit dem Strandtuch auf meinem Kopf eigentlich ganz gut hier reinpasse. Ich erhasche ein Bild, auf dem ein alter Mann mit dunkler extrem faltiger Haut, einem grünen Punkt auf der Stirn und einem riesigen mondscheinblauen Turban zu erkennen ist.

»Warum bist du hier, Weasley?«, fragt Hans forschend, als er merkt, dass von mir kein Gespräch über Buddha und die hinduistische Lehre zu erwarten ist. »Willst du die Schicht tauschen?«

Hans ist wirklich ein komischer Name für einen Mauritianer, denke ich, bevor ich auf das Bild mit dem alten Mann zeige, das über der Elefantenstatue hängt. »Ich will auch so was.«

Das Lächeln bröckelt nicht aus seinem Gesicht, als er ernsthaft fragt: »Einen Großvater?«

»Wie? Was? Nein!« Ich schüttele vehement den Kopf. »Ich brauche so einen ...« Ich klopfe auf mein Strandtuch.

»Dastar?«, grätscht Hans in meinen Satz ein.

»Turban«, sage ich.

»Na, endlich«, sagt er.

Keine Viertelstunde später stehe ich unschlüssig vor dem Ladenlokal, auf dessen Dach in geschwungener Schrift *Shangri-La's Inn* steht. Die Ornamente und Schriftzeichen wirken befremdlich. Selbst für einen Kölner.

»Die besten in der Stadt«, versichert Hans. »Mein Onkel ist der beste Dastar-Importeur.«

»Und wie wird das ermittelt? Gibt es Dastar-Importeur-Challenges oder internationale Wettbewerbe im Turbanwickeln?«

Er bleibt stehen und wirft mir einen warnenden Blick über

die Schulter zu. »Lass mich reden«, beschwört er mich. »Du gibst nur Antworten, wenn du gefragt wirst. Mein Onkel ist ein sehr stolzer Mann.«

»Okay«, sage ich langsam. »Aber ...«

»Nichts aber.« Mit einer ruckartigen Bewegung bringt er mich zum Schweigen. »Lass mich einfach reden.«

Ich nicke stumm. Das scheint ihn zufriedenzustellen. Er zieht die mit bunten Tüchern verdeckte Glastür auf, woraufhin ein nebelartiger Schwaden einer fremdartig riechenden Substanz auf die Straße kriecht.

Dann lichten sich die Nebelschleier. Ich betrete eine völlig neue Welt. Tausende Farben explodieren vor meinen Augen. Stoffbahnen mit Batikmustern in den wildesten Kombinationen stapeln sich in den Regalen übereinander, hängen über Stühlen, sind auf dem Boden ausgebreitet oder schmücken die Verkaufstheke. Sphärische Musik, die exotischen Tonleitern zu entstammen scheint, wabert mit den Nebelschwaden durch den Verkaufsraum und macht meinen Kopf zusätzlich schwer. Apropos Köpfe: Von diesen wimmelt es hier. Überall stehen Turban tragende Styroporbüsten wie stumme Wächter aus einem mir fremden Kosmos und glotzen auf uns herunter.

Erst auf den zweiten Blick erkenne ich die kleine gedrungene Gestalt, die im Schneidersitz auf einem Stuhl sitzt und eine Meditationspose eingenommen hat. Zumindest denke ich das zuerst. Dann sehe ich das Smartphone in seiner Hand und den verkrampften Gesichtsausdruck. »Flappy Bird hat hohes Suchtpotenzial«, sagt er zu niemand Bestimmtem, ohne auch nur aufzuschauen.

Hans hüstelt künstlich und entlockt dem Smartphonehalter zumindest einen kurzen Moment der Aufmerksamkeit. Dann erkennt man sich. In einer fließenden Bewegung verschwindet das Smartphone in den Innereien des quietschgelben und unglaublich bequem aussehenden Kaftans des Mannes. Ich bemerke, dass er barfuß ist und die Fußnägel schwarz lackiert hat. Beides hätte ich nicht getan. Mir die Zehennägel lackiert aus ästhetischen Gründen. Das Barfußlaufen aus gesundheitlichen. Denn der Teppichboden ist gespickt mit Nähnadeln, die eigentlich dazu bestimmt sind, die Stoffballen, die in den Regalen lagern und an den Wänden lehnen, zusammenzuhalten. Vielleicht fehlt mir aber auch nur die Begeisterung für den Fakirismus.

Der Mann legt zur Begrüßung seine Handflächen auf die Brust und neigt den Kopf leicht. Der orangefarbene Turban und der schwarze Punkt auf seiner Stirn verleihen ihm etwas Erhabenes.

»Hallo Onkel«, sagt Hans und tut es ihm gleich.

Ich stehe eine Weile unschlüssig rum, belasse es dann aber bei einem kurz angebundenen »Hi«.

Der Mann schenkt mir gar keine Beachtung. Stattdessen wandert seine Hand in den Kaftan und kommt mit dem Smartphone zurück.

»Das ist Rajesh«, stellt Hans uns vor. »Mein Onkel mütterlicherseits. Er ist ein Sikh.«

»Aha«, entgegne ich, ohne auch nur einen Schimmer zu haben, was ein Sikh ist. Aber so, wie Hans das Wort ausspricht, scheint es etwas ungemein Tolles zu sein.

Ich betrachte den Mann. Aus der Nähe sehe ich, dass der Fleck auf seiner Stirn gar kein Fleck, sondern ein Muttermal ist.

Ohne den Blick von mir abzuwenden, fragt er Hans: »Warum hat dieser Frischkäse ein Handtuch auf dem Kopf? Macht der sich lustig über mich?«

»Was? Nein, ich …«, stottere ich mir einen zurecht.

»Darum«, sagt Hans und reißt mir das Strandtuch kurzerhand vom Kopf.

Wie ich es hasse, wenn Leute das tun.

Rajesh bleibt cool. »Krass hell« ist sein einziger Kommentar. »Das sieht aber nicht gesund aus.«

»Eine Allergie«, sagen Hans und ich wie aus einem Mund.

»Er ist schüchtern«, fügt mein Kollege hinzu. »Und braucht nun etwas Unauffälliges, damit er sich frei bewegen kann.«

»Genau«, stimme ich zu. »Ich will auch so einen Dastar. Am liebsten in Schwarz. Oder meinetwegen auch weiß.« Ich zeige auf die Styroporarmee und bin stolz, dass ich mir das Wort gemerkt habe.

»Das sind Pagris«, sagt der Sikh.

»Wo ist denn da der Unterschied?«

»Wo da der Unterschied ist, fragt er mich«, sagt er und schaut dabei Hans an. Irgendetwas Brodelndes verleiht seiner Stimme einen hässlichen Charme.

Hans rettet die angespannte Situation, in dem er sich schützend vor mich stellt und irgendetwas auf Hindu sagt, woraufhin der Mann schallend lacht.

»Schwarz und weiß kann ich dir unmöglich verkaufen«, sagt er kopfschüttelnd, als er sich wieder beruhigt hat.

»Warum denn nicht?«

»Passt nicht zu dir.«

»Und warum passen die Farben nicht zu mir?« Allmählich werde ich ungehalten.

»Stehen beide für Weisheit. Würde nicht passen.«

Neben mir höre ich Hans kichern.

Ich atme tief durch und versuche mich von dem Sikh, der mir mit jedem Atemzug unsympathischer wird, nicht provozieren zu lassen. Mein Blick streift den nächsten Dastar, Pagri oder was auch immer.

»Wie wäre es denn mit Blau?«, versucht Hans die Situation zu retten.

Der Mann zögert. Schließlich gibt er ein Zungenschnalzen von sich. »Blau würde gehen.«

Ich nicke. »Blau mag ich.«

Hans lächelt selig. »Möchtest du mal anprobieren?« Seine Hände greifen nach der Büste und ziehen die Kopfbedeckung ab.

Ich sehe mich hilfesuchend um. »Habt ihr denn keine Umkleidekabine?«

»Ob wir eine Umkleidekabine haben, fragt das Bleichgesicht.« Beide sehen mich an, als hätte ich sie um argentinisches Hüftsteak gebeten.

Verlegen betrachte ich die seidige Stoffbahn in meinen Händen und muss laut schlucken. »Das ist aber ganz schön teuer für so ein dünnes Stöffchen.«

Die Augen des Sikh weiten sich, das Muttermal wandert schlagartig mehrere Zentimeter nach oben. »Will dein Freund mich beleidigen?«

Auf einmal bin ich mir gar nicht mehr so sicher, ob Hinduismus wirklich diese friedliche Religion ist, von der alle reden.

Hans und der Sikh unterhalten sich auf Hindu, was nun wiederum mich zum Lachen bringt, da sie derart hitzig und mit hoher Stimme sprechen, als hätten sie Helium eingeatmet.

»Warum soll ich diesem Ungläubigen einen meiner Dastare verkaufen?«, ruft der Sikh schließlich auf Deutsch. »Er macht sich lustig über uns, glaubt, er wäre etwas Besseres. Bloß, weil er der westlichen Welt angehört.«

»Das mache ich gar nicht!«, setze ich mich aufgrund der bösartigen Unterstellung zur Wehr. »Das klang nur gerade echt komisch.«

»Du findest die indische Sprache komisch?«, will der Sikh wissen. Auch Hans hat nun angriffslustig die Arme verschränkt. »Dabei spielt Indien eine tragende Rolle in der westlichen Welt!«

»Was, nein. Natürlich nicht, ich meine ja nur, dass ...«

»Du wärst überrascht, wie viele Hindi-Wörter Einzug in die deutsche Sprache gehalten haben.«

»Mag ja sein, aber ...«

»Katamaran«, antwortet der Sikh wie aus der Pistole geschossen.

»Aber ich will doch nur einen Turban kauf ...«

»Dastar«, verbessert mich Hans leise.

»Kajal«, wirft mir der Sikh entgegen.

Mein Gesicht spiegelt das wider, was mein Gegenüber längst erkannt hat: Kapitulation.

»Mandala. Bungalow. Avatar.«

»Ist gut, ich hab's verstanden.«

»Veranda. Yoga. Pyjama.«

»Ja doch!«

»Shampoo. Kuli.«

»Er hat's kapiert«, sagt Hans, was den Sikh endlich zum Schweigen bringt.

Zähneknirschend zücke ich mein Portemonnaie. »Ich möchte bitte mit Karte zahlen.«

»Was heißt hier Karte? Sehe ich aus wie Lehman-Brother, oder was? Hier zählt nur Bares.«

Hans legt seine Hand auf meine, die noch immer das Portemonnaie umgriffen hat. Seine andere Hand greift nach hinten und zieht sein Portemonnaie aus der Gesäßtasche. »Lass mal stecken, ich borge dir das Geld.«

Damit ringt er dem Sikh nach langer Zeit mal wieder ein Lächeln ab. Die beiden liefern sich ein lautes, abgehacktes Wortgespräch, an dessen Ende der Sikh schließlich ein eingeschnapptes Nicken von sich gibt. Jetzt ist es Hans, der lacht, als er einen Zwanzig-Euro-Schein auf den Tresen legt.

Ich staune nicht schlecht über seine Verhandlungskunst. Und noch viel mehr, als Rajesh ihm einen Zehner rausgibt. Erneut tauschen sie Worte in einer Sprache, die ich nicht verstehe.

»Was wollte er denn noch von dir?«, frage ich Hans, als wir das Geschäft verlassen. Er drückt mir die grüne Plastiktüte in die Hand und macht eine wegwerfende Geste: »Er hat gesagt, dass er dich mag.«

»Ehrlich? So wie er mich behandelt hat?«

»Er sagt, du hast ein gutes Chakra. Und er findet, dass du der perfekte Ehemann für Dalaja wärst.«

»Für wen wäre ich bitte schön was?«

»Für Dalaja, seine Tochter. Meine Cousine, von der ich dir die ganze Zeit erzähle.«

»Hör bitte auf.«

»Lass mich doch erst mal ausreden. Sie ist völlig anders als die anderen Cousinen, von denen ich dir bislang erzählt habe.«

»Hans, das ist echt nett von dir, aber ich habe kein Interesse an deinen Cousinen. Ich glaube nämlich wirklich, dass das mit Malena und mir nochmal was werden könnte.«

»Aber sie ist doch mit Pedro zusammen, der, wenn ich dich daran erinnern darf, dein bester Freund ist.«

»Na, und? Ihn hat das damals ja auch nicht abgehalten.«

»Wo Elefanten sich bekämpfen, hat das Gras den Schaden.«

»Was meinst du denn damit schon wieder?«

»Dass niemand davon profitieren wird, wenn ihr euch wegen irgendeiner Frau streitet.«

»Wir streiten uns nicht. Und schon gar nicht wegen *irgendeiner* Frau. Wenn, dann würden wir uns um Malena streiten. Und die ist ganz bestimmt jeden Streit wert.«

»Wie du meinst«, sagt Hans. Er legt den Arm um mich und drückt mich fest an sich. »Aber Dalaja ist wirklich hübsch und etwas ganz Besonderes. Die ganze Familie hat zusammengelegt, damit sie sich den Oberlippenbart weglasern lassen konnte, ich schwöre bei Garnecia.«

Kapitel 12

Ich rieche den Atem der Verzweiflung. Alles, was ich will, ist mein altes jämmerliches Leben zurück. Nicht das von vor zwei Wochen. Sondern das mit Malena. Vor allem aber das ohne diese verfluchte Lightshow über meinem Kopf.

Aus dem Internet habe ich mir eine Schirmkappe aus rotem durchsichtigen Plastik besorgt, damit ich mein Gesicht nicht länger ungeschützt dem grellen Schein ausliefern muss. So richtig toll ist die Lösung nicht, da das Ding zwickt und drückt. Außerdem sehe ich damit aus wie die Karikatur eines Croupiers. Im ersten Lehrjahr. In einem Club-Aldiana-Hotel am Rande des Ostbaltikums. Aber was soll ich sonst machen, um eine irreparable Schädigung meiner empfindlichen Epidermis zu vermeiden? Doof irgendwie.

Überhaupt ist alles doof: Weder ist mein Sonnenbrand besser geworden, noch sind der Dastar und ich eine Einheit. Es braucht viele Versuche und massenweise Online-Tutorials, bis ich die meterlange Stoffbahn gebändigt bekomme. Und noch mehr, um aus dem Ergebnis um meinen Kopf etwas Ansehnliches zu machen – was aber auch an meinem Kopf liegen könnte. Auf jeden Fall weiß ich jetzt, warum sich die Hindus in Meditation üben. Anders wäre Indien schon längst der Kragen geplatzt, und das Land hätte sich mit einem lauten Puff aus der Welt verabschiedet.

Selbiges wünsche ich mir von meinem Handy, das unentwegt vor sich hin vibriert, um mir mitzuteilen, dass ein neuer Anruf, eine neue Nachricht, eine neue Was-weiß-ich eingegangen ist.

Alle Welt hat ein plötzliches Interesse an mir. Mittlerweile kann ich die Wohnung nicht mehr ohne Kopfbedeckung verlassen. Geschweige denn den Haupteingang nehmen, um rein- und rauszukommen.

Ermattet sitze ich vor dem Computer und betrachte die dreistellige Zahl an Freundesanfragen auf meinem Facebook-Profil. Nicht weniger viele private Nachrichten warten in meinem Postfach darauf, gelesen zu werden. Unglaublich, wie viele längst vergessene Klassenkameraden sich wieder bei mir melden, seit meinem Auftritt im Regionalfernsehen. Darunter einige bereits verdrängte unerwiderte Liebschaften. Wie die meiner Klassenlehrerin in der Grundschule. Ich ertappe mich dabei, dass ich in Gedanken nachrechne, wie alt Frau Oltmann mittlerweile ist, und komme auf eine Zahl biblischen Ausmaßes. Da beruhigt es mich beinahe, dass sie kein Date mit mir will, sondern mich lediglich zu einer Séance einlädt, mit deren Hilfe sie ihren verstorbenen Ehemann kontaktieren will. Mit mir als unterstützende Aura. Da kriegt der Satz »Führe mich zum Licht« eine ganze andere Bedeutung.

Ich kann nur den Kopf schütteln, als ich mein E-Mail-Postfach öffne, denn auch hier erwarten mich unzählige Nachrichten. Darunter sogar Anfragen von echten Fernsehsendern. Also überregionalen. Zwar nur die dritten, aber immerhin. Allmählich muss ich mir eingestehen, dass ich zu einer kleinen Berühmtheit geworden bin. Nicht so wie der Bundespräsident oder Mario Götze, eher so wie Heidi, das schielende Opossum. Doch von meinem fragwürdigen Ruhm will ich nichts wissen. Das Einzige, was ich will, ist mein altes Leben. Und zwar zurück. Auf der Stelle!

Klicken. Löschen.

Klicken. Löschen.

Klicken. Löschen.

Bei einer Mail halte ich inne, da mir der mehr als auffällige Absender ins Auge springt: *postmaster*@vatican.va.

Meine Neugier ist geweckt, und ich öffne sie. Genauso schnell schließe ich sie wieder. Wenn ich das im verschwurbelten Deutsch verfasste Schreiben richtig deute, handelt es sich um eine Einladung in die Vatikanstadt mit der Bitte um meine Bankdaten, damit man mir das Geld für den Hinflug überweisen könne. Anstelle von Umlauten wimmelt der Text von Sonderzeichen.

Ungläubig schüttele ich den Kopf. Internettrickbetrüger werden aber auch immer gerissener. An dieser Stelle entscheide ich, das einzig Sinnvolle zu tun: Ich lösche alle ungelesenen dreihundertelf Nachrichten und schaue dem Fortschrittsbalken beim Auffüllen zu. Es ist ein erleichtertes Gefühl, als die in Klammern stehende Zahl hinter dem Posteingangssymbol auf null springt. Jetzt kann ich ausatmen. Als wäre eine tonnenschwere Last von mir abgefallen.

Doch gerade, als ich den Laptop zuklappen will, fahre ich erschrocken zusammen, da mein Handy wütend zu klingeln beginnt. Es sind nur sechs Buchstaben, die das Display anzeigt. Aber es ist das wunderschönste Wort, das diese Lettern überhaupt bilden können: M-A-L-E-N-A.

Voll überschüssiger Euphorie schreie ich ihren Namen in den Hörer. Vermutlich etwas zu laut. Definitiv zu enthusiastisch. Denn von Malena kommt erst mal nichts. Gerade, als ich denke, sie hätte eingeschüchtert aufgelegt, sagt sie: »Ich schaue mir gerade deine Spieluhr an.« Und tatsächlich kann ich im Hintergrund Teile des *Schwanensees* hören. »Sie ist so schön.«

Wie du, denke ich. Zum Glück ist es nicht das, was ich sage. Stattdessen versuche ich es dezenter: »Deshalb passt sie so gut zu dir.«

Ich höre sie lächeln. Es klingt verlegen. »Ich wollte dir eigentlich nur sagen, dass ich mich total darüber gefreut habe, dass du ... trotz allem ... zu meiner Party gekommen bist.«

Jetzt bin ich es, der lacht. *Trotz allem* empfinde ich als ein wirklich schönes Synonym für Pedro. »Das hab ich doch gern gemacht.«

»Schade nur, dass du so schnell aufgebrochen bist. Ohne dich zu verabschieden.«

»Ja, mir ... kam da was dazwischen.«

»Ich weiß«, folgt die prompte Antwort. »Tati hat mir davon erzählt.«

»Ah, die mit der Dauerwelle.«

»Genau die.«

Dann wird es still zwischen uns. Bedrohlich still. Bis auf den *Schwanensee*, der immer noch im Hintergrund dudelt. Vor meinem geistigen Auge sehe ich das Ballerina-Mädchen seine Pirouetten drehen.

Doch diesmal ist es Malena, die uns von dem Schweigen erlöst. »Sollen wir nicht mal wieder was unternehmen?«, fragt sie mich ganz direkt.

Mein Körper stellt die Speichelproduktion schlagartig ein. So presse ich ein äußerst trockenschmerzhaftes »Klar doch« hervor.

Ich höre sie durch den Hörer lachen. Vielleicht bilde ich es mir ein, aber es klingt erleichtert. »Spitze«, findet sie. »Also: Wie sieht es jetzt gleich aus? Hast du Zeit und Lust?«

»Ja und ja.«

Ich höre ihren Atem. »Magst du mich abholen kommen?«

Bevor ich antworten kann, haucht sie mir ein »Bis gleich« ins Ohr, das mir die Härchen am Unterarm zentimeterweit abstehen lässt.

Malena hat schon längst aufgelegt, da habe ich noch immer das Handy am Ohr und sauge mit mentaler Kraft, die nur ein ausgelernter Jedi aufbringen kann, die letzten Moleküle ihrer Stimme aus dem Hörer. Zumindest versuche ich das. Und zwar genauso lange, bis es mir das Trommelfell wegbläst, weil es erneut klingelt.

»Hey, Keule, ich bin's. Was geht ab? Lang nichts mehr voneinander gehört. Oder soll ich lieber sagen: Euer Heiligen?«

Pedro dabei zuzuhören, wie er sich lauthals über seine eigenen Witze zergeht, konnte ich noch nie leiden. Seit dem Vorfall mit Malena aber schürt es einen ungeahnten Groll in mir.

»Eigentlich wollte ich einen chilligen Abend mit Malena verbringen, aber die trifft sich heute mit einer alten Freundin. Und da dachte ich mir, rufst du die Keule an und triffst dich ebenfalls mit einem alten Freund. Und da der heute keine Zeit hat, rufe ich halt dich an.« Wieder dieses knochensägencharmante Lachen.

»Echt komisch.«

»Ich weiß, haha.« Jetzt klingt er, als würde er sich an seiner eigenen Spucke verschlucken, und braucht eine ganze Weile, bis er sich wieder beruhigt hat. »Also, Zeit und Lust?«

Nein und nein.

»Äh, heute?«

»Äh, ja-ha?«, äfft er mich nach.

»Geht nicht, bin zur Spätschicht in der *Krabbe* eingeteilt.« Ich bin überrascht, wie leicht mir diese Lüge über die Lippen geht.

»Oh, na dann. Vielleicht ein andermal.«

»Gern.«

»Jonas, eine Frage noch.«

»Ja?«

»Kennst du eine Agnetha?«

»Wen?«

»Das ist der Name der alten Freundin, mit der sich Malena heute trifft. Fand das komisch ... irgendwie. Den Namen hat sie mir gegenüber noch nie erwähnt. Und da du sie ja länger kennst ...«

Und besser. Und intensiver. Und ich aus ihr lesen kann wie aus einem Buch, weil ich ihr zuhöre, sie auf einer geistigen

Ebene berühren kann, die du mit deiner amöbesken Snyapsenschaltung nicht einmal im Ansatz verstehen würdest, du schleimiger Sumpfnomade mit dem Sozialverhalten eines Orks … Diese Worte haben sich hinter meinen Zähnen platziert und warten nur darauf, wie zwei hungrige, in einen Zwinger gesperrte Dobermänner rausgelassen zu werden. Doch ich bin geübt im Unterdrücken von Gefühlen und hab mich schnell wieder im Griff.

»Öhm, nö du, sagt mir so jetzt auch nichts. Sorry.«

Kapitel 13

Es fühlt sich an wie ein Date, dabei ist es genau das nicht. Dennoch habe ich mich rausgeputzt wie nur sonst irgendwas. Ich stecke in meiner besten Jeans, habe sie sogar gebügelt – was viel heißt, da ich nicht einmal ein Bügeleisen besitze und mir das von Frau Mutschler ausleihen musste. Außerdem trage ich ihr Lieblingshemd. Malenas. Nicht das von Frau Mutschler. Hellblau gestreift mit langen Ärmeln und weißem Kragen. Trotzdem hängt es die meiste Zeit über im Schrank, da mich alles Gestreifte zu sehr an Malenas Unterwäsche und die Uniform der *Schnipsenden Krabbe* erinnert. Außerdem ist es eine Spur zu körperbetont geschnitten, wofür ich wiederum einen Tick zu unkörperlich bin.

Auch Malena sehe ich an, dass sie ihr Outfit mit Bedacht gewählt hat. Modeaffin, wie sie ist, hat sie Wert auf eine scheinbare Lässigkeit gelegt, die sie jedoch schnell entlarvt. Dafür sind die enge Jeans, das knapp geschnittene weiße Shirt und die Lederjacke mit den hochgekrempelten Ärmeln, die eine Armada von klimpernden Accessoire-Armbändern freigeben, zu perfekt aufeinander abgestimmt. Und dann diese Pumps, die Kilometer zu hoch sind, um bequem sein zu können, und die sie ein Stück größer machen, als ich es bin. Doch das schüchtert mich nicht ein. Im Gegenteil. Ich mag es, wenn sie größer ist als ich. Malena weiß das.

Dennoch gebe ich den Coolen, als wir uns zur Begrüßung kurz, aber innig drücken und ich mich schneller von ihr löse als eine Briefmarke über dem Wasserdampf vom Umschlag.

Wir befinden uns im Ludwig-Museum, in dem gerade die Ausstellung naturalistischer Pop-Art auf Expressionismus trifft, gepaart mit zeitgenössischer Kunst aller Epochen. Besser hätte Malena die Location für unser Nicht-Date nicht wählen können.

Ein Traum. Zumindest für mich.

Während ich mich mit offenem Mund durch die hell beleuchteten Flure schiebe, die Kunst und Malenas Nähe in mir aufsauge, scheint sie nur Augen für mich zu haben. Beziehungsweise für den Turban.

»Blau steht dir«, sagt sie schließlich. Sie hat sich bei mir untergehakt und schlendert mit mir von Bild zu Bild.

Ich würde ihr gerne ein Kompliment zurückgeben, habe aber Angst, dass jedes noch so nette Wort zu dick aufgetragen wirkt. So belasse ich es bei einem zaghaften »Danke«.

Ich bin betört von der Kunst und Malenas Parfüm. Es kommt mir vor, als würde ich über den Boden schweben.

»Ist echt praktisch, mit so einem Ding über dem Kopf, nicht wahr?«

»Inwiefern?«

»Na ja, zum Beispiel der freie Eintritt für uns beide, weil der Pförtner dich aus dem Fernsehen wiedererkannt hat.«

»Schon, aber dafür musste ich ihn segnen und über seine schorfigen Ellbogen reiben«, werfe ich ein.

»Was du übrigens sehr souverän gemacht hast.«

Mit der freien Hand, die nicht von Malena in Beschlag genommen wird, winke ich ab. »Ich bin da etwas in Übung, weißt du. Also, was das Segnen betrifft. Nicht das mit dem Schorf. Nicht, dass du denkst, ich hätte selbst schorfige Ellbogen oder sonst wo etwas Schorfiges …«

»Ich versteh schon«, unterbricht sie mich lächelnd. »Außerdem kann ich dich beruhigen. Zu meiner Zeit war da nichts Schorfiges.«

»Ist es noch immer nicht«, füge ich schnell hinzu. Nur, um auf Nummer sicher zu gehen.

Sie schmunzelt. Vermutlich ein gutes Zeichen.

»Wir sind bei den Vorteilen stehengeblieben«, sagt sie. »Du unterschlägst den Erfolg, den du nun bei den Frauen hast.«

Ich bleibe stehen. »Hab ich den?«

Sie schaut an mir vorbei, hält meinem Blick nicht stand. Dann schmunzelt sie und sieht mir doch noch in die Augen. »Nun ja, wenn ich an meine Geburtstagsparty denke, wie meine Freundinnen auf dich reagiert haben.«

»Die mich zuvor noch nicht mal eines Blickes gewürdigt haben.«

»Und dann diese – zugegeben sehr gut aussehende – Frau, mit der du so plötzlich verschwunden bist. Habt ihr eigentlich noch Kontakt?«

»Hin und wieder sprechen wir uns«, halte ich mich vage.

Sie gibt einen missfallenden Ton von sich. Es kann aber auch sein, dass sie nur die Nase hochgezogen hat.

»Ja«, gebe ich widerwillig zu. »Es hat sich nicht alles zum Schlechten verändert, seit …«

»Seit wir nicht mehr zusammen sind?«

»Himmel, NEIN!«

Malena zuckt zusammen. Ich bremse mich sofort. Das »Nein« aber hallt noch durch die Galerie und will nichts von seiner Bedrohlichkeit verlieren.

»Ich meine, seitdem ich das hier habe.« Ich schlage mir mit der Hand etwas zu fest gegen den Schädel. Es klingt erschreckend dumpf.

Malenas Blick gleitet langsam an mir entlang. Beinahe wie eine zärtliche Berührung. Ich entwinde mich der unendlichen Tiefe ihrer blauen Augen, in denen ich das erste Mal winzige grün gesprenkelte Farbkleckse sehe. Liegt vermutlich an der Halogenbeleuchtung des Museums. Am liebsten würde ich

Malena an die Wand stellen und einen Spot auf sie richten, damit alle Welt die wahre Kunst in diesem Raum bewundern kann. Stattdessen aber sage ich: »Und, wie läuft's mit dir und Pedro so?«

Ich Blindgänger.

Ihr Lächeln erstirbt. Sie wendet sich ein klein wenig von mir ab und geht mit winzigen Schritten weiter. »Och, du … ganz gut.«

»Und warum erzählst du ihm dann, dass du dich mit einer alten Freundin treffen würdest? Agnetha?«

Einen klitzekleinen Augenblick entgleiten ihre wunderschönen Gesichtszüge. »Im Hintergrund lief gerade ABBA. Und Pedro ist halt sehr eifersüchtig.«

»Auf wen?«

»Auf dich.«

Eine Weile gehen wir schweigsam weiter. Die Neuigkeit muss ich erst einmal verdauen.

»Seitdem du dieses Ding auf dem Kopf hast, verhält er sich wirklich total merkwürdig, wenn wir auf dich zu sprechen kommen.«

Ich bleibe stehen. »Ihr redet über mich?«

Sie verstummt.

Aber ich lasse nicht locker. Mit meinen Augen zwinge ich sie dazu, mir eine Antwort zu geben. Und das tut sie. Ausweichend.

»Wer redet denn nicht über dich? Die Zeitungen sind voll von dir. Das sieht man ja auch nicht jeden Tag. Einen Mann mit einem Heiligenschein auf dem Kopf.«

»Na ja.«

»Nix na ja. Das ist so … monströs.«

Sie hält mich für ein Monster. Na, super.

In ihrem Blick verändert sich etwas. »Und wunderschön.«

Sie hält mich für ein wunderschönes Monster. Super!

»Fühlst du denn, dass etwas Besonderes in dir vorgeht?«

Besonders ist gar kein Ausdruck. Ich bin mit meiner Traumfrau in einem Museum und werde allem Anschein nach von ihr angehimmelt. Wenngleich sogar ich kapiere, dass der wahre Grund nicht ich selbst bin.

»Nein, ich empfinde diesen leuchtenden Donut über mir eher als einen Fluch denn als einen Segen.«

»Warum?«, fragt sie sichtlich überrascht.

»Weil ich kein Idiot bin und weiß, dass es nicht um mich geht«, gebe ich die beleidigte Leberwurst.

»Wie meinst du das?«

»Vorher hat sich niemand für mich interessiert. Aber jetzt, mit dem Ding da, wollen alle etwas von mir.«

»Ich habe mich schon vorher für dich interessiert.« Malenas Stimme ist nicht mehr als ein Flüstern.

»Ja, das stimmt«, gebe ich zu. »Bis Pedro kam.«

»Ach, Jonas ...« Sie schaut mich mitleidig an und streichelt mir mit ihrer warmen Handfläche übers Gesicht. Es ist ein elektrisierendes Gefühl. »Das ist alles so kompliziert.«

»Das stimmt. Seit dem Ding hier ist mein Leben ein einziges Chaos. Und das will was heißen – denn es war auch vorher kein Sonntagsspaziergang. Wer weiß, was dieses blöde Ding für Nebenwirkungen hat. Vielleicht ist es radioaktiv. Oder krebserregend.«

Als ich es ausspreche, habe ich Angst, Malena zu verschrecken. Doch sie weicht nicht von meiner Seite. Das ist definitiv ein gutes Zeichen. Himmel, wohin führt das hier? Sie ist schließlich mit Pedro zusammen. Meinem besten Freund. Nach wie vor und trotz allem.

Aber wenn doch ein klitzekleiner Hoffnungsfunke besteht, dass sie und ich, also ...

»Pedro hat um meine Hand angehalten.«

Ich erstarre. Mein Körper ein einziges Krampfgebilde. »Er hat *was?*«, presse ich schmallippig hervor.

»Er hat mich gefragt, ob ich seine Frau werden möchte.«

Ich bin ein Stein. Kein erhabener Megalith, der kilometerweit sichtbar in die Höhe ragt. Eher eine dieser Statuen auf den Osterinseln mit den leeren Augen und diesem dämlichen Gesichtsausdruck. Ja, so fühle ich mich. Kalt. Stumm. Leblos.

Malenas Blick ruht forschend auf mir. Ich sehe ihr an, dass es ihr unangenehm ist, mich damit zu konfrontieren. Aber da müssen wir jetzt beide durch. Die Zeit vergeht, alles dreht sich. Ganz schön stumm, so ein Dasein als Steinskulptur. Wobei ich rein vom Prinzip her schon mal sehr gut ins Museum passe. Schließlich finde ich dann doch den Weg zurück in die Welt der Lebenden. »Das ist schön«, höre ich mich selbst sagen. Es klingt so freud- und klanglos wie nur irgendwas.

»Ich habe ihn nicht angenommen.«

Ich schäme mich für diese Reaktion, aber in dieser Sekunde schießt Leben in meine steinerne Hülle.

»Zumindest noch nicht.«

Mal hü, mal hott! Was soll das dann schon wieder heißen?

»Ich weiß nicht, es ist alles ...«

»So kompliziert?«, helfe ich ihr auf die Sprünge.

Sie nickt.

»Er ist wirklich toll. Ein absoluter Traummann, witzig, gut aussehend, aber ...« Den Rest des Satzes lässt sie unausgesprochen.

Ich würde auch gerne etwas dazu sagen, weiß aber nicht was. Ich bin verzweifelt. Gefangen in einer Situation, aus der es keinen Ausweg gibt. Dazu verdammt, womöglich nie wieder ohne Schlafmütze einschlafen zu können.

»Aber gerade jetzt geschieht so viel um mich herum. Endlich geht es mit meiner Modelkarriere voran.« Sie dreht sich ruckartig zu mir und guckt mich mit weit aufgerissenen Augen an. »Du wirst es nicht glauben, aber meine Agentur hat mich tatsächlich im Vorprogramm vom *The next Supermodel*-Finale unterbringen können. Ich werde vor zigtausend Leuten laufen, ist das nicht großartig?«

Und ob es das ist. Ich versuche, mich aufrichtig für sie zu freuen. Dennoch nagt der Pedro-Schock schwer an meinen Gedärmen.

Der Funken der Freude erlischt in ihrem Gesicht. »Pedro nimmt meine Karriere nicht ernst. Manchmal habe ich das Gefühl, dass er nur eine hübsche Frau an seiner Seite will, die ihm später die Buchhaltung macht, wenn er dann irgendwann einmal den Laden seiner Eltern übernimmt.« Sie senkt die Lider. »Italienische Spezialitäten. O Mann.« Malena seufzt. Ihr schwerer Atem hebt ihren ganzen zarten Oberkörper an, der mit dem Ausatmen wieder in sich zusammenfällt. Ihre Hand drückt meine und zieht mich mit sich.

Ich erinnere mich daran, wie wir beide gemeinsam am Rhein Fotos geschossen haben für die Bewerbung. All die Hoffnung, ihr sehnlicher Wunsch, dort auftreten zu dürfen. Schön, dass wenigstens für einen von uns die Wünsche in Erfüllung gehen.

Doch gerade jetzt fließt ein schwarzer teerförmiger Brei durch meine Gehirnwindungen und verpestet jede einzelne Nervenzelle. *Noch* nicht, lautet ihre Antwort auf Pedros Verlobungsantrag. Aber *wenn* sie erst einmal verlobt sind, werden sie heiraten. Und dann werden sie Kinder kriegen. Jede Menge Kinder. Pedro ist halber Sarde. Unter einer Fußballmannschaft wird der gar nicht erst mit der Familiengründung anfangen.

Mühsam schlucke ich die aufsteigende Magensäure herunter.

Malena schiebt mich einfach weiter. Als befände ich mich auf einer Rolltreppe, ziehen die Kunstgemälde der verschiedensten Epochen an mir vorbei. Jedes wird von Malena kommentiert. Sie fragt mich Löcher in den Bauch. Will meine Meinung wissen. Ich antworte automatisch. Ebenfalls wie am Fließband spuckt mein geteertes Gehirn die passenden Phrasen zu Malenas Fragen aus. Ich höre mich etwas erzählen vom ungeschönten Naturalismus der frühbarocken Malerei in Italien. Von Caravaggios fahl-düsterem Stil, der gerne mal ins Unwirkliche abdriftet – ungefähr so, wie ich mich gerade fühle.

Doch der Großteil meiner Gedankenstränge ist damit beschäftigt, mir Malena und Pedro vor dem Traualtar auf die Netzhaut zu projizieren. Komischerweise sehe ich mich selbst als Trauzeugen danebenstehen.

Echt witzig, du mieses Unterbewusstsein.

Die Stimmung zwischen Malena und mir ist dahin. Ich weiß nicht, was sie damit bezwecken wollte, als sie mir von Pedros Heiratsantrag erzählt hat. Am liebsten würde ich sie schütteln und anschreien. Ihr verbieten, auch nur in Erwägung zu ziehen, ihn zu heiraten. Überhaupt ist sie doch noch viel zu jung dafür.

Kurz drückt sie meine Hand. »Wer weiß, vielleicht hängen deine Bilder irgendwann auch mal hier.«

Ein missglückter Versuch, mich aufzubauen. Völlig zur falschen Zeit. Entsprechend ungehalten reagiere ich: »Hör endlich auf damit, mich für etwas Besonderes zu halten! Ich bin ein mittelloser, mittelmäßiger Maler und verdiente meinen Lebensunterhalt bislang damit, in einem Matrosenanzug Meerestiere zu frittieren.«

»Du bist kein mittelmäßiger Maler«, widerspricht sie. »Du bist ein wundervoller Künstler.«

»Bin ich nicht.« Ich bleibe trotzig.

»Doch, das bist du. Was du erschaffst, ist fantastisch. Deine Bilder sind wie Gefühle. Sie sind Leidenschaft, Trauer, Glück und Sehnsucht ...«

Sehnsucht, höre ich das Echo in meinem Kopf. Mit Sehnsucht kenne ich mich aus.

»Ich liebe deine Bilder.« Der Klang ihrer Stimme lässt mich innehalten. Malena hat ihr ganzes Gewicht in das Wort »Liebe« gelegt. Es gibt keinen Ausdruck auf der Welt, der schöner und schmerzvoller zugleich sein kann. Das ändert aber nichts daran, dass sie nicht mich liebt, sondern Pedro.

Ihr Blick, der auf mir ruht, ist so intensiv. So aufsaugend. »Warum hast du mich eigentlich nie gemalt?«, fragt sie mich aus dem Nichts heraus.

Wieder verstumme ich. Mein Mund geht auf und zu. Ohne auch nur einen einzigen Laut hinauszulassen.

»Hm?«, hakt sie nach.

Dann überlasse ich meinen Gefühlen das Kommando. Was habe ich denn noch zu verlieren? Das Einzige, was mir im Leben wirklich etwas bedeutet hat, habe ich doch bereits an meinen besten Freund verloren. Also sage ich ausnahmsweise mal genau das, was ich denke. »Kein Pinselstrich könnte deiner Schönheit gerecht werden. An dir würde ich meine Unzulänglichkeit unter Beweis stellen.«

So, jetzt ist es raus. Ich könnte ihr noch mehr sagen. Dass sie meine unerreichbare Muse ist, die mich mit ihrer Perfektion derart lähmt, dass ich zu keinem Farbtupfer mehr imstande bin.

Und was macht sie? Sie blinzelt den Glanz in ihren Augen weg. »So etwas Schönes hat noch nie jemand zu mir gesagt.«

Ihr Kajal verläuft. Sie wendet sich von mir ab und macht mit ihren Händen eine flatternde Bewegung, um ihren Augen Luft zuzufächern. Mein Gott, sieht das süß aus.

Mir ist auch zum Heulen zumute. Denn wieder einmal werde ich mir der Sinnlosigkeit meines Seins bewusst. Mein gesamtes Ich, mein Dasein konzentriert sich auf dieses Wesen vor mir. Meine Ziele, meine Träume. Meine Kunst. Doch jetzt, da ich Malena nicht mehr habe, zählt das alles nicht mehr.

»Malte hat mich befördert«, lenke ich das Thema auf den einzigen Lichtblick in letzter Zeit.

Gut, den *zweiten*.

»Echt?« Sie freut sich für mich. Ihre Augen glänzen noch immer feucht.

»Ja, toll nicht? Ich darf jetzt an die Kasse. Mit direktem Kundenkontakt.«

»Mensch, Jonas. Das ist wirklich spitze!«

Ist es nicht, und das wissen wir beide. Ich bin dankbar, dass sie die Erste ist, die ihr Lächeln verschwinden lässt.

»Wie lange willst du das eigentlich noch machen, in dieser Bude?«

»Wie meinst du das?«

»In dir steckt so viel Talent. Du könntest so viel aus deinem Leben machen. Du musst dem ein Ende setzen.«

Ich nicke zustimmend. Genau das habe ich ja versucht. Hat nicht funktioniert. Stattdessen wurde es noch mieser.

»Sieh dich doch nur an! Du bist zu Höherem berufen. Diese Aura um dich herum, das hat etwas zu bedeuten.«

»Noch mal, Malena. Hör bitte auf, in mir etwas Besonderes zu sehen.«

Im Schlendertempo gehen wir an den Bildern vorbei.

»Aber ich finde, du bist etwas Besonderes.« Sie klemmt sich eine Strähne, die an ihren Lippen geklebt hat, hinters Ohr. »Und mit dem Licht um dich herum, wirkst du richtig … erhaben.«

Ich stoße ein lautes Schnauben aus. »Nur weil ich leuchte wie einer, bin ich noch lange kein Heiliger. Ich bin nicht so wie der da.«

Ich zeige auf einen Rahmen in unmittelbarer Entfernung. Darin ist ein Porträt mit dunklen Farben, viel Braun und Schwarz. Ein Gemälde, das dringend mal restauriert werden müsste, um den Grauschleier zu entfernen. Es ist eines dieser Werke, wie sie vermutlich weltweit zu Abertausenden in katholischen Kirchen hängen. Angefertigt von einem wenig talentierten Künstler, was das Spiel der Farbreflexe im Gesicht des Modells verrät, das er porträtiert hat.

Es zeigt einen Mann mittleren Alters. Bärtig. Faltig. Kantig.

Die Hände vor sich gefaltet, den fast schon schmerzvollen Blick unterwürfig gen Himmel gerichtet. So weit, so unspektakulär. Dennoch zieht das Gemälde meine ganze Aufmerksamkeit auf sich.

»Alles okay mit dir?«, fragt Malena besorgt. »Du siehst aus, als hättest du einen Geist gesehen.«

Es ist ein Dialog, wie ich ihn schon in unzähligen seichten Büchern gelesen und in noch mehr schlechten Filmen gehört habe. Und dennoch antworte ich automatisch das, was alle Buch- und Filmprotagonisten auf diese Frage antworten: »Das habe ich auch.«

Während ich mich selbst reden höre, springen meine Gedanken von einer Schläfenseite zur anderen. Es ist verrückt. Aber ich glaube, diesen Mann zu kennen. Und ich meine nicht den Künstler.

Nein. Ich meine den Mann auf dem Bild.

Der Künstler hatte einen Hang zum ausgeprägten Realismus. Trotz Grauschleier erkennt man sogar die fehlende halbe Augenbraue auf der linken Seite.

Ich inspiziere die nicht gerade aussagekräftige Museumsplakette.

Künstler: Unbekannt

Alter: Unbekannt

Herkunft: Unbekannt

Das hat nichts zu heißen. Denn ich weiß, dass für die Beschriftung der Bildplaketten Kunststudenten verantwortlich sind.

Dennoch, ich kenne diesen Mann. Nicht das Bild, nicht das Gemälde. Nicht den Künstler. Nein.

Ich.

Kenne.

Diesen.

Mann.

Auf einmal kommt Leben in mich. Mein Puls beschleunigt sich. Ein Kolibri flattert in meiner Brust. Meine Wangen glühen. Mit zittrigen Fingern durchwühle ich meine Taschen auf der Suche nach dem Smartphone.

Malena steht verwirrt neben mir. »Du machst mir Angst.«

Ich reagiere gar nicht auf sie, sondern beginne sofort damit, das Gemälde abzufotografieren – ich weiß nicht, wie oft.

»Würdest du mir bitte mal erklären, was hier vor sich geht?«, fordert mich Malena ungeduldig auf.

Jetzt bin ich es, der tief durchatmet und sich beruhigen muss. Ich bin bereit, etwas mehr von mir preiszugeben, als ich mir eigentlich vorgenommen hatte. »In der Nacht, an deinem Geburtstag, als ich dich angerufen habe ...«

»Ja?«

»Da bin ich auf einen Mann getroffen, der drauf und dran war, sich von der Hohenzollernbrücke zu stürzen.«

Malena schlägt sich die Hand vor den Mund. »Warum machen Menschen nur so etwas?«, fragt sie schockiert.

Ich könnte ihr einen guten Grund nennen.

»Egal. Ich habe ihn gerettet. Er war quasi schon über den Jordan. Und dieser Mann sah diesem hier zum Verwechseln ähnlich.«

Malena folgt meinem ausgestreckten Zeigefinger und mustert das Bild. Ihre Stirn legt sich in Falten. In der Mitte hat sich eine besonders steile abgezeichnet. Ich kenne sie gut, die Falte der Skepsis.

»Das ist ein Scherz.«

Ich schüttele den Kopf.

»Dann eben ein Zufall.«

»Mag sein. Tatsache aber ist, dass ich am Morgen danach mit diesem Ding hier aufgewacht bin.« Ich reiße mir den Turban vom Kopf, was die ganze Atmosphäre in ein wohligwarmes Licht taucht. Malena stöhnt ehrfürchtig auf. »Und jetzt schau dir das an.« Ich zeige wieder auf das Bild und fahre den grauen Bereich hinter dem Kopf des Porträtierten entlang. Man muss etwas genauer hinschauen, um es zu erkennen.

Malena kneift die Augen zusammen. »Ist das ...«

»Ein Heiligenschein«, versaue ich ihr die Pointe.

»Aber das ist ...«

»Ein komischer Zufall?«, komme ich ihr wieder zuvor. »Finde ich auch.«

»Das verstehe ich nicht.« Die Pfennigabsätze ihrer Stilettos klackern nervös. Gleichzeitig bläst sie sich mit gespielter Fassungslosigkeit die Ponyfransen aus der Stirn. »Bist du dir denn wirklich sicher, dass die gleich aussehen?«

Ich sehe mir das Bild noch einmal ganz genau an und bleibe an der fehlenden halben Braue hängen. Die Ähnlichkeit ist schon verblüffend, aber ganz sicher bin ich mir natürlich nicht. Der Bart ist zu buschig, die Gesichtszüge sind zu weich, und der Heiligenschein lenkt gehörig ab.

»Ich weiß nicht, ich müsste da mal mit einem Bildbearbeitungsprogramm rüber und dem Kerl auf dem Gemälde ein zeitgemäßes Aussehen verpassen.«

»Und wie ich dich kenne, möchtest du das sofort tun.«

Ich nicke und will ihr zum Abschied einen Kuss auf die Wange geben. In diesem Moment aber dreht sie ihren Kopf zur Seite, und ich erwische ihre weichen Lippen.

Kapitel 14

»WACHWACHWACH! Ich bin wach!«

Während ich aus dem Bett stürze, halte ich mir die Ohren zu, um dem gellenden Lärm zu entkommen. Das gelingt mir zwar nicht, dafür aber mache ich die Bekanntschaft mit dem dünnen Bodenbelag, den mein Vermieter Teppich nennt, und ramme mir die neben dem Bett stehende Wasserflasche in die Schulter. Eilig reiße ich mir die Schlafmaske von den Augen.

Das hier ist schlimmer als jeder Albtraum, aus dem ich je erwacht bin. Nicht nur wegen des Lärms und der schmerzenden Schulter. Hauptsächlich, weil ich sie erblicken muss: die Mutschler. In meinem Schlafzimmer. Mit einer Trillerpfeife im Mund, in die sie stoßweise hineinbläst. Unentwegt. Ganz nah an meinem Ohr.

Als Vater eines frischgeborenen Tinnitus und endlich im Vollbesitz meiner geistigen Zurechnungsfähigkeit feuere ich ein Fragenarsenal auf sie hinab: »Was machen Sie hier? Wie kommen Sie in meine Wohnung? Wie spät ist es?«

»Sie wecken. Mit dem Generalschlüssel. Halb neun. Ist spät gestern geworden, hab ich recht?«

Wenngleich mir ihre Stimme – für Züchtigungen jeder Art wie geschaffen – zuwider ist, ist es eine Wohltat, nicht mehr das Trillern der Pfeife hören zu müssen.

»Einen Scheiß haben Sie! Himmel, ist Ihnen denn gar nichts heilig? Raus aus meiner Wohnung. Sofort!«

»Nix da. Wir haben eine Vereinbarung. Und die wird eingehalten, junger Mann!«

Ich reibe mir die schmerzende Schulter, auf der ich gelandet bin, und richte mich auf. Ich glaube, sie ist ausgekugelt. Herrgott, tut das weh.

»Was denn für eine Vereinbarung? Sie wissen schon, dass das Hausfriedensbruch ist und ich Sie anzeigen könnte?«

Etwas Gnadenloses manifestiert sich in ihrem Blick. Hasta la vista, baby. Der Terminator des Mietshauses. »Los, ziehen Sie sich an! Die Leute warten schon.« Sie macht auf dem Absatz kehrt, lässt ihren Blick aber noch kurz durch mein Wohnzimmer hetzen. »Wie's hier aussieht, ts!«

»Was denn für Leute?«, wundere ich mich.

»Wollen Sie den Staub nicht mal wegwischen? Und überhaupt, wie es hier riecht. Und wer ist das? Ihr Vater?«
Sie zeigt auf den auf der Tastatur liegenden Ausdruck.

Ich würde ihr ja gern alle Fragen beantworten, aber noch bin ich dazu nicht in der Lage. Das sind eindeutig zu viele unschöne Eindrücke, die da am frühen Morgen auf mich einwirken.

»Außerdem würde ich es sehr begrüßen, wenn Sie Ihre Wäsche nicht vor der Wohnungstür liegen lassen würden!«

»Wie bitte?« Erst jetzt erkenne ich, dass sie mein Strandtuch in den Händen hält. Sie hat es zusammengeknüllt und droht mir damit. Ich verstehe nur Bahnhof. »Aber, aber das ist doch ...«

»Nichts, was im Hausflur etwas zu suchen hat. Soll ich Ihnen noch einmal die Hausordnung zukommen lassen?«

»Das hab ich nicht dahin gelegt«, setze ich mich zur Wehr.

»Ich war's auch nicht!« Sie wirft mir das Strandtuch zu. Trotz meiner Müdigkeit fange ich es auf. Es besteht kein Zweifel. Es ist das Badetuch, das ich bei meinem One-Night-Stand bei Juli habe liegen lassen. Es duftet sogar nach Wald.

Aber wie kommt es hierhin?

»Los jetzt, die Leute warten nicht ewig.«

»Was denn für Leute, Herrgottverdammtnochmal?!« Mit dem Badetuch reibe ich mir den Schlaf aus den Augen und den Schaum vom Mund.

Als ich das Tuch wieder sinken lasse, ist die Mutschler weg. Ich höre noch, wie meine Wohnungstür ins Schloss fällt. Zurück lässt der Hausdrachen mich und eine Duftwolke ihres Echt Kölnisch Wassers. Aber sie hat recht. Es ist wirklich spät geworden, gestern. Vor lauter Aufregung konnte ich einfach nicht einschlafen.

Wie von selbst fahren meine Finger über die Lippen, die vor wenigen Stunden noch Malenas berührt haben. Unser erster Kuss seit fünfzehn anno Pedro. Wenngleich es kein richtiger Kuss war. Also ohne Zunge und offenen Mund. Aber unsere Lippen haben sich eindeutig berührt. Leider nicht sehr lange, was ich meinen dämlichen gummibesohlten Schuhen zu verdanken habe. Denn gerade, als unsere Lippen aufeinandertrafen, entlud sich die statisch aufgeladene Energie und ließ uns zusammenzucken. Mehr vor Schreck als vor Schmerz. Verlegen mussten wir beide lachen. Der Moment aber war dahin.

Jetzt ärgere ich mich darüber. Ich hätte mutiger sein und einen erneuten Versuch starten sollen. Doch ich Lusche habe zu viel geredet, ohne etwas zu sagen. Die Zeit spielte gegen mich, und schließlich verabschiedeten wir uns ohne einen weiteren Kuss.

Den ganzen Heimweg über war ich vollkommen erfüllt von ihr. Bis ich mit jedem weiteren Schritt ganz langsam zurück auf den Boden der Tatsachen geholt wurde. Pedro hat ihr einen Heiratsantrag gemacht, und Malena hat ihn nicht abgelehnt. Wieder und wieder bin ich unser Gespräch bis ins letzte Detail durchgegangen, habe nach der Botschaft zwischen den Zeilen gesucht. Doch immer wieder drang der Mann auf dem Gemälde schiebetürmäßig in mein Bewusstsein. Dieser Landstreicher von der Brücke, den ich auf dem Bild wiedererkannt habe.

Die halbe Nacht saß ich vor dem Rechner und habe die Handybilder durchs Bildbearbeitungsprogramm laufen lassen. Jetzt werfe ich einen erneuten Blick auf den Computerausdruck und reibe mir den Kissenabdruck aus dem Gesicht. Mein erster Eindruck war richtig. Das Gemälde sah diesem Landstreicher auf der Brücke nicht nur verteufelt ähnlich. Es zeigt den Landstreicher. Dessen bin ich mir mittlerweile sicher. Nachdem ich mehrere Stunden und all meine Fähigkeiten im Bildbearbeitungsprogramm darauf verwendet habe, das Porträt zu bearbeiten, den Bart zu stutzen, der Gestalt eine modernere Frisur zu geben und die leuchtende Aura um ihn herum abzudunkeln, gibt es keinen Zweifel mehr. All das hat etwas zu bedeuten. Ich weiß nur noch nicht, was.

Und leider lässt die Mutschler meinen kreisenden Gedanken keine Gelegenheit, zur Ruhe zu kommen. Denn im Treppenhaus höre ich erneut die Trillerpfeife heulen, dicht gefolgt von ihrem Reibeisenorgan: »Los jetzt, die Leute warten!«

»Was denn für Leute, VERDAMMT?« Meine krächzende Stimme hallt unbeantwortet im Flur wider.

Eines ist klar: Das hat ein Nachspiel. Ich werde mich bei der Hausverwaltung beschweren. Jawohl. Das heißt, sobald ich weiß, wie ich Kontakt zu ihr aufnehmen kann.

Aus Mangel an Alternativen schlüpfe ich in die staubfreien Klamotten vom Vorabend, freue mich kurz darüber, dass sie noch ein wenig nach Malenas Parfüm duften, und schlurfe in den Flur.

Aber ich komme an einen Ort, den ich nicht kenne. Schon allein aus architektonischen Gründen müsste es der Hausflur sein. Auch vom Geruch her. Aber es ist hell. Und das liegt diesmal nicht an mir, da ich meinen Turban trage. Tatsächlich sehe ich es das erste Mal, dass die Neonröhren der gesamten Flurbeleuchtung funktionieren. Außerdem steht die Haustür offen. Sperrangelweit. Was daran liegt, dass sich von der Wohnung der Mutschler, an meiner vorbei bis hinaus in den Vorhof, eine nicht enden wollende Menschenschlange gebildet hat.

Als ich die Wohnungstür unachtsam mit einem Ruck zuziehe, spüre ich Dutzende Augenpaare auf mir ruhen. Gefolgt von einem Raunen.

»Es wird sich hinten angestellt, damit das klar ist«, faucht mich ein Mann an, doppelt so alt wie ich. Er trägt einen Columbo-Trenchcoat und hat derart weiße Schläfen, dass mich seine Frisur an ein Stinktier erinnert.

»Wofür soll ich mich denn bitte schön anstellen?«

»Nur, weil Sie hier wohnen, haben Sie keine Privilegien. Damit das klar ist.«

Gar nichts ist hier klar. Doch bevor ich ihm das an den Stinktierkopf knallen kann, reißt mich eine unbändige Kraft am Ärmel.

»Los jetzt«, befiehlt mir die vertraute Stimme des Grauens, noch ehe ich das violette, unter einem Haarnetz verborgen liegende Haupthaar der Mutschler erkennen kann. Im Licht der Neonröhren sieht es noch greller aus als sonst. Sie zerrt mich an den Leuten vorbei. Männer und Frauen jeglichen Alters. In Anzügen. In Jogginghosen. Kreuz und quer. Bunt gemischt.

»Ist hier 'ne Wohnung frei geworden?«, frage ich.

Die Mutschler antwortet nicht.

»He, nicht vordrängeln!«, raunt uns ein Mann in fleckiger Malerkleidung zu.

Frau Mutschler sagt nichts, sondern setzt ihren Weg unbeirrt fort. Als die Protestrufe lauter werden, bleibt sie ruckartig stehen und funkelt die Menge ermahnend an. Ohne mich um Erlaubnis zu fragen oder mich vorzuwarnen, schießt ihr Arm nach oben und reißt mir den Turban vom Kopf. Ich werfe fleckiges Licht auf die Treppenhausfliesen.

Wie ich diese Situationen hasse. Sofort spüre ich sie. Die starrenden Blicke, als wäre ich ein regenbogenfarbenes Reh beim gescheiterten Versuch, eine achtspurige Autobahn zu überqueren. Zuerst ist es ein überraschtes Flüstern. Ein gedämpftes Geräusch. Dann ein einzelner Aufschrei, dem sich sofort weitere anschließen. Es folgen jubelnde Laute, klatschender Beifall.

Unmerklich schüttele ich den Kopf. Es ist doch immer dasselbe.

»Es geht los«, ruft jemand von draußen herein. »Endlich geht es los!«

Darauf entsteht ein lautes Getöse, wovon sich die Mutschler aber nicht aufhalten lässt. Im Gegenteil. Sie zerrt mich weiter an der Menschenschlange vorbei. Arme strecken sich mir entgegen und streifen mich, fassen mich an. Überall. Und wie mich die Gesichter mustern. Ich fühle mich dazu genötigt, irgendwie darauf zu reagieren. »Guten Morgen. Guten Morgen. Guten Morgen.«

»Sie müssen nicht jeden Einzelnen begrüßen«, fährt mir die Mutschler über den Mund. »Dafür haben Sie gleich noch genügend Zeit. Wenn die Leute dafür bezahlt haben.«

»Bezahlt haben? Wofür?«

Keine Antwort.

Als sie mich in ihre Wohnung schiebt, bemerke ich, dass noch etwas neu ist in diesem Treppenhaus. Vor ihrer Tür steht ein komisches Gerät. Ein Nummernautomat. Wie bei der Fleischtheke im Supermarkt. Wo hat sie den denn her? Jetzt fällt mir auch auf, dass jeder der Wartenden einen kleinen Zettel in der Hand hält.

Mein Gehirn arbeitet heute Morgen enorm langsam. Noch kann ich die gedanklichen Fetzen, die mir die Synapsen im Konfettiregen zuwerfen, nicht einordnen. Aber ich arbeite daran und bin auf einem guten Weg.

»Ins Wohnzimmer«, erklärt mir die Hausmeisterin.

Unnötig. So wie sie an meiner schmerzenden Schulter zerrt, habe ich ohnehin keine Möglichkeit, mich zu verlaufen.

In der »guten Stube« angelangt, erblicke ich drei vertraute

Gesichter. Else, Maria und Edeltraud. Die Freundinnen der Mutschler sind ebenfalls anwesend. Sie lächeln mich an und machen allesamt eine einladende Geste – als wäre Maren Gilzer vom *Glücksrad* rapide gealtert und hätte sich verdreifacht. Der Gestenchor führt mich zur Mitte des Raumes, in dem ein alter Stuhl aus Holz mit hoher Lehne und rotem Samtbezug steht. Edeltraud schwenkt ein Weihrauchfass und nebelt das Wohnzimmer in bester Messdienermanier ein. Im Hintergrund höre ich leise einen Kirchenchor singen. Kurz bin ich froh, dass es kein echter ist und er nicht schon wieder *Marimba* jubelt.

Maria und Else klatschen dünnen Beifall, als ich den Raum betreten habe. Sie sind sichtlich erfreut, mich zu sehen.

Unsicher und ängstlich verziehen sich meine Lippen. Was wird das hier?

»Er hat mich angelächelt«, jubelt die eine. Ich glaube, es ist Maria.

»Nein, er hat *mich* angelächelt«, faucht ihre Freundin.

»Seid ihr bereit, Mädels?«, fährt die Mutschler in die zänkische Parade.

Die Freundinnen nicken synchron.

Meine Hausmeisterin strahlt eine derartige Autorität aus, dass sogar ich nicke. Obwohl ich weder weiß, wofür ich bereit sein soll, noch, was hier überhaupt vor sich geht. Zumindest aber ist klar, wer auf den imposanten Stuhl soll. Ich. Das hätte ich auch kapiert, ohne draufgeschubst zu werden.

Von irgendwoher zaubert die Mutschler ein Megafon hervor. Das Einschalten wird mit einer üblen Rückkopplung quittiert, was mir den zweiten Hörsturz des Morgens beschert. Und dann weiß ich endlich, was es mit dem Automaten auf sich hat.

»Die Nummer null-null-null-eins bitte. Wer hat die Nummer null-null-null-eins? Bitte auch gleich die fünfzehn Euro bereithalten, damit es schneller geht. Jeder nur fünf Minuten. Fotos kosten extra!«

Kapitel 15

»Und du glaubst wirklich, dass wir hier mehr Erfolg haben?«

Ich sehe Hans an, dass er genervt ist. Mir geht es nicht anders. Seit Stunden durchkreuzen wir die Stadt. Doch von dem Mann, den wir suchen, keine Spur. Es ist beinahe so, als würde es ihn gar nicht geben. Jeden populären Herumlungerer-Platz in Köln haben wir aufgesucht. Unzähligen Menschen das retuschierte Foto unter die Nase gehalten. Doch niemand kennt den Kerl.

Noch immer fühle ich mich schmutzig und zweckentfremdet. Ich habe den Hemdkragen hochgeklappt, um mich so gut wie möglich vor den Blicken der Öffentlichkeit zu verstecken. Denn auch mit einem Turban auf dem Kopf ist man ein Blickfang.

Aufgrund der zusammengekniffenen Augen fühle ich mich etwas desorientiert. Noch immer tanzen Dutzende grelle Sternchen vor meinen Augen. Zu viele Fotos mit Blitz musste ich heute Morgen ertragen. Sonnenstrahlen kitzeln meine Nase. Es ist ein warmer Tag. Man kann förmlich spüren, dass das Leben in Köln erwacht. Hans und ich werden regelrecht überrannt, so viel ist in den Fußgängerzonen los. Doch gerade genieße ich es, von fremden Menschen angerempelt zu werden. Es ist beinahe so, als würden sie die Erinnerung meiner ersten Massensegnung von mir abschütteln.

Nach der letzten Nummer, der null-einhundertdreiundneunzig, bin ich direkt zu Hans, weil ich mich in meinem Zustand nicht dazu in der Lage gefühlt habe, das Haus allein zu verlassen – schon wegen meiner eingeschränkten Sichtverhältnisse nicht. Außerdem habe ich dringend jemanden zum Reden gebraucht. Ganz besonders, was die Sache mit Malena angeht, war die Meinung eines Dritten mehr als überfällig. Pedro konnte ich ja schlecht fragen.

Tatsächlich wird Hans zur ernstzunehmenden Bester-Freund-Alternative. Seine Idee war es auch, uns in der Innenstadt auf die Suche nach dem Landstreicher zu machen, um endlich das Mysterium Heiligenschein zu lösen. Es ist wirklich ein Segen, einen Hindu als Freund zu haben. Hans ist weit weniger skeptisch als Malena. Jeder andere hätte mir nach der Geschichte mit dem Heiligengemälde den Vogel gezeigt und den Irrenarzt angerufen. Doch der reinkarnationskonditionierte Hans hat noch nicht einmal eine Braue hochgezogen, als ich ihm die Museumsgeschichte aufgetischt habe.

Aber trotz seines Zuspruchs und des Vertrauens, das er in mich setzt, ist meine Laune nach dem siebten öffentlichen Platz ganz, ganz nah am Nullpunkt.

»Wusstest du eigentlich, dass Rothaarige in meiner Kultur etwas ganz Besonderes sind?«, startet Hans einen Aufmunterungsversuch.

»Ach?«

»Mhm, die haben fast schon eine Art Heiligenstatus.«

»So, so.«

»Und das zieht bei den Frauen, sag ich dir. Als ich Dalaja ein Foto von dir gezeigt habe, war sie völlig aus dem Häuschen.«

»Dalaja, deine Cousine?«

Er nickt.

»Lass gut sein, Hans. Ich habe wirklich kein Interesse an deiner Übersee-Cousine. Die Frau meiner Träume lebt hier in Köln.«

Was Hans davon hält, gibt er mir mit einem Zungenschnalzen zu verstehen. »Und du findest das gar nicht komisch, dass

Malena dich auf einmal wieder interessant findet, seit du diese Aura hast?«

Doch, finde ich. Und genau das macht mir Angst. Was ist, wenn Malena tatsächlich nur wieder Interesse an mir zeigt, weil ich einen Heiligenschein trage? Es gibt nur einen Weg, das herauszufinden. Und dieser Weg soll mich zu diesem Landstreicher führen.

»Was ich aber nicht verstehe, ist: Warum möchtest du dieses Ding unbedingt wieder loswerden? Ich finde, es steht dir äußerst gut. Und meine Cousine Dalaja wird ganz bestimmt…«

»Genau das ist das Problem, Hans. Weil sich niemand je für mich interessiert hat. Und jetzt, seitdem ich dieses Ding da habe, flippen alle aus und machen ein Riesenbuhei darum.«

»Ich weiß zwar nicht, was ein Buhei ist, aber niemand macht das.«

Ich mustere ihn herausfordernd. Er hält meinem Blick stand und wiegt wie ein Bambushalm im Wind vor und zurück.

Also gut, dann eben auf die harte Tour. Ich ziehe den nachtblauen Turban vom Kopf. Mitten auf dem Alter Markt. Zur besten Tageszeit. Das Ergebnis ist phänomenal. Sofort bleiben die Leute um uns herum stehen, zeigen mit dem Finger auf mich, schlagen sich die Hände vor den Mund. Einige bekreuzigen sich oder kreischen einfach nur laut. Andere fallen auf die Knie und küssen den Boden.

In Gedanken zähle ich bis zehn. Mit jeder Sekunde wird es hektischer, schwillt die Lautstärke um uns herum an. Hans' wogende Bewegungen haben nichts Fließendes mehr, sie werden abgehackter. In diesem Augenblick überrollt eine überreizte Erschütterung die Menge, die sich dramatisch hastig auf uns zubewegt. Fotohandys werden gezückt. LED-Blitze leuchten kurz auf, werden aber sofort von der Helligkeit des Tages wieder verschluckt. Bei zehn zupfe ich Hans am Ärmel und ziehe ihn hinter mir her.

Wir spurten in die nächste Seitenstraße. Die Flucht führt uns in ein abschüssiges Gässchen. Nach einer Biegung bleibe ich kurz stehen und ziehe mir den Turban über. Hans geht mir mit routinierten Fingern zur Hand. Gelernt ist gelernt. Wir beide keuchen atemlos.

»Gut, du hast mich überzeugt«, japst er. »Vielleicht machen die Leute doch Buhei, wenn sie dich damit sehen.«

»Meine Rede. Und dabei habe ich mich doch überhaupt nicht verändert. Also innendrin. Ich bin immer noch der Alte. Oder? Findest du, ich habe mich verändert? Sag!«

»Na ja, du leuchtest.«

»Und davon abgesehen?«

Hans lässt sich mit seiner Antwort Zeit, was mich ein wenig irritiert. »Ja, ein bisschen vielleicht. War doch zu erwarten. Jetzt, wo alle Welt dich liebt und jeder etwas von dir will und auch Malena wieder auf der Matte steht. Und ganz besonders, wo du sogar an die Kasse darfst.«

»Aber ich bin immer noch der Alte«, begehre ich auf.

Hans drückt mir seine Hände auf die Brust. »Mit Begünstigungen, die einem wie dir aber normalerweise nicht zustehen.«

»Was genau meinst du mit ›einem wie mir‹?«

»Na, sieh mal. Du und ich, wir beide sind nicht gerade der Typ Mann, der von der Sonne geküsst wird. Oder von vielen Frauen. Wir müssen uns alles hart erarbeiten, uns fliegt nichts so ohne Weiteres zu. Denk nur an meinen großen Traum. Mauritius à la Car. Das würde ich auch lieber heute als morgen machen. Aber davor stehen noch viele, viele Stunden im Angesicht der Fritteuse der *Schnipsenden Krabbe*. Und das ist auch gut so. So lernen wir Demut und können uns auf die wahren Dinge freuen.«

»Ich konnte mich schon lang nicht mehr über irgendetwas freuen.«

»Das bei dir ist wie mit Teilnehmern einer Casting-Show, die plötzlich den ersten Platz belegen. Wenn die auf einmal den Ruhm und die ganz große Kohle haben, flippen die aus, verändern sich und kommen mit ihrem alten Leben nicht mehr zurecht.«

»Aber ich flippe doch gar nicht aus!«

Als zwei Gesichter am Ende der Gasse auftauchen und sich neugierig auf uns zubewegen, zerre ich Hans am Ärmel und schleife ihn schnellen Schrittes mit mir.

»Ist völlig egal, ich sag ja auch nur, dass alle Einflüsse, die auf dich einwirken, dich verändern. Das ist die Natur der Dinge.«

»Dann ist es ja umso besser, wenn ich das Teil so schnell wie möglich wieder loswerde. Aber dafür muss ich verdammt noch mal diesen Landstreicher finden!«

»Wobei noch gar nicht gesagt ist, dass er mit der Sache irgendetwas zu tun hat«, räumt Hans ein. »Ich glaube eher, du brauchst einen Arzt.«

»Beim Arzt war ich doch schon«, schnaube ich verächtlich. Dann fällt mir ein, dass ich noch immer keinen Untersuchungsbescheid aus Bonn erhalten habe. Wie schön, dass die Zeit haben.

Wir haben das Ende der Gasse erreicht. Hans überprüft noch einmal den Sitz meines Turbans, ich atme tief durch. Dann tauchen wir mit einem großen Schritt aus dem Zwielicht Kölns auf und fädeln uns in das Gedränge der belebten Fußgängerzone ein.

»Wenn es wirklich keine körperliche Ursache hat«, sinniert Hans, »musst du diese eine Nacht vor der Erscheinung vielleicht noch einmal durchleben.«

Ich denke darüber nach, mich erneut auf das Brückengeländer zu setzen, behangen mit Gewichten. »Weiß nicht. Ist, glaub ich, keine so gute Idee.«

»Im Hinduismus wird das ganze Leben als Kreis beschrieben. Es hört auf, womit es anfängt.«

»Im *König der Löwen* auch.«

»Was?«

»Nichts.«

»Wenn wir den Landstreicher also finden und ihn dazu bringen, erneut mit dir auf die Brücke …«

»Genau«, fahre ich ihm ins Wort. »*Wenn* wir ihn finden.«

Hans reckt den Kopf in die Höhe. »Da, guck mal. Die könnten wir fragen.« Seine Finger zeigen in eine Richtung.

Zunächst verstehe ich nicht, doch als ich seiner Hand folge, weiß ich, was er meint. In einer Nische der Straße stehen im Schatten der Bedachung einer Kaufhausfassade zwei Tapeziertische nebeneinander, auf denen sich bunte Flyer, Broschüren und eine farbige Flaschenpyramide stapeln. Auf den Etiketten lese ich konfuses Zeugs wie Holy-Scent-Balance-Spray, Herz-Chakra-Energie-Spray oder Engelstropfen-Aura-Spray. Unter den Tischen ist ein Banner gespannt, auf dem steht: »Esoterik – der alternative Weg zu Gott«. Hinter den Tischen steht eine Frau, die munter mit Flyern umherwedelt.

»Die Eso-Tante?«, frage ich Hans ungläubig, der daraufhin unablässig nickt.

»Aber ja! Die steht bestimmt öfter hier und sieht Hunderte von Menschen jeden Tag. Vielleicht hat sie den Landstreicher ja gesehen. Komm mit, fragen kostet nichts.«

Wehrlos lasse ich mich von ihm mitschleifen, bis wir vor dem Stand stehen bleiben. Mein Blick fängt den der jungen Frau hinter der Tapeziertisch-Theke auf. Wir erkennen uns sofort wieder.

»Jonas«, sagt Juli.

»Du?«, stelle ich überrascht fest.

»Ihr kennt euch?«, fragt Hans verblüfft.

»Entschuldige, das ist Juli. Wir haben uns kürzlich auf Malenas Geburtstagsparty kennengelernt«, kläre ich die Situation auf.

»Wer ist Malena?«, fragt nun Juli.

»Ähm …«

»Diesen Namen hast du nämlich im Schlaf von dir gegeben. In der Nacht, als du bei mir warst.«

»In welcher Nacht?«, fragt Hans noch verblüffter.

Es ist das erste Mal, dass ich Juli im Tageslicht sehe. Sie ist wirklich hübsch, trotz der gewagten Stirnkette, deren geschwungene Ornamente bis zwischen ihre Augenbrauen gehen und beinahe das Nasenbein berühren. Sie trägt ein wallendes fledermausartiges Cape aus weißem Satin, aus dessen Ausschnitt eine gut ausgefüllte, hochgeschlossene Korsage lugt. Ich kann mir nicht helfen, aber Juli hat etwas von einem Albino-Gothic. Ich weiß noch nicht, ob mir das gefällt.

Hans gefällt es definitiv. Derart nervös mit den Füßen wippend, hab ich ihn zuletzt gesehen, als Madhuri Dixit und Shahrukh Khan bei der Premiere ihres neuen Bollywood-Streifens zu Besuch in Köln waren.

Als meine immer noch arg geblendeten Augen die auffälligsten optischen Merkmale meines ersten One-Night-Stands verarbeitet haben, finde ich auch die Sprache wieder. »Was tust du hier?« Ich mache eine ausladende Geste, die die Tapeziertische und alles um uns herum einfängt.

»Na, steht doch hier«, zeigt Juli nach unten auf die Auslage. »Alternativen aufzeigen. Wer sagt denn, dass die Kirche den einzigen Weg zu Gott kennt?«

Hans nickt zustimmend. »Da ist was Wahres dran.«

»Und das machst du freiwillig?«, frage ich vorsichtig.

In meinem Kopf haben sich bereits abstruse Sektenverschwörungstheorien gebildet, in denen das vor mir stehende Mädchen dazu gezwungen wird, gegen ihren Willen die Interessen einer höher entwickelten Gemeinschaft zu verbreiten.

»Na, klar.« Sie lächelt noch immer.

Nein. Zwangsmissioniert sieht sie eigentlich nicht aus.

Ich greife nach dem erstbesten Prospekt mit dem Titel *Elfen, Sylphen und Gnome – Die verborgenen Wesen im Kölner Stadtwald*. Es fällt mir schwer, die Kontrolle über meine Gesichtszüge zu behalten. Behutsam lege ich den Prospekt wieder zurück und wische mir unauffällig die Hand an der Hose ab.

»Man sollte nicht alles so ernst nehmen.« Juli scheint meine Gedanken erraten zu haben. »Vielmehr geht es darum, dass die Besonderheiten, die Zeichen Gottes, überall zu entdecken sind. Ungeachtet der verschiedenen Konfessionen. Man muss nur die Augen aufmachen. Was ich sagen will, ist, dass doch ohnehin alles auf dasselbe hinausläuft. Egal, in welche Richtung unser Glaube geht.«

»Das haben wir Hindus schon längst erkannt und euch deshalb das Yoga beigebracht.« Hans grinst.

Nun ist es Juli, die mit zustimmender Begeisterung nickt. »Krishna und Jesus, Hand in Hand. Was ist daran so abwegig? In jeder Religion gibt es einen gemeinsamen Nenner. Davor sollten wir uns nicht verschließen.« Sie schaut mich forschend an. »Findest du das komisch?«, fragt sie mich geradeheraus.

Ich hebe abwehrend die Hände. »Ich, nein ... ähm ...«

»Ich habe einen alternativen Weg gefunden. Was ist falsch daran, diesen mit anderen Menschen zu teilen?«

Mir ist unbehaglich zumute.

Juli scheint auch diesmal den siebten Sinn zu haben, denn sie wechselt unerwartet das Thema. »Ich freue mich sehr, dass wir uns wiedersehen. Der Turban steht dir. Besser als das Badetuch.«

Als sie das sagt, zwinkert sie mir herausfordernd zu, was mich total einschüchtert. Ich könnte sie fragen, wie das Strandtuch vor meine Wohnungstür gekommen ist, wo sie doch gar nicht weiß, wo ich wohne. Aber sie überrumpelt mich mit dem nächsten Kompliment.

»Du siehst wirklich gut aus«, lächelt sie mich an. »Hast Farbe gekriegt.«

»Ja, hatte ja auch genügend ... Strahlen in letzter Zeit.«

»Also ist er immer noch da?« Als sie mich das fragt, beißt sie sich auf die Unterlippe und neigt ihren Kopf ein wenig.

Ich nicke unbeholfen und spüre, wie sich die Schweißporen an meinem Körper ungefragt öffnen.

»Und was treibt ihr beide an diesem wunderschönen Tag? Schlendert einfach so durch die Fußgängerzone?«

»Ja«, sage ich.

»Nein«, sagt Hans.

»Wir suchen jemanden.«

»Einen Mann.«

So, wie Hans das sagt, wünsche ich, er hätte es nicht gesagt. Einen schrägen Blick von einer Frau zugeworfen zu bekommen, die ein Diadem trägt und Esoterikflyer verteilt, ist ein weiterer Tiefpunkt, auf den ich gut hätte verzichten können.

»Also nicht für uns«, füge ich rasch hinzu. »Wir suchen *den* da.« Ich halte ihr den Fotoausdruck hin und schaue dabei zu, wie sich die Stirn unter der Kette in Falten legt.

»Kenn ich nicht«, sagt sie nach einigen Sekunden. »Noch nie gesehen.«

Resigniert lasse ich das Bild sinken.

Hans gibt ein enttäuschtes Grunzen von sich.

»Und es bedeutet dir so viel, ihn zu finden?« Julis mitfühlender Unterton erwischt mich eiskalt. Ebenso resigniert lassen sich meine Gesichtszüge fallen.

»Ja, tut es«, sagt Hans. »Jonas glaubt nämlich, dass dieser Mann etwas mit seinem ...«

»Ist nicht wichtig«, unterbreche ich ihn. Zur Sicherheit trete ich ihm unbemerkt ans Schienbein. Ich will mir nicht noch so einen schrägen Blick von ihr einfangen. Außerdem geht sie die Nacht auf der Brücke überhaupt nichts an.

Ich gebe Hans einen Schubs. »Also dann, Juli. Wir müssen dann wieder.«

»Gar nichts müssen wir«, mischt sich Hans ein.

Ich schenke seinem Einwand keine Beachtung. »War echt schön, dich wiederzusehen. Viel Erfolg noch mit deinen alternativen Wegen zu Gott.« Ich tippe einen Flyer an. »Wenn du irgendwann einmal in Köln auf einen Sylphen triffst, grüß ihn von mir. Vielleicht sieht man sich ja mal wieder.«

Sie grinst mich frech an. »Ganz bestimmt werden wir das.« Bevor sie uns jedoch gehen lässt, zieht sie die Plastikkappe eines Sprays ab und feuert mehrere Spritzer in unsere Richtung. »Das ist Lichtsalzessenz zur weißen Aurareinigung«, sagt sie und fügt nicht ohne Stolz hinzu: »Hab ich selbst angemischt. Vielleicht hilft euch das bei der Suche.«

Linkisch winke ich ihr zum Abschied zu und zerre Hans vom Tapeziertischstand fort.

»Und wenn dir der Mann so wichtig ist, halte ich die Augen offen«, ruft sie uns hinterher. »Ich schicke euch Sonnengrüße!«

Ich beschleunige das Tempo.

»Mensch, die war aber nett«, begeistert sich Hans, dessen Hand noch immer winkend auf- und zuklappt. »Und es heißt *eine* Sylphe, du Unwissender«, stellt er klar. »Ich bin schockiert über deine schlechte Allgemeinbildung.«

»Hast du sie nicht gehört?«, fahre ich ihn an. »Sie schickt uns Sonnengrüße. Hallo? SONNENGRÜSSE! Und sie hat uns mit Lichtsalzessenz vollgesprüht. Zur AURAREINIGUNG!«

Hans zuckt mit den Schultern. »Ist doch nett von ihr. Außerdem ist sie sehr süß. Woher kennt ihr euch denn jetzt genau?«

»Ach«, ich winke ab und sage so beiläufig wie möglich: »Wir hatten mal was miteinander.«

Kapitel 16

»Herzlich willkommen in der *Schnipsenden Krabbe.* Ihre Bestellung, bitte?«

Es ist Fluch und Segen zugleich, dass ich jetzt an der Kasse arbeiten darf. Segen zum einen, da ich endlich den Höllentemperaturen und den Fettspritzern an der Fritteuse entkommen bin. Fluch deshalb, da mich Malte dazu zwingt, ohne Turban zu arbeiten. Was wiederum daran schuld ist, dass sich an meiner Kasse die längste Schlange bildet. Das macht mich unruhig und bringt ernsthaft meinen Feierabend in Gefahr, den ich in siebenunddreißig Minuten haben werde. Da die Reihe der Wartenden hinaus bis zur Tür reicht, sehe ich das Ende nicht. So weiß ich also nicht, wie oft ich an diesem Tag noch meinen Spruch aufsagen werde, Bestellungen entgegennehme, Burger, Fritten und Shrimpssalate in Tüten packe und Wechselgeld aus der Kasse krame.

Ich bin müde. Von der Suche nach dem Landstreicher bis in die späten Abendstunden hinein. Von der beinahe schlaflosen Nacht, in der meine Gedanken um Malena und Pedro gekreist sind. Vom ständigen Lächeln schmerzt mir das Gesicht. Die ersten beiden Stunden war das alles noch auszuhalten, derart stand ich unter Strom. Kundenkontakt. Kommunikation und Interaktion mit Menschen. Ich hätte nicht gedacht, dass das derart anstrengend sein kann.

»Herzlich willkommen in der *Schnipsenden Krabbe.* Ihre Bestellung, bitte?«

Ich habe keinen Blick für den Mann, der vor mir steht und

mich anglotzt. Wozu auch. An der Kasse sind Gesichter nichts weiter als Schall und Rauch. Eine sich bewegende Masse aus Mündern, Nasen, Augen und Gerüchen. Meine Finger liegen auf der Kassentastatur, um blitzschnell die gewünschte Bestellung einzugeben. »Schnelligkeit ist Effektivität. Effektivität ist bares Geld«, habe ich die Worte meines Filialleiters im Ohr.

Erst als die gewünschte Antwort ausbleibt, schaue ich auf – und glaube nicht, was ich sehe. Sonnengrüße, schießt es mir durch den Kopf. Mein Mund ist da mit der Tatsachenaufnahme wesentlich schneller unterwegs: »Juli? Was machst du denn hier?«

Da steht sie vor mir. So strahlend weiß, dass es beinahe wehtut in den Augen. Der glänzende Satinstoff ihres Hemdes wirft das Licht meines Heiligenscheins zurück und blendet mich. Dafür sind alle anderen Sinne geschärft. Zum Beispiel die in meiner Nase, die die unverkennbare Note von grünen Gummibärchen wahrnehmen.

»Guck mal, wen ich dir mitgebracht habe.«

Jetzt erst sehe ich die neben ihr stehende Person. Sie überragt Juli um einen ganzen Kopf, aber noch auffallender ist, dass so gar nichts an dieser Person glänzt. Im Gegenteil, es ist beinahe so, als würde jeglicher Glanz von ihr aufgesaugt und in staubige Dumpfheit umgewandelt.

»Ist das vielleicht der, den du gestern gesucht hast?«, fragt Juli so unschuldig wie nur irgendwas.

Ich schaue dem Mann direkt in die Augen. Sie sind eisgrau. Etwas trüb. Im von mir aus rechten Auge ist ein Äderchen geplatzt. Wie ein Riss in einer Autoscheibe zieht er sich vom Jochbein ausgehend in einem breiter werdenden roten Faden bis zur Pupille. Diese Augen. Dieses markante Gesicht. Die fehlende halbe Braue.

»Also, ja oder nein?«, fragt Juli unruhig.

Mein Kopf versucht sich an einem Nicken, schafft es aber

nicht mehr, das Kinn nach oben zu bekommen. Also sage ich, da der Mund ohnehin schon offen steht: »Ähä.«

Dann komme ich wieder zu mir.

»Du bist der von der Brücke!«, schreie ich dem Mann enthusiastisch entgegen.

Erschrocken zuckt er zurück und rempelt dabei seinen Hintermann an, der wütend aufschreit: »Autsch, das war mein Fuß!«

»'tschuldigung«, nuschelt es aus dem filzigen Bart.

»Du bist es«, sage ich noch einmal und umfasse sein dünnes Handgelenk, um mich davon zu überzeugen, dass er wirklich echt ist.

Ich kann es nicht fassen. Da bin ich mit Hans durch die ganze Stadt gestreift, um ihn zu finden, und jetzt steht er vor mir. Einfach so. Wahrhaftig. Schade nur, dass er meinen euphorischen Blick mit Verständnislosigkeit erwidert.

»Erinnerst du dich denn nicht mehr? Wir beide auf der Brücke, du am Geländer baumelnd ...«

Seine Augen ziehen sich zu Schlitzen zusammen. Die halbe Augenbraue steht unschön ab und verleiht seinem ohnehin schon holprigen Gesicht etwas Asymmetrisches. Er ist in keinem guten Zustand. Das Haar ist verfilzt, und der graue Filzmantel, den er trägt, noch verschlissener, als ich ihn in Erinnerung hatte. Gut riechen tut er auch nicht. Abgesehen von diesem Gummibärchenaroma. Aber das ist mir egal. Wieder rufe ich mir das Gemälde im Museum in Erinnerung. Die Ähnlichkeit ist wirklich verblüffend. Zu verblüffend, um ein Zufall zu sein. Dieser Mann ist die Lösung. Das spüre ich förmlich.

Wir sehen uns tief in die Augen, dann wandert sein Blick etwas weiter nach oben, was ihm ein Lachen abringt, das nahtlos in einen trockenen Husten mündet. »Das ist ja mal echt schräg«, sagt er in einer Hustenpause. »Und da soll mal einer sagen, die hätten keinen Humor!«

»Du bist der von der Brücke«, rufe ich ihm mein Mantra entgegen. Diesmal nicht als Frage, sondern als eine Feststellung – die ihn eiskalt lässt.

»Das Mädchen hat gesagt, ich bekomme hier was zu essen.«

»Aber klar doch!« Schwungvoll wende ich mich dem Produktregal hinter mir zu, um einen noch warmen Schnipsi-Krabben-Burger Grande la Gamba herauszunehmen. »Hier, geht aufs Haus.«

Er zögert, mustert die abgepackte Ware.

Ich hoffe nur, dass jetzt nicht Malte um die Ecke schneit. Damit ich mir lästige Diskussionen über Effektivität und so erspare.

»Also, dann lass ich euch beide mal allein«, verabschiedet sich Juli so schnell, wie sie aufgetaucht ist. Sie hebt die Hand und lässt ihre Finger tanzen. In ihrem Gesicht erstrahlt ein bezauberndes Lächeln. Gerade, als sie sich zum Gehen abwenden will, kriege ich ihre Hand zu fassen.

»Juli, ich ... danke.«

Sie grinst mich an und zwinkert. »Keine Ursache.«

»Doch, das ist einfach fantastisch, dass du das für mich gemacht hast. Ihn zu mir gebracht hast.«

»Keine Ursache«, sagt Juli noch einmal und erwidert meine Berührung mit einem leichten Druck auf meine Finger.

»Wie kann ich das nur wiedergutmachen?«

Etwas verändert sich in ihrem Gesichtsausdruck. »Och, da fällt uns beiden bestimmt noch was ein, denke ich.« Dann geht sie. Die Eingangstür ist bereits kurz davor, ins Schloss zu fallen, als ich ihr hinterherrufe: »Woher weißt du eigentlich, dass ich hier arbeite?«

Doch diese Frage bleibt unbeantwortet. Weg ist sie.

»Der ist aber klein. Wer soll denn davon satt werden?«, bringt sich der Mann von der Brücke zurück ins Gespräch.

Dennoch reißt er mir den Burger förmlich aus der Hand. Als er sich dann auch zum Gehen abwendet, fällt mir ein, dass ich gar keinen Plan B in petto habe. Wie plante ich eigentlich vorzugehen, wenn ich des Rätsels Lösung gefunden habe?

Aus der Not heraus frage ich: »Willst du mal was richtig Gutes essen?«

»Warum geht's denn hier nicht weiter?«, hallen dumpfe Rufe von draußen herein. »Wird's bald?«

Die Menge vor mir wird unruhiger. Und wenn schon.

Der Landstreicher bleibt stehen, den Burger fest an die Brust gepresst.

»Ich lade dich ein«, improvisiere ich hastig. »In Kölns nobelstes Restaurant. Nur du und ich.«

Er mustert mich skeptisch. Gut, das klang selbst in meinen Ohren windig. Ich werfe einen Blick auf die Uhr. »In sechsundzwanzig Minuten ist meine Schicht zu Ende. Dann kannst du dich auf meine Kosten ordentlich satt essen.«

Er zögert, aber die Speichelfäden in seinen Mundwinkeln verraten ihn. »Gut. Ich warte draußen.« Sein Blick wandert wieder nach oben. »Aber zieh dir 'ne Mütze an. Ist ja peinlich, so mit dir gesehen zu werden.« Dann geht er, packt den Burger noch im Gehen aus und beißt genüsslich rein.

* * *

Der Landstreicher und ich sitzen uns an einem Katzentisch im *Klostermann* gegenüber. Direkt neben den Toiletten. Nervös schaue ich der tragisch wirkenden Figur, die sich mir als Jupp vorgestellt hat, dabei zu, wie sie das erste Glas Rotwein ext, das den Preis eines ganzen Tageslohns von mir hat.

Das *Klostermann* gehört zu den elegantesten Restaurants, die ich kenne. Und genauso sieht es aus: weiße Tischdecken aus festem Leinen, Kellner in schwarzen Hemden und roten Krawatten, sauberer Fußboden. Es grenzt ohnehin an ein Wunder, dass wir überhaupt noch einen Tisch ohne Reservierung bekommen haben. Allein schon das Gesicht des Concierge, als er mich und vor allem Jupp erblickt hat. Ein Turban tragender Mann mit einem streng riechenden Landstreicher an der Seite. Erst als ich meinen Turban ein Stück gelüpft habe, trieb er dieses Provisorium für uns auf.

Ich begnüge mich mit einem stillen Wasser und einem Vorspeisensalat der Saison, der aus finanzieller Not heraus bis zum Nachtisch reichen muss. Jupp aber will das volle Programm: Jakobsmuschel-Carpaccio mit Champagner-Mangosoße auf Wurzelgemüse, Stubenkükenragout mit Spitzmorcheln und Flusskrebsen an Jade-Wildreis und als Nachtisch geeiste Spekulatiuscreme an Birnenfächer auf einem Glühweinspiegel. Und das im Sommer! Und alles auf meine Kosten. Ich kann nur hoffen, dass mein Konto noch gedeckt ist. Oder zumindest, dass ich einen Heiligenrabatt erhalte. Allerdings ist der Concierge ein Asiat. Ist der Heiligenschein im asiatischen Raum eigentlich verbreitet? Andererseits: Leuchtet da nicht irgendwie alles seit Fukushima?

Zwischen den Gängen pustet sich Jupp immer wieder die Nasenhöhlen durch, indem er sich ein Loch zuhält und kräftig schnäuzt. Ohne Taschentuch. Direkt auf den Boden. Unfassbar. Aber niemand sagt etwas. Es wird sich lediglich pikiert zur Seite gedreht und der Mantel des Schweigens darüber gelegt.

»Total verrückte Sache«, beginne ich unser Gespräch, wovon er sich jedoch nicht im Geringsten stören lässt. Er schaut nicht mal zu mir auf, als er sich die Carpaccio-Streifen mit Daumen und Zeigefinger auf die Gabel legt.

»Diesen Leuchtkranz hier habe ich, seitdem wir beide uns getroffen haben.«

Die Gabel verschwindet tief in Jupps Mund. Als wäre er ein Schwertschlucker am Anfang seiner Ausbildung.

»Echt witzig, nicht? Wo ich dir doch kurz davor noch das Leben gerettet habe.«

Helle Muschelsoße rinnt ihm übers Kinn. Ansonsten: keine Reaktion. Gut, anscheinend finde nur ich das witzig.

»Weißt du«, setze ich erneut an. »Ich habe nachgedacht. Über uns.«

Jetzt schaut er mich zum ersten Mal an. »Über uns?«

Ich nicke eifrig und freue mich, dass er endlich am Gespräch teilnimmt. »Du hast da einige merkwürdige Dinge von dir gegeben, als wir uns auf der Brücke begegnet sind.«

Er leert sein zweites Glas Grand Cru auf ex. Mit jedem Zucken seines Kehlkopfes schnürt sich mir mehr die Kehle zu. Als er absetzt, schnipst er beiläufig mit dem Finger und zeigt auf sein leeres Glas. »Und?«, fragt er einsilbig.

»Und dann sehe ich dich gestern im Museum hängen. Also nicht dich, sondern ein Bild von dir. Also ein Gemälde, das dir verflucht ähnlich sieht, was ja eigentlich nicht sein kann, da es mindestens ein paar Hundert Jahre alt sein muss. Keine Ahnung, was denkst du, wie alt es ist?«, stelle ich ihn auf die Probe.

Nicht, dass er darauf reagieren würde.

Als der Kellner mit einem neuen gefüllten Weinglas unseren Katzentisch besucht, verstumme ich. Ein wenig ist mir dieses Gespräch dann doch peinlich. Die Bedienung verschwindet genauso rasch wie der Inhalt des Weinglases.

Ich versuche den losen Gesprächsfaden wieder aufzugreifen, werde jedoch von einem penetranten Geräusch abgelenkt. Ein klingendes Handy, denke ich zunächst. Dieser Gedanke korrigiert sich aber sofort von selbst. Denn mittlerweile ist mein Gehör konditioniert. Auf eben diese Klangabfolge.

Marimba.

Auch Jupp schaut mich an. Er hat einen fragenden Blick im Gesicht.

»Hörst du das etwa auch?«, frage ich ihn.

»Was soll ich hören?«

»Na, dieser Knabenchor, der klingt wie ein Handyklingelton. Ein iPhone!«

»i-was?« Er lässt den Blick nach links und rechts, nach oben und unten fahren. »Ich hör nix. Knabenchor?«

Ich nicke eifrig. Dennoch entgeht mir nicht, dass sich für eine Millisekunde etwas in seinem Gesichtsausdruck verändert hat. Um mir klarzumachen, dass das Gesprächsthema damit für ihn ad acta gelegt ist, versucht er, auch den letzten Tropfen des edlen Grand Crus mit der Zunge aus dem Glas zu zwingen. Sie ist wirklich lang.

»Ja, Knabenchor«, äffe ich ihn nach. »Sagt dir das vielleicht irgendetwas?«

Stur betrachtet er den Bodensatz seines Weinglases und vermeidet es strikt, mir in die Augen zu sehen.

Die Melodie wird immer lauter. Sie schrillt förmlich in meinen Ohren. Ich lasse meinen Blick durch den Raum schweifen, doch alles scheint ruhig. Die vielen gut angezogenen Gäste lassen sich ihr sündhaft teures Essen schmecken und laben sich an elitären Unterhaltungen. Derweil wird das Klingeln immer penetranter. Die Töne schwellen derart an, dass ich mir die Hände auf die Ohren presse, was nach wie vor schwachsinnig ist, da der Ton von innen zu kommen scheint. Es ist kaum mehr auszuhalten. Ich muss etwas tun, augenblicklich. Ich springe auf und starre in die Gesichter der Menschen, die mich nun erschrocken anschauen. Pikiert, beleidigt – doch niemand ringt mit dem Tod.

Mein Blick trifft den von Jupp, dessen eines Auge noch auf das Innere des Weinglases konzentriert ist. »Vielleicht in der Küche«, nuschelt er.

Oder zumindest glaube ich, dass er das sagt. Er ist wirklich schwer zu verstehen, mit der Zunge im Weinglas und dem schrillen Chorkonzert, das sich direkt zwischen meinen Ohren abspielt.

Ohne darüber nachzudenken, reiße ich mich vom Tisch los und stürme in Richtung Küche. Es geschieht fast in dem Moment, in dem ich die Schwingtür aufstoße und sich mein Blick mit dem eines Mannes kreuzt, der ein weißes Oberteil trägt, eine schwarz-weiß karierte Hose und eine Kochmütze, die ihm viel zu groß ist. Der Koch, so viel ist klar. Mit einem Kochlöffel in der einen und einem Fleischermesser in der anderen, beugt er sich über einen gigantischen Topf, in dem irgendetwas vor sich hin köchelt.

Neben ihm steht ein mit einer riesigen Packung Tiefkühlkroketten bewaffneter Küchenjunge, der gerade dabei ist, die vor sich hinbrodelnde und zischende Doppelfritteuse zu füttern.

»Raus!«, schreit mich der Koch an. »Gäste haben hier keinen Zutritt!«

Es ist gut, dass er brüllt, denn mittlerweile ist der Gesang zwischen meinen Gehirnlappen so laut, dass ich fast nichts mehr wahrnehme. Seinem offen stehenden Mund sehe ich an, dass er noch mehr loswerden möchte. Aber dazu kommt es nicht. Bevor auch nur ein weiterer Ton über die Lippen des Kochs dringt, macht es »puff«, und eine hohe Stichflamme schießt aus der Fritteuse an die Decke.

Der Küchenjunge wirft im hohen Bogen die Kroketten weg.

Der Koch stößt einen entsetzten Schrei aus.

»Feuer!«, höre ich irgendjemanden rufen.

Es ist nicht der Koch. Der nämlich wirkt, als würde eine gigantische Lähmung Besitz von ihm ergreifen. Keinen Zentimeter kann er sich vom Herd wegbewegen. Die Küchenhilfe ist da weitaus reaktionsschneller und hechtet mit einem aus dem Nichts herbeigezauberten Eimer Wasser auf das brennende Inferno zu.

»Nein«, schreien nun der Koch und ich gleichzeitig.

Doch zu spät.

Geistesgegenwärtig mache ich drei Sprünge nach vorn und zerre den Koch vom Herd weg, woraufhin wir beide das Gleichgewicht verlieren.

Als die ersten Wasserspritzer das in Brand gesetzte Fett erreichen, zischt, kracht und knallt es, als stünde bengalische Feuerzangenbowle als Wunschpunsch auf der Tageskarte. Ein gigantischer Feuerball schießt aus der Fritteuse und reißt uns komplett von den Füßen.

Aber damit nicht genug. Gerade, als wir auf den äußerst harten Kachelboden aufknallen, löst sich die monströse Dunstabzugshaube aus der Verankerung und kracht auf die Herdplatte. Sie wirft den Topf vom Herd, der scheppernd auf den Boden knallt und mehrere Liter kochend heiße Tomatensuppe durch die ganze Küche spritzt. Abertausende zischender Tröpfchen erwischen mich im Gesicht und an den Armen.

Doch mir fehlt die Zeit, mich in Selbstmitleid und Tomatensuppe zu suhlen, da ich gerade die Gesetze der Schwerkraft beigebracht bekomme. Genauer: die der Hebelwirkung. Die Dunstabzugshaube hat nicht nur den Topf unter sich begraben. Sie hat auch die Arbeitsplatte erwischt. Und zwar derart ungünstig, dass ein halbes Dutzend darauf befindlicher Küchenutensilien wie Wurfgeschosse in unsere Richtung katapultiert werden. Schneebesen, Kochlöffel ... Messer.

Mehr aus Reflex greife ich nach dem erstbesten Gegenstand, einem Schneidebrett, und halte es über den Kopf des Kochs, der noch immer halb auf mir liegt. Ich sehe den Schneebesen mit Überschallgeschwindigkeit an mir vorbeifliegen. Im nächsten Augenblick spüre ich eine starke Vibration in meiner Hand und höre das dumpfe Aufschreien des Mannes, als das Brett gegen seinen Schädel schlägt.

Ungläubig drehe ich das Brett zur Seite und traue meinen Augen nicht. Ein wenigstens dreißig Zentimeter langes Tranchiermesser steckt tief im Holz.

Der Küchenjunge kommt auf uns zugestürmt, rutscht auf dem Boden aus und gleitet auf den Knien zu uns. »Unglaublich! Das war aber echt knapp, Chef.«

Als ich wieder zurück an den Platz komme, merke ich, dass mein Turban verrutscht ist und ich frischen Glanz in die Hütte bringe.

Die Leute starren mich an. Hinter mir begeistert sich der Chefkoch: »Er hat mir das Leben gerettet! Das ist ein Wunder. Gott segne ihn!«

»Hat er doch schon«, höre ich Jupp tuscheln.

Die Leute klatschen zunächst verhalten. Dann begeistert. Ein tosender Applaus schwappt schließlich durchs Restaurant. Ich merke, wie auch mein Gesicht die Farbe der Tomatensuppe annimmt, und setze mich verlegen hin.

Als die Begeisterungswelle abebbt, greift Jupp zur Serviette und tupft sich die Mundwinkel ab. »Der reinste Fluch, nicht wahr?«

Dann lässt er einen Rülpser von sich und klopft sich auf die Brust. »Das war echt lecker. Das beste Mahl seit . . . einer Ewigkeit.«

Ich starre ihn an und bin zu fassungslos, um zu reagieren.

»Sag mal«, wieder tupft er sich umständlich am Mund herum, »du hast nicht zufällig eine Idee, wo ich heute Nacht schlafen kann?«

Kapitel 17

aröddadongdongdodongdongdong

Mein Herz pocht noch immer den Rhythmus einer Dschungeltrommel, um bei dem Tempo mitzuhalten, das Emiliana Torrinis Song gerade vorgibt. Ich fühle mich gut. Das pulsierende Blut in meinen Adern belebt mich bis in die entlegensten Winkel. Heute fühle ich mich zu Hohem berufen. Ein Tag ganz im Zeichen der Kunst.

Ich habe allen Grund dazu, beflügelt zu sein. Malena hat eben angerufen und mich gefragt, ob ich ihr VIP-Gast bei dem Finale zu *The next Supermodel* sein möchte. Ich habe sie natürlich zappeln lassen. Eine ganze halbe Sekunde habe ich ausgehalten, bis ich sie und mich mit einem »Ja, unbedingt, wann und wo immer du willst« erlöst habe. Ihre Erleichterung kam förmlich durch das Telefon geflogen. Heute Abend sehen wir uns wieder. Ich kann es kaum erwarten.

Um mir die Zeit bis dahin zu verkürzen, habe ich etwas geplant, das ich schon seit Ewigkeiten nicht mehr getan habe. Ich rechne kurz nach. Genau genommen seit achtzehn Tagen anno Pedro. Ich habe meine Staffelei ausgepackt, eine noch jungfräuliche Leinwand aus dem Kellner geholt und werde wieder mit dem Malen beginnen. Jetzt. Sofort. Und ich weiß auch schon, was ich malen werde: Malena! Zum ersten Mal. Vollendet. Perfekt. So, wie sie es ist. Es wird mein Geschenk an sie. Meine Waffe, mit der ich sie zurückerobern werde. Da kann sich Pedro sein volles Haar, das Geld seiner Eltern und das schicke Cabriolet sonst wohin stecken. Ich werde Malena mit den einzig wahren Dingen auf der Welt für mich begeistern: mit aufrichtiger Liebe und Kunst.

Etwas unsicher tauche ich den Pinsel in die angemischte Farbe auf meiner Palette und lasse ihn wenige Zentimeter über der Leinwand schweben. Noch vollziehe ich ihn nicht, den ersten heiligen Pinselstrich. Denn dieser ist immer wieder aufs Neue etwas ganz Besonderes. Ich schließe die Augen und konzentriere mich auf eine entspannte Atmung. Ja, der erste Strich ist der wichtigste. Er entscheidet über Können und Scheitern. Vor meinen geschlossenen Lidern sehe ich Malenas Gesicht. Ihr rotblondes seidenglattes Haar, das sich in einer sanften Welle zu den Schultern herunterschlängelt und ihre Wangenknochen so schön betont. Mit dieser Kontur werde ich anfangen.

Noch einmal zeichne ich im Geiste die erste schwungvolle Linie nach, die den Anfang eines perfekten Porträts darstellen wird. Eines Bildnisses, das Malenas Schönheit gänzlich gerecht werden wird. Das spüre ich. Ich werde es malen. Für sie. Für mich. Für unsere Kinder.

Meine Hand fährt die Kontur ihres Gesichts nach und ist kurz davor, auf der Leinwand aufzusetzen, den vollendeten Schwung auf das Bildnis zu übertragen. Ich muss nur noch ein kleines Stück nach vorn gehen und den gespannten Stoff auf dem Rahmen berühren.

Der Pinsel nähert sich unaufhaltsam. Millimeterweise schiebe ich die Hand der Leinwand entgegen, noch immer den perfekten Schwung im Anschlag. Ich spüre Nervosität aufsteigen, schlucke sie herunter und atme flach. Zu flach. Jetzt absetzen, zwinge ich meine rechte Hand. Jetzt absetzen! Doch sie gehorcht nicht. Nein! Sie fuhrt den perfekten Strich weiter in der Luft aus und beendet den Schwung, ohne etwas Sichtbares hinterlassen zu haben.

Die Verzweiflung übernimmt die Oberhand. Ich schaffe es nicht. Ich kann meinen inneren Schweinehund nicht überwinden. Mit tiefer Resignation ertränke ich den Pinsel in dem mit Wasser gefüllten Einmachglas. Die Palette lasse ich achtlos fallen. Bei all dem Staub wird sich wohl kaum jemand über die Farbkleckser auf dem Teppich beschweren. Was ist eigentlich aus meinem Reinlichkeitswahn geworden?

Bestürzung überfällt mich. Wieder habe ich versagt. Dabei weiß ich, dass alles anders werden würde, wenn ich nur diesen einen ersten Pinselstrich hinbekommen würde. Ich spüre förmlich, dass er das kreative Tor weit aufstoßen würde und mein Schaffen, mein Ich wieder eine Daseinsberechtigung hätte. Gleichermaßen aber fühle ich, dass ich noch nicht so weit bin. Gut, dann muss eben ein Strauß Gladiolen für heute Abend reichen.

Nachdem ich Palette und Pinsel akribisch gereinigt habe, trage ich die noch unbefleckte Leinwand genauso jungfräulich, wie ich sie vor einer halben Stunde nach oben getragen habe, zurück in den Keller. Praktisch, dass ich mir den Weg in die Dunkelheit selbst leuchten kann, da ich keine Hand mehr freihabe, um das Treppenhauslicht anzuknipsen. Ich stelle die Staffelei und den Keilrahmen in die einzige noch freie Ecke meines vier Quadratmeter großen Kellerraums, der vollgestopft ist mit meinen Bildern. An einer Seite steht ein unfertiges Bild auf einer Staffelei, als wäre es ein Mahnmal. Denn alle Bilder hier sind unvollendete Werke, deren letzte Schliffe ich einfach nicht übers Herz bringe, da ich so keine Ausrede mehr hätte, sie der vermeintlichen Öffentlichkeit zu präsentieren. Vielleicht bringe ich ja eines Tages den Mut auf, mich ihnen zu widmen, sie zu vollenden. Vielleicht. Wenn mir nur endlich wieder dieser eine Pinselstrich von der Hand gehen würde.

Die dunklen Gedanken, die sich zäh wie Ölfarbe durch meinen Kopf schieben, werden nach hinten gedrängt, als ich zwei Stimmen wahrnehme, die sich den Kellerräumen nähern. Als würde ich das Bernsteinzimmer hier unten verbergen, presche ich aus meinem Kellerraum heraus und schaffe es gerade noch rechtzeitig, die Tür zuzuziehen, bevor Frau Mutschler mit einem Mann im Schlepptau um die Ecke kommt.

»Und das hier ist dann der …« Frau Mutschler hält mitten in Satz und Bewegung inne. Ihre Aufmerksamkeit gilt nun mir. Wahrscheinlich gebe ich für sie ein interessantes Bild ab, wie ich so an der verschlossenen Tür zu meinem Verschlag lehne und versuche, meinen Atem unter Kontrolle zu bringen. Ihrem skeptischen Gesichtsausdruck nach zu urteilen vermutet sie hinter der Tür eine salafistische Zelle, der ich gerade Essen, Trinken und Sprengzünder vorbeigebracht habe.

»Mein Gott, Frau Mutschler, Sie haben mich ja vielleicht erschreckt«, lächele ich aufgekratzt. »Hätte gar nicht mit Ihnen gerechnet, hier unten.« Ich versuche mich an einem Grinsen, das mir aber bereits in den Mundwinkeln verkümmert.

»Ts! Man könnte ja glatt meinen, Sie hätten was zu verbergen.«

Mir gefällt ihr Blick nicht, mit dem sie röntgenmäßig versucht, durch die Kellertür zu dringen.

»Ich wollte nur unserem neuen Mieter die Waschräume zeigen«, erklärt sie sich mit einem Tonfall, der mir klarmachen soll, dass sie das nicht müsste.

»Na, dann möchte ich Sie beide nicht länger aufhalten.«

Frau Mutschlers Begleitung belässt es bei einem kurzen Nicken in meine Richtung. Witzig, wie die Dinge manchmal laufen. Gestern habe ich diesen Kerl noch in ganz Köln gesucht. Und jetzt ist Jupp also tatsächlich mein Nachbar. Wer hätte gedacht, dass ich die Mutschler überreden könnte. Aber so ist das eben, wenn man einen Pakt mit dem Teufel eingeht. Man hat Privilegien, die man sich mit teurer Münze erkaufen muss.

Meine Klamotten stehen ihm wirklich gut. Ich denke, es war ein cleverer Schachzug, ihn vor der vermeintlichen Wohnungsbesichtigung noch etwas aufzumöbeln. Und ich bin wirklich begeistert über das, was eine Dusche, Shampoo und Conditioner alles bewirken können. Jupp sieht nicht nur sauber aus, er riecht auch so. Nur der Gummibärchengeruch will einfach nicht von ihm ablassen.

Zunächst hat Frau Mutschler natürlich mit der Stirn gerunzelt, als ich mit ihm auf ihrer Matte stand und um eine Bleibe für ihn gebeten habe. Doch dann habe ich sie von einer gänzlich anderen Seite kennengelernt. Ihr erbostes Auftreten, das in die Grundgesetze gemeißelte »Nein, auf gar keinen Fall!«, ist in sich zusammengefallen wie die Berliner Mauer '89, als Jupp sich ihr näherte, ihr etwas ins Ohr flüsterte und ihr einen Kuss auf die Wange gab. Daraufhin waren sich beide einig, und ich hatte sogar das Gefühl, als hätte die Luft ein wenig geknistert. Na, mir soll's recht sein. Auch wenn ich nicht weiß, warum, beruhigt mich das Gefühl, Jupp in meiner Nähe zu wissen. Denn dass er der Schlüssel zu allem ist, das steht außer Frage. Aber in welches Schloss dieser Schlüssel passt, das ist ein Thema, dem ich mich morgen widmen werde. Denn heute habe ich Wichtigeres im Sinn.

Mein erstes richtiges Date mit Malena seit achtzehn anno Pedro. Vielleicht kann ich heute damit anfangen, rückwärtszuzählen.

»Es ist übrigens Post für Sie in meinem Briefkasten gelandet«, sagt Frau Mutschler. Sie zieht einige Briefe aus ihrer ärmellosen Kittelschürze. »Scheint offiziell zu sein. Einer hat einen Klinikstempel auf dem Kuvert. Und ein Brief kommt sogar aus Italien, wenn ich den Poststempel richtig entziffert habe.«

»Klinik?« Ich reiße ihr die Briefe aus der Hand und durchwühle den Stapel. Sie hat recht, der italienische Brief sieht wirklich wichtig und hochoffiziell aus. Auf dem Poststempel steht: »Prefettura della casa Ponticia«. Was ich aber auch sehe, ist, dass der Poststempel schon mehr als eine Woche alt ist.

Als könne sie meine Gedanken lesen, antwortet Frau

Mutschler auf die ungestellte Frage: »Ist unter die Eckbank gerutscht. Hab ihn heute erst dort herausgefischt.«

Wer's glaubt, wird selig.

»So machen Sie ihn doch auf«, fordert mich die Kittelschürze auf, während ich mich weiter durch das halbe Dutzend Briefe wühle. Sie tippt auf den Italien-Stempel.

Jupp steht weiterhin einfach nur neben ihr und schaut geistig pausiert drein. Allmählich beschleicht mich das Gefühl, doch auf das falsche Pferd gesetzt zu haben.

»Ich kenne aber niemanden in Italien.« Ich reiße den Brief entzwei. »Typisch! Da bestellt man einmal im Internet eine limitierte Überraschungseier-Figuren-Serie aus dem Ausland, und schon erhält man die unmöglichsten Werbebriefe frei Haus.« Kopfschüttelnd überreiche ich der Mutschler die Schnipsel. »Von Datenschutz haben die dort anscheinend noch nichts gehört.«

Ich blättere mich durch die nächsten Briefe. Rechnungen, Mahnungen, eine Postkarte von meinen Eltern aus Guadeloupe …

Da! Da! Da! Da! Mein Herzschlag verdreifacht sich, der Pulst rast, die Schnappatmung setzt ein.

»Alles okay?«, fragt mich die Hausmeisterin besorgt.

»Ja! Nein! Weiß nicht. Vielleicht gleich.«

Es ist der Brief von der Bonner Uniklinik, der mich völlig aus der Bahn wirft. Da ich keine Mitgliedschaft oder ein Jahres-Abo dort abgeschlossen habe, kann dieser Wisch nur eines enthalten: die Testergebnisse.

Ich lehne mich gegen die Kellertür und atme tief den typisch modrigen Kellergeruch ein, der sich dezent mit Kölnisch Wasser und Gummibärchenaroma vermischt. Ganz tief in mir drin krame ich all meinen Mut zusammen, um meine zittrigen Finger dazu zu bringen, den Brief zu öffnen. Meine Augenbrauen schieben sich derart weit nach oben, dass es wehtut, was vermutlich an der Hautirritation liegt. Ich wühle mich durch die Zeilen. Zunächst verstehe ich nichts. Anstelle einer Begrüßung und einer einigermaßen verständlichen Diagnose erwartet mich eine hieroglyphische Tabelle mit ganz vielen Fachausdrücken und Großstädten von Zahlen mit bestialisch vielen Kommastellen.

Dann, nach der Tabelle, kommt endlich etwas, das ich verstehe. Kein Fachchinesisch mehr, sondern lupenreines Deutsch in Wort und Schrift. Ich überfliege den Text. Dann zwinge ich mich dazu, ihn langsamer zu lesen. Wort für Wort. Silbe für Silbe. Ich lese, doch noch dringt nichts zu mir durch. Die aneinandergereihten Buchstaben ergeben noch keinen Sinn.

»Alles in Ordnung mit Ihnen, Herr Gerlinger? Sie sehen so blass aus.«

»Kein Wunder, bei dem Licht«, nuschelt Jupp.

Ich kann es nicht glauben, lese die Zeilen immer und immer wieder. Allmählich ergeben die Wörter einen Sinn. Befund negativ. Lediglich erhöhter ionisierender Strahlenwert, aber nicht im bedenklichen Bereich.

Danke, dass ich strahle, weiß ich selbst.

»Ist es etwas Ernstes?«, fragt die Hausmeisterin.

Ich bin beinahe gerührt, derart besorgt klingt sie.

Im Schreiben ist die Rede von einer sogenannten Äquivalentdosis, die bei mir mit 0,49 Sv angegeben wird – was dieses Sv bedeutet, steht hier nicht. Auch nicht, was es nun mit dem Strahlendings auf sich hat und wie um Himmels willen ich diesen Leuchtstoff wieder loswerde.

Einerseits bin ich beruhigt und über alle Maßen erleichtert, dass ich allem Anschein nach keine todbringende Krankheit in mir trage. Andererseits, wenn selbst die Professoren in der Uniklinik mir keine Antwort liefern können, wer dann?

Kurz verheddert sich Jupps Blick in meinem. Ich falte den Brief grob zusammen, was vielmehr einem Zerknüllen gleichkommt, und stopfe ihn irgendwie in die Hosentasche. Alle anderen Briefe lasse ich achtlos fallen.

»Na dann noch viel Spaß bei der Hausbesichtigung. Ich muss jetzt los, mich frisch machen. Hab ein superwichtiges Date heute Abend. Vielleicht das wichtigste von allen.« Ich wende mich ab und will gehen.

»Herr Gerlinger, warten Sie, bitte.« Frau Mutschler eilt mir hinterher und bringt mich vor der Kellertreppe zum Stehen. »Normalerweise mache ich das ja nicht«, flüstert sie. »Einfach so ohne große Bewerbungsprozedur Menschen in mein Haus einziehen zu lassen.«

Ich verkneife mir jeglichen Kommentar, der mir bei »mein Haus« einfällt.

»Aber wenn Sie für ihn bürgen, geht das natürlich in Ordnung.«

»Danke, Frau Mutschler, das ist sehr nett …«

»Aaaaallerdings«, unterbricht sie mich mit erhobenem Zeigefinger, »werden wir die Segnungsintervalle drastisch verkürzen müssen.«

Zähneknirschend stimme ich zu.

»Außerdem muss ich die prozentuale Gewinnbeteiligung anpassen, da es ja nun nahezu zwei Monatsmieten sind, die gedeckt werden wollen. Die Bürgschaft Ihres Vertrauten nicht zu vergessen.«

»Aber ich habe doch die letzte Miete pünktlich bezahlt!«

»Ja, und was ist mit den beiden davor? Da sind wir aber noch arg in Verzug, mein Lieber.«

Ich nicke zustimmend und drehe mich wieder zum Gehen um. Doch Frau Mutschler hat noch etwas auf dem Herzen, das sehe ich ihr an. Und ich merke es, weil sie nicht gewillt ist, meinen Arm loszulassen.

»Sagen Sie, wer ist denn dieser werte Herr genau?«

»Wer? Jupp?«

»Natürlich, wer denn sonst, Sie Dämel! Ist ja keiner mehr hier.«

»Aber das sagte ich doch schon. Er ist mein Onkel. Mütterlicherseits.«

»Ah.«

»Mhm.«

»Und verwitwet, ja?«

»Mhm.«

»Wie ich?«

»Hm.«

Sie wirft den Kopf nach hinten, wo Jupp nun vor der laufenden Waschmaschine kniet. Sein Schädel dreht sich im Kreis, als wollte er jeder einzelnen Umdrehung der Maschine hinterherschauen. Ein komischer Typ.

»Nett ist er, der Herr ...«

»Jupp«, helfe ich ihr auf die Sprünge.

»Ich kann mir nicht helfen«, sagt Frau Mutschler verträumt. »Aber er hat irgendetwas Besonderes an sich, finden Sie nicht auch?«

»Sie meinen den Gummibärchengeruch?«

»Ich kann mir nicht helfen«, sagt sie wieder, »aber ein kleines bisschen erinnert er mich an meinen verstorbenen Mann. Möge Gott seiner Seele gnädig sein.«

»Ist er ganz bestimmt, Frau Mutschler. Ich muss jetzt aber wirklich los.«

»Ich will Sie nicht aufhalten. Aber wenn ich sonst noch etwas für Sie tun kann ...«

Jetzt bin ich es, der sich ihr zuwendet. »Sie wissen nicht zufällig, wo ich auf die Schnelle einen Smoking herkriege?«

Kapitel 18

Alles liegt im Dunkeln. Nur der schmale Laufsteg breitet sich, erhellt von tausend Lichtern, von der Mitte der Lanxess-Arena-Bühne in den Zuschauerraum aus und leuchtet in der Dunkelheit wie ein Jedi-Schwert. Scheinwerferspots flammen auf. Nicht alle mit einem Schlag, sondern in einem Abstand weniger Millisekunden. Wie einzeln abgefeuerte Chinaböller in der Silvesternacht. Mit jedem weiteren Lichtstrahl setzt im selben Takt mein Herzschlag aus. Jetzt setzt die Musik ein, und der riesige Vorhang schiebt sich auseinander. Die Menge raunt und klatscht begeistert. Und ich bin mittendrin.

Kraftwerk spielen *Das Model*, als Malena den Laufsteg betritt. Es ist so klischeehaft, wie es nur sein kann, und dennoch einer der erhabensten Momente meines Lebens. Das Model. Die Band. Der Catwalk. Und ich darf dabei sein. Als ihre VIP-Begleitung. Um der Ehre gerecht zu werden, hab ich mich extra schick gemacht und mir bei Rajed eigens für diesen Anlass einen weinroten Dastar passend zum Smoking gegönnt. Es war wirklich nett von Frau Mutschler, dass sie mir den feinsten Anzug ihres verstorbenen Mannes geliehen hat.

Zunächst habe ich mich gesträubt, ihn anzunehmen, da er ein wenig alt ist. Um die dreißig Jahre. Aber mit ihrem resoluten »Gute Kleidung kommt nie aus der Mode« hat sie mich schließlich um den Finger gewickelt.

Ganz so überzeugt von meiner Kleiderwahl bin ich nicht mehr, seit ich die moderneren Smoking-Modelle ansehe. Dezent mit schlichter Eleganz. So gänzlich ohne Rüschen und Gehrock.

Auch habe ich noch keinen aus lilafarbenem Samt gesehen. In diesem Outfit und mit dem Turban auf dem Kopf fühle ich mich wie die indische Version von James Bond: »Wie möchten Sie Ihren Bananen-Limetten-Lassi? Gerührt, aber nicht geschüttelt.«

Ich mache mir nichts vor. Es ist kein echter Smoking, und ich bin kein echter Geheimagent. Gut, es ist auch nicht wirklich Kraftwerk, sondern nur ein abgespieltes Band. Und im Grunde ist Malena nicht *das* Model, sondern lediglich eines von siebenundsiebzig Auserwählten, die im Vorprogramm für *The next Supermodel* laufen dürfen. Aber sie ist die Hübscheste. Und das sage ich nicht nur, weil ihr mein Herz gehört und ich hier sein darf. Ich kann es einfach nicht fassen, dass sie ausgerechnet mich als ihre Begleitung auserkoren hat.

Weder ihre Modelfreundinnen hat sie in Betracht gezogen – vermutlich, weil sie ihr vor Neid vor dem Auftritt mit einer Zickzack-Bastelschere die Frisur zerstört hätten –, noch Pedro hat sie mitgenommen. Ihren Freund und Beinahe-Verlobten. Wenn das kein Zeichen ist.

»Nach Derartigem steht ihm ohnehin nicht der Sinn«, hatte mir Malena ihre Entscheidung erklärt. Nicht, dass sie mir irgendetwas hätte erklären müssen. Sie hatte mich bereits beim »Willst du mit mir …?«, da ich schlichtweg *alles* will, was mit ihr zu tun hat.

Jetzt sitze ich hier in meinem Samtanzug und sehe Malena über den gigantisch langen Catwalk laufen. Sie trägt ein pastellfarbenes Kleid, derart luftig und fluffig, als wäre es aus Zuckerwatte. Eine einhundert Meter lange Straße aus schlanken, überirdisch gut aussehenden Models stakst storchenartig mit starrem Blick an mir vorbei. Eine Sorbet-Parade aus Apricot-, Pistazie- und Himbeerwolken. Malenas Wolkenkleid hat die blassgelbe Färbung von Bio-Vanilleeis.

Das Publikum klatscht recht verhalten, sie heben sich ihren

Beifall für das große Finale auf, wenn die Kameras, die Finalistinnen und echte Musiker am Start sind. Aber ich allein mache den fehlenden Enthusiasmus mit meiner Begeisterung wett.

Jetzt ist Malena auf meiner Höhe. Ein ganz kleines Stück geht ihr Kopf nach links, direkt in meine Richtung. Sie zwinkert mir zu. Ganz unauffällig, aber doch eine Spur zu lang, als dass es nur ein gewöhnliches Blinzeln wäre. Ich nehme den ernsten, hochkonzentrierten Ausdruck in ihrem Gesicht wahr. Doch die Augen verraten sie. Sie ist in ihrem Element. Sie hat es geschafft und ist ihrem Ziel der Modelkarriere ein großes Stück näher gekommen. Am liebsten würde ich die Bühne stürmen und mich ihrem Zuckerwattekleid zu Füßen werfen. Sie besitzt mich. Voll und ganz. Ich bin ihrer Schönheit ausgeliefert. Mein Herz geht auf.

Auch drei Stunden später beherrscht die Nervosität sämtliche meiner Körperfunktionen. Es ist schließlich das erste Mal, dass ich auf einer After-Show-Party zu Gast bin.

Malena trägt derart hohe High Heels, dass sie mich um einen halben Kopf überragt, doch das hindert sie nicht daran, sich meinen Arm um ihre Taille gefallen zu lassen. Wir stehen in einer Schlange aus C- und D-Promis und superhübschen Frauen auf dem roten Teppich, der aus irgendeinem Grund blau ist, und warten geduldig darauf, vor der Sponsorenwand des Veranstalters abgelichtet zu werden.

Ich bin eingeschüchtert. Während ich mich optisch von Jahr zu Jahr immer mehr Tante Ulla nähere, teile ich die Luft mit einem Genpool an optischer Perfektion, wie sie eigentlich nur in einem Labor gezüchtet werden kann.

Meine Finger krallen sich fester in Malenas Taille. Verwundert reibe ich meine pappigen Finger. »Du klebst«, stelle ich fest.

Sie stößt ein böses Lachen aus. »Die Vollhonks haben uns

mit *echter* Zuckerwatte zugekleistert, kannst du dir das vorstellen? Das Zeug ist überall. Und ich meine überall. Das krieg ich nie wieder weg.«

Ich könnte es ihr vom Körper schlecken. Aber ich verkneife mir, den Gedanken laut auszusprechen. Malena mag keine plumpen sexuellen Anspielungen. Ich verstehe wirklich nicht, was sie an Pedro findet. Und außerdem: Sollte es heute Abend zwischen uns beiden zum Äußersten kommen, kann ich nur hoffen, dass die Zuckerwatte nicht mit Tartrazin eingefärbt wurde, da ich darauf allergisch reagiere. Um ganz sicherzugehen, sollte ich sie vielleicht vorher unter die Dusche stellen. Nicht auszudenken, welchen Einfluss das Teufelszeug auf meine empfindliche Darmflora hätte.

»Mann, Mann, Mann«, bläst Malena das sexuell aufgeladene Wolkengebilde in meinem Kopf aufs offene Meer hinaus. Obwohl heute ihr großer Tag ist, vermutlich sogar der wichtigste ihrer Karriere, ist sie alles andere als gut gelaunt.

Dabei sieht sie so gut aus. Ein schlichtes, figurbetontes Hippiekleid, ein buntes Band, das ihre Haare aus dem Gesicht hält und ihre wunderbar geschwungenen Augenbrauen betont, dazu Wildlederstiefel. Verspielt, verführerisch, sexy. So wie ich sie mag.

Dennoch kann ich ihre schlechte Laune sogar verstehen. Da hat sie ihren großen Tag und muss ihn sich mit einundsiebzig Ballköniginnen teilen. Und alle geben sonst was drum, mit der Moderatorin von *The next Supermodel* vor der Sponsorenwand abgelichtet zu werden.

»Guck dir die mal an!«, faucht Malena. Sie zeigt auf eine wirklich gut aussehende Frau, die gerade für die Presse herrlich ungezwungene Posen darstellt. »Die steht schon seit einer Minute vor der Wand.«

»Na ja. Das ist ja auch die frisch gekrönte Gewinnerin der Staffel.«

Malena reagiert nicht auf meinen Kommentar, sondern

macht ihrem Ärger weiter Luft. »Völlig zu Unrecht. Ich hab ihre Füße gesehen – die hat voll die deformierten Hammerzehen. H.Ä.S.S.L.I.C.H.!«

Die Moderatorin der Show und das neue nächste Supermodel zeigen sich in ihren besten Posen, bis sie von einem debil dreinblickenden Mann mit Sonnenbrille, wenigen Haaren und einem Headset im Ohr abgeführt werden.

Hinter uns höre ich es bellen. Mir ist schon vor ein paar Minuten aufgefallen, dass jede zweite Frau einen Hund von der Größe einer gut genährten Ratte unter ihren Arm geklemmt hat oder in einer teuer aussehenden Handtasche mit sich herumträgt. Ich bin nur froh, dass Malena nicht eines von diesen aufgesetzten Modepüppchen ist und sich in dieser Welt von Protz, Glamour und Blasiertheit ihre Natürlichkeit bewahrt hat. Sie ist echt toll.

»Kommt mit«, befiehlt mir Malena und zerrt mich hinter sich her. Mir bleibt nicht der Hauch einer Chance zur Gegenwehr. Mit dem unschuldigen Gesichtsausdruck eines Vorschulmädchens und einem liebevoll gehauchten »Dürfte ich mal?« drängt sie mich an einer Traube ehemaliger Casting-Kandidaten, Nackt-DJanes und Bohlen-Exfreundinnen vorbei. Dann stehe ich auf einmal selbst vor dieser Wand und weiß nicht, wohin mit meinen Händen und mir selbst. Malena macht perfekte Posen, die mich als Kleiderständer mehr oder weniger miteinbeziehen. Hier und da blitzt das Licht einer Kamera auf. Das Interesse der anwesenden Pressefotografen an uns beiden ist aber nicht auch nur annähernd vergleichbar mit dem Feuerwerk, was die Showmoderatorin mit ihrem neuen Supermodel abgefackelt hat. Ich spüre förmlich, wie sich Malena immer mehr verkrampft und ihr ohnehin gekünsteltes Lächeln kaum mehr aufrechterhalten kann.

»Jetzt macht mal Platz da«, ruft uns eine der Ballköniginnen entgegen. »Es wollen noch mehr dran.«

Ein paar Fotografen stimmen lauthals zu. »Bringt uns die Nackt-DJane!«

So leid es mir für Malena tut, aber bei derart großer Prominenzdichte ist es ein schieres Ding der Unmöglichkeit, mit gutem Aussehen allein aus der Masse herauszustechen. Ich umfasse ihre Hand und drücke sanft zu, um ihr zu signalisieren, dass es keinen Sinn mehr hat. Sie wirft sich dennoch in jede nur erdenkliche Pose. Legt ihre Hände auf meiner Schulter ab, schmiegt sich an mich, würgt mich, knuddelt mich, herzt mich, ohrfeigt mich symbolisch. Ich fühle mich wie eine diese Holzfiguren aus der Cowboystadt im Phantasialand – dazu verdammt, sich als schmückendes Beiwerk von allem und jedem ablichten und mit Eis, klebrigen Lollis und Zuckerwatte beschmieren zu lassen.

»Es ist genug«, sage ich plötzlich mit einer Bestimmtheit, die mich selbst überrascht. Jetzt bin ich es, der sie hinter sich herzieht. Das heißt, ich versuche es. Aber sie leistet Widerstand, denkt nicht einmal im Traum daran, die Wand freizugeben. Selbst die Fotografen sind mittlerweile genervt und lassen demonstrativ ihre sündhaft teuren Kameras mit tausendfachem Zoom hängen. Das ist die ultimative Niederlage an einem Abend wie heute. Wir sollten uns geschlagen geben. Das Schlachtfeld räumen und reumütig von dannen ziehen.

Doch dann spielt Malena ihren letzten Trumpf aus: mich. Ohne Vorwarnung reißt sie mir den Dastar vom Kopf.

»He«, rufe ich erschrocken. Sie aber vollführt eine Präsentationsgeste, als hätte sie an der Glücksradwand gerade das Wort »Hallux valgus« aufgelöst.

In der nächsten Sekunde darf ich mich dann über eine weitere Erfahrung in meinem noch jungen Leben freuen. Nämlich die, wie es sich anfühlt, ganz, ganz nah vor einem epileptischen Anfall zu stehen. Als würden sie von einer Königin telekinetisch gesteuert, drückt der vor uns stehende Fotografenschwarm gleichzeitig auf die Auslöser. Heerscharen von Blitzlichtern springen mir entgegen, reißen supernovagrelle Löcher in meine Bindehaut. So schlimm war es noch nie.

Ein Sturm von Stimmen brandet auf. Es sind auch vorwurfsvolle dabei. Sie kommen aus meinem Inneren. Ich kann nicht glauben, dass Malena das wirklich getan hat. Dass sie meinen Heiligenschein preisgegeben hat, nur um im Rampenlicht zu stehen.

Aber genau danach sieht es aus.

Ich spüre Wut in mir aufsteigen und schaffe es kaum, wie von den Presseleuten befohlen zu lächeln. Ich presse die Lippen ganz fest aufeinander, um keine an Malena gerichteten Gemeinheiten herauszulassen, die mir auf der Zunge liegen. Allerdings lässt es sich mit zusammengepressten Lippen schwerlich küssen. Und genau das versucht sie gerade bei mir. Vor laufender Kamera und einem Millionenpublikum. Live. Lange, intensiv, gefühlsecht. Ich bin gespannt, wie sie das später Pedro erklären wird.

Dann geht alles ganz schnell. Als sich unsere Lippen voneinander lösen, vergessen die Fotografen und Kamerateams ihr gutes Benehmen und treten uns energisch entgegen, die Mikrofone vorwitzig und drängend in unsere Richtung gestreckt. Gerade, als ich mich vom blauen Teppich verkrümeln will, greift Malena nach meiner Hand und zieht mich an sich. Für den einen Schritt, den ich zurücksetzen wollte, macht Malena zwei nach vorn und stellt sich der Presseschar mutig in den Weg. »Lass mich reden«, zischt sie mir mit einem entschlossenen Ausdruck im Gesicht zu, »und bleib schön brav neben mir stehen!«

Mit der ersten Frage, die an mich gerichtet wird, übernimmt Malena das Ruder und lässt weder mir noch den Fotografen den Hauch einer Chance, uns ihrem Charisma zu entziehen. Jede Frage lenkt sie auf sich. Sie hat die Masche schnell raus, benutzt mich als Köder, um Aufmerksamkeit zu erhaschen, und drängt sich dann geschickt in den Mittelpunkt.

»Malena, ich brauche eine Pause«, gestehe ich ihr nach ein paar Minuten Dauerinterview von allen Seiten, als sich die Millionen Blitzepunkte in meinen Augen zu einem einzigen Ganzen zusammengeschlossen haben. »All diese Leute hier, der Trubel. Das ist einfach zu viel für mich. Ich fühl mich da echt unwohl.«

Doch sie tut das mit einem mitleidigen Blick ab und schiebt meine Hand von ihrer Taille. Das gefällt mir nicht. Für den Heiligenschein-Aha-Effekt war ich gerade noch gut, aber jetzt, wo die Aufmerksamkeit ihr gilt, bin ich nur noch ein Anhängsel, das gut auszusehen hat und dem hin und wieder der Kopf gekrault wird – als wäre ich ihr Accessoire-Dog.

Aber nicht mit mir. Ob sie es mit Absicht tut oder sich einfach von der Situation dazu hinreißen lässt: Ich habe fertig für heute und keine Lust mehr, mich länger als fleischgewordener Pfingstochse vor ihren Karrierekarren spannen zu lassen.

»Malena, ich bin bedient. Ich geh heim.«

»Och«, macht sie und zieht einen Schmollmund. Da hab ich sie wieder, ihre Aufmerksamkeit. »Nur noch bis zwei, okay?«

Ich werfe einen Blick auf die Uhr. »Aber es ist nicht mal elf!«

»Danach gehen wir dann direkt zu dir, okay? Und jetzt mach den Mund zu. Wie sieht das denn später in den Hochglanzblättern aus?«

Kapitel 19

Es sind nicht die Heiligen Drei Könige, und sie haben auch keine Geschenke in Form von Weihrauch, Myrrhe und Gold dabei. Dennoch sind sie eine absolut imposante Erscheinung und überaus fehl am Platz vor meiner Wohnungstür.

Zunächst hab ich nur Augen für die beiden hochgewachsenen jungen Männer, die kleidungstechnisch einem anderen Jahrhundert zu entstammen scheinen. Was sie da tragen, ist durchgehend blau und goldgestreift, mit aufgeplusterten Puffärmeln und unzeitgemäßen Pluderhosen. Darauf breite braune Ledergürtel. Als i-Tüpfelchen sitzen auf ihren Köpfen fesche schwarze Baskenmützen aus Filz. Dass ich nicht gleich lauthals loslache, liegt an meiner Magenverstimmung und dem optisch deplatzierten Herrn in der Mitte, der etwas äußerst Einschüchterndes ausstrahlt.

Ich schätze ihn auf jenseits der fünfzig, woran der beinahe weiße Haarkranz, die knollige Nase und das faltige runde Gesicht nicht ganz unschuldig sind. Im Gegensatz zu den flankierenden bunten Streifenhörnchen trägt er ein elegant geschnittenes schwarzes Gewand mit breiter violetter Schärpe um die Taille. Um seinem Hals baumelt ein riesiges schwer aussehendes Goldkreuz, das Pedro und den Türsteher des *Nightlife* vor Neid erblassen lassen würde.

Was zur Hölle?, denke ich. Doch dann fällt es mir wie Luftschlangen vor die Augen: Köln. Na, klar. Die Hochburg des rheinischen Karnevals. Vermutlich eine Spendensammlung für einen maroden Verein, dem Aussehen nach die blau-gelben

Funken. Also grüße ich die drei verkleideten Gestalten mit einem närrischen: »Alaaf!«

»Grüezi!«, rufen die Hofnarren im Chor. Das Aufeinandertreffen von Schuhsohlen hallt drohend durch das Treppenhaus. Die Bedrohlichkeit nimmt nicht ab, als ich entdecke, dass an den braunen Gürteln Pistolenhalfter befestigt sind. Gefüllte.

»Herr Jonas Gerlinger?«, fragt der Haarkranz mit autoritärer Stimme.

Ich schlucke trocken und wünschte mir, die Tür nicht geöffnet zu haben. »Äh, ja, kann ich irgendwie helfen?«

»Sind Sie es wirklich?«, fragt der Mann eindringlicher und kommt mit seiner Knollennase ein Stück nach vorn. Beinahe so, als wolle er an mir riechen.

Unwillkürlich zucke ich zurück, nicke aber pflichtbewusst.

»Würden Sie es uns zeigen?«

Das Gefolge mustert das eilig um den Kopf gewickelte Badetuch.

»Sie meinen ...?«

Das Dreigestirn nickt einhellig.

Also tue ich ihnen den Gefallen und zeige ihnen meinen Schein. Als Erstes fällt mir auf, dass die Streifen der beiden Männer tatsächlich goldfarben und nicht gelb sind. Dafür scheint mein Nimbus sämtliche Farbe aus ihren Gesichtern zu ziehen. Sie bekreuzigen sich mehrfach und geben lateinisch klingende Wordphrasen von sich. Das hat etwas Unheimliches – wie eine Szene aus dem *Exorzisten.*

»Also, wie kann ich Ihnen helfen?«, versuche ich die Normalität zurück in den Treppenflur zu holen.

»Oh, nein, nein, nein«, winkt der Kreuzträger ab. »Wir sind hier, um *Ihnen* zu helfen.« Seine Hand wandert in die Innentasche seines Gewandes und zieht ein beigefarbenes Kuvert hervor, das er mir auffordernd entgegenstreckt. Ich nehme den Umschlag entgegen und versuche, ihn zu öffnen, was gar nicht so leicht ist, da ich zunächst das blutrote Wachssiegel aufbrechen muss. Mit Spannung falte ich das schwere Pergament mit Goldrand auseinander – und bin enttäuscht.

»Das kann ich nicht lesen«, stelle ich fest und zweifele nicht zum ersten Mal an diesem Morgen an meiner geistigen Zurechnungsfähigkeit.

»'s isch Latein«, klärt mich der Hüne von rechts auf.

»Und warum redet er so komisch?«, frage ich den Mann im schwarzen Gewand. Allmählich hege ich Zweifel an meiner Karnevalstheorie.

»Das ist Schwyzerdütsch.«

Der Hüne nickt kurz und steht dann wieder stramm. Abermals hallt das Krachen der Schuhsohlen durch das Treppenhaus. Es ist nur eine Frage der Zeit, bis die Mutschler auftaucht und wissen will, was los ist.

»Es ist eine Einladung.« Der Mann in der Mitte zeigt auf das Stück Papier in meiner Hand.

»Was denn für eine Einladung?« Ich verstehe überhaupt nichts. Ich sehe die drei Gestalten zwar leibhaftig vor mir stehen und nehme von irgendwo einen weihrauchmäßigen Geruch wahr, aber verstehen tue ich es nicht. Das könnte an der hinter mir liegenden Nacht liegen.

Mein Rücken schmerzt, als hätte man ihn ebenso wie das Siegel entzweigebrochen. Dafür aber sind die Erinnerungen an den vergangenen Abend präsent. Und es grenzt an ein Wunder, dass ich nicht zeitgleich mit dem ersten klaren Gedanken in Tränen ausbreche.

Dabei lief alles so unendlich gut, nachdem Malena und ich die After-Show Party glücklich und äußerst erfolgreich verlassen hatten. Sie mit einem ganzen Strauß voller neuer Modekontakte, ich immer noch in Begleitung von Malena, landeten wir in meiner Wohnung. Ohne darüber sprechen zu müssen, war uns beiden klar, worauf das hinauslaufen würde. Zunächst haben wir vor Nervosität nur geredet. Das Thema Pedro wurde dabei großflächig umschifft. Und dann, als wir uns nichts mehr zu sagen hatten, fingen wir an. Wir zogen uns gegenseitig aus, küssten uns überall. Es war so intensiv und fantastisch. Allein bei der Erinnerung zieht sich mein Unterleib schmerzhaft zusammen.

Es war einfach perfekt. Genau so lange, bis ich endlich die Gewissheit hatte: Die Lebensmittelfarbe in Malenas Zuckerwattekleid enthielt Tartrazin. Und damit war die Nacht gelaufen. Während ich unter Hochdruck die Toilette aufsuchen musste und von dort auch nicht mehr herunterkam, ist Malena vermutlich irgendwann eingeschlafen. Mit der Erinnerung kommen auch die Schmerzen zurück. Die in meinem Gesicht, weil ich irgendwann vor Erschöpfung auf dem Fliesenboden des Badezimmers eingeschlafen bin. Vermutlich ist sogar noch das Muster auf meiner Wange eingedrückt. Die Schmerzen in meinem geplagten Hintern, da es einfach verflucht anstrengend ist, akribisch darauf zu achten, keine verräterischen Geräusche von sich zu geben, während die Frau der Träume nebenan im Bett liegt. Die Wände dieser Wohnung sind sehr, sehr dünn.

Ich hasse mich und meinen Körper. Meine Allergien und diesen Heiligenschein, der derart leuchtet, dass diese drei Herren blinzeln müssen, um mich überhaupt ansehen zu können.

»Sie haben nicht auf unsere Nachrichten reagiert«, sagt der ältere Mann, der, wie mir jetzt auffällt, sich mir noch gar nicht vorgestellt hat. »Unsere E-Mails nicht beantwortet. Uns nicht zurückgerufen, und die postalischen Einladungen wurden ebenfalls nicht beachtet.« Er sagt das sehr vorwurfsvoll.

»Und wer genau ist denn nun *uns?«*, will ich wissen.

Doch der Mann fährt ungerührt fort. »Deshalb haben wir es uns erlaubt, persönlich vorbeizukommen und Sie mitzunehmen.«

Ich reiße die Augen auf. »Mitnehmen? Wohin denn?«

»Nach Rom.«

»In die Vatikanschtadt. Zum Papscht«, konkretisiert der linke Narr, der bislang nichts gesagt hat. Auch seine Stimme klingt sehr dialektgetränkt.

»Zum Papst?« Abwechselnd starre ich den Wisch in meinen Händen und die drei erwartungsfrohen Gesichter vor mir an.

Der ältere Mann faltet die Hände vor dem Bauch und platziert ein unergründliches mildes Lächeln in sein rundes Gesicht. Vermutlich wartet er auf eine Reaktion meinerseits. Doch da kann er lange warten. Ich würde mich ja gerne mit der Überbringung dieser Nachricht beschäftigen, aber gerade jetzt meldet sich auch wieder mein Darm zu Wort, der der Meinung ist, auch die letzten Allergene aus meinem Körper ausscheiden zu müssen.

»Es ist dem Kirchenoberhaupt ein besonderes Anliegen, den Mann mit dieser eindrucksvollen Erscheinung persönlich kennenzulernen«, sagt der Geistliche.

Ich tipple unruhig vom linken auf den rechten Fuß und wieder zurück. »Und wann soll ich nach Rom? In den Vatikan? Zum Papst?« Ich klinge hysterisch. Aber verdammt: Ich habe auch allen Grund, es zu sein!

»Sofort«, lautet die Antwort. »Draußen steht der Wagen bereit, der uns zum Flughafen bringen wird.«

»Bischt parat?«, fragt der Schweizer Gardist.

Ich habe das Gefühl, dass meine Augen aus ihren Höhlen fallen, derart weit habe ich sie aufgerissen. »Wie? Jetzt? Aber ... Überhaupt ... Zum Papst? Ich? Himmel, was soll ich denn anziehen?«

Dann kommt mir ein Geistesblitz. So skurril es auch anmutet, dass ich heute noch dem Kirchenoberhaupt gegenübertreten werde, so sehr wittere ich auch eine Chance. Endlich die Antwort auf meine Frage zu erhalten! Endlich die Lösung für mein Problem zu erfahren! Denn wo sonst wird man mir helfen können, wenn nicht dort?

Ich räuspere mich und hebe meine Stimme an: »Ich komme nur mit, wenn ich jemanden mitnehmen darf.«

»Ausgeschlossen«, sagt der Geistliche. »Die Audienz gilt nur für Sie.«

»Aber es gibt da jemanden, der in direktem Zusammenhang zu dieser Erscheinung steht.« Um meine Forderung klarer zu machen, verschränke ich die Arme vor der Brust. »Dieser Jemand muss mit, da gibt es keine Verhandlungsbasis.«

Die Mitglieder des Karnevalsvereins tauschen ratlose Blicke aus. Schließlich ist es das kurze Nicken des rechten Schweizer Gardisten, der meinen Entschluss besiegelt.

»Also schön«, lenkt der Geistliche ein. »Sie dürfen jemanden mitnehmen.«

»Schön«, sage ich. »Ich müsste aber vorher noch mal aufs Klo.«

* * *

Die letzten Stunden sind derart schnell an mir vorübergezogen, dass es sich noch immer wie in einem verschwommenen Traum anfühlt. Weit weg und konturenlos: die Fahrt zum Flughafen in einer Luxuslimousine. Der Flug in einem Privatjet. Dann vom Flughafen in Rom per Helikopter direkt in die Vatikanstadt. Ich fühle mich noch immer wie Robert Langdon.

Und neben mir die ganze Zeit Jupp, der all das stillschweigend über sich hat ergehen lassen, seit ich ihn aus seiner Dachgeschosswohnung gezerrt und ohne viel Aufhebens mitgeschleift habe. Ob es nun ein höherer Wille war, der mir vor meiner Wohnungstür von oben ins Gehirn eingepflanzt wurde, weiß ich nicht. Ich wusste zu dem Zeitpunkt nur eines: Jupp muss mit. Er ist meiner Aufforderung, mich zu begleiten, gefolgt, ohne auch nur irgendetwas infrage zu stellen. Als hätte er die ganze Verantwortung seines Seins auf mich überschrieben.

Und hier sitzen wir nun. In einem eher schlichten Raum mit glänzendem Holzboden und beigefarbenen Tapeten, von denen sich große florale Muster dezent hervorheben. Wir sitzen und warten darauf, dass das Oberhaupt der Kirche uns empfängt. Neben mir stößt Jupp sauer auf und wischt sich mit dem Handrücken über den Mund. Eine Duftprobe des Rotweins, den er sich im Flugzeug einverleibt hat, findet ihren Weg zu mir. Ich halte die Luft an und ermahne ihn mit einem abstrafenden Blick. Er hat Probleme mit dem Geradesitzen. Sein Oberkörper taumelt wie ein ausschwingendes Pendel. Aber er grinst glückselig. Wenigstens das.

Nicht, dass ich diesen Mann gut kennen würde, aber eines weiß ich mittlerweile: Vom Stamme Laber-Rhabarber ist er nicht. Eine derartige Introvertiertheit und verschlossene Art kenne ich sonst nur von mir selbst. Doch irgendetwas in mir drin sagt, dass er meine Chance auf Erlösung ist. Dieselbe innere Stimme, die mich förmlich angeschrien hat, ihn mit zum Papst zu nehmen. In dieser ramponierten Gestalt liegt meine ganze Hoffnung. Und meine einzige. Darauf, befreit zu werden von der verfluchten Verblendung, die mein komplettes Ich unterdrückt – sei es noch so jämmerlich.

Ich bin gespannt auf die Antworten der Kirche. Mit wundersamen Erscheinungen sollten die sich schließlich auskennen. Um meiner Aufregung Einhalt zu gebieten, schaue ich mich auf der Suche nach Ablenkung um. So wohnt er also, der Papst. Wir sitzen auf Stühlen von schlichter Eleganz, mit aufgepolsterten Samtbezügen in derselben Farbe wie die Tapete. Frau Mutschler hätte ihre helle Freude an dieser Einrichtung.

Ich wische mir die schwitzigen Hände an der Hose ab. Unter meinem Turban krabbeln tausend Ameisen. Und aufs Klo muss ich auch schon wieder. Ich bin beim Papst. Wenn Malena mich nur sehen könnte. Ob sie noch schläft? In meinem Bett? Mir wird gerade bewusst, dass ich ihr nicht mal einen Abschiedsbrief hinterlassen habe. Ob sie mir verzeihen wird, dass ich nicht sie, sondern einen müffelnden Landstreicher zur Audienz mitgenommen habe?

Ich werde kopfüber aus meinen Gedanken geschleudert, als sich die riesige doppeltürige Pforte einen Spalt weit aufschiebt. Jupp und ich springen erschrocken auf.

Doch die Person, die durch den Spalt kommt, ist nicht der Papst, sondern ein relativ junger Mann mit modischer Kurzhaarfrisur in einer eleganten schwarzen Robe mit lilafarbenen Applikationen und Stoffknöpfen in derselben Farbe am Revers. Lächelnd kommt er auf uns zu. »Salve. Ich bin Antonio.« Sein Blick fällt kurz und irritiert auf meinen Turban, dann zerfällt sein Grinsen bei Jupps Anblick. Mir gibt er zuerst die Hand und sagt in perfektem Deutsch mit charmantem italienischen Akzent: »Ich bin der Kurienerzbischof und Präfekt des päpstlichen 'auses, sozusagen die rechte 'and des Papstes.« Mit dieser drückt er ordentlich zu, als er meine Hand umgreift. »Prego, Signori, nehme' Sie dock Platze.«

Dieser Bitte leisten wir Folge. Ich setze mich auf meine Hände, weil ich sonst nicht weiß, wohin damit. »Und wo ist der Papst?«, frage ich ungeduldig.

Die Hände des Präfekten gehen beschwichtigend nach oben. »Der Chef wird glei' eintreffen. Dock vorab möchte ich Sie auf das Gespräch vorbereiten.« Er nickt meinem Turban zu. »Ich gehe davon aus, dass Sie Jonas Gerlinger sind?«

Ich nicke und spüre beinahe so etwas wie Stolz in mir aufwallen. »Genau der bin ich.«

»Va bene. Lassen Sie uns die Zeit nutzen, um Sie mit der Etikette dieses 'auses vertraut zu macken.« Sein Blick wechselt zwischen mir und Jupp hin und her. »Normalerweise gebührt es sich, die Kopfbedeckung abzunehmen, wenn der Papst den Raum betritt.« Sein freundlicher Ton bekommt eine mahnende Note.

»Aber er trägt doch selbst eine Mütze«, fällt mir ein.

»Ma no! Das iste keine Mutze«, verbessert mich der Präfekt, »das ist der Pileolus. Und diesen zieht der Papst nur vor Gott. Claro?«

»Verstanden.«

»Sie sprechen nur dann, wenn der Papst oder ich Sie dazu auffordern, claro?«

Ich nicke. Jupp schaut aus dem Fenster.

»Sie sprechen den Papst mit ›Eure 'eiligkeit‹ oder ›'eiliger Vater‹ an, claro?«

»Eiliger Vater, alles klar«, erwidere ich hastig, um diesen stechenden Blick nicht länger ertragen zu müssen.

Es funktioniert. Der Präfekt wirft der Person neben mir einen abschätzenden Blick zu. »Eh ... Und wer ist Ihr Freund, den Sie mitgebrackt 'aben?«

Jupp will gerade zur Antwort ansetzen.

»Das ist Jupp«, komme ich ihm zuvor. »Ich habe das Gefühl, dass er in irgendeiner Weise im Zusammenhang mit ... dem da steht.«

»Sprechen Sie es ruhig aus, 'err Gerlinger. Sie sind 'ier im Vatikan. Wir sind an Wunder gewöhnt.« Er bekreuzigt sich.

Ich nicke fleißig, schaffe es aber dennoch nicht, das Ding hier beim Namen zu nennen.

Antonio nutzt meine Mundfaulheit für eine weitere Frage. »Ich gehe davon aus, dass es Ihre erste Audienz beim 'eilige Vater ist? Der Chef ist wirklich sehr angetan von Ihrer Geschichte und möchte sich selbst von Ihrer glorifizierenden Aura überzeugen. Wenn Sie vielleicht zuvor ...« Er spricht es nicht aus, weil er vermutlich genau weiß, dass ich weiß, was er meint. Und er hat recht.

»Sie meinen ...?«

Er nickt.

Also schiebe ich meinen Turban nach hinten und lasse die ersten Strahlen meines Heiligenscheins aufleuchten.

Mit einer Geste gibt mir Antonio zu verstehen, dass er genug gesehen hat. »Basta. Das ist in der Tat beeindruckend«, sagt er ruhig. »Was glauben Sie, was es damit auf sich 'at?«

Jetzt bin ich irritiert. »Aber ich dachte, dass ihr mir das sagen würdet!«

Jupp unterdrückt einen Rülpser und rutscht unruhig auf seinem Stuhl herum. Allmählich bin ich genervt von ihm und frage mich, ob es wirklich die richtige Entscheidung war, ihn mitzunehmen. Ich versuche, ihn auszublenden.

»Ihr sprecht doch immer von Wundern, von diesen ...« Ich suche nach dem richtigen Wort, das seinerzeit die Mutschler verwendet hat. Dann finde ich es. »Diesen Stigmata. Menschen, bei denen einfach so Wundmale auftreten.«

Antonio schmunzelt allwissend. »Sì, sì. Aber, in den meisten Fällen kann man getrost von natürlichen psychogenen Ursacken ausgehen.«

Ich lege den Kopf etwas schief und sehe vermutlich aus wie ein treudoofer Labrador, der einen schrillen Ton gehört hat. Aber die Geste erfüllt ihren Zweck, der Präfekt wird konkreter.

»Es ist davon auszugehen, dass eine Stigmatisation im Regelfall durch die psychischen Kräfte einer Person selbst 'ervorgerufen wird, eh?«

»Ah«, heuchle ich Verständnis.

»Bei streng gläubigen Menschen, per esempio.«

»Ach?« Ich räuspere mich verlegen.

»Auck wenn sicherlich nicht alles mit Medizin und Wissenschaft erklärt werden kann. Man denke da nur an die plötzlich auftretenden offenen Wunden in den Handinnenflächen. Wie einst unser am Kreuz genagelter Sohn Gottes.« Er bekreuzigt sich schon wieder.

Den nächsten Rülpser schafft Jupp nicht mehr zu unterdrücken. »'tschuldigung.«

Antonio nickt ihm zu und schafft es sogar, sich ein verständnisvolles Lächeln abzuringen. »Aber sagen Sie, hat sich denn sonst nock etwas verändert, seitdem Sie ... allora, leuchten?«

Mein Schlucken klingt trockener als das von Jupp. »Nun ja. Da gibt es schon etwas.« Innerlich hadere ich mit mir, ob ich wirklich mit der Sprache herausrücken soll. Nicht, dass man mich hier für verrückt hält. Ich verwerfe den Gedanken und springe ausnahmsweise einmal über meinen ängstlichen Schatten, räuspere mich künstlich und lege mir die nächsten Worte zurecht. Das heißt, ich versuche es. Doch das Einzige, was sich zurechtgelegt hat, sind die Blicke des Präfekten. Und zwar auf mir. Echt unangenehm. »In letzter Zeit höre ich hin und wieder Musik.«

»Was für Musik?«, unterbricht mich Antonio neugierig.

Wieder muss ich schlucken. »Nun ja, einen Knabenchor.«

Seine Mimik lässt die Skepsis erkennen. Also spreche ich weiter.

»Es ist nicht nur die Musik. Vielmehr ist sie so eine Art Omen, mit dem ich gewarnt werde.«

»Omen?«, fragt er überrascht. »Vor was gewarnt?« Er schießt seine Fragen in kurzen Abständen auf mich ab. Auch seine Stimme wird fordernder. Allmählich komme ich mir vor wie bei einem Verhör.

»Nun ja, jedes Mal, wenn ich die Musik höre, braut sich kurz darauf etwas Schreckliches zusammen, was ich gerade noch so in letzter Sekunde verhindern kann.«

In meinen Gedanken sehe ich wieder den führerlosen Viehtransportanhänger die Straße herunterpreschen. Die Moderatorin unter der einstürzenden Decke. Den Koch und die Dunstabzugshaube.

»Es ist beinahe so, als wollte mir irgendetwas hier drin«, ich tippe mir an den Hinterkopf, »eine Art Zeichen geben, dass jemand in Gefahr ist. Dann verspüre ich den unaufhaltsamen, beinahe fremdbestimmten Drang einzugreifen. Als wäre ich ein Schutzengel oder so.«

Als ich verstumme, hallt das letzte Satzfragment noch durch den Raum. Ich atme tief ein. So oder so, jetzt ist es raus. Noch behalte ich die Luft in meinen Lungen, um die Reaktion des Kirchenvertreters abzuwarten. Sie folgt prompt. Und sie klingt nach einem abwertenden »Pfff«. Vielleicht habe ich mich mit meiner Schutzengelthese doch zu weit aus dem Fenster gelehnt.

»Sie müssen mir ja nicht glauben«, sage ich trotzig.

Dem Gesichtsausdruck nach zu urteilen, tut er es auch nicht. Dafür ist sein besorgter Blick auf Jupp gerichtet. »Ihr Freund sieht so blass aus um die Nase.«

»Er verträgt das Fliegen nicht«, winke ich ab. »Aber lassen Sie uns bitte noch einmal auf die Sache mit dem Ding da auf meinem Kopf zurückkommen. Vielleicht mag das für Sie alles etwas ... wild klingen. Aber Tatsache ist doch, dass mich eine Aura umgibt, die einem Heiligenschein verdächtig nahekommt. Und gerade ihr von der Kirche müsst euch doch mit Derartigem aus ...«

Antonio hebt die Hände, um mich zum Schweigen zu bringen. »Der Chef ist da.«

Damit meint er den Papst, der gerade mit einer Armada von Menschen im Schlepptau durch die aufgestoßene Flügeltür auf uns zuschreitet. Gebannt starre ich die Leute an, die sich nach und nach in den Raum schieben und sofort zu den Seiten drängen, um Spalier zu stehen für den wichtigsten Mann der katholischen Kirche. Ihrem Oberhaupt. Dem Papst.

Wieder erheben wir uns. Mit wackeligen Beinen schaue ich der Prozession aus Geistlichen und Gardisten zu, die sich wie einstudiert auf uns zubewegt. Der Papst im Vordergrund, dahinter ein wehender Vorhang aus schwarzen Gewändern mit roten und violetten Schärpen.

Als das klackernde Getrampel unzähliger Schuhe auf dem

Parkettboden verstummt, schweigt auch alles andere. Von den hohen Decken rieselt die Stille auf uns herab. Vor uns steht der Heilige Vater. Beinahe zum Greifen nah. Sein wacher Blick springt zwischen Jupp und mir hin und her, bis er schließlich auf meinem Turban hängen bleibt. Damit dürfte für ihn klar sein, wer hier die Hauptrolle spielt. Ein ganz kleines bisschen öffnet sich sein Mund. Vermutlich vor Erstaunen. So bleibt er stehen. Regungslos, die Augen auf mich gerichtet. Niemand scheint zu atmen.

Dann hebt sich langsam die Hand des Papstes, und er sagt in einem ausgezeichneten, etwas spanisch akzentuiertem Deutsch: »Lasst uns allein, bitte.« Eine warme weiche Stimme, zähfließend wie Akazienhonig. Ein in seinem Windschatten lauernder Geistlicher greift seine Worte auf und übersetzt sie ins Italienische.

Sofort setzt das erneute Getapse Dutzender Füße ein. Die flatternden Gewänder klingen wie Fledermausflügelschläge. Binnen weniger Sekunden schließen sich die schweren Türen, und wir sind erheblich dezimiert. Nur Jupp, ich, der Papst und dessen rechte Hand, Antonio.

Mit der Zungenspitze befeuchte ich meine trockenen, rissigen Lippen und wage mich an eine Begrüßung, die der Situation angemessen ist. Doch heraus kommt nur das: »Hi.« Ein Schweißschwall bricht auf meinem Rücken aus, als mir grausam bewusst wird, dass ich nicht einmal den Namen des Papstes weiß. Was bin ich doch für ein schlechter Christ.

Ich schaue ihn an, den Mann, den ich schon so oft im Fernsehen gesehen habe. Er ist in ein bodenlanges Obergewand gekleidet, einen seidigen Schulterüberwurf und dazu unpassende schwere schwarze Lederschuhe. Auf dem Kopf hat er ein Scheitelkappchen, das mich ein wenig an die Mainzelmännchen erinnert: der Pileolus. Wie der Geistliche, der uns hierher gebracht hat, trägt auch der Papst ein Brustkreuz an einer großen Silberkette. Pektorale, höre ich die Stimme meines Religionslehrers aus der Erinnerung wabern. In seinem freundlichen runden Gesicht thront eine ebenso runde Nickelbrille mit kleinen Gläsern. Er lächelt uns zu. »Danke, dass ihr gekommen seid.«

Während Jupp sauer aufstößt, sich aber zu meiner Freude die Hand vor den Mund hält, nicke ich hektisch. Ich würde ja gerne zurücklächeln, aber für derartige Gefühlsregungen bin ich nicht in der Lage. Im Gegenteil, mein gesamter Organismus ist damit beschäftigt, das Atmen nicht zu vergessen.

Ich. Stehe. Vor. Dem. Papst.

Er streckt seine Hand aus und hält mir den Ring hin. Ich spüre meinen Puls in die Höhe schnellen. Was jetzt kommt, kenne ich nur aus dem Fernsehen und aus Klatschzeitschriften. Dennoch funktioniert alles automatisch. Wie von selbst gehe ich in die Knie und betrachte den Fischerring. Ein schwerer klobiger Klumpen, von dem ich nicht wissen will, wie viele Lippen ihn schon berührt haben. Wird der manchmal desinfiziert? Ich kann ihn mir nun aus nächster Nähe ansehen. Er zeigt eine Abbildung eines Heiligen mit zwei Schlüsseln in der Hand. Wieder kommt mir das Wissen aus dem Religionsunterricht zugute. Der Heilige ist der Apostel Petrus, der von Christus in Gegenwart seiner Jünger jene Schlüssel erhalten hat, mit denen er die Pforten zum Paradies aufschließen kann. Ich freue mich über die religiösen Bruchstücke, die ich habe aufbringen können, und küsse den Ring. »Euer Gnaden, Eure Durchlaucht, es ist mir eine unschätzbare Ehre, hier sein zu dürfen.«

»Bitte«, unterbricht mich der Papst. »Sag du. Oder meinst du etwa, die Jünger hätten Jesus gesiezt?«

»Njop«, sagt Jupp jetzt auch mal was. Er räuspert sich, als würde er sich gerade darüber bewusst, dass er besser nichts von sich gegeben hätte. Dafür erntet er auch genügend irritierte Blicke.

»Ihr müsst entschuldigen, mein Deutsch ist nicht so gut«,

geht der Papst über Jupps sinnfreien Einwand hinweg. »Deshalb wird Antonio mir bei eurer Sprache behilflich sein.«

Der Papst sieht mir über die Gläser seiner Brille hinweg in die Augen. »Noch einmal Entschuldigung. Meine Neugier … Dürfte ich es denn sehen?«

Ich höre Ehrfurcht in seiner Stimme und bin eingeschüchtert. Ich neige den Kopf und streife den Turban ab. Die Atmosphäre im Raum ändert sich augenblicklich. Der Stoff der päpstlichen Robe wirft ein wenig von dem gleißenden Licht meines Heiligenscheins zurück, was den Eindruck vermittelt, als stünde nicht ich im hellen Glanz, sondern der Papst.

Er hustet trocken in dem Versuch, das Erstaunen aus seiner Kehle zu bekommen. Vermutlich hat dieser Raum im Verlauf der Jahrhunderte schon vieles gesehen. Sicherlich aber noch nicht so etwas wie mich. Es ist aber auch die perfekte Atmosphäre für meine Erscheinung. Fehlt eigentlich nur noch ein Chor, der ein ehrgebietendes »Halleluja« von sich gibt.

Der Papst bekreuzigt sich. Ganze dreimal. Die Souveränität in seiner Gestik hat sich ins Nirwana verabschiedet. Ich glaube, ihn leicht zittern zu sehen. Andererseits, bei dem Alter …

Schließlich findet er sein Lächeln wieder und schaut mich auffordernd an. »Sag, wer ist der Freund, den du mitgebracht hast?«

Doch ehe ich ihm antworten kann, sagt Antonio auf Spanisch: »Este es Jupp.«

Nun hält der Papst auch Jupp den Siegelring hin. Was den aber zu keiner Regung veranlasst. Ich muss ihn zweimal anstupsen, um ihn aus seiner Lethargie zu reißen. Und noch einmal, damit er versteht, was von ihm erwartet wird. Ungelenk geht er in die Knie und beugt sich mit dem Kopf nach vorn, um den Ring zu küssen. Kurz davor hält er jedoch inne und blickt zum Papst auf, der bei seinem Lächeln noch eine wohlwollende Schippe drauflegt.

Jupp küsst den Ring.

Und dann geschieht es.

Genau in dem Moment, als seine spröden, hinter struppigen Barthaaren verborgenen Lippen auf Petrus treffen. Jupps gesamter Körper bäumt sich auf. Beinahe so, als hätte er gegen einen Elektrozaun gepinkelt.

»Per amor del cielo!«, höre ich den Präfekten aufschreien.

Jupp macht einen Satz nach hinten, als würde ihn jemand an einem unsichtbaren Lasso ziehen. Er fällt auf den Hintern, schafft es aber, sich mit den Armen abzufangen. Sein Kopf wiegt wackeldackelmäßig vor und zurück.

Antonio stellt sich schützend vor den Papst.

»Jupp?«, frage ich vorsichtig und versuche, mir meine augenblickliche Panik nicht anmerken zu lassen. »Alles okay?«

Daraufhin öffnet sich sein Mund, und ein nicht enden wollender Schwall von Wörtern strömt heraus. Ich verstehe nichts. Nicht ein Wort. Keine einzige Silbe.

Ängstlich zerre ich an Antonios Gewand. »Was tut er da?«, frage ich erschrocken.

Antonio braucht eine Weile, bis er zu einer Antwort in der Lage ist. »Ich glaube, er spricht eine Art 'ebräisch«, sagt er schließlich. Auch ihm ist der Schrecken ins Gesicht geschrieben.

»Eine Art? Wie kann man denn ›eine Art‹ Hebräisch sprechen?«

»Das ist eben nicht so einfack zu sagen, bei einer toten Spracke.«

»Wieso tot?« Jetzt verstehe ich überhaupt nichts mehr.

Dem Präfekten reißt der Geduldsfaden. Er vergreift sich an meinem Hemdsärmel und zieht mich nah an sein Gesicht. »Weil sie seit zweitausend Jahren nicht mehr gesprocken wird!«

Ich versuche, alles Hysterische aus mir zu vertreiben, und will gerade zum Sprechen ansetzen, da vollführt Antonio mit seiner Hand eine abschneidende Geste und gibt mir damit zu verstehen, die Klappe zu halten. Angestrengt lauscht er Jupps so fremd klingenden Worten.

Es ist eine bizarre Szene. Seine Augen haben sich nach oben gerollt, sodass mehr Weiß als alles andere zu sehen ist.

»Ich kann ihn wirklich nicht gut verstehen. Ich glaube, er entschuldigt sich für irgendwas … Für einen geopferten Sohn?« Er tauscht einen fragenden Blick mit dem Papst aus, dessen Mund auf und zu klappt. Auch er ist sprachlos.

Jupp quasselt weiter. Unaufhörlich. Ein zäh fließender Strom an Wörtern. Eine Litanei, vorgetragen ohne Emotionen und Betonungen.

»Betet er?«, frage ich den Präfekten.

Doch dieser zuckt nur mit den Schultern.

Die Szene ist beängstigend. Der Papst verdeutlicht die beklemmende Situation, indem er sich bekreuzigt. Mehrere Male. Auch er brabbelt etwas in einer Sprache vor sich hin, die ich nicht verstehe. Klingt ebenfalls tot.

Dann verstummt Jupp plötzlich, ebenso schlagartig, wie er angefangen hat. Erschrocken sieht er uns an. Seine Pupillen haben den Weg zurück gefunden. »Is was?«, fragt er, als ob eben nichts wäre. Es wirkt so desorientiert wie das Wahlprogramm der FDP.

»Geht's dir gut?«, will ich von ihm wissen.

Im Halbkreis stehen wir um Jupp und mustern ihn besorgt.

»Mir ist ein bisschen schwindelig.« Auf der Suche nach Orientierung schaut er sich um. »Ist das der Papst?«, fragt er.

Ein dreistimmiges Nicken erreicht ihn.

Jupp lächelt glückselig.

Er ist der Einzige. Ich will wissen, was er da gerade gesprochen hat, ob es ihm wirklich gut geht oder ob wir nicht besser einen Exorzisten bestellen sollen. Leider komme ich nicht dazu, meine Fragen vorzutragen. Denn gerade beugt sich Jupp nach vorn und schlägt sich die Hand vor den Mund. Mit geweiteten Augen und aufgeblasenen Backen starrt er mich an. Eine Sekunde später irrt sein Blick im Raum umher und bleibt schließlich am Papst haften.

Meine Lippen formen ein »Nein!«.

Aber anscheinend ist Jupp nicht des Lippenlesens mächtig. Schwungvoll springt er nach vorn und schießt auf den Papst zu. Antonio und ich halten erschrocken den Atem an. Alles geht viel zu schnell, als dass irgendwer reagieren könnte. Ich sehe nur noch, wie Jupps Hand nach dem Kopf des Papstes greift, ihm den Pileolus vom Kopf reißt, ihn in einer schnellen Bewegung auf links dreht und seinen Mageninhalt unter der Soundkulisse barbarischer Würgegeräusche darin entleert.

Seltsam, welches unnütze vor sich hindümpelnde Wissen auf einmal unaufgefordert an den hoteleigenen Strand meines Bewusstseins drängt. Jetzt weiß ich auch wieder, in welchem Zusammenhang im Religionsunterricht schon einmal vom Pileolus gesprochen wurde. Derselbe Gedankenzug bringt die von meinem Religionslehrer vorgetragenen Worte »Soli deo – nur vor Gott« hervor. Dass, wie Antonio sagte, der Papst nur vor Gott seinen Hut ziehen muss. Vor niemand anderem.

Niemals. Nie. Nie. Nie!

Dass ich mit diesem plötzlich an die Oberfläche geschwappten Wissen nicht ganz falsch liege, beweisen mir nicht nur die erstarrten Gesichter des Papstes und seines Präfekten, sondern auch die aufgestoßenen Flügeltüren und die heranstürmenden Schweizer Gardisten, die bedrohlich die Spitzen ihrer Lanzen in unsere Richtung halten.

Mit einer Mischung aus Fassungslosigkeit und Panik schaue ich Jupp dabei zu, wie er sich den Flugzeugwein aus dem Leib kotzt. Gut, womöglich hatte Jupp keinen Religionsunterricht in der Schule.

Kapitel 20

Chauffierte man uns auf dem Hinflug in einem zweistrahligen Business-Jet, erfolgt die Rückreise weniger komfortabel in der Economy-Class einer ordinären Boeing 737. Eher sparsam ist auch meine Laune. Seit eineinhalb Stunden schweigen Jupp und ich uns an, vermeiden jeden Blickkontakt.

Ich weiß nicht, was er den ganzen Flug über getan hat, außer aus dem Fenster zu starren, sich die Wolkendecke von oben anzuschauen und im regelmäßigen Rhythmus vor sich hinzuseufzen: »Nä, wat is dat schön!«

Ich für meinen Teil habe mich meinen düsteren Gedanken hingegeben und versucht, mir einen Reim auf alles zu machen. Ich bin niedergeschlagen wie schon lange nicht mehr. Und das mag bei mir echt was heißen. Da bekomme ich die einmalige Chance meines Lebens, eine Audienz beim Papst. Endlich habe ich die Möglichkeit, Antworten auf meine außerordentliche Erscheinung zu erhalten. Und dann versaut Jupp alles und sorgt dafür, dass wir von den Schweizer Gardisten hochkant aus dem Vatikan geworfen werden. Ohne Antworten, was meinen Heiligenschein betrifft. Ohne Seligsprechung oder wenigstens ein Erinnerungsfoto von mir und dem Pontifex.

Noch immer weiß ich nicht, welche Rolle Jupp in diesem perfiden Ränkespiel innehat. Ein weiteres Seufzen von links bringt das Fass zum Überlaufen.

»Ich bin echt sauer auf dich!«, fahre ich ihn an.

Erschrocken wendet er sich vom vorbeifliegenden Wolkenhaufen ab. »Aber das war doch keine Absicht.«

»Du hast dem Papst in den Pileolus gekotzt. Dass die Schweizer Garde uns nicht zu Schweizer Käse verarbeitet hat, war reines Glück.«

Jupps anderthalb Augenbrauen schießen nach oben. »Aber ich hab mich doch dafür entschuldigt!« Er reibt sich über das müde aussehende Gesicht. »Hätte ich den teuren Boden vollsauen sollen?«

Böse Worte liegen mir auf der Zunge. Ich schlucke sie mühsam herunter. »Und überhaupt: Wieso sprichst du eigentlich Hebräisch?«

Er schaut mich schräg von der Seite an. Seine Augen sind unangenehm lange auf mich gerichtet. Dann öffnet sich sein Mund. »Das war kein Hebräisch. Das war Aramäisch.«

»Das macht es nicht besser.«

»Erzähl das mal einem Aramäer.«

Etwas Gutes hat das Ganze. Zum ersten Mal, seitdem ich Jupp begegnet bin, wirkt er halbwegs nüchtern. Ich nicke entschieden, er starrt mich noch immer unschlüssig an, zuckt dann aber gleichgültig mit den Schultern und nimmt einen Schluck von seinem Wasser.

»Ich weiß nicht«, beginnt er schließlich zu reden. »Als ich diesen Siegelring geküsst habe, war es so, als hätte mich etwas aus einem langen Schlaf gerissen.«

»Du meinst, aus dem Vollrausch.«

Die Spitze verhallt unbeantwortet in der aufbereiteten Klimaanlagenluft des Fliegers.

»Doch jetzt ist es so, als würde ich auf einmal klar sehen. Mich wieder an alles erinnern.« Sein Blick verliert sich erneut in den Wolken. »Verrückt, nicht?«

Das Einzige, was verrückt ist, ist er. Dessen bin ich mir mittlerweile sicher.

»Was treibst du für ein Spiel?«, entgegne ich in meinem rausten Tonfall. »Wer bist du?«

Es entsteht eine lange Pause.

Schließlich wird es mir zu bunt, und ich schüttele ihn. »Ich will Antworten, hörst du? Und zwar sofort!«

»Sechshundertfünfundzwanzig«, ruft er.

»Bitte was?«

»Du hast mich damals im Restaurant gefragt, wie alt das Gemälde ist, auf dem du mich erkannt hast. Es ist sechshundertfünfundzwanzig Jahre alt. Ungefähr.«

Jetzt ist es an mir, entgeistert zu starren. »Du willst mich verarschen.«

»Kein Stück«, entgegnet er gelassen. »Ich kann mich noch ganz genau daran erinnern. Als wäre es gestern gewesen. Das ist übrigens ein Fluch. Nichts vergessen zu können. Hast du eine Ahnung, was da alles an Gedanken im Kopf herumschwirrt? Du kommst einfach nicht zur Ruhe. Das macht das Einschlafen zu einem Ding der Unmöglichkeit, sag ich dir.« Seine Hand vollführt eine wegwerfende Geste, die beinahe den Plastikbecher auf seinem Klapptablett abräumt. »Ist auch egal. Ein Maler hat das damals von mir angefertigt. Als Dankeschön dafür, dass ich ihm das Leben gerettet habe. Kennst du ja mittlerweile selbst, nicht wahr? Und dafür hat er mich in Öl für die Ewigkeit festgehalten. Nett, findest du nicht?« Er lacht. Aber mehr in sich hinein als in meine Richtung. »Unglaublich, dass es das Bild noch gibt. Und dass dann ausgerechnet du darauf stößt. Als wäre alles von langer Hand geplant. Kommt dir das nicht auch so vor? Ich sag dir, die haben dich ordentlich drangekriegt.« Jetzt lacht er wirklich. Es klingt traurig.

Ich schüttele den Kopf, schließe die Augen. Aber Jupp verschwindet leider nicht. Ebenso wenig wollen sich seine Worte aus meinem Kopf verziehen. »Willst du mir etwa erzählen, dass du schon seit sechshundertfünfundzwanzig Jahren auf der Erde bist?«

»Was? Nein! Jesus!« Sein Lachen will gar nicht mehr aufhö

ren. Das Wasser schwappt aus dem Becher auf seine Hose. Wobei es genau genommen meine Hose ist. Dennoch muss nun auch ich lachen. Was für ein abwegiger Gedanke. Unglaublich, dass ich ihn wirklich laut ausgesprochen habe.

Dann wird Jupp ernst. »Seit über zweitausend Jahren. Damals hatten es die Menschen noch nicht so genau mit der Zeitrechnung.«

»Was?«

»Dieses *vor* Christus und *nach* Christus, da kann man ja ordentlich durcheinanderkommen. Hab mal ohne greifbaren Kalender die Zeit im Kopf.«

»Zeit?« Ich starre ihn mit offenem Mund an. Er ist wahnsinnig, daran gibt es nun keinen Zweifel mehr. Und der Umstand, mit ihm auf engstem Raum eingesperrt zu sein, mehrere Tausend Meter über dem Meeresspiegel, macht es nicht besser. Ein unaufhaltsamer Fluchtreflex breitet sich in mir aus. In Jupps Gesicht suche ich nach einem Funken, einem Blinzeln, einem Zeichen, das mir suggeriert, dass er mich verarschen will. Doch er bleibt todernst. Als glaubte er diesen Mist tatsächlich.

»Verstehst du was von Karma?«, fragt er mich aus dem Nichts heraus.

Ich starre ihn entgeistert an. Er will wirklich eine Antwort.

»Na ja«, erwidere ich zögernd. »Ich habe dieses Buch gelesen, wo diese Frau als Ameise wiedergeboren ...«

»Wiedergeboren! Darauf will ich hinaus. Es heißt, dass die Dinge, die du in diesem Leben verbockst, Einfluss auf deine nächste Erscheinung haben werden.«

»Dieses Himmel- und Hölle-Prinzip?« Ich tue ihm den Gefallen und gehe auf sein irres Gesprächsthema ein. Liest man ja oft in Ratgebern zum Umgang mit Wahnsinnigen. Man soll ihnen bloß das Gefühl geben, dass man sie ernst nimmt. Sie keinesfalls erzürnen oder auslachen. Sonst kann die Stimmung leicht umschlagen. Und ein Tobsuchtsanfall über den Wolken ist wahrlich das Letzte, was ich nach dem Vatikanrausschmiss gebrauchen kann.

»Himmel und Hölle«, greift er meine Antwort auf. »Vereinfacht gesagt, ja. Aber ganz so schwarz und weiß läuft es nicht ab. Da gibt es noch eine Menge Grauschattierungen.«

»Aha?«

»Lass es mich mal so erklären. Vor langer, langer Zeit habe ich einmal ganz großen Mist gebaut. In erster Linie war ich ein netter Kerl mit den richtigen Idealen, der ein frommes Leben geführt hat und mit seinen Kumpels abhing. Wir haben unseren Teil dazu beitragen wollen, die Welt ein Stück besser zu machen. Aber du weißt ja, wie das so läuft. Irgendwann ist man sich dann uneins, was die Entwicklung innerhalb der eigenen Reihen angeht, und man trennt sich.«

Ich verstehe nur Bahnhof, traue mich aber nicht, ihn vom Sprechen abzuhalten. Es ist ohnehin das erste Mal, dass ich ihn am Stück reden höre. Ohne dieses Genuschel und das kölsche Kauderwelsch, das er sonst so von sich gibt. Apropos: Wo ist das eigentlich hin? Nicht, dass alles, was er gerade von sich gibt, weniger wirr wäre. Aber seit unserer Audienz ist er irgendwie verändert.

»Ich will mich jetzt nicht in Einzelheiten verzetteln, wer hier wen verraten hat und ob sich das wirklich alles so zugetragen hat, wie seitdem behauptet wird.«

»*Was* wird von *wem* behauptet?«

Genauso gut könnte ich mit dem Sitz vor mir reden.

»Tatsache ist, dass jemand ordentlich Grund hatte, sauer auf mich zu sein. Und was macht dieser Jemand? Er schickt mich nicht zum Teufel. Nein, er will, dass ich aus meinem Fehler lerne und reumütig werde, bis er der Meinung ist, dass es genug ist.«

»Von wem reden wir hier eigentlich?« Ich rutsche ein Stück weit von ihm weg, da er bei den letzten Sätzen derart wild zu gestikulieren angefangen hat, dass mir angst und bange wird.

»Aber gut, kein Ding. Das hab ich alles auf mich genommen, mich all die Zeit über nicht beschwert und brav meinen Dienst verrichtet. Doch irgendwann hat auch der gutmütigste Mensch die Schnauze voll. Irgendwann reicht es einfach.« Er betrachtet lange meinen Turban. »Weißt du, diese Gloriole bedeutet nichts, wenn du trotzdem nicht reingelassen wirst.«

»Wo denn reingelassen? Wovon redest du da eigentlich?« Ein Gefühl sagt mir, dass er nicht auf das *Nightlife* anspielt.

Statt einer Antwort schaut Jupp durchs Fenster und seufzt.

Gut, dann eben nicht. So genau will ich es auch gar nicht wissen.

Jupp murmelt: »Tut mir leid, dass das ausgerechnet der Zeitpunkt war, als du aufkreuzen musstest.«

Das ist der Augenblick, an dem ich mich geistig komplett aus dem Gespräch ausklinke. Scheint Jupp aber nicht zu stören.

»Du musst das nicht verstehen. Auf jeden Fall war dies nicht nur der Tag, an dem ich die Schnauze voll hatte, sondern allem Anschein nach auch der Tag, an dem ich meine Schuld beglichen hatte und endlich erlöst werden sollte.« Er atmet tief ein und wirft einen weiteren sehnsüchtigen Blick aus dem Fenster. Seine Hand fasst ans Plastikbullauge, als wolle er nach den Wolken greifen.

»Hallo, Jupp«, hole ich ihn zurück auf Sitzplatz 19C. »Alles klar bei dir?«

Er nickt unbestimmt. »Ich wollte doch nichts sehnlicher, als endlich reingelassen zu werden. Ist doch nur normal, dass einem dann irgendwann der Kragen platzt. Aber dass er mich gleich zu einem von euch macht. Das kam echt unerwartet.«

»Bitte was?!«

»Ach, nichts.« Jupp schüttelt den Kopf und wendet sich wieder von mir ab.

»Komm schon«, versuche ich es noch mal.

Doch Jupp scheint zu sehr mit seinen eigenen Gedanken

beschäftigt zu sein. Allmählich verliere ich seine Aufmerksamkeit. Um auch mein Desinteresse an seiner Person zu verdeutlichen, greife ich nach der erstbesten Zeitung in der Tasche des Vordersitzes und blättere sie fahrig durch.

»Befreit von diesem Ding«, sagt er irgendwann aus dem Nichts heraus. Ruckartig dreht er sich zu mir und zeigt auf meinen Kopf. Da ich kein Idiot bin, weiß ich, dass er nicht meinen Turban meint.

Die Stewardess schiebt ihren Service-Wagen an uns vorbei.

»Weißt du, wie das ist? Nach all der Zeit wieder tun und lassen können, was man will? Ohne fremdbestimmt zu werden? Nicht mehr überall diese dämliche Melodie im Ohr zu haben?«

Jetzt horche ich auf. »Wovon sprichst du da?«

Er betrachtet mich lange und innig. Gerade, als es mir zu bunt wird und ich wegschauen möchte, beginnt er zu summen: »Damdamdam dadamdam dadamdamdam.«

Ich erstarre.

»Kommt dir bekannt vor, ja?«

Absolut unnötig, diese Frage. Und wieder summt er: »Damdamdam dadamdam dadamdamdam.«

»Du hast diese Melodie auch schon gehört!«, keuche ich.

»Millionen Mal.«

Allmählich, ganz allmählich, dämmert es mir. Auch wenn ich es nicht begreifen kann, den letzten losen Faden, der den ganzen Gedankenpulli zusammenhält, nicht zu fassen kriege, beginne ich zu verstehen. Und auch wieder nicht. Denn was sich da in meinem Kopf zusammenbraut, ist so abwegig, dass ich an meinem Geisteszustand zweifle.

»*Was* bist du?«, konkretisiere ich meine vorhin gestellte Frage.

»Ich glaube, wir beide wissen ganz genau, was ich bin und was nicht.«

»Du bist ...«, stammele ich.

»Außerdem ist das Tempus falsch gewählt. Korrekt müsste

es heißen: Ich war.« Grinsend zeigt er auf mich. »Denn mittlerweile bist *du* es ja.«

Meine Gedanken drehen eine Extrarunde auf der Schwarzen Mamba, wirbeln viel zu schnell im Kreis und fahren derartig rasant auf und ab, dass mir übel wird.

»Willst du mir jetzt etwa damit sagen, dass du ...« Weiter komme ich nicht, denn es erfolgt die Bordansage, von der ich kaum etwas verstehe, da sie auf Italienisch ist. Da ich aber das Wort »Colonia« heraushöre, gehe ich davon aus, dass wir gleich zur Landung ansetzen werden.

Mir fehlt die Luft zum Atmen. Noch nie war der Drang, aufs Klo zu gehen, größer. Natürlich leuchtet ausgerechnet jetzt das Toilettenverbotsschild auf. War ja klar.

»Alles klar mit dir?«, fragt Jupp. »Die hellste Kerze am Baum bist du nicht, was?«

»Ich glaub dir kein Wort«, sage ich und wundere mich, dass mein Mund noch genügend Spucke produziert, um überhaupt Wörter in die Freiheit zu entlassen. »Willst du mir jetzt wirklich erzählen, dass du so eine Art ...« Ich muss zweimal ansetzen, um den Satz über die Lippen zu kriegen. »Du willst mir also sagen, dass du ein Schutzengel bist?«

Jetzt ist es raus.

Jupps Zahnlücke blitzt auf. Sein resolutes Nicken verschafft mir aber nicht das erwünschte Gefühl der Erleichterung. Vielmehr ruft es etwas anderes in mir hervor. Etwas sehr viel Dunkleres.

»Nenn es, wie du willst.« Er grinst spitzbübisch. »Aber viel wichtiger ist, dass ich es jetzt nicht mehr bin, sondern du!«

»Ich?«

»Genau. Du!«

Während die Maschine langsam in den Sinkflug geht und wir kaum merklich in die Sitze gepresst werden, schweigen wir uns an. Die Gedanken rasen durch meinen Kopf. Ich sitze neben einem Verrückten. Daran kann es einfach keinen Zweifel geben. Oder?

»Hast du irgendwelche Fragen?«, will Jupp plötzlich wissen.

»Du meinst, abgesehen davon, dass ich dich für völlig durchgeknallt halte und dir kein Wort glaube?«

»Tust du nicht?«

»Natürlich nicht.«

»Das ist schade, denn wir wandeln im Glauben, nicht im Schauen«, sagt er. »Aber sag, wie erklärst du dir dann den Heiligenschein?«

»Du hast den Präfekten doch gehört. Eine besondere Form der Stigmatisierung.«

Jupp stößt einen unschönen Laut aus. Eine Mischung aus Atmen und Rülpsen. »Und der Knabenchor?«

Damit gibt es in der Tat ein Erklärungsproblem. Andererseits könnte es gut sein, dass Jupp mich in einem unbewussten Moment diese Melodie hat summen hören.

»Gut, dann erklär mir doch bitte mal, warum es ausgerechnet der Klingelton eines iPhones ist, den der Chor von sich gibt. Wie unlogisch ist das denn?«

Jupp lacht herzlich. »Die Melodie klang auch nicht immer so. Aber seitdem die Steve Jobs da oben haben, geht man auch im Himmel neue Marketingwege. Ist aber nicht alles schlecht. Diese iCloud, von der sie alle reden, muss wirklich was ganz Tolles sein.«

Noch nie war das Gefühl, verarscht zu werden, präsenter. Also tue ich etwas, das ich noch nie zuvor getan habe: Ich raste völlig aus. Ich beginne zu schreien und mit der Illustrierten auf Jupp einzuschlagen, was ein echtes Problem ist, da ich weder zum Schlägertypen geboren bin noch die nötige Reichweite habe, da ich auf Sardinenbüchsenenge direkt neben ihm angeschnallt bin. Aber es reicht, um etwas fürs Leben zu lernen: Auch auf europäischen Mittelstreckenflügen gibt es Sky Marshals.

Kapitel 21

Alles könnte schlimmer sein. Zwar hab ich dank des Elektroschocks noch immer kein Gefühl in meiner linken Wade und Jupp wohl auf Nimmerwiedersehen verscheucht, ohne die längst fälligen Antworten auf meinen Heiligenschein zu erhalten. Aber ich habe Malena. Also, so gut wie.

Denn als ich endlich zu Hause ankomme, finde ich eine Nachricht auf meinem Kopfkissen: *Sehen wir uns bald wieder? Ruf mich an!* In schwungvoller Schreibschrift. Doch damit hat es sich nicht etwa. Nein, das Ausrufezeichen hat über dem Punkt ein Herz. Ein HERZ!

Ich kann nicht anders, als diesen kleinen Zettel unentwegt anzustarren. Heißt das tatsächlich, dass wir wieder ein Paar sind? Dass Malena und ich fortan gemeinsam durch das Leben schreiten werden? Ich könnte stundenlang so dastehen und mich meinen Tagträumen hingeben. Doch daran hindert mich meine Schicht in der *Schnipsenden Krabbe*.

Mittlerweile hat es sich auch hier herumgesprochen, dass ich an der Kasse stehe und für den einen und anderen Obolus Segnungen zwischen den Mahlzeiten durchführe. Malte hält das für eine gute Idee. MacDonalds hat sein billiges Spielzeug im Happy Meal, die *Schnipsende Krabbe* meine auflegende Hand zu jedem Humpty-Scampi-Menü. Was soll's, solange ich die Menschen mit derart einfachen Dingen glücklich machen kann.

Weniger glücklich sieht der nächste Kunde aus. Er will weder ein Menü noch eine aufgelegte Hand. Auf meine Begrüßung reagiert er mit einem Knurren. Dennoch gleicht das schwere Silberkreuz um seinen Hals einer Offenbarung, derart hell wird es von meinem Heiligenschein angestrahlt.

Wir beide wussten, dass dieser Tag kommen würde. Aber ich hätte nicht damit gerechnet, dass ich so schnell mit dem Unausweichlichen konfrontiert werden würde. Es reicht ein einziger Blick, um zu wissen, dass ich ihn nicht mit einem X-Tra Big Shrimp auf Kosten des Hauses abspeisen kann.

»Pedro«, starte ich die italienische Partie.

Er steht direkt vor mir. Uns trennt nur noch die hüfthohe Theke voneinander. Gerade wünsche ich, sie wäre zwei Meter hoch.

»Ich hab dich im Fernsehen gesehen«, schiebt er seinen Bauern auf E 4.

Eine derart eisige Kälte breitet sich zwischen uns aus, dass es mich nicht wundern würde, wenn die *Schnipsende Krabbe* mit einer dünnen Schicht Raureif überzogen wäre.

»Ach ja?« Ich lasse ihn nicht merken, dass ich mir gleich in die Hosen mache vor Angst. Wo ist eigentlich Malte? Oder Hans? Ist denn niemand hier?

Sprachlos sehe ich dabei zu, wie er sich auf der Theke abstützt und in einem eleganten Satz auf meine Seite gehopst kommt. So ohne Thekenbarriere wird die Situation noch unangenehmer, als sie es ohnehin schon ist.

»Eigentlich hat hier nur das Personal Zutritt«, krächze ich mit wackliger Stimme. Um zu zeigen, dass ich auf seiner Seite bin, lächele ich verschmitzt. So nach dem Motto, dass ich die Regeln selbst dämlich finde, ich aber nichts dafür kann, da ich sie ja nicht gemacht habe, aber es dennoch gut wäre, sie einzuhalten. Allein schon, um Malte …

Ich verstumme, als mich zwei starke Arme am Schlafittchen packen. Schach. Die Türme haben den König in die Mangel genommen.

»Ein toller Freund bist du!« Pedros Lässigkeit fällt schlagartig in sich zusammen. Kurz erkenne ich ihn überhaupt nicht wieder, derart haben sich seine wütenden Gesichtsmuskeln verzogen. »Malena hat mir alles erzählt«, faucht er mich an. »Du bist Agnetha!« Dann geht er in den verbalen Angriff über: »DU ARSCHLOCH!«

»Aber ich ...«, stottere ich und habe echte Mühe, mich auf den Beinen zu halten, derart wild wirbelt er mich zwischen Kasse und Essensausgaberegal umher. Für die Kunden muss es aussehen, als würden wir eine flotte Sohle aufs Schachbrettmusterparkett legen, wäre da nicht der Schaum vor Pedros Mund.

»Vor laufender Kamera«, brüllt er. »Wie konntest du mir das nur antun?«

»Jetzt beruhig dich doch mal. Das war doch nur für die Kameras.«

»Ich weiß, dass sie bei dir übernachtet hat!«

Mein edles Schlachtross wird vom Feld gepustet, als wäre es eine verirrte Wollmaus. Und wieder: Schach. Ich könnte ihm jetzt von meiner Farbstoffallergie erzählen, dass im Grunde nicht viel gelaufen ist, weil ich die halbe Nacht auf dem Klo verbracht habe. Aber ein Hauch von Selbstwertgefühl ist mir dann doch geblieben.

Gut, das ist jetzt alles andere als eine optimale Ausgangsposition für mich, um heil aus der Sache herauszukommen. Ich könnte ihm ja vorschlagen, uns auf ein Patt zu einigen, dass wir nun quasi quitt sind. Gerade ist es aber selbst für mich schwer vorstellbar, dass sich Pedro auf den Deal einlässt.

»Du hast alles kaputtgemacht!« Die Wut in seiner Stimme ist noch immer hörbar. Laut und deutlich. Nun aber hat sich ein weinerlicher Unterton hinzugesellt.

Vom Gebrüll angezogen, kommt Hans herbeigestürmt. Zunächst steht er ratlos vor uns und weiß nicht, wie er die erzürnte Dampfwalze stoppen soll, die mir immer noch an den Kragen will. Mit Mantra und Yoga wird er nicht weit kommen. So viel ist sicher.

Ohne zu wissen, worum es im Detail geht, versucht er dennoch zu schlichten: »Was ist denn schon ein Kuss unter Freunden?«

Ich rechne es ihm hoch an, dass er seine Hände auf Pedros Arme gelegt hat. Auch wenn sie dort wirken wie die einer Kinderpuppe. Entweder ist er lebensmüde oder sehr auf Karmapunkte aus.

»Sie will eine Pause, hat sie gesagt!«, ruft Pedro erzürnt. »Um sich über ihre Gefühle klar zu werden, hat sie gesagt. Ihrer Gefühle *dir* gegenüber.«

Jetzt bin ich fast schon beleidigt, wie abfällig er mir das ins Gesicht spuckt. Gleichermaßen aber macht mein Herz trotz der Todesangst einen schmerzhaften Hüpfer gegen meine Rippen. Hat er gerade wirklich gesagt, dass Malena sich ihrer Gefühle mir gegenüber klar werden muss? Das kann im Umkehrschluss nur bedeuten: Sie *hat* noch Gefühle für mich. Das ist ja fantastisch.

»Warum grinst du so dreckig?«, fragt Pedro hasserfüllt.

»Ähm …« Ich versuche, sofort mit dem Grinsen aufzuhören, was gar nicht so leicht ist, da ich unablässig daran denken muss, dass Malena und ich …

Schachmatt.

»Aua!« Den ersten Schlag sehe ich nicht mal kommen. Gut, ein richtiger Schlag war es auch nicht. Eher so ein mittelheftiger Tatscher gegen die Wange. Vielmehr ist es der Schrecken, der mich weibisch aufschreien lässt.

»Du sollst aufhören zu grinsen, hab ich gesagt!«

»Du hast mich geschlagen«, stelle ich entrüstet fest und halte mir die glühende Wange. Wo sind eigentlich all die Menschenrechtler, wenn man sie wirklich mal braucht?

»Nein«, presst Pedro angestrengt zwischen seinen aufeinandergepressten Zahnreihen hindurch. Dann trifft mich etwas Hartes mitten ins Gesicht. Ein grellheller Schmerz explodiert hinter meinen Augen. »*Jetzt* habe ich dich geschlagen.«

Der Hieb wirft mich zurück. Nur mit einem Ausfallschritt und durch Hans' beherztes Eingreifen verhindere ich einen Sturz.

»AUA!«, brülle ich Pedro an und halte mir das Nasenbein fest. Als ich mir die Hand vors Gesicht halte, rechne ich fest mit Blut an meinen Fingern. Aber da ist nichts. Nur Rotz. Durch die gespreizten Finger sehe ich, wie Hans nun versucht, Pedro zu umklammern. Als wäre er ein Seestern am Rumpf der Concordia.

Doch er schafft es nicht, den noch immer wütenden Pedro aufzuhalten. Dieser bewegt sich erneut auf mich zu, mit erhobener Faust. »Du schnappst mir meine Malena nicht vor der Nase weg. DU nicht!«

Gerade, als er sich auf mich stürzen will, sehe ich aus dem Augenwinkel, kurz vor dem ängstlichen Zusammenkneifen, etwas Gewaltiges auf uns zukommen, nach Pedro greifen und ihn in einem Schwung über die Theke ziehen. Es scheppert kurz, als er mitsamt dem Tablettstapel auf der anderen Seite zu Boden geht. Rumpelnd und fluchend strampelt Pedro wie ein Fisch auf dem Trockenen. Man sieht ihm aber an, dass es ihm noch etwas an Orientierung fehlt, wer oder was ihn da gerade über den Tisch gezogen hat. Auf jeden Fall ist seine Frisur hinüber.

»Hast du ein Problem mit ihm?«, fragt der Typ das auf dem Boden liegende Häufchen Pedro. Es ist ein großer Mann, in schwarzen Lederklamotten, die viel zu eng sind für den Berg an Muskeln, den er mit sich trägt. Über dem Leder hat er eine Jeansweste mit ausgefransten Ärmeln an. Jede Menge Sticker sind darauf aufgenäht. Typischer Rockerschick eben. Auch wenn der größte Sticker das behauptet, sieht er alles andere als nach einem Engel aus.

Jetzt ist Pedro wieder auf den Beinen und stellt sich dem Giganten in den Weg. »Misch dich da nicht ein, das ist eine Sache zwischen uns beiden«, lässt mein ehemals bester Freund jeglichen Respekt vor Bikern vermissen.

»Ich komme hierhin, um mir einen Burger zu genehmigen und mich für die kommende Motorradsaison segnen zu lassen. Da werde ich es nicht zulassen, dass du mir beides versaust«, sagt der Rocker ganz ruhig und macht mit wenigen Handgriffen klar, dass die Unterhaltung für ihn damit beendet ist.

Was im Umkehrschluss für Pedro das vorläufige Ende der festen Nahrungsaufnahme bedeutet.

In nicht mehr als fünf Zwinkereinheiten hat der mir unbekannte Fan den armen Pedro derart übel zugerichtet, dass er es nur noch in gekrümmter Haltung schafft, sich aus der *Schnipsenden Krabbe* zu schleichen. Er wirft mir noch einen Blick voller Todesverachtung zu, zuckt aber unwillkürlich zusammen, als der Rocker nur ganz kurz eine Augenbraue anhebt. Was würde ich darum geben, auch einmal Derartiges mit einer einzigen Körperbewegung zu erzielen. Dabei habe ich noch nicht mal sichtbare Augenbrauen.

All das ging derart schnell, dass ich nicht einmal hätte einschreiten können, wenn ich es gewollt hätte. Um uns herum hat sich ein Halbkreis von Schaulustigen gebildet. Der Rocker dreht sich einmal um die eigene Achse und lässt die Knochen im Nacken knacken, während er seine geröteten Fingerknöchel massiert. »Ich kann es einfach nicht leiden, wenn Leute wie er sich an Leuten wie dir vergreifen.«

Ich würde ja gerne etwas darauf erwidern. Aber dazu stehe ich noch zu sehr unter Schock. Ich bin es einfach nicht gewohnt, derart grobe Gewalt aus nächster Nähe mitzuerleben.

»Da wir uns jetzt schon über den Weg gelaufen sind«, er nickt meinem Heiligenschein zu, »hättest du ein Problem damit, kurz mein Motorrad zu segnen? Steht draußen vor der Tür.«

»Geht klar«, sage ich automatisch und folge ihm schlachtlammartig nach draußen. Auf dem Weg zum Ausgang kriege ich nur nebenbei mit, wie umstehende Hände nach mir greifen und mich anfassen. Man gewöhnt sich eben an alles.

Draußen vor der Tür steht nicht nur seine chromglänzende Harley Davidson, sondern auch Malte.

»Schau mal, Jonas. Wie findet du es?«

Zunächst weiß ich nicht, worauf er hinausmöchte, dann folge ich dem ausgefahrenen Lenkarm des Hebebühnenwagens, an dessen Ende ein Mann gerade dabei ist, ein neues Schild an der Fassade der *Schnipsenden Krabbe* anzubringen.

»Fahr doch mal ein Stück zurück«, ruft Malte nach oben.

Der Mann auf der Hebebühne tut, wie ihm befohlen.

»Siehst du es?«, fragt Malte unnötigerweise. Das Schild ist so groß, dass es vermutlich sogar bis nach Düsseldorf leuchtet.

»Das«, hebt Malte die Stimme vor Stolz an, »ist unser neuer Name mitsamt neuem Logo.«

Meine Kinnlade bekommt derweil die Kraft der Erdanziehung zu spüren. Geistig noch damit beschäftigt, Pedros Untergang zu verarbeiten, kann ich nicht anders, als die riesige bunte Tafel anzustarren.

»Schalt doch mal an«, ruft Malte irgendwem zu.

Darauf wird es schlagartig hell. Obwohl es gleißend schmerzt, kann ich die Augen einfach nicht von dem Schild lassen. *Die heilige Krabbe* steht da in glühender Leuchtschrift. Daneben ist eine grinsende Cartoon-Krabbe abgebildet, die im Rhythmus der LED-Blinkintervalle mit den Scheren schnipst und sich über ihren noch greller blinkenden Heiligenschein zu freuen scheint.

»Und, gefällt's dir?«

»Heilige Scheiße!« Ich komme aus dem Staunen nicht mehr heraus.

Malte legt freundschaftlich seinen Arm um mich. »Fortan

bist du das Aushängeschild der *Heiligen Krabbe*. Mann, die Leute werden uns die Bude einrennen!«

»Und was, wenn ich irgendwann mal kündige?«, frage ich vorsichtig. Nicht, dass ich die Absicht habe, die Luft aus Maltes Traumschloss zu lassen, aber ...

Wieder habe ich meinen Vorgesetzten unterschätzt. Malte spielt seinen letzten Trumpf aus und zieht einen in den Firmenfarben gehaltenen Schnellhefter aus der Tasche. »Wo du es gerade ansprichst, ich habe hier einen Fünf-Jahres-Vertrag für dich ausgearbeitet. Mit Urlaubs- und Weihnachtsgeld, Schichtzulagen und Gewinnausschüttung. Alles, was du tun musst, ist hier, hier, hier und hier zu unterschreiben, mein Freund.«

Ich will gerade nach dem Schnellhefter greifen, als mich etwas von hinten antippt. Ich drehe mich um und blicke in ein verfärbtes Gesicht mit aufgeplatzten Lippen, aus dem sich nur mühsam die Worte schälen.

»Genau, herpfliffen Glückwunpf, mein Pfreund!« Das letzte Wort spuckt Pedro mit einem abgebrochenen Stück Schneidezahn auf mich. Ein aus dem Nichts kommender Haken lässt die Verbindung zu meinem Großrechner abbrechen.

Volltreffer. Genau aufs Kinn.

Dann kommt die Nacht.

Kapitel 22

Gott, ist das heiß! Eine Schicht an der Fritteuse ist nichts gegen diese Hitze. Die Brühe strömt mir aus den Poren und fließt in einem Rinnsal meinen Rücken hinunter. Auf meinen Unterarmen haben sich feine Schweißperlen gebildet. Ich muss die Augen zukneifen, damit die salzige Flüssigkeit nicht hineinfließt. Es ist unerträglich heiß.

Gut, es ist ja auch eine Sauna.

Was aber merkwürdig ist, weil ich das Saunieren nicht vertrage, mich nicht gern nackt zeige und nicht weiß, wie ich eigentlich hierhergekommen bin. Aber ich bin da. So viel ist sicher.

Mit nichts weiter bekleidet als einem Badetuch um die Lenden, sitze ich auf den Holzplanken und übe mich darin, die heiße Luft einzuatmen, ohne mir dabei die Lungenflügel zu versengen. Ich bin nicht allein in dieser Großraumsauna aus heller Fichte mit riesigem Saunaofen in der Mitte, von dem die unerträgliche Hitze ausgeht. Was ebenso wenig in die Sauna gehört, sind meine Bilder. Wie bunte, nicht zusammenpassende Tapetenbahnen lehnen sie dicht an dicht auf der obersten Etage und zerfließen in der Hitze. Schmutzig brauner Farbmatsch läuft von den Leinwänden herunter und tropft auf das Holz.

Meine künstlerische Seele möchte aufschreien, weil mein halbes Lebenswerk schmilzt, als wäre es Butter in der Sonne. Das Künstlerhirn aber lacht mich höhnisch aus, weil es schon immer mein Traum gewesen ist, mehr die surrealistische Richtung eines Salvador Dalí einzuschlagen. Aber doch nicht so!

Ich würde gerne aufstehen und meine Schätze vor dem Zerfließen retten, doch dazu bin ich nicht in der Lage. Es ist, als würden meine Beine bis zu den Unterschenkeln in vorgekautem Hubba-Bubba stecken.

»Versuchen wir jetzt mal den Honigaufguss?« Mir gegenüber sitzt Hans. Dabei ist es nicht wirklich Hans. Eher so eine Mischung aus Hans und Frau Mutschler. Das Wesen hat seinen Kopf und auch die Hautfarbe. Das Haarnetz, die dritten Zähne und die Kittelschürze gehören aber eindeutig meiner Hausmeisterin.

Ungeachtet meiner ausbleibenden Antwort steht das Mischwesen auf und gießt mit einer Holzkelle irgendeine Flüssigkeit auf die glühenden Steine des Ofens. Sie beschweren sich mit einem lauten Zischen. Beißend heißer Nebel steigt auf und legt sich als dichter feuchter Film über die aufgeheizte Atmosphäre. Wenigstens muss ich den Anblick meiner schmelzenden Bilder nicht mehr ertragen.

Das Hans-Mutschler-Wesen lacht. »Höllischheiß, was?« Das hindert es aber nicht daran, sein Handtuch zu lüften, es zu zwirbeln und wie ein Lasso durch die Luft zu schwingen. Untenrum ist es definitiv eher Hans als Frau Mutschler.

Schwall um Schwall schießt die heiße Luft auf mich zu und verbrennt mir das Gesicht, die Brust, die Arme. Einfach alles. Als ich glaube, es nicht mehr aushalten zu können, endet die Prozedur.

Die Zwittergestalt bindet sich erneut das Handtuch um und setzt sich wieder auf die Holzplanken mir gegenüber. »Arg hell hier drin, was? Du gestattest, wenn ich es uns ein wenig gemütlicher mache?«

Es schnipst mit den Fingern – und zack!, ist es dunkel. Ich brauche tatsächlich eine geschlagene Sekunde, bis ich merke, dass mir das Geschnipse den Heiligenschein ausgeknipst hat. Meine Hände schießen nach oben, befühlen die Zone, die seit

Tagen von dieser leuchtenden Aura umgeben ist. Doch da ist nichts mehr. Kein Widerstand. Kein Kribbeln. Kein Licht. Ich stoße einen Schrei aus.

»Hast du etwa Angst im Dunkeln?«, fragt die Gestalt.

Wieder höre ich das Schnipsen. Schlagartig wird es hell. Nein, werde *ich* hell. Mein Heiligenschein ist wieder da. Grund genug, um noch einmal zu schreien.

»Wirklich recht machen kann man es dir nicht, hab ich recht?«

Ich würde gerne antworten. Aber irgendwie fühlt es sich nicht so an, als wäre ich in diesem Traum mit einem Mund ausgestattet worden.

»Also schön, dann wieder schummriger.«

Schnipp. Ausgeknipst ist der Heiligenschein.

»He, das macht Spaß«, höre ich die Stimme der merkwürdigen Gestalt erneut. Dann schnipst es wieder, und ich befinde mich im Licht.

Schnipp. Licht aus.

Schnipp. Licht an.

Allmählich wird mir die Sache zu dumm.

Können wir jetzt bitte damit aufhören, will ich sagen. Aber da wäre ja noch die Sache mit dem fehlenden Mund. So zergehe ich mich in unförmigen Mmmm-Lauten und bin verzweifelter denn je.

Das Wesen sieht beleidigt aus, als es meinen Schein wieder anknipst. »Entschuldige, ich dachte, es gefällt dir.«

Vehement schüttele ich den Kopf und erschrecke mich im gleichen Moment zu Tode, als sich die Saunatür öffnet und ein weiterer Mann, ebenfalls nur mit einem Badetuch bekleidet, eintritt. Ich brauche zwei Blicke, um Pedro, oder besser: die alte Version seiner selbst, zu erkennen. Was zum einen daran liegt, dass er sich einen buschigen Bart hat wachsen lassen, und zum anderen, dass seine Haare ergraut sind.

»Petrus, mein Freund«, begrüßt ihn das Hans-Mutschler-Wesen. »Setz dich zu uns.«

Ich mustere den alten Mann mit den Pedro-Zügen, der keine Notiz von mir nimmt. Die Ähnlichkeit ist unverkennbar, dann aber auch wieder nicht. Dieser Pedro wirkt alt und weise und irgendwie so komplett in der falschen Zeit, mit diesem Bart. Und warum er zwei riesige goldene Schlüssel an einer langen Kette um seinen Hals trägt, bleibt wohl sein Geheimnis.

»Möchtest du ins Paradies?« Pedro hält mir einen der Schlüssel hin.

Da ich keinen Mund habe, verkneife ich mir die Antwort.

Wieder öffnet sich die Tür. Diesmal ist es Jupp, der sich unserer illustren Herrenrunde anschließt.

»Du hier, Judas?«, fragt das Wesen mit der Kittelschürze.

Ich zucke zusammen, weil ich kurz glaube, er meint mich.

»Die lassen hier aber wirklich jeden rein.« Pedro stöhnt genervt und lehnt sich nach hinten. Durch seine behaarte Brust bahnt sich ein Bächlein aus Schweiß einen Weg.

Jupp setzt sich direkt neben mich, sein Blick stur auf die goldenen Schlüssel um Pedros Hals gerichtet. Eine verräterische Stille mischt sich in die aufgeheizte Atmosphäre.

Wieder reißt jemand die Saunatür auf und lässt einen eisigen Luftschwall herein. Das tut gut. Der neue Gast kündigt sich mit einer dumpf klingenden Glocke an, und mir wird klar: Ich befinde mich in einer gemischten Sauna. Denn sonst hätte Lotta, die Kuh, wohl keinen Zutritt.

Die drei Herren begrüßen sie, als wäre es das Normalste der Welt, dass eine Kuh die Sauna betritt. Wir rutschen alle enger zusammen, damit auch Lotta hineinpasst. Sie dreht den riesigen Kopf nach links und rechts, begleitet vom Geläut der Glocke, die um ihren Hals baumelt. Es ist eine schöne Glocke, mit breitem, reich verziertem Lederband, blau-weißen Fransen und einem silberbestickten Enzian in der Mitte.

»Du bist mein Retter, Jonas. Ich danke dir«, sagt sie.

»Keine Ursache«, sage ich automatisch und komme mir selbst im Traum reichlich dämlich dabei vor, mit einer Kuh zu reden. Ich wundere mich auch nicht darüber, dass mein Mund plötzlich wieder da ist.

»Dank dir darf ich nun ein neues Leben führen. Im Allgäu. Es ist traumhaft dort.«

»Ich weiß«, pflichte ich bei. »Als Kind habe ich dort oft Urlaub gemacht. Mit meinen Eltern. In Sonthofen.«

»Du bist etwas ganz Besonderes.« Lottas tiefe Brunnenstimme hat etwas Beruhigendes an sich. »Du hast dir den Schein redlich verdient.«

Pedro und Mutschler-Hans nicken. Nur Jupp schaut bedröppelt drein.

»Ich finde auch, dass er dir ausnahmslos gut steht«, sagt Mutschler-Hans. »Du bist das Licht.«

Pedro nickt. »Du bist Licht.«

Auch Lotta nickt. »Du bist Licht.« Ihr schwerer Kopf geht auf und ab. Die riesigen braunen Kuhaugen klimpern im Takt. Das Geläut der Glocke stimmt nun mit dem Takt meines Herzschlages überein. Von irgendwoher hat Hans eine Klangschale gezaubert und passt sich Lottas Rhythmus an.

Wieder öffnet sich die Saunatür, und ein Dutzend kleiner schwarzer Schatten huscht hinein. Sie geben schrille Töne von sich. Es klingt bösartig und schadenfroh. Und sie kommen nicht allein. Sie sind lediglich die Vorboten für eine atemberaubende Erscheinung. Malena.

Unter meinem Badetuch kribbelt es, als ich sie erblicke. Sie ist splitterfasernackt. Alle Augen sind auf sie gerichtet. Wahrscheinlich ist das nicht allein ihrer Modelfigur zu verschulden, sondern zu einem nicht unbeträchtlichem Anteil auch dem langen Schwänzchen, das aus ihrem Steiß gewachsen ist. Auch könnte sie sich dringend mal wieder die Beine rasieren. Oder vielmehr das Bein, das aus welchen Gründen auch immer in einen übelst behaarten Pferdefuß mündet. Als ich es schaffe, mich von ihrem leicht deformierten Anblick loszureißen, erkenne ich die spitzen Hörner auf ihrem Kopf.

Auch Malena kann laut schnipsen. Was diesmal bleibt, ist mein Heiligenschein. Dafür aber ändert sich alles andere. Der Saunaofen verwandelt sich in ein offenes Feuer, und auf einmal sind meine Bilder weg. Und auch die Saunawände. Dafür lodert nun um uns herum ein unendliches Flammenmeer. Jetzt wird es richtig heiß. Heißer, als es in einer finnischen Sauna jemals werden könnte.

»Wer hat denn den Teufel eingeladen?«, fragt Jupp, woraufhin die gehörnte Malena in schallendes Gelächter ausbricht. Die schwarzen Schattenwesen tanzen wild um sie herum.

»Du bist das Licht«, nimmt Lotta wieder den Faden auf.

»Du bist das Licht«, stimmen die Pedro- und Hans-Mutschler-Versionen zu.

Auch Jupp fällt in den Chor ein. Wie ein Mantra sagen er und die anderen ein und denselben Satz: »Du bist das Licht. Du bist das Licht. Du bist das Licht.«

Gongelgongelgongelgongel.

»Ich bin das Licht!«, schreie ich und katapultiere mich mit meinem eigenen Gebrüll zurück ins Hier und Jetzt.

Beim ersten Augenaufschlag erblicke ich das Logo der *Heiligen Krabbe*. Ich liege noch immer auf dem Boden. Um mich herum stehen Malte, Hans und ein Dutzend Schaulustiger. Nur von Pedro ist nichts mehr zu sehen.

Es dauert eine ganze Weile, bis ich bemerke, dass mir etwas Hartes in den Rücken drückt. Als ich den schweren Gegenstand zu greifen bekomme, gibt er Laute von sich, die mir bekannt vorkommen. Es ist Lottas Kuhglocke. Um mich von der realen Existenz dieses Dings zu überzeugen, schwenke ich sie kurz.

Gongelong.

Ich kann es nicht glauben und schwenke sie noch einmal hin und her.

Gongelongelong.

Ein Schrei entfährt mir. Völlig unbeabsichtigt. Die Panik reißt an mir. Meine Hände zittern. »Aufwachen«, zwinge ich mich lautstark. »Aufwachen! Aufwachen! Aufwachen!« Als auch das nicht hilft, schwenke ich die Glocke wie wild hin und her.

Gongelongelonggongelongelonggongelong.

Ich höre auf zu klingeln und streiche über das dunkle Metall der Glocke. Keine Einbildung. Daran besteht nicht der Hauch eines Zweifels.

»Wo kommt denn auf einmal die Kuhglocke her?«, fragt Hans verdutzt.

»Unglaublich, was die Menschen so alles auf der Straße liegen lassen«, sagt einer der Schaulustigen.

»Und was ist jetzt?«, will Malte wissen. »Unterschreibst du den Vertrag?«

Es passiert mir nicht oft, dass ich Eingebungen habe. Aber jetzt habe ich eine. Gott. Im Delirium ist mir Gott erschienen. Und er hat mir ein Zeichen gesandt. Ein Zeichen in Form einer Kuh namens Lotta, deren Leben ich gerettet habe. Ja, ich bin mir vollkommen sicher: Ich habe ein Zeichen Gottes erhalten. Und wer bin ich, dass ich dies nicht ernst nehmen würde? Es muss sich etwas ändern.

Nein, nicht *es*. Ich!

Kapitel 23

Die letzten Sonnenstrahlen des Tages verfangen sich in den Kronen der hohen Pappeln, die die Allee säumen, und schaffen es nur in einzelnen Lichtkegeln zu mir nach unten. Ich schlendere mit leichten Schritten und einer Kuhglocke in der Hand die Straße entlang und fühle mich wie ein neuer Mensch. Es ist das erste Mal seit einer gefühlten Ewigkeit, dass ich diesen Weg nach Hause bewusst beschreite. Ohne gebückte Haltung, auf Habachtstellung. Ohne Turban. Man kann sein Leben nicht einfach so weiterleben, wenn einem Gott im Traum erschienen ist.

Fortan sind die Tage des Verschleierns vorbei. Nun heißt es: Freiheit für den Schein! Ich werde mich nicht mehr hinter dicken Stoffbahnen verstecken und vorgeben, jemand zu sein, der ich nicht bin. Oder vielmehr: zu behaupten, ich wäre nicht der, der ich bin. Denn wer ich bin, das weiß ich jetzt.

Ich bin Jonas. Ich bin der Mann mit dem Heiligenschein. Und ich trage ihn gottverdammt noch mal mit Stolz. Ich trage ihn nicht, weil ich es so wollte. Ich trage ihn, weil es Gottes Wille ist. Er ganz allein hat mich auserkoren, seinen Glauben in die Welt hinauszutragen, seinen Auftrag zu erfüllen. Und wer bin ich, dass ich mich diesem Willen widersetzen würde? Gut, bislang war ich alles andere als ein gläubiger Mensch. Religionstechnisch gesehen war ich sogar ein ganz kleines Licht. Aber wie heißt es in der Bibel? Auch die Blinden werden irgendwann sehen. Ich wurde blind geboren und lief siebenundzwanzig Jahre lang nicht sehend durch die Welt.

Doch jetzt sehe ich. Und ich entdecke die Welt neu. Sie ist wunderschön. Sagte nicht Jesus: »Aber die Blinden will ich auf dem Wege leiten, den sie nicht wissen; will sie führen auf den Steigen, die sie nicht kennen? Ich will die Finsternis vor ihnen zum Licht machen.«

Wie recht der Mann hat.

Wir wandeln im Glauben, nicht im Schauen, rufe ich mir Jupps Worte in Erinnerung. Zumindest damit hatte auch er recht.

Ich bin nicht größenwahnsinnig und halte mich nicht für Gottes Sohn. Aber vielleicht für so etwas wie Gottes Sprachrohr. Ich muss mich vor niemandem verstecken. Ich trage das Zeichen des Allmächtigen, und jeder soll es sehen. Das ist auch der Grund, warum ich mich dazu entschließe, zum ersten Mal seit Tagen mein Wohnhaus durch den Haupteingang zu betreten. Trotz der vielen Menschen, die mittlerweile die halbe Straße in einen Campingplatz verwandelt haben. Generell hat sich hier vieles getan, seitdem ich den Heiligenschein habe. Die Stadt hat mobile Toiletten aufstellen lassen und kostenpflichtige Wohnmobil-Stellplätze aus dem Boden gestampft. Auf freien Wiesenflächen stehen bunte Zelte. Parkbuchten wurden zweckentfremdet und zu provisorischen Freiluftküchen umfunktioniert.

Wie zu erwarten geht ein Raunen durch die Menge, als man mich erblickt. Ich wedele die Meute mit einem gutmütigen Lächeln aus dem Weg und schiebe mich an den Menschen vorbei in Richtung Hauseingang. Seltsam. Die Haustür steht sperrangelweit offen. Das tut sie sonst nie. Da hält die Mutschler ihre Argusaugen drauf.

Als ich vor dem Eingang stehe, entdecke ich einen großen Aushang, der auf eine meiner Staffeleien getackert wurde. Darauf steht: *Zur Galerie, dritte Tür rechts. Bitte klingeln.*

»Galerie?«, frage ich laut, aber niemand antwortet. Erste,

zweite, dritte … Ich gehe die Türen in Gedanken durch. Bei der drei taucht vor meinem geistigen Auge das Namensschild der Mutschler auf.

Meine Glieder kommen mir auf einmal schwer vor. Meine Kopfhaut beginnt zu kribbeln. Eine Vorahnung beschleicht mich, als ich den Hausflur betrete und gedämpftes matineeartiges Stimmenwirrwarr aus der Wohnung der Hausmeisterin wahrnehme.

Auch die Wohnungstür der Mutschler steht weit offen. Ohne zu klingeln, trete ich ein.

Es dauert, bis ich mich zurechtfinde. Ich weiß nicht, wie sie es geschafft hat, aber der lange, schlauchförmige Flur, von dem es in die einzelnen Zimmer abgeht, hat sich tatsächlich in eine Art Galerie verwandelt. Im Abstand von vielleicht einem halben Meter hängen Bilder an der Wand, jedes beleuchtet mit zwei kleinen Halogenspots. Um die Atmosphäre noch schummriger zu machen, gibt es sonst keinerlei Lichtquellen – na ja, außer mir eben.

Ich platze in die Szenerie wie der buchstäbliche Elefant in den Porzellanladen. Mit wütenden Schritten zertrampele ich das Flüstern der anwesenden Kunstinteressierten. Alle Blicke sind auf mich gerichtet. Ich sehe erstaunte bis schockierte Gesichter, gefangen in der Zeitschleife, die jedoch zu lose gebunden ist, um länger als zwei Sekunden anzudauern. Und schon im nächsten Augenblick weicht der Schrecken der Begeisterung, und es wird gedämpft geklatscht.

Mittlerweile bin ich ja daran gewöhnt.

Ich tauche unter dem losen Beifall hindurch und betrachte die Bilder flüchtig. Mehr Aufmerksamkeit muss ich ihnen auch nicht widmen. Schließlich kenne ich sie in- und auswendig. Die Flurwände sind gespickt mit meinen unvollendeten Werken aus dem Kellerraum. *Meinem* Kellerraum, rufe ich mir in Erinnerung, was einen großen Bereich meiner Netzhaut in ein sattes, blutiges Rot taucht.

»Wo ist sie?«, fahre ich den erstbesten klatschenden Wicht an.

Bevor er antworten kann, sehe ich sie. Oder sie mich. Schwer zu sagen, bei dem Tempo, mit dem sie auf mich zugestürzt kommt. »Herr Gerlinger«, strahlt sie.

»Jetzt haben Sie den Bogen endgültig überspannt!«, fauche ich sie an, bin aber ein wenig irritiert, dass das Lächeln nicht so recht aus ihrem Gesicht verschwinden will. Klang ich nicht böse genug? Hätte ich zorniger blinzeln sollen?

Sie hängt sich bei mir ein und dreht sich mit mir im Kreis. »Meine Damen und Herren, darf ich vorstellen? Der Künstler dieser wundervollen Werke.«

Aus allen vom Flur abgehenden Zimmern strömen Leute heraus. Unglaublich, welches Fassungsvermögen die Wohnung hat. Vermutlich birgt die von der Mutschler versteckte Räume, von denen nicht einmal der Hausbesitzer etwas weiß. Das vereinzelte Geklatsche verdichtet sich. Doch erst, als auch die Hausmeisterin frenetisch in die Hände klatscht und ununterbrochen in alle Richtungen nickt, schwillt das Geräusch zu einem donnernden Applaus an.

Obwohl ich mich dagegen wehre, berührt mich der Beifall ganz tief in meinem Inneren. Ich werde von diesen Leuten als Künstler wahrgenommen. Man applaudiert mir, weil ich diese Bilder gemalt habe, weil ich der Erschaffer dieser Gemälde bin. Ich bin der Künstler. *Ich bin Künstler.*

Auf einmal finde ich mich auf dem Stuhl wieder, der eigentlich für meine Segnungen gedacht ist, und signiere meine eigenen Bilder. Oder vielmehr meine ehemaligen Bilder, da gerade jedes davon einen neuen Besitzer findet. Das geht in Ordnung, denn ich liebe diese Menschen. Sie dürfen alles von mir haben. Ich würde meine Bilder sogar verschenken, derart gerührt bin ich. Doch in Mutschlers vier Wänden gibt es nichts umsonst. Jedes Bild hat seinen Preis.

Dennoch: So einfach werde ich mich nicht geschlagen geben. »Was haben Sie sich nur dabei gedacht?«, knöpfe ich mir die Mutschler in einer stillen Minute vor. »Sie können doch nicht einfach so ohne meine Erlaubnis meine Bilder verkaufen!«

Ihr Mund kräuselt sich ein wenig. »Es ist ja auch nicht so, dass ich nicht gehadert hätte«, gibt sie überraschenderweise zu. »Aber es wäre doch eine Schande gewesen, diese wunderbaren Gemälde in der Kellerparzelle vor sich hingammeln zu lassen. Hab ich recht?«

»Wie kommen Sie eigentlich in meinen Keller?«

»Da kann ich nichts für«, hebt sie die Hände verteidigend. »Da Sie wieder mal Ihren Tre-Ho-Bo-Dienst vergessen haben, habe ich mich der Sache angenommen und den Kellervorraum gewischt. Dabei bin ich zufällig gegen die Tür gekommen. Sie müssen wohl vergessen haben, sie abzuschließen. Und da habe ich sie dann gesehen, diese einzigartigen Kunstwerke. Ehrlich, Herr Gerlinger, ich hatte ja keine Ahnung, welch begnadeter Künstler in meiner bescheidenen Hütte lebt.« Sie dreht sich kurz zur Seite. »Das kostet tausendzweihundert Euro«, raunt sie einer elegant gekleideten Dame zu, die mit ihrer behandschuhten Hand über den Rahmen eines meiner größeren Bilder fährt.

Erschrocken zieht sie die Hand zurück, mustert aber weiterhin interessiert mein Bild.

»Sie müssen mehr malen, Herr Gerlinger. Unbedingt. Die Nachfrage ist gigantisch.«

»Ich weiß nicht«, weiche ich aus. »Momentan habe ich eine Art Schaffenspause.«

»Dann beenden Sie sie.« Um ihren Worten mehr Nachdruck zu verleihen, drückt sie mir ein Geldbündel in die Hand. »Hier«, sagt sie. »Ihr Anteil. Als Galeristin habe ich meine fünfundsechzig Prozent bereits abgezogen. Ist rechtens. Hab ich im Internet gegoogelt. Da findet man ja wirklich alles, nicht wahr?«

Der leuchtende Hund kommt mir in den Sinn. Ich überfliege den Wert des Geldbündels und bekomme wackelige Knie. So viel Geld hatte ich noch nie in den Händen.

»Ein großartiges Gefühl, hab ich recht?«

Ich strahle mit meinem Schein um die Wette. »Ja, das haben Sie.«

Ich kann nicht anders, als debil-glücklich vor mich hinzugrinsen. Und auch, dass sich auf einmal meine Arme um den quadratischen Körper der Mutschler legen, geschieht quasi von allein. Ich kann es ihr einfach nicht übelnehmen, dass sie derart über meinen Kopf hinweg entschieden hat, wenn dies das Ergebnis ist. Die Bestätigung, dass meine Kunst die Menschen berührt.

In der Umarmung halte ich inne. Das tut sie doch, oder?, frage ich mich selbst.

»Herr Gerlinger, Sie erdrücken mich.«

»Oh, Entschuldigung.« Unbeholfen löse ich mich von der Mutschler und versuche, den penetranten Geruch des Echt Kölnisch Wassers aus meiner Nase zu schnäuzen. Jetzt, da ich darüber nachdenke, kann ich mir nämlich gar nicht sicher sein, ob sich meine Bilder aufgrund meiner Kunstfertigkeit verkaufen oder ob es schlichtweg daran liegt, dass ich diesen gottverdammten Heiligenschein über mir schweben habe. Was, wenn die Leute im Grunde ihres Herzens meine Bilder schrecklich finden und sie sie nur des Heiligenscheins wegen wollen? Das wäre wirklich schrecklich. Erneut werden meine Knie weich.

»Geht es Ihnen gut, Herr Gerlinger?«, fragt Frau Mutschler besorgt. »Sie sehen so blass um die Nase aus.«

»Alles gut«, lüge ich und könnte weinen. Werde ich jemals erfahren, ob ich als Künstler etwas draufhabe?

»In Ihnen schlummern mehr Talente, als ich dachte«, lächelt sie und fährt sich mit der Zunge über die schrumpeligen Lippen. »Ihre Bilder berühren die Leute. Heute war eine junge Dame hier, die ein Fan der ersten Stunde zu sein scheint.«

Die Kombination aus Fan und junge Dame lässt mich aufhorchen.

Frau Mutschler nickt gedankenverloren. »Heute Morgen war sie da und hat gleich zwei Bilder von Ihnen gekauft. Und dann kam sie am Mittag noch einmal zurück und hat ein weiteres mitgenommen.« Sie unterdrückt ein Schmunzeln. »Witzigerweise war es das Rehbild aus meinem Schlafzimmer. Für dreihundertfünfzig Euro.«

Ich überschlage den Bestand meiner Bilder im Keller. »Aber ich habe doch noch nie ein Reh gemalt«, wundere ich mich.

Frau Mutschler hebt die Schultern. »Ich hab auch nie behauptet, dass es eines von Ihren Bildern ist.«

»Aber ...« Doch weiter komme ich nicht, weil es mir bei derartiger Skrupellosigkeit die Stimme verschlägt.

Außerdem liefert mir die Mutschler damit den Beweis. Das Bild wurde nur verkauft, weil jemand dachte, ich hätte es gemalt. Nicht der Kunst wegen.

»Den Erlös dieses Bildes behalte ich selbstverständlich komplett. Das versteht sich von selbst, nicht wahr?«, stellt Frau Mutschler sofort klar. »Ach, und dann noch was anderes. Wo ist eigentlich Ihr Onkel? Kam er nicht mit Ihnen zurück, als Sie neulich mit diesen seltsam gekleideten Herren davon sind?«

Ich bestrafe ihre Geld- und Neugier mit einem dicht geknüpften Vorhang eisernen Schweigens.

In Ermangelung weiterer Gesprächsbereitschaft meinerseits lässt Frau Mutschler ihren Blick über den perfekt ausgeleuchteten Galerieflur gleiten. »Ehrlich«, sagt sie schließlich, »Sie müssen *unbedingt* an die Öffentlichkeit.«

»Was Sie nicht sagen.«

Ich will desinteressiert klingen, doch plötzlich macht es ganz laut »klick« in meinem Kopf. Eine Idee durchzuckt mein

Gehirn und nistet sich tief in den Windungen ein. Sie hat recht. Ich muss an die Öffentlichkeit.

Meine Gedanken kreisen zu wild, als dass ich mich länger über Frau Mutschlers sozialverträgliche Defizite aufregen könnte. Der Geistesblitz hat ein Feuer entfacht, das in mir zuckt und lodert. Ich habe eine Botschaft zu verkünden! Gut, die kenne ich zwar selbst noch nicht, aber mit derlei Nichtigkeiten mag ich mich vorerst nicht herumschlagen. Ich weiß, dass ich eine Mission zu erfüllen habe. Und dafür brauche ich einen Tisch. Einen langen.

Kapitel 24

Jetzt erlebe ich sie also auch einmal, die Fußgängerzone aus der Sicht hinter einem Tapeziertisch. Ich bin froh, dass ich mich auf Anraten von der Mutschler vorher bei der Stadtverwaltung informiert und meinen Stand nicht einfach so an einem willkürlichen Platz auf der populärsten Einkaufsmeile Kölns aufgestellt habe. Köln hat nämlich seine festen Standorte für Menschen, die ihre religiösen oder werblichen Botschaften verkünden möchten.

Frau Mutschler war auch so nett, mir ihren Tapeziertisch auszuleihen. Ferner hat sie den Anruf bei der Stadtverwaltung übernommen, damit ich ohne große Umschweife an meine Sondernutzungserlaubnis komme. Es ist schon von Vorteil, dass die Erlaubnis ausgerechnet von Edeltrauds Ehemann ausgestellt wird – der Freundin von Frau Mutschler.

Aber derartige Connections ändern nichts daran, dass Köln nur wenige Platzmöglichkeiten für Veranstaltungen dieser Art zur Verfügung stellt. Das erklärt wohl auch, warum sich mein Stand schräg gegenüber von Julis Tapeziertischreihe befindet.

Ein kleines bisschen bin ich neidisch auf sie. Ihr Stand wirkt so durchdacht und professionell, während mein Tapeziertisch eine unausgegorene Konzeptlosigkeit ausstrahlt. Da sich meine Botschaft auf eine einzige Kernthese reduziert, muss ich den Tisch noch nicht einmal der vollen Länge nach ausklappen. Eineinhalb Meter reichen mir als Präsentationsfläche meiner Broschüre, in der das drinsteht, von dem ich denke, dass Gott es von mir verkündet wissen will.

Nach einer verhaltenen Begrüßung sehe ich zunächst kaum noch etwas von ihr und ihren Elfen- und Sylphen-Prospekten, da uns das Fußgängermeer teilt wie das tiefe Wasser die zwei Königskinder. Im Strom der Shoppenden buhlen Juli und ich mit vollem Körpereinsatz und Charisma um Sympathien, um jedes kleine Fünkchen Aufmerksamkeit. Als wären wir Marktschreier, Aal- und Mettwürstchenkönige auf einem Wochenmarkt. Dabei ist es ein unfairer Zweikampf, da mein Heiligenschein mehr Beachtung auf sich zieht als Julis Dekolleté in dieser straff geschnürten Korsage. Doch auch wenn ich ihre Kundschaft abziehe, sieht sie nicht böse oder gar wütend aus. Im Gegenteil. Immer wieder winkt sie mir in auftretenden Menschenlücken fröhlich zu und verliert ihre gute Laune offenbar keine Sekunde lang.

Ich habe jedoch vollkommen unterschätzt, wie anstrengend es ist, im Licht der Öffentlichkeit zu stehen und Menschen auf sich aufmerksam zu machen. Und dieses ständige freundliche Lächeln ... Ich spüre meine Wangenmuskeln schon gar nicht mehr, derart verzogen fühlt sich mein Gesicht an.

Um mir selbst eine Pause zu gönnen, habe ich mir den Turban übergestreift und sitze auf einem Campingstuhl. Hungrig kaue ich meine Stulle, die ich mir zu Hause noch geschmiert habe, und schaue dem nicht enden wollenden Fußgängerstrom auf dem Weg in die Konsumtempel zu. Menschen auf der Jagd nach materiellen, vergänglichen Gütern. Ohne den Heiligenschein nimmt niemand mehr Notiz von meinem Stand und meiner Botschaft. Auch gegenüber ist es noch ruhiger geworden. Ich verrenke mir den Hals, um einen Blick auf Juli zu erhaschen, sehe sie aber nicht mehr am Stand. Dafür verschlucke ich mich an einem Stück Bärchenwurst, als sie wie aus dem Nichts vor mir steht. Sie sieht ebenfalls erschöpft aus.

»Na?« Sie trägt eine neue Stirnkette, von der eine tropfenförmige rubinrote Glasperle von der Größe eines Daumennagels herunterbaumelt.

»Na«, huste ich die Wurst aus der Luftröhre. »Wie laufen die Geschäfte?«

»Hm.« Sie grinst. »Die Konkurrenz ist heute echt hart.«

Ich lächele ebenfalls und hoffe, dass es bedauernd aussieht. »Der Platz wurde mir zugewiesen«, setze ich zur Entschuldigung an.

Juli schüttelt den Kopf. »Schon okay. Besser dich gegenüber als den Mann mit dem Nudelsieb auf dem Kopf, der mittwochs immer hier steht.« Sie nimmt einen meiner Flyer in die Hand und studiert ihn. Mit Kennerblick dreht und wendet sie ihn, fühlt sogar die Dicke und Beschaffenheit des Papiers und riecht daran. »Der ist schick«, sagt sie schließlich.

»Danke«, sage ich. »Hab ich selbst gemacht.«

Sie verzieht anerkennend das Gesicht. Der Ausdruck schwenkt jedoch sofort wieder in Skepsis um. »Aber die Botschaft, die du da kommunizierst, ist doch ein wenig ... na ja ...«

»Ein wenig was?«, will ich wissen und packe den Rest der Stulle zurück in die Brottüte.

»Hm«, macht sie, als müsste sie die Worte erst noch suchen, obwohl ich ihr ansehe, dass sie ihr bereits auf der Zunge liegen. »Dünn? Nichtssagend? Blabla?«

Sie hätte sie besser wieder heruntergeschluckt, die Worte. »Bitte?«

»Na ja.« Sie liest den Spruch unter dem Kreis des Regenbogens laut vor: »Wir sind das Licht.«

Ich nicke. »Das ist metaphorisch gemeint.«

»Schon klar.«

»Es soll ausdrücken, dass Gott in uns allen ... leuchtet und dass ...«

»Ich bitte dich«, fährt sie mir über den Mund. »Damit erreichst du heute doch niemanden mehr!«

»Aber es sind ganz viele Leute an meinem Stand stehen geblieben und haben sich eine Broschüre mitgenommen.«

»Ich hab dich beobachtet! Sie haben sich erst dann einen Flyer von dir in die Hand drücken lassen, als sie ein Foto mit dir machen durften und du sie gesegnet hast.«

Autsch.

»Aber das ist okay. Klappern gehört zu unserem Handwerk. Was glaubst du, warum ich einen derartigen Aufzug wähle, um die Menschen zu erreichen?« Mit den Händen hebt sie die straff geschnürten Brüste an und zwinkert mir lasziv zu.

»Sex sells?«, vermute ich.

Sie lacht und nickt, dabei gibt die Stirnkette ein lustiges Klimpern von sich. »Ob du nun Topfpflanzen verkaufst oder eine Glaubensbotschaft an das Volk bringen willst, um erfolgreich zu sein, musst du auffallen. Dazu braucht es keine nichtssagenden Broschüren in Kindergarten-Optik.«

»He!«

»Nichts für ungut«, lächelt sie entschuldigend und streichelt beinahe liebevoll über den ausgebreiteten Flyerfächer. »Dieses Predigende und Missionierende steht dir aber äußerst gut zu Gesicht. Nur an deinem Outfit solltest du noch ein wenig arbeiten.«

»Was stimmt denn nicht mit meinem Outfit?«

»Na ja«, windet sie sich und blickt an mir herab. »Das Hemd, das braune Jackett, die Lederkrawatte und die Cordhose. Das alles wirkt irgendwie ...«

»Uncool? Unsexy? Altbacken?«, helfe ich ihr bei der Suche des richtigen Worts, was sie wieder zum Lachen bringt. Sie ist ein wirklich fröhlicher Mensch. Das mag ich. Ihr Lachen klingt so angenehm ehrlich. Richtig wohltuend, nachdem ich einen ganzen Morgen durch das Meer des falschen Lächelns gekrault bin. »Ich will seriös erscheinen.«

»Du kommst aber eher rüber wie ein Staubsaugervertreter. Allerdings einer aus den Siebzigern. Du musst dir etwas suchen, das zu dir passt.«

»Ich soll mein Aussehen verändern?«, frage ich entgeistert.

»Warum nicht? Such dir irgendetwas, das dich aus der Masse hervorstechen lässt und deine Erscheinung unterstreicht.«

Ich denke kurz darüber nach. »Hm, ich weiß nicht. Meinen Typ verändern? Einfach so?«

»Deine Entscheidung. Ist nur ein Tipp von mir«, winkt sie ab. »Konnte dir der alte Mann wenigstens weiterhelfen?«

Ich brauche ein paar Meter gedanklichen Anlauf, um zu verstehen, dass sie auf Jupp anspielt. Was er wohl macht? Seit dem Rückflug aus Rom habe ich ihn nicht mehr gesehen. Nicht, das ich ihn vermissen würde ...

»Sagen wir so, mittlerweile bin ich mir nicht mehr sicher, wer von uns beiden wirklich Hilfe braucht.«

»Also war es nicht so gut, dass ich ihn für dich aufgetrieben habe?« Juli sieht traurig aus, als sie das sagt.

In einer hilflosen Geste hebe ich die Schultern. »Leider ja.«

Ihr Gesichtsausdruck kriegt einen nachdenklich ernsten Zug. »So ist das ja oft mit Dingen, die man sich wünscht. Wenn man sie dann hat, merkt man schnell, dass man sie gar nicht will.«

»Wie wahr.«

»Und dann wird man sie freiwillig nicht mehr los.«

Ihr Lachen alarmiert mich aus irgendeinem Grund.

»Magst du mir davon erzählen?«, hakt sie nach.

»Wovon soll ich dir erzählen?«

»Na, was es mit ihm auf sich hat und wie du zu dem Ding da über dir gekommen bist.« Sie beugt sich über den Tapeziertisch und schaut mich an. Sie hat große Augen. Und ich meine wirklich die Augen.

»Ich hätte gerade Zeit. Wenn du dir also etwas von der Seele reden möchtest ...«

Ich komme nicht los von ihrem Blick und fühle mich zurückversetzt in meine Kindheit, als ich meinen ersten Kinofilm gesehen habe. *Das Dschungelbuch.* Gebannt saß ich in der ersten Reihe und habe mich von Kaas Hypnoseaugen einlullen lassen. Juli hat dieselbe Wirkung auf mich. Auf einmal verspüre ich ein unstillbares Verlangen nach Popcorn und Limonade.

Und dann höre ich mich auch schon erzählen. Ich gehe noch einmal den Weg über die Brücke, exakt an die Stelle, an der Malenas und mein Kombinationsschloss zum Zeichen unserer unendlichen Liebe hängt. Natürlich erzähle ich Juli nichts von dem Selbstmordversuch. Aber ich berichte in aller Ausführlichkeit von Jupp und dem plötzlichen, aus dem Nichts kommenden Unwetter. Davon, wie ich Jupp unter Anstrengung meiner letzten körperlichen Kraftreserven das Geländer hochgezogen habe, sich unsere Wege im Anschluss wieder trennten und ich dann, mitten in der Nacht, mit diesem Ding auf dem Kopf aufgewacht bin. Ich erzähle, dass ich in Jupp die einzige Hoffnung auf Erlösung gesehen habe, mittlerweile aber weiß, dass er nicht mehr als ein elender Penner ist, der dem Papst in den Pileolus gekotzt hat. Ich erzähle Juli wirklich alles und weiß nicht, warum ich das tue. Aber eines weiß ich: Es tut gut. Unendlich gut.

Und alles, was sie am Ende meines sehr langen Monologs dazu sagt, ist: »Ein Kombinationsschloss, wirklich?«

Ich nicke beschämt.

»Ich für meinen Teil glaube ja durchaus, dass Gott einen Plan mit dir hat«, sagt sie nachdenklich. »Deshalb bist du der Träger des Scheins.«

Während wir uns so anschauen und sich mein Blick in ihrem Stirndiadem verliert, frage ich mich, wie viel Gewicht dieses Kompliment von einer Esoteriktante hat. »Was ich sagen will, ist, wenn du wirklich daran glaubst, dass Gott dich auserwählt hat, als sein Sprachrohr zu fungieren ...«

»Das tue ich!«, falle ich ihr mit Inbrunst ins Wort und bin noch immer von mir überrascht, dass ich das wirklich glaube.

»Dann reicht es nicht, sich in die Fußgängerzone zu stellen und Flyer zu verteilen.«

»Nein?«

»Du brauchst eine größere Bühne. Ein Podium, wo man dich wahrnimmt und die Leute das von dir bekommen, was sie so dringend möchten.«

»Die meisten Leute wollen eigentlich nur von mir gesegnet werden.«

»Dann gib den Menschen, was sie möchten.«

»Aber wie?«

Juli verstummt. Ich sehe ihr an, dass sie nachdenkt. Plötzlich erhellt sich ihr Gesicht. »Das lass mal meine Sorge sein.«

Kapitel 25

Es ist einer dieser wunderschönen lauen Sommerabende, wie sie nur ein paar Mal im Jahr vorkommen. Es geht ein leichter Luftzug, gerade mal so frisch, dass er eine wohlige Gänsehaut auf den Unterarmen beschert. Der Himmel ist von einem so intensiven Blau, dass man meint, bis zur Venus schauen zu können. Und die Sonne steht so tief, dass sie noch gänzlich zu sehen ist, jeden Moment aber im Horizont abtauchen könnte. Gelbe Wolken haben sich im Himmel gebildet. Es wirkt wie ein Gemälde von Van Gogh. Derart schön, dass es fast schon unecht erscheint. So schön wie meine Begleitung.

»Hallo? Jemand zu Hause?«, schreckt mich Malena auf. Gleichzeitig drückt sie meine Hand, um mich zurück in die Gegenwart zu holen. Sie gibt ein unbestimmtes Schnauben von sich und dreht ihren hübschen Kopf in die andere Richtung. Weg von mir. »Ich frage mich wirklich, wo du die ganze Zeit über mit deinen Gedanken bist.«

»Na, bei dir, mein Schatz.«

»Eben nicht. Du bist überall, aber nicht bei mir.«

»Aber wir gehen doch gerade spazieren. Gemeinsam.« Ich drücke sie an mich und spüre ihre Wärme durch den feinen Leinenstoff. »Zu unserer Linken der sanft wogende Rhein. Zur Rechten die belebte Uferstraße …«

»Und hinter uns halb Köln, das du wie der Rattenfänger von Hameln hinter dir herziehst.« Sie wirft ihren Kopf zurück, ohne ihre Augen folgen zu lassen. Braucht sie auch nicht. Ich weiß sehr gut, was sie meint. So ist es in letzter Zeit andauernd, seit ich den Heiligenschein offen zur Schau trage. Aber deshalb bin ich nicht sauer. Schließlich ist es naheliegend, dass ich einen Großteil meiner Privatsphäre aufgeben muss, um den Auftrag Gottes zu erfüllen.

»Lass doch die Leute«, besänftige ich Malena. »Sie stören uns doch nicht.«

»Nicht stören? Sie verfolgen uns auf Schritt und Tritt, lassen uns kaum die Luft zum Atmen! Ich fühle mich total beobachtet.«

»Aber das Einzige, was zählt, sind wir beide.«

»Dann hör endlich auf damit, jedem Vorbeigehenden einen dieser blöden Flyer in die Hand zu drücken!« Ihre Stimme zittert vor Wut.

»Herrje«, gebe ich gelassen zurück. »Ich habe eben eine Botschaft zu verkünden. Und das geht nun einmal dort am besten, wo sich viele Menschen aufhalten.«

Doch davon möchte Malena nichts hören. Ich bin enttäuscht. Nicht einen Blick hat sie bis jetzt in meine Broschüre mit dem Regenbogen geworfen. Dabei ist sie wirklich hübsch geworden. Mit der einprägsamen Headline auf der Titelseite, dem Regenbogen als Hingucker und den fröhlich-bunten Schriftfarben. Das in der Mitte gefaltete DIN-A4-Blatt ist eine gut gelaunte Botschaft, die einfach niemanden kalt lassen kann – außer Malena. Zum Teufel! Ich ertappe mich dabei, wie ich unauffällig ihre Unterschenkel inspiziere, auf der Suche nach einem Pferdefuß.

»Und was schaust du die ganze Zeit an mir herunter?«, fährt sie mich an.

»Ich mag es eben, wie die Blätter um deine Füße we ...«

»Ich ertrag das so nicht, Jonas.«

»Aber es geht ihnen doch gar nicht um dich.«

Allem Anschein nach war es nicht das, was sie hören wollte. Denn nun dreht sie sich nicht nur ein Stück von mir weg, sie lässt auch meine Hand los und spießt ein unschuldiges Ahornblatt mit ihrem Pfennigabsatz auf.

Ich lasse sie gewähren. Ich möchte sie nicht bedrängen, ihr nicht meinen Willen aufzwängen. Aus eigener Erfahrung weiß ich ja, wie weit es Pedro damit bei ihr gebracht hat.

»Mir gefällt es nicht, wie sich das zwischen uns entwickelt«, füllt Malena die Stille aus. »Mir fehlt die Zweisamkeit. Die Vertrautheit. Die ruhigen Momente. Nur du und ich.« Wieder blickt sie über die Schulter. »Keine Beziehung, die von der halben Stadt begleitet und kommentiert wird.«

»Da ist was dran«, mischt sich jemand hinter uns ein.

»Aber versteh doch, Liebling. Die Menschen wollen Anteil haben an dem Wunder.«

»Genau«, meint eine Frau neben uns.

»Du hast dich sehr verändert, Jonas. Du solltest dich mal reden hören. Klingst fast schon wie der Wendler.« Eine Aussage, die sie mit einem abfälligen Schnauben unterstreicht.

»Nicht ich habe mich verändert«, widerspreche ich zaghaft. »Gott hat das getan.«

Da ist es wieder, dieses vorwurfsvolle Aufstöhnen. Auch dieses lasse ich im abendlichen Sommerwind verwehen.

Malena blickt auf meinen Kopf und blinzelt leicht. Ihr gefällt es nicht, dass ich nun gänzlich auf den Turban verzichte, das ist unverkennbar. »Eines sage ich dir: Wenn sich herausstellt, dass es doch nur eine Allergie …«

»Du, warte mal kurz.«

Ein korpulenter Mann ohne Haare stellt sich uns in den Weg. »Herr Gerlinger«, keucht er atemlos.

»Bitte, Jonas reicht.«

Er grinst dankbar. »Ich habe die Hoffnung, dass Sie mir vielleicht … also …«

»Wir unterhalten uns gerade«, fährt ihn Malena an.

»Sprich es dir von der Seele«, ermutige ich ihn, traue mich aber selbst nicht, in Gegenwart von Malena »mein Sohn« hinzuzufügen.

Malenas Hände schieben sich in die Hosentaschen ihrer Röhrenjeans. Sie selbst schiebt sich einen riesigen Schritt von mir weg. Schließlich wendet sie sich gänzlich von mir ab.

Der Mann öffnet mehrmals den Mund, schafft es aber nicht, Worte folgen zu lassen.

»Nur zu«, ermutige ich ihn.

Sein schüchterner Blick huscht nach links und rechts. Bleibt dabei eine Spur zu lange auf Malenas Beinen ruhen, blickt mich an. »Vergib mir«, sagt er dann, »denn ich habe gesündigt.«

Jetzt bin ich es, der die Augen aufreißt. Gut, das ist jetzt auch für mich neu.

Malena macht wieder das, was sie an diesem Nachmittag am besten kann. Sie stöhnt auf.

Einige Passanten haben einen Halbkreis um uns herum gebildet. Niemand wagt es, uns direkt anzustarren, die Szene offensiv zu begleiten. Alle wirken mit etwas anderem beschäftigt. Viele Schuhe, die auf einmal zugebunden werden müssen.

»Er ist kein Pfarrer«, mischt sich Malena ein. »Er kann dich nicht von deinen Sünden befreien!«

»Sagt wer?«, fragen der Glatzkopf und ich gleichzeitig.

Malenas Augen rollen sich durch die Tiefen ihrer Höhlen, begleitet von theatralischem Gestöhne. »Die Bibel. Das Alte Testament. Vermutlich auch das Neue. Was weiß denn ich? Hör mal, mein Freund hat weder die Priesterweihe abgelegt noch ein Theologiestudium hinter sich gebracht. Und gläubig ist er auch nicht.«

»War«, korrigiere ich sie. »Ich war nicht gläubig. Nun bin ich es.«

»Aha. Und warum?«

»Ist doch egal, er hat einen Heiligenschein«, ruft der Mann dazwischen, der beichten will.

Um uns herum nicken Dutzende Köpfe. Und auch ich sage: »Genau!«

Malena gibt sich geschlagen, was der Mann zum Anlass nimmt, sich meinem Ohr zu nähern und vom Leder zu lassen. Es dauert geschlagene drei Minuten, bis er mir alle Sünden gebeichtet hat.

Ich höre aufmerksam zu und empfinde es gleichermaßen als befremdliches und interessantes Gefühl, dass ein Mensch mir seine schlimmsten Vergehen anvertraut. Es hat was vom Vormittagsprogramm auf RTL2. Mit der letzten Silbe, die aus seinem Mund dringt, kniet er vor mir nieder und senkt sein Haupt. Ich schlucke ein paar Mal, um die Beichte des Mannes verdaut zu bekommen. So souverän, wie es mir in dieser Situation bei all den Zuschauern und Malena möglich ist, lege ich meine Hand auf seinen roten Kopf, sage ein Gebet auf, das ich damals in der ersten Klasse habe auswendig lernen müssen, und füge gebieterisch hinterher: »Du bist nun von deinen Sünden befreit.«

Als er zu mir hochblickt und mich angrinst, fühle ich mich erleichtert. Anscheinend habe ich den Job zu seiner Zufriedenheit ausgeführt. Geht doch. Glückselig umfasse ich Malenas Hand und stolziere weiter mit ihr die Rheinpromenade entlang.

»Der war doch ganz nett, oder?«

Sie schweigt mich an. Lange und ausgiebig. Vermeidet sogar den Blickkontakt. Ihre Hand, die ich umgreife, ist absolut drucklos. Wie eine tote Fischflosse.

»Du siehst toll aus heute«, versuche ich es mit einem Kompliment.

Sie gibt einen undeutlichen Laut von sich.

»Nein, ernsthaft. Ich liebe es, wie du dein Haar heute trägst. Wie es sich in der leichten Brise bewegt. So wallend und ...«

»Und du könntest dich mal wieder rasieren. Mittlerweile kratzt das ordentlich beim Küssen.«

»Aber das ist doch nur übergangsweise«, beruhige ich sie. »Wenn die Stoppeln erst mal ein paar Zentimeter länger sind, ist das sicherlich flauschig weich und sehr angenehm.«

Sie bleibt abrupt stehen und sieht mich entgeistert an. Die Runzeln auf ihrer Stirn wollen gar nicht mehr verschwinden. »Du willst ihn *wachsen* lassen?«

Ich nicke. »Warum denn nicht, ist doch mal was anderes.«

»Aber … Und deine Haare?«

»Die auch.«

Die neuen Fakten reißen sie nicht unbedingt zu Begeisterungsschüben hin. »Ich weiß nicht.«

»Was weißt du nicht?«

»Ich weiß nicht, ob mir die Veränderung, die du gerade durchmachst, gefällt. Ich vermisse den alten Jonas. Den mit den weichen Gesichtszügen, dem ordentlichen Haarschnitt und diesem chaotisch unzusammenhängenden Kleidungsstil, der dich immer ausgemacht hat.«

»Aber jetzt habe ich doch einen Stil!«

Zum ersten Mal an diesem Tag lacht sie. Es klingt ein wenig nach Schluckauf. Aber immerhin ist es ein Lächeln. Und ich habe gelernt, mich mit wenig zufriedenzugeben.

»Jonas, nur weil du ein Gewand anhast, das dieselbe Farbe wie die Hose hat, kannst du noch nicht von einem Kleidungsstil sprechen.« Mit Daumen und Zeigefinger zieht sie am Stoff meiner beigefarbenen Leinentunika und lässt ihn dann angeekelt los.

»Es gefällt dir nicht«, vermute ich vorsichtig.

»Was mir nicht gefällt, ist die Richtung, die unsere vermeintliche Beziehung einschlägt.«

Jetzt bin ich es, der schlagartig stehen bleibt. Mein Herz poltert sich vor Schreck durch den Brustkorb.

»Versteh mich bitte nicht falsch.«

Ich schüttele energisch mit dem Kopf. Ich möchte nichts weniger auf der Welt, als dass sie denkt, ich verstünde sie falsch. Und noch weniger möchte ich die falsche Richtung für unsere Beziehung.

»Aber seitdem wir es wieder miteinander versuchen, habe ich nicht das Gefühl, dass ich deine Nummer eins bin.«

»Aber das bist du«, versichere ich. »Da sind eben nur Verpflichtungen, die ich eingegangen bin. Erinnere dich an neulich, als ich den abgestellten Korb mit den Katzenbabys vor der Presse des Sperrmüllwagens gerettet habe.«

»Aber das meine ich doch gar nicht.«

»Was denn dann?«

Ihre Hände gestikulieren wild durch die Luft, was ihre Armreif-Armada wütend aufklingen lässt. »Das ist nicht nur an einer Sache festzumachen.«

»Dann erklär es mir anders. Mit mehreren Sachen.«

Malena schüttelt den Kopf. Ich liebe es, wie ihr rotblondes Haar um sie herumweht. Ich atme tief ein, um den Geruch ihres Shampoos einzufangen. Aber der Wind ist schneller.

»Ich verstehe deinen plötzlichen Sinneswandel einfach nicht. Zuvor setzt du alles daran, dieses Licht loszuwerden, und nun bist du besessen von dem Gedanken, du könntest so etwas wie ein Auserwählter Gottes sein.«

Ich überlege kurz, ihr von der Vision zu erzählen, in der mir Gott erschienen ist. Aber dann sehe ich sie wieder als Teufel mit Schwanz und Pferdefuß vor mir und schweige lieber.

»Das ist einfach zu hoch für mich«, sagt sie.

»Ach ja?«, entgegne ich herausfordernd. »Dann solltest du dich eben daran gewöhnen. Denn der Heiligenschein gehört zu mir. Ob du willst oder nicht!«

Wow, denke ich, als sich Malenas Gesichtszüge ins Nirwana verabschieden. Ich klinge tatsächlich autoritär!

»Als es darum ging, deinen Vorteil rauszuschlagen, hast du dich auch nicht daran gestört. Erinnere dich nur an die After-Show-Party, bei der du mich und meinen Schein medienwirksam für die Fotografen neben dir platziert hast. Das war auch nicht zu hoch für dich!«

»Das siehst du in mir?«, funkelt sie mich zornig an. »Du unterstellst mir allen Ernstes, dich für meine Karriere benutzt zu haben?«

Sie baut sich vor mir auf, was extrem unangenehm ist, da sie mich mit ihren hohen Absätzen um eine Stirnlänge überragt. Mein Schein beleuchtet ihr atemberaubend perfektes Gesicht. Ich bin eingeschüchtert. Von ihrer Schönheit und ihrer fühlbaren Wut gleichermaßen.

Doch mein Gehirn ist noch auf Verteidigung programmiert. »Du bist doch bloß eifersüchtig, weil ich von uns beiden mittlerweile die größeren Chancen habe, auf dem Cover der *Cosmopolitan* zu landen! Sieh es endlich ein: Ich bin nicht mehr einfach nur der Jonas, der in einem Fast-Food-Restaurant an der Fritteuse steht!«

»Ich weiß«, spottet sie. »Mittlerweile hast du Kundenkontakt.«

Ich lasse mich nicht von ihr provozieren. »Gott hat mich dazu auserwählt, seinen Willen zu verbreiten. Ich trage nicht nur diesen Heiligenschein, sondern auch Verantwortung. Und das bedeutet, dass ich für alle da sein muss. Für all meine Schäflein.« Ich rede mich in Rage, das merke ich selbst. Aber ich kann damit auch nicht einfach so aufhören. Die umstehenden Menschen, die sich im Halbkreis um uns herumgeschart haben und an meinen Lippen hängen, ermutigen mich, weiter zu sprechen. »Gott spricht aus uns allen. Aus dir. Dir. Und dir!«, schieße ich meinen Zeigefinger in den Halbkreis und ernte frenetischen Beifall. »Warum er sich ausgerechnet mich ausgesucht hat, um sein Zeichen auszusenden? Ich weiß es nicht. Das weiß nur Gott allein. Aber der Herr ist mein Hirte, und ich werde ihm folgen, wohin er mich auch führt.«

Ich habe die Arme ausgebreitet und bade im Beifall der um uns stehenden Leute. Als der Applaus abebbt, ist nicht nur mein Mund trocken, auch das Klima zwischen mir und Malena entspricht einem sehr langen Tag in der Wüste. Ohne Wasser und Sonnenschirm. Aus ihren Augen spricht verletzte Eitelkeit und mühsam unterdrückter Ärger. Es trägt nicht unbedingt zu unserer angespannten Situation bei, dass einige der Umstehenden plötzlich Lobgesänge anstimmen.

»Wir sind deine Schäflein«, ruft uns eine Frau entgegen.

»Wir sind dein Volk«, übertreibt es der nunmehr sündenfreie Mann mit Glatze.

Dann geht alles rasend schnell. Ich schaffe es gerade noch, Malena ein entschuldigendes Lächeln zuzuwerfen, als mich unzählige Hände umfassen und hochheben. Binnen eines Wimpernschlags finde ich mich in der Horizontalen wieder, gut zwei Meter über dem Boden. Ich werde getragen. Auf Händen. Schwebe über Köpfe. Die Menge setzt sich mit mir in Bewegung. Mit einem Blick nach hinten sehe ich Malena immer kleiner werden. Die Leute singen. Ein Kirchenlied, das ich schon seit meiner Firmung nicht mehr gehört habe. Die erste Strophe schraubt sich zu mir empor:

»Du höchstes Licht, du ewger Schein;
Du Gott und treuer Herre mein,
von dir der Gnaden Glanz ausgeht
und leuchtet schon so früh wie spät.«

Meine Gefühle fahren Achterbahn. Ich wandele auf den Pfaden des Herrn, spüre aber gleichzeitig, dass mein neuer Status als Glaubensverkünder für das zarte Pflänzlein der Beziehung zu Malena ungefähr so zuträglich ist wie die Gartenbeet-Bewässerung mit einem Feuerwehrschlauch. Aber ich spüre noch etwas anderes, während ich auf Händen getragen werde: dass ich eine Mission zu erfüllen habe. Und dafür brauche ich Platz. Viel Platz für meine Schäflein.

Kapitel 26

»Und so sprach Gott: Es werde Licht! Und es ward Licht!«

Ich kann mich noch immer nicht an den Klang meiner lautsprecherverzerrten Stimme gewöhnen. Sie erhebt sich wuchtvoll über mein stetig sich vermehrendes Publikum. Ich stehe auf einem Stapel leerer Bierkästen und spüre bereits ein Kratzen im Hals. Doch Opfer zu bringen, bin ich gewillt, wenn dies der Weg ist, den der Herr für mich bestimmt hat.

Es ist ein schöner sonniger Tag. Trotz meiner Nervosität fühle ich mich erhaben und bestens aufgehoben zu Füßen dieses so geschichtsträchtigen Ortes. Ich kann sie zwar nicht sehen, aber ich spüre sie förmlich hinter mir, die Doppelturmfront des Kölner Doms, die ihren mächtigen Schatten auf mich und den halben Domplatz wirft.

Tauben steigen empor und verabschieden sich in die Unendlichkeit des Horizonts. Ich folge ihren Flügelschlägen. Fliegt, Vögel, fliegt!

Ich bin kein großer Redner. Und ich mag es auch nicht, im Rampenlicht zu stehen. Aber hier geht es nicht um mich. Schon lange nicht mehr. Während ich die Selbstreflexion und das Schamgefühl ausblende, jenes lückenhafte Wissen weitergebe, das ich mir quasi über Nacht aus der Bibel und aus dem Internet angeeignet habe, lasse ich meinen Blick über die Zuhörerschar schweifen. Menschen jeglichen Alters hängen gebannt an meinen Lippen, bewundern mit großen Augen meinen Schein. Um ihn im Tageslicht besser zur Geltung kommen zu lassen, habe ich mir eine portable Klappwand aus schwarzem Tonpapier gebastelt. Das hat den Vorteil, dass ich mich vor dem dunklen Hintergrund in meinem weißen Gewand mit voller Leuchtkraft präsentieren kann. Schließlich ist die Optik das Mittel zum Zweck, um die Botschaft Gottes zu verkünden, wie ich von der fußgängerzonenversierten Juli gelernt habe.

Es ist nicht so, dass ich mich für den Erlöser oder den Messias halte. Auch wenn zwei, drei hochgehaltene Pappschilder und eine Hand voll liebevoll bemalte Stofftransparente genau das behaupten und mir durchaus schmeicheln. Definitiv aber weiß ich jetzt, dass ich auserwählt wurde. Und es würde an Blasphemie grenzen, die Wünsche Gottes zu ignorieren.

Das Problem ist nur, dass ich noch immer keine wirkliche Botschaft zu verkünden habe – außer das, was ich mir eben so zusammenreime, das aber selten über »Ich bin das Licht« und die Predigt von der Nächstenliebe hinausgeht. Die ganze Zeit über habe ich gehofft, dass Gott mir erneut in einer Vision erscheint und mich zu einem Berg führt, wo ich seine Gebote empfange. Oder so. Es kam aber nichts. Bisher. Also muss ich mit dem klarkommen, was ich habe. Dem ganzen gebündelten Kram aus dem Katechismusunterricht von damals, vor meinem Empfang der heiligen Kommunion. Und natürlich dem, was die noch geltenden Zehn Gebote hergeben. Wobei mir selbst das neunte Gebot, die Sache mit dem Begehren des Nächsten Weibes, ordentlich zusetzt. Andererseits hat Pedro damit angefangen. Ich habe mir schließlich nur meinen rechtmäßigen Besitz zurückgeholt. Oder so.

Überhaupt frage ich mich, ob Malena hier ist. Ob sie irgendwo dort unten in der Menge steht, zu mir hinaufschaut und meinen Worten lauscht. Eingeladen habe ich sie, doch ich entdecke sie nirgends. Sie hat sich seit unserem Spaziergang vor ein paar Tagen rargemacht. Vermutlich hat sie viel um die Ohren. Wegen ihrer durchstartenden Modelkarriere.

Es heißt, dass die ersten fünf Minuten die schlimmsten sind.

Dass sich danach die Aufregung legt. Alles gelogen. Ich bin genauso nervös wie beim ersten Atemzug heute Morgen. Meine Hände zappeln, die Unterlippe bebt. Ich habe Durst und würde gern zum Glas greifen, habe aber Angst, dass die Leute dann sehen können, wie sehr ich zittere.

Es war nicht meine Idee, diese Nachmittagsansprache am Fuße des Kölner Doms. Aber Juli hat eine wirklich überzeugende Art, einem die Dinge schmackhaft zu machen. Sie hat sich auch um das Verteilen der Flyer gekümmert. Darin ist sie schließlich geübt. Sogar die regionale Presse hat sie auf unser provisorisches Event aufmerksam gemacht. So wird meine Rede begleitet von mehreren Radiosendern und regionalen Fernsehprogrammen, deren Mikros an meinem Podium befestigt sind.

»Wenn du die Menschen erreichen möchtest«, klingt Julis Stimme noch in meinem Ohr, »musst du dich der gesamten Marketingmaschine bedienen.«

Doch jetzt, da ich auf dem Podium stehe und zu der Menge der Gläubigen spreche, frage ich mich, ob all das nicht eine Spur zu weit geht: als nicht praktizierender Katholik den Segen »Urbi et Orbi« auszusprechen. Den vollkommenen Sündenablass nach der apostolischen Lehre. Die Reinsprechung aller Menschen, die gewillt sind, mir zuzuhören.

»Ihr seid das Licht«, erhebe ich meine Stimme. »Ihr seid das Licht!«

Wenn die Kirche etwas macht, dann macht sie es richtig. Mit halben Sachen gibt sie sich nicht zufrieden. Sie nimmt das »Orbi« in ihrem traditionellen Segen wörtlich und lässt den Sündenerlass auch via Radio- und TV-Übertragung gelten. Seit 1995 sogar über das Internet. Da soll mal jemand sagen, die Kirche gehe nicht mit der Zeit.

Ich schlucke meine moralischen Bedenken herunter und mache weiter im Text. In bester Village-People-Manier vollführen meine Hände die Y-Stellung. »Gott hat mir dieses Zeichen gesandt, um euch zu zeigen, dass es eine Erlösung für uns alle geben kann. Auch ich war ein Ungläubiger.«

Ich habe mich schlaugemacht. Von der Warte des Kirchenrechts her übersteigt der Segen »Urbi et Orbi« eindeutig die Befugnisse eines normalen Christen und steht eigentlich nur einer einzigen Person auf der Welt zu: dem Papst. Da ich aber einen Heiligenschein trage, erlaube ich mir einfach, mich über dieses Recht hinwegzusetzen. Bestätigt fühle ich mich durch die Anwesenheit mehrerer Geistlicher, die den Weg aus dem Dom zu mir gefunden haben und bereitwillig dem lauschen, was ich zu sagen habe.

Doch genau hier liegt ja das Problem. Ich habe nicht wirklich etwas zu sagen. Im Grunde beschränkt sich meine Botschaft einzig und allein auf den Schein. Und der leuchtet eben auch ohne mein Dazutun. Da ich aber nicht nur herumstehen und auf die Menschen hinabstrahlen kann, spreche ich meinen einstudierten Text auf, den ich von einer kirchlichen Website ergaunert habe. Zum größten Teil sind es Auszüge aus der diesjährigen Osteransprache des Papstes auf dem Petersplatz in Rom. So sind es also nicht meine Worte, die aus mir sprechen, sondern seine: »... für die Kinder und die alten Menschen, für die Jugendlichen und die Familien, für die Armen und die an den Rand Gedrängten ...«

In dem Stil geht es eine gute Stunde weiter. Ich hebe die Arme, die Leute jubeln. Ich gebe sinnfreie Phrasen von mir, die Leute jubeln. Und immer wieder, wenn ich nicht mehr weiterweiß, schreit irgendwer im Publikum: »Ich bin das Licht!«, woraufhin sich alle anschließen. Was bei einer Menge von bis zu tausend Leuten schon eine Weile dauern kann. Dabei wird viel geklatscht. Derart lang anhaltend, dass ich beinahe selbst die brennenden Handinnenflächen als Phantomschmerz spüre. Wer hätte gedacht, dass der Segen ein derartiger Selbstläufer wird.

Irgendwann nimmt eine weitere schweißgetränkte Stunde meines Lebens ein Ende. Erschöpft, aber glücklich steige ich vom Podium und nehme ein Bad in der Menge, berühre Menschen und lasse mich berühren. Bis sich der Tumult allmählich auflöst.

Ich bin gerade dabei, meine Hände mit den letzten beiden Feuchttüchern aus der Familienpackung zu reinigen und meine schwarze Tonpapierwand zusammenzufalten, als sich eine knochige Hand auf meine Schulter legt.

Erschrocken fahre ich herum und frage mich ernsthaft, wie es Jupp geschafft hat, noch verwitterter auszusehen als bei unserem letzten Treffen. Er ist ein Schatten seiner selbst. Ich erkenne ihn kaum wieder. Er trägt noch immer die Klamotten, die ich ihm damals überlassen habe. Nur sehen sie mittlerweile so aus, als hätte er mit ihnen den Dschungel Borneos durchquert. Zweimal. Farben sind nicht mehr zu erkennen. Alles ist grau, zerschlissen und zerlumpt. Dasselbe trifft auch auf seinen Bart zu, der mich in seiner Zerrupftheit an das Haar einer Barbiepuppe in der Obhut eines sehr wütenden Kindes erinnert.

Ich baue mich vor ihm auf und erhelle sein verstaubtes Haar. Wir liefern uns ein wortloses Blickgefecht. Diesmal halte ich stand und gebe nicht klein bei.

Als auch Jupp das erkennt, nimmt sein Gesicht weichere Züge an. »Was hast du denn da?«, will er wissen und nickt in Richtung meines Mundes.

Automatisch schießt meine Hand hoch und betastet mein Kinn. »Ach, das. Ein Bart. Dachte, wäre mal Zeit für was Neues. Warum?«

Sein Blick wandert an mir hinab. »Und was sind das für Klamotten?«

Mir gefällt der tadelnde Klang seiner Stimme nicht. »Halt was … Bequemes«, weiche ich aus.

»Ist das ein Talar?«

»Ach was«, winke ich ab. »Das ist nur so ’n … Gewand?«

Er mustert mich eindringlich. Der aufglimmende Glanz in seinen Augen macht mich zunehmend nervöser. »Was spielst du hier für ein Spiel?« Sein Blick ist forschend. Jetzt ist er es, der sich durch den Bart fährt. »Und das an deinen Füßen?«

Wir gucken mir auf die Schuhe.

»Sind das Jesuslatschen? Mode zu Zeiten Christi, eh?«

»Ich sagte doch, ich mag’s bequem«, rechtfertige ich mich grundlos. »Leinen, Jute und Baumwolle sind mörderisch angenehm.«

Das Thema schlägt um wie das Wetter in den Bergen. »Der Papst findest es übrigens gar nicht so lustig, dass du der Welt die apostolische Botschaft verkündest.«

»So?« Und woher weiß das Jupp? Überhaupt, was bildet sich dieser Penner eigentlich ein?

»Wenn der Heilige Vater ein Problem mit mir hat, soll er mir das persönlich sagen.«

»Das hab ich ihm auch gesagt.« Jupp blickt finster drein und hält mir ein Handy entgegen. Eines mit richtigen Tasten und einfarbigem Display, eines, bei dem man die Antenne ausziehen muss.

Zaghaft greife ich nach dem Telefon und halte es mir ans Ohr.

»Jonas Gerlinger?«, höre ich eine fragende Stimme, die weit entfernt klingt, mir aber dennoch sehr bekannt ist.

»Hrm, ja?«

»Ich bin’s, Antonio. Der Präfekt des Papstes.«

Mein Körper verkrampft sich derart, dass mir beinahe das Telefon aus den Händen fällt. Diese Regung löst auch etwas in Jupps Gesicht aus. Es sieht nach Genugtuung aus. Gleichzeitig verschränken sich seine Arme vor der Brust.

»Antonio«, stammele ich.

Jupp nickt triumphierend.

»'ören Sie, Ihr Freund 'at uns alles erzählt.«

»Ach?«

»Und was er uns erzählt 'at, ändert natürlich alles.«

»Ach?«

»Aber ja. Es steht außer Frage, dass wir es 'ier mit einem richtigen Wunder zu tun 'aben. Einer überweltlichen Erscheinung, die nur mit Gott zu erklären ist.«

»Meine Rede.«

»Und obwohl Gottes Wege oftmals unergründlich sind«, fährt er mit erregter Stimme fort, »so glauben wir dock, dass es sich in diesem Fall um eine gewaltige Verwechslung 'andelt. Dass nicht Ihnen das Privileg der Erscheinung zuteilwerden sollte, sondern dass Ihr Freund der eigentlich Auserwählte ist.«

»Warum sollte er?«

»Es gibt unumstößlicke Fakten, an denen man nicht rütteln kann«, antwortet der Präfekt ausweichend. »'orchen Sie tief in Ihr Innerstes, dann werden auck Sie fühlen, dass nicht Sie der wahre Auserwählte sein können.«

»Ich fühle da nichts«, sage ich sofort. Vielleicht etwas zu schnell. Denn in der kurzen Zeit hätte ich unmöglich irgendwas irgendwo fühlen können.

»'err Gerlinger, wir glauben wirklich, dass es nicht gut ist, was Sie da tun. Sie wissen, dass diese Glorlole nicht Ihnen bestimmt ist. 'orchen Sie tief in sich 'inein und 'ören Sie auf Ihr 'erz. 'ören Sie auf die Stimme Gottes, die auck zu Ihnen spricht. Bringen Sie das sphärische Gleichgewicht wieder in Ordnung, bevor es zu spät ist und ...«

»Was und?«, hake ich nach.

»Ehrlich gesagt, wir ... wir wissen es nicht«, gibt Antonio unumwunden zu. »Aber es kann nichts Gutes bedeuten. Tun Sie einfack das Richtige.«

»Der Heiligenschein war für mich bestimmt«, brüllt Jupp

ins Handy. Mit der noch freien Hand halte ich ihn auf Abstand.

»Ah, einen Augenblick nock, bitte, 'err Gerlinger«, höre ich Antonio, während ich mir den kleinen Finger ins Ohr stecke, um das Fiepen darin zu vertreiben. »Der Chef möckte Sie sprechen.«

»Äh ...«, kann ich noch sagen, dann befinde ich mich in der Warteschleife des Vatikans. Ich höre *Pray* von DJ Bobo. Schwer zu sagen, ob die Kirche damit ihren Sinn für Humor unter Beweis stellen will. Auf jeden Fall bedienen sie sich also nicht nur für die Gardisten bei den Schweizern.

»Du hetzt mir den Papst auf den Hals?«, zische ich Jupp in der Warteschleifenphase ungläubig zu.

Zu seinem Nicken gesellt sich nun ein breites Grinsen, das sich unter dem wilden Bart abzeichnet. Sein Zeigefinger ist auf mich gerichtet. »Du bist größenwahnsinnig!«

»Ich trage einen verdammten Heiligenschein! Wie groß könnte ich denn noch werden?«

DJ Bobo stirbt mitten im Refrain. Dafür krabbelt die freundliche Stimme des Papstes durch den Hörer und gesellt sich zu mir auf den Domplatz. Ich bin mir sicher, dass man mein Schlucken auch ohne Telefon bis nach Rom hören kann.

»Hallo, Herr ... Papst«, setze ich zur Begrüßung an, wieder daran erinnert, dass mir sein Name noch immer nicht eingefallen ist. Ein schöner Christ bin ich! Aber weiter komme ich ohnehin nicht, da mir der Pontifex viel zu sagen hat.

Zunächst ist es ein Monolog, der keine verbale Reaktion meinerseits erfordert. Ich stehe nur da und lausche den vorwurfsvollen Worten des Kirchenoberhauptes. Allem Anschein nach befinde ich mich in einer Konferenzschaltung, denn hin und wieder mischt Antonio sich ein, wenn der Papst mit seinen Deutschkenntnissen am Zenit angelangt ist. Und während ich mich frage, wie zum Teufel Jupp an die Telefonnummer des

Papstes kommt, bekomme ich vom wichtigsten Mann der Kirche den Einlauf meines Lebens erteilt.

»Aber ich verkündige doch nur das Wort Gottes!«, rechtfertige ich mich in einer Atempause des alten Mannes. »Das muss schließlich auch in Ihrem Sinne und im Sinne des Vatikans sein, wenn ich …«

Anscheinend sieht man das im Vatikan anders, denn die Freundlichkeit des Heiligen Vaters schlägt in Ärger um, als er mir in seiner Muttersprache über den Mund fährt: »¡Cállate! ¡Estás loco! ¡Por dios! Caramba. ¡Me importa tres cojones! ¡No me ralles! ¡Madre mía!«

Ich verstehe zwar kaum ein Wort, doch dem Tonfall nach zu urteilen, kann es unmöglich etwas Nettes sein. In den wenigen Pausen, die der wilde Shitstorm, der sich über mich legt, bietet, stammele ich Entschuldigungen. »Jawohl, Chef, äh, Herr Papst, meine ich … Natürlich … Kommt nie wieder vor, nein. Keine Sündenablässe mehr. Auch das nicht … Nein, nie wieder … Gut, nein, nicht gut. Gaaar nicht gut … Nehme ich selbstverständlich ernst. Nein, niemals lag es mir im Sinn, die Autorität der Kirche zu untergra… Bitte? Dreißig Ave-Maria? Siebzig Vaterunser? SIEBZIG?! Ist das nicht ein bisschen zu …? Ja, ich weiß, die Verballhornung des ›Urbi et Orbi‹ ist natürlich keine Kleinigkeit, und dass nur Sie, ich meine Er, also Eure Hochheiligkeit … ich meine Unsere … Also gut – nein, ich habe keinen Rosenkranz. Wo soll ich denn bitte schön einen Rosenkranz herkriegen?«

Jupp hält mir seinen hin.

»Auch dreißig? Ja. Gut. Ja … hallo?«

Aufgelegt. Die Perlen der Kette abtastend, verdaue ich den päpstlichen Rüffel und versuche mir gegenüber Jupp nicht anmerken zu lassen, wie tief ich erschüttert bin.

»Du und ich, wir müssen reden!«, faucht er mich an.

»Was hätten wir beide noch zu bereden?«, meckere ich zurück.

»Das Ding da über deinem Kopf, das gehört mir. Und ich will es jetzt wiederhaben! Wir hatten jetzt alle genug Spaß. Es wird Zeit, dass er auf seinen rechtmäßigen Besitzer übergeht.« Seine Augen funkeln. Nicht unbedingt bedrohlich, aber zumindest ein wenig wirr.

»Und wer sagt, dass er nicht schon längst bei seinem rechtmäßigen Besitzer ist?«

Jetzt ist es ganz bestimmt ein bedrohlicher Funke in Jupps blutrot unterlaufenen Augen. »Wir müssen eine Lösung finden, Jonas! So kann das nicht weitergehen. Mit uns beiden.«

»Warum denn nicht? Ist doch alles super!«

»Super?«, fährt er mich an. »Du findest alles *super?*«

Ich nicke zaghaft. Unsicher. Verängstigt.

»Sieh mich an«, befiehlt er mir. »SIEH MICH AN!« Er schreit, weil ich seiner Aufforderung nicht sofort Folge leiste. »Sehe ich in deinen Augen aus, als liefe alles *super?*«

Ohne Verwarnung schießt seine Hand nach vorn und kriegt mich am Tunika-Kragen zu fassen. Zwei Stoffknöpfe reißen ab. Ich will mich losmachen, doch seine Kraft ist von unbändiger Natur.

»Mir reicht es, Jonas«, zischt er mich an. »Wir beide wissen ganz genau, dass der Heiligenschein mir vorbehalten ist. Und jetzt ist es an der Zeit, dass ich wieder zurückbekomme, was mir zusteht. Hast du mich verstanden?«

Er ist schwerlich nicht zu verstehen, so wie er schreit. »Ich will ihn haben!«

Behutsam lege ich meine Hände um sein Handgelenk und winde mich aus der Umklammerung. Zu meiner Überraschung leistet er keine Gegenwehr. Ruhig frage ich: »Und wie stellst du dir das vor? Dass ich ihn einfach so ausziehe und dir überreiche?«

Einen Moment lang herrscht Schweigen.

Dann schüttelt Jupp den Kopf. »Nein, ganz so einfach wird es vermutlich nicht.«

»Also frage ich dich noch einmal: Wie stellst du dir das vor?«

»Wir müssen dorthin, wo alles angefangen hat!« Der Zorn in seiner Stimme ist fundamentalistischer Begeisterung gewichen. »Zur Brücke.«

»Und dann?«

Ich erkenne eine Spur von Ratlosigkeit in seinem Gesicht. »Dann sehen wir weiter.«

»Ein toller Plan.«

»Hast du einen besseren?«

»O ja, den habe ich. Weißt du, Jupp, ich bin da etwas anderer Meinung als du. Ich bin davon überzeugt, dass es der Plan Gottes war, mir diesen Heiligenschein zu geben.«

»Aber ...«

»Weil ich ihn verdient habe, verstehst du?«

»Aber ...«

»Wenn ich deinen wirren Worten aus dem Flugzeug wirklich Glauben schenken soll, dann wolltest du ihn ohnehin nicht mehr. Also wird Gott sich etwas dabei gedacht haben, dass er mich an deiner Stelle auserwählt hat.«

»Das ist doch Quatsch!«, wehrt er sich gegen meinen Einwand. »Das war alles nur ein riesengroßes Missverständnis! Das weißt du ganz genau. Die ganze Sache auf der Brücke. Ein riesengroßes Missverständnis! Du wolltest dir doch nie das Leben nehmen. Das habe ich in deinen Augen gesehen.«

»Natürlich wollte ich das.«

»Und warum hast du es dann nicht?«

»Weil, weil ...«

»Weil du ein Feigling bist! Die ganze Aktion, die du da abgezogen hast, war nichts weiter als ein Schrei nach Liebe.«

»Das reicht, das muss ich mir nicht bieten lassen. Genug ist genug! Lass mich in Ruhe, sonst rufe ich die Polizei.«

Zu meiner grenzenlosen Überraschung macht er tatsächlich einen Schritt zurück. Zwar kopfschüttelnd, aber er lässt von mir ab. »Damit wirst du nicht durchkommen. Gerechtigkeit findet immer einen Weg. Du wirst ihn mir geben müssen, ob du willst oder nicht. Es stimmt, was sie sagen, weißt du? Gottes Wege sind unergründlich. Und er irrt sich nie. Vielleicht vertut er sich mal, wie in deinem Fall. Aber gib dich nicht der Illusion hin, dass er dir das durchgehen lässt.«

Um mir seine vergifteten Wörter nicht weiter anhören zu müssen, schließe ich die Augen, presse die Handballen gegen die Ohren und beginne laut zu summen: *Damdamdam-da-damdam-da-damdamdam …*

Als ich die Augen wieder öffne, ist Jupp fort. Fürs Erste. Dass er wiederkommen wird, steht außer Frage. Schließlich habe ich etwas, was er unbedingt haben will.

Aber es gehört ihm nicht. Es gehört mir. Es ist mein Heiligenschein. Meiner ganz allein.

Mein Schatz.

Kapitel 27

Anscheinend ist Malena wirklich sehr beschäftigt mit ihrer aufstrebenden Modelkarriere, da sie nie zu Hause ist und mir nicht die Tür aufmachen kann, wenn ich klingele. Vermutlich hat sie auch ihren Mobilfunknetz-Anbieter gewechselt und vergessen, es mir zu erzählen. Genauso wie sie vermutlich vergessen hat, die Rufnummernmitnahme rechtzeitig zu beantragen. Nur so ist zu erklären, dass sie nicht auf meine Anrufe, SMS-Nachrichten und E-Mails reagiert.

Je länger ich darüber nachdenke, desto weniger abwegig finde ich das. Womöglich gibt es auch für Models diese Art von supergünstigen Journalistentarifen. Und da ich weiß, wie sparsam Malena ist, wird sie vermutlich gleich als Erstes ihren alten Vertrag aufgelöst haben, um sich die neuen Tarife zu sichern. Nur so kann es sein. Alles kein Grund zur Beunruhigung. Wirklich nicht.

Dennoch muss ich die ganze Zeit an sie denken. Das in mir schlummernde Panikmonster ist erwacht und will gefüttert werden mit unheilvollen Gedanken, deren Produktion mein Gehirn bereits angekurbelt hat. Nur gut, dass ich mich bei meinem Job an der Kasse der *Heiligen Krabbe* ablenken kann.

Überhaupt könnte ich eigentlich zufrieden sein. Seit meinem Schein, meiner Popularität und meiner Unterschrift unter den Fünf-Jahres-Vertrag ist das Verhältnis zwischen Malte und mir deutlich besser geworden. Nicht, dass er mich fortan mehr an der geschäftlichen Seite der *Heiligen Krabbe* teilhaben lässt. Dafür tritt er mir mit mehr Respekt entgegen und kriegt nicht gleich einen Tobsuchtsanfall, wenn ich in einer meiner Pausen am Geschäftsapparat hänge.

»Was ist denn das?«, frage ich mit eingeklemmtem Hörer zwischen Kinn und Schulter, als ich ein Stück Papier erblicke, das Malte auf dem Tresen hat liegen lassen. In meinem rechten Innenohr dudelt Mozarts *Kleine Nachtmusik*.

Bei seiner Antwort schaut er nicht einmal vom Taschenrechner auf. »Ein Angebot von einem asiatischen Händler, bei dem wir unsere Shrimps 0,023 Cent günstiger beziehen können. Pro Bruttoregistertonne. Ich liebe die freie Marktwirtschaft.«

Ich sehe mir den ausgedruckten Wisch näher an und versuche, die englischen Happen zwischen den asiatischen Schriftzeichen ins Deutsche zu übersetzen. Der Faxausdruck ist von unterirdisch schlechter Qualität. Apropos: »Und die Qualität?«

»Was denn für eine Qualität?«, fragt Malte. Jetzt habe ich seine Aufmerksamkeit.

»Na, von den Shrimps. Größe, Sorte, Herkunftsnachweis, Nachhaltigkeit der Aufzucht ...« Nicht, dass es mich offiziell etwas angehen würde, aber ich finde, ich trage eine gewisse Verantwortung, was die Belange der *Heiligen Krabbe* angeht, seit ich ihr Aushängeschild bin.

Maltes Mimik spiegelt Verwirrung wider. »Willst du mich verarschen? Spreche ich Kaukasisch? 0,023 Cent. Hast du eine Ahnung, was das aufs Jahr gerechnet ausmacht? Und überhaupt, was machst du die ganze Zeit mit dem Firmentelefon? Hab ich dir nicht gesagt, dass das während der Arbeitszeit tabu ist?«

Was soll denn das jetzt? »Ja, schon. Aber ...« Ich knicke unter seinem stechenden Blick ein und schlucke trocken. Dann appelliere ich an sein Herz. »Ich bin in der Mobilfunkhotline, um die neue Telefonnummer meiner Freundin herauszukriegen. Du weißt auch nicht zufällig, ob es den Journalistentarif auch für Models gibt?«

»Deiner *Freundin?*« Malte schüttelt irritiert den Kopf. »Du hast eine Freundin?«

»Ja. Also schon, irgendwie.«

Sein schräger Blick wandert an mir vorbei und bleibt im Irgendwo hängen. »So 'ne große Rothaarige mit blauen Augen, hohen Wangenknochen und echt scharfer Figur?«

»Ja«, sage ich überrascht. »Hast du sie etwa gesehen?«

»Klar, sie winkt dir gerade zu«, sagt er und nickt mit dem Kopf zur Eingangstür. »Und jetzt leg das Telefon weg und geh endlich an die Arbeit. Die Kundschaft wartet.«

Als ich seinem Blick folge, muss ich bitter schlucken. Das Schicksal erspart mir eine weitere halbe Stunde in der Warteschleife, stellt sich aber gleichermaßen als mieser Verräter heraus.

Langsam sehe ich Malena auf mich zukommen, die es schafft, selbst dem nüchternen Verkaufsraum der *Heiligen Krabbe* etwas Erhabenes zu verleihen. Jedenfalls mehr als ich mit meiner kreisrunden Leuchtstoffröhre am Hinterkopf. Was mir gar nicht gefällt, ist Pedro an ihrer Seite. Das Veilchen ist gut verheilt. Und auch die Schwellung an seiner Oberlippe ist zurückgegangen. Jetzt sieht er nur noch ein bisschen aus wie der uneheliche Bruder von Donatella Versace.

»Hallo, Jonas«, sagt Malena und schenkt mir ein vorsichtiges Lächeln.

»Hi«, sagt Pedro, ohne eine Miene zu verziehen.

Ich bin nicht gerade gesegnet mit Talenten. Ich kann passabel malen und bin ganz gut darin, hässliche Stofftiere aus Greifarmautomaten zu ziehen. Aber ich verfüge über eine ausgeprägte emotionale Intelligenz, was ein echter Fluch sein kann. Es reicht nämlich ein flüchtiger zwischen Malena und Pedro ausgetauschter Blick, um zu verstehen, dass da etwas neu entflammt ist und ich draußen bin.

Schon wieder. Sackgasse. Keine Wendemöglichkeit.

Bislang habe ich es immer für eine Redensart gehalten, dass man an gebrochenem Herzen sterben kann. Aber die beiden derart eng nebeneinanderstehen zu sehen, gibt mir wirklich das Gefühl, sofort tot umfallen zu müssen.

Dennoch verspüre ich keinen Groll. Allerhöchstens auf mich, da ich es diesmal selbst versaubeutelt habe. Eigentlich ist es nur fair, dass es so läuft, wie es gelaufen ist. Mit keinem Ton haben Malena und ich über unsere Gefühle gesprochen. Mit keiner Silbe war die Rede davon, dass wir uns wieder in einer Beziehung befänden. Und so muss natürlich auch kein Wort darüber verloren werden, dass diese Beziehung schneller ein Ende gefunden hat als die Karriere von Bro'Sis.

Trotzdem muss ich reagieren. Irgendwie. Das gebietet der Kodex. Und so sage ich: »Herzlich willkommen in der *Heiligen Krabbe.* Ihre Bestellung, bitte?«

»Jupp hat uns gebeten, mit dir zu reden«, höre ich Malena dumpf in meinen blutrauschenden Ohren.

Interessant, wie schnell der Schmerz in Wut umschlagen kann. Ich spüre, wie meine Wangen augenblicklich glühen. Vermutlich lodert auch etwas in meinen Augen auf, denn sowohl Malena als auch Pedro weichen etwas zurück.

»Jupp«, presse ich zwischen den Zähnen hervor.

»Er hat uns alles erzählt«, erklärt mein ehemals bester Freund. Mir fällt auf, dass er wegen der Schwellung noch ein wenig Probleme hat, den Mund weit genug aufzubekommen. So klingen seine Worte sehr gepresst. »Von eurem Papstbesuch, eurem Zerwürfnis ... Hast du wirklich den päpstlichen Segen am Domplatz ausgesprochen?«

»Er hat uns auch von dem Geschehen auf der Brücke berichtet«, fällt ihm Malena ins Wort. »Dass du dich hast umbringen ...« Sie kriegt den Rest des Satzes nicht über die Lippen.

Dafür bin ich unendlich dankbar. Wie gut, dass meine Wangen bereits rot sind. Wenn nicht, wären sie es nämlich jetzt.

Umso wütender werde ich auf Jupp. Er hatte kein Recht, Malena irgendetwas von der Brücke zu erzählen. Niemand hat das. Wenn, dann hätte sie es aus meinem Mund erfahren müssen, dass ich ihretwegen beinahe …

»Er hat uns auch erzählt, dass du ihn vor dem Absturz gerettet hast«, erzählt Pedro weiter. »Und dass sich seitdem irgendwie alles verändert hat.« Seine Hand fährt in die Höhe. »Dein Heiligenschein.«

»Jupp sagt, dass er gar nicht für dich bestimmt und alles nur ein großes Missverständnis ist«, sagt Malena.

»So«, erwidere ich gereizt. »Sagt er das, ja?«

Beide nicken entschlossen.

»Und wir glauben ihm.« Malena sieht mich an und gleich wieder weg. »Jupp hat uns Sachen erzählt, die sind einfach voll krass. Irgendetwas an ihm ist ganz besonders, findest du nicht auch?«

»Du meinst diesen ausströmenden Gummibärchengeruch?«

»Du musst mit ihm reden«, appelliert sie an mein Gewissen. »So kann es doch nicht weitergehen. Mit euch beiden.«

»Warum denn nicht?«

»Weil du kein Heiliger bist, verdammt!« Pedro schafft es nicht länger, seine sardische Impulsivität zu zügeln. »Mensch, Jonas, ich kenn dich seit dem Kindergarten. Du bist mein bester Freund und zählst zu den wichtigsten Menschen in meinem Leben. Ich bewundere dich für so vieles. Für deine Feinfühligkeit, deine Empathie. Für dein künstlerisches Talent und wie einfühlsam du bei Frauen bist. Aber du bist ganz sicher kein Heiliger!«

Ich weiß nicht, was ich dazu sagen soll. So offen hat Pedro noch nie mit mir gesprochen. Er *bewundert* mich?

»Ihr glaubt, dass dieser Jupp …«

Beide nicken, bevor ich den Satz beenden kann.

»Was er uns alles erzählt hat. Das ist unglaublich und ändert einfach alles«, sprudelt es vor Enthusiasmus aus Pedro raus. »Wusstest du zum Beispiel, dass Maria Magdalena eigentlich mit Jesus …«

»Lass dir helfen«, fällt ihm Malena ins Wort und fleht mich an. »Hör einfach auf ihn und versuch, das Gleichgewicht wiederherzustellen. Geh mit ihm dorthin, wo alles seinen Anfang nahm! Jupp gehört nicht hierhin. In diese Welt. Hilf ihm dabei, dass er freikommt.«

Ich bin nicht in der Lage, irgendetwas darauf zu sagen. Schweigend stehen wir uns gegenüber. Getrennt von der Ladentheke und einem Meer aus Unausgesprochenem. Die Stille ist bedrückend und unheilvoll.

Wieder ist es an mir, sie zu durchbrechen. Und nicht nur die Stille. Nein, irgendetwas tief in mir drin Schlummerndes bahnt sich einen Weg an die Oberfläche. Vermutlich das Panikmonster. Ein siebenundzwanzig Jahre lang zurückgehaltenes Ungetüm, gefüttert mit den feinsten Speisen aus Demut, Bosheit und Mobbing. Ohne Vorwarnung kommt es zum Vorschein und begrüßt die so verhasste Welt mit einem Urschrei, der erst wieder verhallt, als meine Stimmbänder aufgeben.

Ich knalle Pedro alles an den Kopf, was sich seit unserer Kindergartenzeit angestaut hat. Als er mich Sand fressen ließ. Weichen Sand, den man kneten konnte und der eigenartig gerochen hat. Als ich ihm erzählt habe, dass ich mich in Sabine Graupenburger verliebt habe, er anschließend seine Caprisonne mit ihr teilte und beide aus einem Strohhalm getrunken haben – ohne abzuwischen. Als er den Zahnarztstuhl mit einem Lächeln verlassen hat und ich mit einer Außenspange. Als er den Tausendmeterlauf gewann. Der Lauf, der meine Hülsenfruchtallergie zum Vorschein brachte. Als er mir beichtete, dass er den Stock zwischen die Speichen geschoben hatte, dem ich den Schwangerschaftsstreifen am Kinn zu verdanken habe. Mir fallen wieder Hans' Worte ein: Warum ist er noch gleich mein bester Freund?

Da ich Malena noch nicht ganz so lang kenne, reduziert sich mein Groll auf das Offensichtliche. Ich beschimpfe sie als Schlampe, Medienhure und Wanderpokal.

Es ist nicht gerade einer der Lichtblicke meines Lebens. Aber das Steuer der MS Jonas hat längst ein Anderer an sich gerissen. Mit Volldampf nimmt der neue Kapitän Kurs auf die unvermeidbare Kollision mit dem Megaeisberg.

Bei jeder Bösartigkeit, die ich Malena an den Kopf knalle, zuckt sie zusammen. Tränen steigen ihr in die Augen. Sie wischt sie nicht weg. Pedro hebt beschwichtigend die Hände, traut sich aber nicht einzugreifen. Vermutlich wird ihm bewusst, dass ich ihn im Falle einer körperlichen Auseinandersetzung vor lauter Wut wie eine unter Hochdruck stehende Lokomotive überrollen würde. Ungebremst. Mit voller Wucht. Und mit einem Lächeln im Gesicht.

Mein Anfall dauert keine drei Minuten. Genau so lange, bis der große Zeiger auf der Zwölf steht.

Ich atme tief ein und aus und versuche herunterzukommen. Klappt nur so mittelprächtig. Jetzt könnte ich ein paar Yoga-Entspannungstipps von Hans ganz gut vertragen. »Sagt Jupp, dass ich einen Scheißdreck tun werde«, beende ich meine Schmährede. »Gott hat mich auserwählt. Daran lässt sich nun mal nichts ändern. Und wenn ihr mich jetzt bitte entschuldigen würdet? Meine Schicht ist zu Ende.«

Kapitel 28

Es ist bereits das zweite Mal, dass ich eine Eingebung habe. Ich liege in meinem Bett. Die Schlafmaske ist verrutscht. Aber es ist nicht die von mir ausgehende Helligkeit, die mich geweckt hat. Es sind der beißende Gestank von Essig und das Hans-Mutschler-Monster.

Als ich ein paar Mal geblinzelt habe, dämmert mir, dass es diesmal kein Traum ist. Das Wesen steht leibhaftig vor mir und starrt mich an. Mit Kittelschürze, knallgelben Gummihandschuhen und einer WC-Ente in der Hand.

»Guten Morgen«, sagt das Wesen. »Auch schon wach?«

»Hans?« Meine Hand tastet nach der Schlafmaske und reißt sie vollständig runter. Es ist tatsächlich mein Nachbar und Kollege aus der *Heiligen Krabbe*, der in einer Kittelschürze steckt und allem Anschein nach meine Wohnung putzt.

Aber warum?

Und vor allem: »Wie bist du hier reingekommen?«

»Die Tür stand offen. Sperrangelweit. Und da dachte ich, kann ich auch gleich mal durchwischen.« Er wendet sich ab und drückt auf die Ente, die einen Schwall grasgrüner Flüssigkeit auf mein Sideboard erbricht.

»Warum putzt du meine Wohnung?«, frage ich schlaftrunken. »Und warum mit WC-Reiniger?«

»Weil es sonst niemand tut und nichts anderes gründlicher reinigt.« Er rümpft die Nase. »Ehrlich, Jonas. Hier sieht es schlimm aus.«

»Na, und? Warum interessiert dich das?«

»Weil mein Cousinchen Dalaja demnächst zu Besuch kommt. Wenn ich sie dir vorstelle, soll sie nicht denken, ihr Zukünftiger lebe in einem Hasenstall.«

»Es heißt Saustall«, verbessere ich ihn. »Und außerdem, was heißt denn hier ›Zukünftiger‹? Lass mich doch endlich mit deiner Cousine in Ruhe!«

Hans lässt sich davon nicht beeindrucken und wechselt gekonnt das Thema. »Du hast deine Schicht übrigens verschlafen.«

Jetzt bin ich endgültig wach. »Schicht? Verschlafen? Verdammt, wie spät ist es?«

Noch bevor Hans die Antwort liefern kann, hat meine Hand bereits nach dem Wecker auf dem Nachttisch gegrapscht. »Sechs Uhr fünfzehn?«

»Am Abend«, konkretisiert Hans.

»Aber das bedeutet ja, dass ich den ganzen Tag verpennt habe.«

»Korrekt. Das hab ich Malte natürlich nicht erzählt. Er denkt, du hättest Durchfall.« Mit einem Lappen wischt er das Sideboard blitzblank. »Die Flaschen kannst du aber selbst wegbringen.« Er zeigt auf die Pullen vor meinem Bett. »Darum kümmere ich mich nicht.«

Ich richte mich auf, schwinge die Beine aus dem Bett und setze die Füße vorsichtig auf dem Boden ab. Ich muss aufpassen, keine der Flaschen umzuwerfen und damit einen Domino-Effekt auszulösen. Schwankend stelle ich mich hin und warte, bis das Zimmer seinen Walzertanz beendet.

Einzelne Teile vom gestrigen Abend legen sich in meinem Gedächtnis als Puzzle des Grauens zusammen. Malena und Pedro. Der Streit. Mein Ausraster. Ich kann mich an nicht mehr allzu viel davon erinnern. Vielleicht auch besser so. Nur noch an den Weg zur Tankstelle, und dass ich mich beinahe totgeschleppt habe an dem 24er-Kölschkasten. Dabei vertrage ich Alkohol doch so schlecht.

»Malena war übrigens heute noch mal in der *Krabbe*.«

Mein Körper spannt sich wie die Sehne eines Flitzebogens. »Malena?«

»Mhm«, bestätigt Hans. »Sie wollte mit dir sprechen. Aber du warst ja nicht da.«

Ich ignoriere die dumpfen Schmerzen in meinem Kopf und springe pfeilschnell auf. »Was hat sie gesagt? Was wollte sie? War sie allein? Oder war Pedro bei ihr? Oder gar dieser Jupp? Los! Sag schon!«

Hans zieht einen Briefumschlag aus seiner Hosentasche und überreicht ihn mir. »Sie hat mir das hier für dich gegeben.«

Ich schnuppere daran, in der Hoffnung, Malenas Parfüm daran zu riechen. Doch ich nehme nur Essig wahr. Ich reiße den Briefumschlag auf und entnehme ihm ein zusammengefaltetes Blatt Papier, auf das sie etwas geschrieben hat: *Muss dich unbedingt sehen. Heute Abend, 20 Uhr in der Sankt Maria-Kirche. Komm allein! Malena*

Das Erste, was mir ins Auge springt, ist, dass das Ausrufezeichen diesmal keine Herzform hat. Ein Zeichen? Vermutlich. Und vermutlich kein gutes.

Dafür, dass die ganze Sache doch noch ein positives Ende nimmt, spricht allerdings, dass sie sich für das Treffen ausgerechnet diese Kirche ausgesucht hat. Sie weiß, dass sich dort schon meine Eltern haben trauen lassen. Dass mir dort meine erste Beichte abgenommen wurde und ich vor diesem Altar die Kommunion empfangen habe. Diese Tiefgründigkeit passt zu Malena, ist es doch ein idealer Ort der Aussöhnung.

Hans wirft ebenfalls einen Blick auf den Zettel. »Es spricht für sie, dass sie überhaupt noch mit dir reden will. Nachdem du verbal derart entgleist bist.«

Mein Gedächtnis kramt ungefragt Bezeichnungen wie »Hartgeldhure« und »Popp-Model« hervor, die ich Malena gestern an den Kopf geworfen habe.

Ich werde einen Strauß Blumen benötigen.

* * *

Bewaffnet mit einem riesigen Bukett duftender Gladiolen stehe ich vor der Sankt-Maria-Kirche. Ich bin nervös. Das Blut in meinen Ohren rauscht im Takt meines Herzschlags.

Als ich die heilige Stätte betrete und die schwere Holztür kurz darauf ins Schloss fallen lasse, ist der ganze Kirchensaal erfüllt von einem widerhallenden Donner. Der Bereich, der nicht von mir beleuchtet wird, liegt im diffusen Zwielicht. Vereinzelte Kerzenleuchter und gedimmte elektrische Beleuchtung sind die einzigen viel zu schwachen Quellen für eine derart große Halle.

Da es bereits Abend ist, dringt durch die hohen Fenster nicht das Sonnenlicht, das den Raum sonst in sakrale Farben taucht. Nein, eine Kirche im Halbdunkel ist vor allem eines: unheimlich. Ich bewege mich langsam durch das Mittelschiff, vorbei an den leeren Bankreihen, und halte Ausschau nach ihr.

»Malena?«, flüstere ich in die Dunkelheit. »Malena, wo bist du?«

»Ich bin hier«, folgt ihre plötzliche Antwort, die mich mächtig zusammenzucken lässt. Im Gegensatz zu mir flüstert sie nicht. Ihre Stimme ist fest und stark.

Wie aus dem Nichts taucht Malenas Gestalt vor dem Altar auf. Und sie ist nicht allein. Pfarrer Lemke erkenne ich auf den ersten Blick. Seine gedrungene Gestalt mit der fliehenden Stirn ist unverkennbar.

Hinter Malena und Pfarrer Lemke erscheinen zwei sehr groß gewachsene Jugendliche. Beide tragen die typischen rotweißen Ministrantenröcke.

»Gott, habt ihr mich erschreckt.« Ich lache meine aufglimmende Furcht beiseite und frage neugierig: »Was wird das denn?«

»Hallo, Jonas«, sagt mein Pfarrer. »Wir haben dich bereits erwartet.« Er trägt ein festlich aussehendes beigemeliertes Messgewand, darüber eine glänzende blutrote Stola, die ihm bis zu den Füßen reicht. So kenne ich ihn sonst nur vom Weihnachtsgottesdienst.

Und irgendetwas stimmt mit seinem Grinsen nicht.

Ganz plötzlich rumpelt mein Herz. Malena vor dem Altar, neben ihr ein Pfarrer ... Sie wird doch nicht?

Mein Mund wird trocken, und ich habe Probleme damit, klar zu sehen, weil meine Augen dafür umso feuchter werden.

Sie wird doch nicht ...

»Hier ist jemand, der dich sehen möchte«, sagt Malena.

Noch ehe ich diese neue Situation verarbeitet habe, öffnet sich der Vorhang eines Beichtstuhls in der Nähe und offenbart das Grauen. Wie zu erwarten, sieht selbst seine Silhouette mitgenommen aus.

»Jupp«, stelle ich wenig amüsiert fest. »Du schon wieder.«

Er schlenkert langsam die Kirchenbank entlang, lässt mich dabei nicht aus den Augen und gesellt sich zur Altar-Clique.

»Was wird das hier?« Meine anfängliche Neugier ist in vorsichtige Wut umgeschlagen. Ich wittere Verrat. Enttäuscht lassen die Gladiolen und ich die Köpfe hängen.

»Ich habe es dir doch gesagt«, hebt Jupp die Stimme an. »Du hast etwas, das dir nicht zusteht. Zu allem Übel missbrauchst du es auch noch für niedere Zwecke.«

»Wer bist du?«, fahre ich ihn aggressiv an. »Die Kirchenpolizei? Spielst du schon wieder auf diese Urbi-et-Orbi-Sache an?«

Pfarrer Lemke hüstelt nervös.

Mein Blick wandert zwischen Malena, dem Pfarrer und Jupp hin und her. Mir fällt auf, dass Malena sofort wegschaut, wenn ich sie ansehe. Ich frage mich ernsthaft, was ich hier eigentlich soll. Dann fällt es mir ein. Gar nichts. Ich muss mir das nicht anhören oder kommentieren, geschweige denn muss ich hierbleiben. Ich kann genauso gut einfach gehen. Theatralisch schnappe ich einmal nach Luft, schmeiße mir selbst die Gladiolen vor die Füße und mache auf dem Absatz kehrt.

Ein schnalzendes Geräusch peitscht durch die Grundmauern der Kirche und lässt mich zusammenfahren. Erst, als es zum zweiten Mal erklingt, mache ich es als ein Klatschen aus. Kein Applaus. Es klatscht nur zweimal. War es vorher lediglich eine Witterung, ist es nun der widerliche Gestank von Verrat, den ich wahrnehme, als Hans mit Pedro an seiner Seite vom Seiteneingang auf mich zukommt.

»Sorry, Keule«, sagt Letzterer. »Es ist nur zu deinem Besten.«

So was in der Art hat er auch gesagt, als er mir das mit ihm und Malena offenbarte.

Hinter Hans und Pedro treten eine Handvoll Männer aus der Dunkelheit. Ich reibe mir die Augen, doch auch beim nächsten Öffnen sind sie noch da. Ich komme mir vor wie in einem schlechten und viel zu oft erzählten Witz. Vor mir bleiben ein Rabbi, ein Hindu-Priester und ein als Pirat verkleideter Mann mit einem Nudelsieb auf dem Kopf stehen. Mein Blick huscht zwischen den Gestalten hin und her. Auch Malena und der Pfarrer sehen recht fassungslos aus. Sie glotzen den Mann mit dem Nudelsieb an, wie sie einst meinen Heiligenschein bewundert haben.

»Ich musste sehen, was ich auf die Schnelle auftreiben konnte«, rechtfertigt sich Hans und hebt entschuldigend die Hände. »Mehr hat die Fußgängerzone nicht hergegeben. Eigentlich wollte ich ja noch einen Imam mitbringen, aber die Moschee war geschlossen.«

Pedro klopft ihm verständnisvoll auf die Schultern.

»Es muss auch so gehen«, pflichtet Jupp ihm bei.

»Was muss so gehen?«, frage ich unruhig.

»Jupp meinte, dass es eine gute Idee sein könnte, die Kräfte mehrerer Religionen zu bündeln, um zum Ziel zu kommen«, erklärt Malena ruhig.

Ich lache auf. »Und wie lautet dieses Ziel?«

Eine Antwort erhalte ich nicht. Stattdessen zeigt Pedro auf meinen Heiligenschein. Zwei Momente lang ist der Altar erfüllt von abwartender Stille.

»Wir Glaubensvertreter der Weltreligionen haben uns heute Abend hier eingefunden«, hebt Herr Lemke seine Arme in Richtung Kirchengewölbe, »um dir das Böse auszutreiben!«

»Bitte«, unterbricht ihn Jupp missbilligend, »vielleicht nicht ganz so melodramatisch. Wollen wir mal nicht den Teufel an die Wand malen.«

»Entschuldigung«, räuspert sich der Pfarrer. Er lässt die Hände sinken.

»Außerdem geht es hier doch gar nicht um das Böse«, beschwert sich der Rabbi, ein stattlicher Mann mit imposantem Erscheinungsbild. Er trägt einen schwarzen Gehrock und einen dazu passenden krausen Bart, der jedoch die Show von bis zu den Schultern reichenden Korkenzieher-Koteletten gestohlen bekommt. In einer geschmeidigen Bewegung wendet er sich Hans zu. »Vielmehr geht es doch darum, Gottes Zeichen seinem rechtmäßigen Besitzer zukommen zu lassen, wenn ich das richtig verstanden habe.«

Hans nickt bestätigend.

»Dennoch kann ein wenig Teufelsaustreibung nicht schaden«, findet der Pfarrer und sucht Bestätigung bei seinen Ministranten. »Stimmt's?«

»Jeder versucht es mit den Mitteln, die ihm zur Verfügung stehen«, schlägt Jupp diplomatisch vor.

»Hrm«, räuspert sich der Pirat mit dem Nudelsieb. »Mir

wäre es ja lieber, er würde mit seinen eigenen Mitteln versuchen, das Gleichgewicht – welcher Art auch immer das sein mag – wiederherzustellen.«

Es freut mich, dass ich nicht der Einzige bin, der mitleidige Blicke erntet. Dabei sieht der Typ eigentlich ganz normal aus. Zumindest der Teil des Gesichts, der nicht vom emaillierten Nudelsieb verdeckt wird. Und warum er herumläuft wie Jack Sparrow, bleibt wohl auch sein Geheimnis.

»Verzeihung«, sagt Pfarrer Lemke. »Was für eine Glaubensrichtung vertreten Sie doch gleich?«

»Er ist ein Pastafari«, kommt Hans dem Piraten zuvor. »Hierbei handelt es sich um eine alternative Glaubensrichtung, die aber im Großen und Ganzen mit den zentralen Glaubensinhalten der Weltreligionen einhergeht.«

»Ja«, bestätigt der Nudelsiebträger. »Bis auf den Umstand, dass wir an das Fliegende Spaghettimonster glauben.«

Wieder wird es still. Hans versucht, die Peinlichkeit der Situation mit seinem mauritianischen Gleichmut wegzulächeln. Dann scheint ihm einzufallen, dass es ja noch jemanden in dieser Runde gibt, der einer Vorstellung würdig ist.

»Das ist übrigens Yogi Bhaja«, stellt er den älteren Mann zu seiner Rechten vor, der ein langes Jackett mit Stehkragen und eine Schlafanzughose trägt. Alles in Weiß. Sogar der Turban. Ich habe dazugelernt: Der weiße Turban symbolisiert die Weisheit.

»Er ist ein Meister des Fakirismus.« Ich höre eine Spur von Stolz in Hans' Stimme heraus. Krampfhaft versuche ich, mich an die Bedeutung des Wortes zu erinnern.

»Und er ist ein Freund von meinem Onkel«, nickt er mir erklärend zu. »Dem Dastarverkäufer. Dalajas Vater.«

»Wie auch immer, vielleicht sollten wir jetzt einfach beginnen.« Jupp macht einen Schritt nach vorn und klatscht motivierend in die Hände. »Also schön, Leute. Wer macht den Anfang?«

»Mir wäre es lieb, wenn wir dem Hausherrn den Vortritt lassen«, schlägt das Nudelsieb vor.

Alle nicken dem Vorschlag zu.

»Also schön«, sagt Jupp noch einmal, »beginnen wir mit dem Exorzismus.«

»Mit bitte *was?*« Ich glaube, mich verhört zu haben. Warum lacht niemand? Jetzt ergreift mich dann doch die Panik. »Ihr wollt einen Exorzismus an mir durchführen?« Ich fühle mich in einem Albtraum gefangen.

»Nein«, hebt der Pfarrer beschwichtigend die Arme, was mich in der Tat ein wenig beruhigt. »Wir führen nicht nur einen Exorzismus mit dir durch. Wir praktizieren den großen Exorzismus an dir.«

Wieder bleibt mir nichts anderes übrig, als die kleine Versammlung vor meinen Augen ungläubig anzustarren. Am liebsten würde ich lauthals loslachen. Doch beim Anblick der ernsten Gesichter bleibt mir selbiges im Halse stecken.

»Pfarrer Lemke, ist Ihnen denn gar nichts heilig? Sie haben mich getauft, von Ihnen habe ich die heilige Kommunion empfangen.«

Er nickt bedächtig. »Deshalb bin ich äußerst stolz darauf, dass der Papst mich mit dieser ehrfürchtigen Aufgabe betraut hat.«

Der Papst, fluche ich in mich hinein. Schon wieder dieser Papst!

»Herr Lemke, ich bin es doch. Der Jonas!« Ich breite die Arme aus, um ihm zu signalisieren, dass ich ohne Waffen gekommen bin.

»Es ist meine berufliche Pflicht, dem kirchlichen Oberhaupt Folge zu leisten«, sagt der Pfarrer trocken.

Malena schaut betreten zu Boden. Alle anderen nicken. Lemke pflichtbewusst, Pedro schadenfroh, Jupp mit seinem »Hab ich dir doch gesagt, dass ich dich drankriege«-Gesichtsausdruck, die beiden Ministranten sensationsgeil. Immerhin Hans guckt voller Schuld und windet sich sichtlich unter meinem Blick. Die restlichen Religionsvorsteher wirken neugierig abwartend – bis auf das Nudelsieb, das sich genauso fehl am Platz zu fühlen scheint wie ich.

Die können doch nicht wirklich erwarten, dass ich das mit mir machen lasse! Schließlich bin ich ein freier Mensch mit freiem Willen.

»Nicht mit mir«, sage ich entschieden, winke zum Abschied und lasse das religiöse Gruselkabinett kopfschüttelnd vor dem Altar stehen.

»Ähm, Jonas?«, höre ich Jupp hinter mir. »Wir dachten uns schon, dass du von unserem Vorhaben nicht allzu begeistert sein würdest.«

Neugierig drehe ich mich um. »Ach, ja?«

Wie auf ein geheimes Kommando zaubert Jupp eine Rolle Panzerband hinter seinem Rücken hervor und zieht eine etwa dreißig Zentimeter lange Bahn ab. Das Ratschen wird als Echo von den hohen Wänden zurückgeworfen. Genau wie das erneute Klatschen des Pfarrers, woraufhin sich die beiden für ihr geschätztes Alter viel zu groß geratenen Jugendlichen aus seinem Windschatten lösen und zielsicher auf mich zukommen. Flink und schnell und gnadenlos.

Ich habe nicht den Hauch einer Chance. Mit wenigen Handgriffen haben sie mich in der Zwickmühle und schleifen mich an Armen und Beinen mit sich. Ich wehre mich mit Leibeskräften, was bei meiner Statur nicht viel heißen mag. Ich schreie, kratze, beiße, trete und wehre mich so heftig, dass ich versehentlich mit dem Steißbein gegen eine Kirchenbank knalle. Mein gellender Schrei schraubt sich zur Gewölbedecke empor. Aber ich gebe nicht auf und zappele weiter. Dabei verliere ich sogar einen Schuh.

Ich bin derart in Rage, dass ich erst merke, dass sie von mir abgelassen haben, als ich mich in einem völlig anderen Raum wiederfinde. Sie haben mich auf ein Bett gehoben. Meine Hände und Füße werden an den Gitterstreben des Bettgestells mit Jupps Panzerband fixiert. Ich spüre die Last zweier Männer auf meinem Körper und abartig viele Hände, die sich an mir zu schaffen machen. Schließlich ist alles genauso schnell vorbei, wie es begonnen hat. Kraftlos, mit schmerzendem Steißbein und fehlendem Schuh, bin ich ans Bett gefesselt und meinen Peinigern hilflos ausgeliefert.

»Es tut mir so leid«, höre ich Malena flüstern. Sie steht am Kopfende des Bettes und streicht mir über die Socke.

Pedro hat sich derweil hinter ihr platziert und drückt mitfühlend ihre Schulter. Der Arsch! Dennoch zwinge ich mich dazu, meine Emotionen unter Kontrolle zu behalten, denn ich muss Herr der Situation werden. Ich darf mich nicht von meinen Gefühlen überwältigen lassen.

Zunächst die Fakten: Ich befinde mich in einer Art Asservatenkammer, zugestellt mit Kirchenutensilien wie Bänken, Hockern, Notenständern und Messingkelchen. Vermutlich ist es der Pausenraum der Messdiener. Doch warum steht hier ein Bett? Und wieso bin ich darauf gefesselt? Ich spüre, wie sich meine Nasenlöcher bedrohlich blähen, als mir jäh die Parallelen des ans Kreuz genagelten Jesus Christus bewusst werden.

Außer mir sind die einzigen Lichtquellen mannshohe Kerzenständer, auf denen jeweils eine Armada von Stab- und Altarkerzen abgefackelt werden. Es riecht arg katholisch hier drin. Neben dem Bett steht ein schmuckloser, aber großer Weihwasserbehälter, in den einer der Ministranten gerade seinen goldenen Weihwasserwedel taucht. Von den Wänden starren mich die Ikonen von Heiligen an. Doch niemand strahlt so schön wie ich.

»Wo sind wir hier?«, frage ich Pfarrer Lemke.

»An einem Ort, an dem wir ungestört sind.«

Das klingt ja abartig. Sagen das nicht auch immer die Massenmörder in den amerikanischen Thrillern? »Ungestört wofür?«, frage ich argwöhnisch.

Die beiden Messdiener stoßen ein hyänenartiges Glucksen aus.

Lemke sagt: »Für die Zeremonie. Lasset uns beginnen.«

Der Pfarrer schnipst mit den Fingern. Im nächsten Augenblick werde ich mit dem Weihwasser bespritzt. Es ist äußerst kaltes Wasser. Aromatisiert und bitter. Der andere Messdiener schwenkt sein Räucherfass. Balsamartiger Gestank steigt auf, nebelt den kleinen Raum ein. Ich muss husten. Doch meine plötzlich aufkeimende Atemnot scheint hier für niemanden von Belang zu sein.

»Wir sind uns darüber bewusst, dass ein Exorzismus hauptsächlich bei Dämonen und bösen Geistern wirkt«, erläutert Pfarrer Lemke allen Beteiligten die Prozedur. Ich habe ihn noch nie so ernst gesehen. Nicht mal an Karneval, wenn er als Teufel verkleidet unterwegs war. »Aber unorthodoxe Situationen erfordern eben unorthodoxe Maßnahmen. Beginnen wir nun mit dem Gebet der Befreiung.«

Zettel werden hervorgekramt, Kehlköpfe freigeräuspert, nervös gehustet, hysterisch aufgeschrien. Letzteres hauptsächlich von mir. Wahrscheinlich störe ich mit meinem Kreischen das Ritual, denn plötzlich taucht Jupp in meinem Augenwinkel auf und hat wieder dieses hartnäckige Panzerband in den Händen.

»Es ist doch nur zu deinem Besten, Junge«, beschwichtigt er mich, reißt ein langes Stück vom Band ab und klebt es mir über den Mund. »Du wolltest dich doch die ganze Zeit von deinem Schein trennen. Wir helfen dir jetzt dabei.«

Ich schmettere ihm ein entschiedenes »Grmpflmp!« entgegen. Soll er ruhig wissen, woran er bei mir ist.

Nachdem das geklärt ist, fährt der Pfarrer ungehindert mit

der Zeremonie fort, die er routiniert abspult. Ob er das bei der Priesterweihe gelernt hat?

»Es kann sein, dass du während des Exorzismus eine innere Unruhe, vielleicht auch ein ausgeprägtes Unwohlsein verspüren wirst«, warnt er mich.

Ich würde ihn gerne darauf hinweisen, dass ich mit dem Tape über dem Mund nur schwer werde kotzen können. Da das aber nicht geht, knalle ich auch ihm ein vernichtendes »Grmpflmp!« an den Kopf. Ich spiele ernsthaft mit dem Gedanken, aus der Kirche auszutreten.

»Wir beginnen jetzt.«

Auf Kommando bekreuzigen sich alle und falten die Hände. Der Pfarrer zieht ein alt aussehendes Buch aus seiner Gewandung hervor. »Ich lese nun aus dem *Rituale Romanum.*«

Als Außenstehender ist das sicherlich eine äußerst interessante Erfahrung, so ein Exorzismus. Als direkt Beteiligter ist es jedoch ein Erlebnis, auf das man gut und gerne verzichten kann. Denn es ist schrecklich. Schlimmer als Waterboarding, Schlafentzug und alle drei *Sissi*-Teile auf einmal. Nach einem lieblos dahingerasselten Endlosgebet wird mir der Hauch Gottes in Form von Herrn Lemke höchstpersönlich durch die Nase ins Hirn geblasen. Es ist ekelerregend und erinnert mich an den Atem der Nachbarskatze Susi, kurz nach dem Verzehr einer Dose Kitekat. Sorte Thunfisch in Gelee. Aber wer glaubt, das wäre das Schlimmste, hat keine Ahnung von einem Exorzismus. Und wir sprechen hier vom großen Exorzismus.

Meine Brust, meine Unterschenkel und die Arme werden freigelegt und mit eiskalten Bronzeketten umwickelt, an denen Kreuze hängen. Ich würde Herrn Lemke ja gerne darauf hinweisen, dass ich eine ernstzunehmende Kupferallergie habe. Doch mit dem getapeten Mund ist das ein Ding der Unmöglichkeit. Während meine freiliegenden Körperteile bereits jucken, brennen und nässen, lässt man mich Weihrauch durch die Nase atmen. Minutenlang. Ich glaube an einer Rauchvergiftung sterben zu müssen. Wenn ich das hier dennoch überleben sollte, bin ich mir sicher, niemals wieder etwas anderes als diesen fürchterlichen Geruch von alten Mottenkugeln riechen zu können. Mir wird schlecht wie nie, und ich bekomme die Kopfschmerzen meines Lebens. Ich werde noch einmal getauft, mein Kopf wird gesalbt, dann wird mir ein Aschekreuz auf die Stirn gemalt. Kurzum: Der Pfarrer feuert sein ganzes Arsenal an kirchlichen Riten ab.

»Fertig«, sagt Pfarrer Lemke nach seinem Dankgebet. Die Stimme des Pfarrers klingt müde und erschöpft nach der Gebetslitanei. In sein Gesicht hat die Anstrengung tiefe Furchen gegraben.

»Geheilt sieht er aber noch nicht aus«, bemerkt Pedro mit einem verächtlichen Blick auf mich.

»Grmpflmp!«

»Vermutlich dauert das seine Zeit«, sagt Malena.

»Was habt ihr erwartet?«, motzt der Pfarrer. »Einen um dreihundertsechzig Grad rotierenden Kopf? Dass sein Körper einen halben Meter über dem Bett schwebt? Ihn fluchen zu hören in acht unbekannten Sprachen?«

Die beiden Ministranten nicken begeistert.

»So was in der Art, ja«, gibt auch Pedro zu. Seine Hand umfasst sofort das Kreuz an seinem Hals, um den bösen Blick abzuwenden.

»Ich habe alles in meiner Macht Stehende getan. Mehr kann ich für seine Seele nicht tun.« Lemke sieht ernsthaft beleidigt aus, dass mich weiterhin der Heiligenschein umgibt.

»Grmpflmp!«

»Geben wir den anderen Religionen eine Chance«, bestimmt Jupp.

Als Nächstes ist der Yogi dran. »Um die ewige Ordnung herzustellen, werde ich dich nun mit einem zweistündigen Mantra in einen besonderen psychischen und physischen Zustand bringen.« Mit fester Stimme setzt er sich über den entrüsteten Aufschrei aller Beteiligten hinweg. Zwei Stunden? »Bis wir eine Katalepsie hervorgebracht haben.«

»Eine was?«, will ich sagen. Es klingt aber selbst für mich nach »Grmblf«.

Dennoch scheint mich Hans zu verstehen. »Einen Zustand des absolut reinen Geistes, in dem dein Körper losgelöst von deinem Geist sein wird«, erklärt er weltmännisch.

»Und was soll das bringen?«, will Malena wissen.

»In diesem Zustand, so glaubt der Yogi, kann sich der Schein von Jonas lösen und seinem rechtmäßigen Besitzer zukommen.«

Der Yogi nickt weise.

Alle schauen Jupp an. Diesen miesen ungläubigen Verräter!

»Klingt einleuchtend.« Pedro verpasst mir einen leichten Hieb auf die nackte Schulter.

Und dann geht es auch schon los. Zunächst klingt es, als würde sich der Yogi verschlucken. Er macht Geräusche, als blase er in ein Didgeridoo. Nur ohne Didgeridoo.

Schon bald habe ich jegliches Zeitgefühl verloren. Irgendwann, ich befinde mich tatsächlich in einer Art Dämmerzustand, verstummt der Yogi. Langsam öffne ich die Augen. Alle sehen mich erwartungsfroh an.

»Ist er so weit?«, fragt Pedro.

»Ich weiß es nicht«, gesteht Hans. Dann lauscht er den flüsternden Worten des Yogi, spannt seinen Körper und sagt entschieden: »Wir lassen es auf einen Versuch ankommen.«

Mein Blick wandert durch den Raum. Und bevor ich mir selbst die Frage erlaube, was sie denn nun versuchen wollen, zieht der Yogi eine Handvoll gefährlich glänzender Schaschlik-Spieße aus seinem Gewand. Sie sind lang, dünn und extrem spitz. Meine Augen weiten sich.

»Keine Sorge«, versucht Hans zu beruhigen. »Wenn er so weit ist und den Zustand der totalen Katalepsie erreicht hat, wird er nichts spüren. Ich hab das schon bei Kühen gesehen.«

Alle nicken verständnisvoll. Ich bin tatsächlich der Einzige, der den Kopf ruckartig hin und her wirft. Zumindest so lange, bis die beiden Ministranten mich schraubstockmäßig mit ihren Pranken fixieren. Dann geht alles superschnell. Mit einer fließenden Bewegung sitzt der Yogi auf meinem Brustkorb, dreht meinen Schädel zur Seite und macht sich an meiner Wange zu schaffen.

Ich bin zu perplex, um irgendetwas zu spüren. Erst mit der Erkenntnis, dass sich die Spitze des Schaschlik-Spießes gerade in meine Wange bohrt, kapiert nun auch meine Großhirnrinde, was gerade vor sich geht. Yogi-Bär versucht tatsächlich, Jonas-Schaschlik aus mir zu machen! Ich stoße einen hysterisch erstickten Schrei aus und verschlucke mich dank des Panzertapes an meiner eigenen Spucke. Tränen des Schmerzes schießen mir in die Augen. Mein Oberkörper bäumt sich auf und schmeißt den fliegengewichtigen Yogi ab. Schließlich ist es Hans, der mir das Stäbchen wieder aus der Wange zieht und es mir wie ein Fieberthermometer vors Gesicht hält. Schlieren meines eigenen Blutes hindern den Stahl am Glänzen.

Während sich der Yogi wieder aufrichtet, vollführt er eine wegwerfende Geste, die offenbar mir gilt. »Er ist noch nicht so weit. Es ist ein weiterer Weg zu seiner Reinheit, als ich dachte.«

»Vielleicht muss die Meditationsphase länger sein?«, schlägt Hans vor.

»Nein, das geht zu weit«, erwacht nun auch Pfarrer Lemke aus der Lethargie. »Das bringt so nichts.«

»Soll doch der Nächste mal ran«, schlägt Pedro vor.

Wie auf Kommando steht nun der Rabbi vor mir und betrachtet mich lange. Eingehend. Und schweigend. Daumen und Zeigefinger wuseln durch den Kinnbart. Schließlich geben sie ein Schnippen von sich.

»Und jetzt?«, fragt Malena.

»Zumindest bezüglich der spirituellen Reinigung stimme ich meinen Kollegen, den Vertretern der katholischen und hinduistischen Lehre, zu«, sagt der Rabbi mit einer für sein Alter erstaunlich jungen Stimme. »Geht man wirklich davon aus, dass diese Erscheinung der Störung eines spirituellen Zustands zu verdanken ist, muss dieser wiederhergestellt werden.«

»Ach«, sagt Pfarrer Lemke.

»Grmblf!«

»Und wie soll das gehen?«, fragt Malena.

»Mit dem Dibbuk«, sagt der Rabbi. Ohne ein weiteres Wort der Erklärung macht er sich an einer Arzttasche zu schaffen, die weiter hinten im Raum steht. »Doch zunächst muss bei Ungläubigen der Bund mit Gott eingegangen werden. Sie haben Glück, dass ich nicht nur Rabbiner, sondern auch ausgebildeter Mohel bin.«

Mir entgeht nicht, dass Pfarrer Lemke eine skeptische Braue hebt.

»Was ist denn ein Mohel?«, fragt Pedro.

Die Antwort liefert das aus dem Koffer gezogene Holzetui, das ein leichtes Knarzen beim Öffnen von sich gibt. Mit sicherer Hand nimmt der Rabbi das Messer aus der Schachtel und betrachtet die spitze Klinge im Kerzenlicht. Er schaut zu den beiden Messdienern. »Wenn die beiden Herren ihn dann bitte noch einmal fixieren könnten, damit ich ihn untenrum freimachen kann? Um den Bund der Beschneidung einzugehen.«

Es stimmt mich nur ganz kurz glücklich, dass auch Malena in meinen Aufschrei einstimmt.

Sofort pfeift der Pfarrer die Handlanger des Teufels zurück, die sich bereits mit hämischer Vorfreude auf mich zubewegt haben. »Das geht jetzt aber doch entschieden zu weit. Nicht in diesem Haus!«

Dem grmpflmpe ich bei.

»Aber einen Versuch wäre es doch sicherlich wert«, findet Jupp. »Wenn das dem Dibbuk zugutekommen würde.«

»Würde es«, sagt der Rabbi eifrig nickend.

»Nein. Wir haben alles versucht. Wenn das nicht geholfen hat, sind wir mit unserem Latein am Ende.«

Alle blicken betreten zu Boden, als würde ihnen gerade bewusst werden, dass sie drauf und dran waren, den Bogen mehr als zu überspannen. Mit einem abwertenden Schmatzen legt der Rabbi sein Beschneidungsmesser zurück in das Holzetui und lässt es zuschnappen.

»Und was jetzt?«, fragt Malena in die Runde.

»Vielleicht sollten wir ihn eine Nacht lang gefesselt halten und sehen, ob nicht doch irgendeine Wirkung einsetzt«, schlägt einer der Ministranten vor.

Schockiert stelle ich fest, dass einige der Anwesenden tatsächlich darüber nachzudenken scheinen. Schlimmer noch. Nach und nach verfallen die meisten in ein bejahendes Nicken.

»Und wenn er aufs Klo muss?«, fragt der andere Ministrant. Immerhin eine Regung, die an Nächstenliebe erinnert.

Jupp lenkt unwirsch ab. »Bis zur Morgenandacht hält er auch mal ohne aus.«

Und ehe ich mich versehe, hat sich der Raum geleert. Sie lassen mich wirklich allein. Also beinahe.

Nur einer geht noch nicht. Mit einem unergründlichen Gesichtsausdruck steht der Pirat mit dem Nudelsieb vor dem Bett und mustert meine Fesseln. »Kumpel«, richtet er zum ersten Mal an diesem grausamen Abend sein Wort an mich. »Was ist eigentlich los mit dir? Die Religion ist in dir drin. Deine Religion. Du bist, was du bist.«

Dann fängt er an, etwas Unglaubliches zu tun: Er löst meine Fesseln.

»Dieses ganze Gefasel von spiritueller Reinheit ...« Er lächelt verwegen. »Weißt du, wie meine Meinung dazu lautet?«

Ich schüttele den Kopf.

»Reinheit ist etwas für Trinkwasser. Nicht für Leute wie dich und mich.«

Ich nicke zustimmend, obwohl es mir gar nicht gefällt, dass ich damit in einen Topf mit einem Mann geworfen werde, der als Pirat herumläuft und ein Nudelsieb auf dem Kopf hat.

»Es ist nicht dieser Schein, der dich ausmacht. Das, was in dir drin ist, macht dich aus. Lass dir nichts anderes einreden.«

Als er die letzte Fessel gelöst hat, steht er vor dem Bett und blickt zufrieden auf sein Werk hinab. »Mir wär's wirklich lieber, all die Religionen würden sich selbst nicht so ernst nehmen. Mach's gut, Alter. Stell was Sinnvolles mit deinem Leben an. Vermutlich hast du nur dieses eine. Arrr!« Er hebt sein Nudelsieb zum Gruß an und macht auf dem Absatz kehrt. Dann bin ich allein – und fange an zu weinen.

Kapitel 29

Die frische Abendluft tut gut. Allmählich komme ich auf klare Gedanken. Die Kopfschmerzen verschwinden, und auch der Weihrauchgeruch verflüchtigt sich zu einer unschönen Erinnerung, die sich immer weiter entfernt. Kurz überlege ich, zur Polizei zu gehen und Pfarrer Lemke mitsamt seinem Gesindel wegen Freiheitsberaubung und Körperverletzung anzuzeigen. Aber ich weiß, dass er und alle anderen nur ausführende Organe sind und unter dem giftigen Einfluss von Jupp gestanden haben.

Dennoch nagt die Einsamkeit an mir. Alle meine Freunde, all jene, die mir nahestanden, haben mich verraten. Malena. Pedro. Hans. Ich brauche jemanden um mich, dessen Geisteszustände noch nicht juppverseucht sind. Eine große Auswahl bleibt mir nicht.

Keine Viertelstunde später stehe ich vor der Tür, aus der ich mich einst auf Zehenspitzen gestohlen habe. Es fühlt sich befremdlich und doch vertraut an. Ich habe gerade den Finger auf den Klingelknopf gesetzt, als sich die Tür öffnet.

»Jonas. Das ist ja mal eine Überraschung!« Anscheinend habe ich Juli beim Couching überrascht, denn sie trägt eine weit geschnittene taubenblaue XXL-Bluse und darunter nichts als weiß-blaue Ringelsocken, die ihr bis über die Knie reichen. Das sieht echt süß aus.

»Darf ich reinkommen?«

Sie reißt beinahe die Tür aus den Angeln und fällt mir um den Hals, um mir zwei Wangenküsse aufzudrücken, die jede Keuschheit vermissen lassen. Eine duftende Wolke aus Jasmin und frischem Gras strömt auf mich zu und zieht mich, einem unsichtbaren Lasso gleich, in die Wohnung.

Ohne Restalkohol im Blut wirkt Julis Bude noch eigentümlicher, als ich sie in Erinnerung behalten habe. Alles wirkt so waldig und natürlich. Es würde mich nicht wundern, wenn gleich eine Sylphe um die Ecke geschwebt käme. Am Ende des Flurs plätschert ein moosbewachsener Zimmerbrunnen vor sich hin. Alles liegt im diffusen Licht. Im Wohnzimmer setzen wir uns nebeneinander auf die Velourledercouch im dunklen Braun.

Juli schaut mich erwartungsvoll an. Ihr Blick wandert an mir hinab und bleibt an meinen Füßen hängen. »Wo ist denn dein rechter Schuh?«

Ich winke müde ab.

»Und warum blutest du an der Wange?«

Resigniert lasse ich mich nach hinten gegen die Lehne fallen. Dabei fallen mir ein Skizzenblock und mehrere Kohlestifte ins Auge, die auf dem Couchtisch liegen. »Du malst?«, frage ich überrascht.

»Ich zeichne. Und das mehr schlecht als recht. Und auch nur so zum Zeitvertreib.«

»Darf ich's mal sehen?«

»Nein!«, fährt sie mich an. Ein Ruck geht durch ihren Körper, als sie meinen ausgestreckten Arm wegschlägt. Das erwartungsfrohe Lächeln weicht grenzenloser Panik. Dann, eine Sekunde später, sieht sie wieder aus wie immer. »Also«, beginnt sie, als hätte es den emotionalen Ausbruch nie gegeben. »Wenn du mir schon nicht sagen willst, warum du nur einen Schuh trägst und riechst, als hättest du in einem Taufbecken gebadet, dann sag mir wenigstens, was dich zu mir führt.«

Mit einem tiefen Seufzer beginne ich, ihr die letzten zwölf

Stunden zu schildern. Ich bin dabei ziemlich ehrlich, erzähle ihr auch von Malena und Pedro und dass die beiden allem Anschein nach wieder zueinandergefunden haben. Ich berichte ihr davon, dass mein Pfarrer einen Exorzismus an mir durchgeführt hat – einen *großen* Exorzismus. Ich erzähle von dem Messer des Rabbis. Von Jupps Drangsalierungen. »Er bringt alle Menschen gegen mich auf, hetzt mir sogar den Papst auf den Hals. Ich hasse ihn!«

Juli beweist echte Zuhörerqualitäten. Sie nickt an den richtigen Stellen, bemitleidet mich da, wo es nötig ist, und steigt gleichermaßen in meinen Zorn ein, wenn mich bestimmte Erinnerungsfetzen an die vergangenen Stunden aus der Haut fahren lassen.

»Unglaublich, wenn ich daran denke, dass ausgerechnet ich ihn dir auf dem Silbertablett serviert habe«, ärgert sie sich über sich selbst. »Aber du bist es, der den Heiligenschein trägt.« Ihre Hand legt sich sanft auf meine, streichelt sie zärtlich. »Vermutlich ist es purer Neid, der ihn zu diesen Taten treibt. Lass dich nicht von seinen Gedanken vergiften.«

»Meine Rede. Aber er macht es mir wahrlich nicht leicht. Überall lauert er mir auf. Bringt alles und jeden gegen mich auf, als wäre er der Teufel in Person. Ich fühle mich machtlos.«

»Vielleicht muss man ihm einfach nur mal die Meinung sagen?«, schlägt sie vor, wodurch ich mich zu einem verächtlichen Schnauben hinreißen lasse.

»Ich will nicht, dass man ihm die Meinung sagt, ich will ihn loswerden! Echt jetzt, ich bin so genervt von ihm. Wäre ich ihm doch nie begegnet ...«

»Tut mir leid.«

»Du kannst doch nichts dafür.«

»Doch, ich habe ihn dir doch vorbeigebracht. Aber keine Sorge, das mache ich wieder gut. Versprochen. Ich will nicht, dass es einen Menschen auf der Welt gibt, der dich leiden lässt.«

»Das ist echt süß von dir.« Jetzt bin ich es, der ihre Hand streichelt.

Sie betrachtet mich schweigsam, als würde sie einem bestimmten Gedanken nachhängen. »Würde es dich denn glücklich machen, wenn du ihn loswerden würdest?«

Ich mache den Wackeldackel. »Auf jeden Fall!«

Meine Resolutheit entlockt ihr ein Lächeln. »Du bist echt süß, wenn du sauer bist.«

Ich mag es, wie beim Luftholen ihr Stupsnäschen ganz leicht wackelt.

»O Gott, ich bin so unhöflich!« Plötzlich kommt Leben in ihre starre Haltung. »Ich hab dir noch gar nichts zu trinken angeboten. Möchtest du was?«

»Danke, gern. Ein Wasser wäre nicht schlecht.«

»Kommt sofort!« Sie schwingt die gestreiften Ringelsockenbeine von der Couch und huscht aus dem Zimmer.

Kaum ist sie fort, frage ich mich, was ich hier eigentlich tue. Ich kenne diese Frau kaum und schütte ihr schon wieder mein Herz aus. Nervös schaue ich mich um. Kann mir die Wohnung etwas mehr über Juli verraten? Auf jeden Fall wirkt hier alles sehr erdig. Es finden sich ausschließlich Einrichtungsgegenstände aus unbehandeltem oder weiß lasiertem Holz. Insgesamt gleicht das Wohnzimmer einer Waldlichtung. Die Kissenbezüge sind aus grünem Samt und wirken wie von Moos überzogen. An der Wand hinter mir hängt eine lindgrüne Tapete mit Blattmuster. Der Teppich ist aus reiner weißer Schurwolle, so wie es in meiner Nase kitzelt, darauf steht ein abgesägter Baumstamm als Wohnzimmertisch.

Ein Bild über der Kommode aus Bambusholz erregt aufgrund seiner wilden Farbigkeit meine Aufmerksamkeit. Es ist der einzige Gegenstand hier drin, der nicht ins Konzept zu passen scheint. Meine Mund wird trocken, als ich erkenne, was da eingerahmt ist, und mir entfährt ein freudloses Lachen.

Dafür, dass sie meiner Broschüre Kindergartenoptik attestiert hat, wurde ihr ein äußert prominenter Platz in Julis Wohnzimmer zuteil. Aber warum?

Die Neugier flackert in mir auf, und ich hebe die Schmutzseite des Skizzenblocks an. Was ich sehe, lässt mich staunend erstarren. Sie hat enorm tiefgestapelt. Juli beweist echtes Kunsttalent. In feinster Schraffur und sicheren Strichen schaut mich ein Gesicht im schwarz-weißen Schattenspiel an. Lustigerweise ist es ein Gesicht, das ich nur zu gut kenne.

Meines.

Ich blättere die Seite um, und mein Herz beginnt zu rasen. Auf der nächsten Zeichnung erkenne ich wieder mich. Diesmal im Profil. Ich blättere weiter. Auf dieser folgenden Seite gibt es mich noch einmal. Wieder im Profil. Diesmal aber die andere Gesichtshälfte. Unglaublich, wie detailliert sie mich dargestellt hat. Sogar die Narbe an meinem Kinn hat sie im perfekten Bogen hingekriegt.

Auf den nächsten Seiten werden andere Stile erkennbar. Für ein Bild, das mich in nachdenklicher Pose zeigt, hat sie Conté-Kreide verwendet. Dunkle Akzente und Schatten verleihen meinem Antlitz etwas Erhabenes, das ich dort noch nie gesehen habe. Ich blättere mich durch den Block, in dem jede Seite mit meiner Visage gefüllt ist, und bleibe an einer weiteren Zeichnung hangen, die mich in allen erdenklichen Schwarz- und Grauschattierungen darstellt. Schlafend. So genau und detailliert, dass es eigentlich unmöglich aus der bloßen Erinnerung heraus gemalt worden sein konnte. Ein anderes zeigt mich tatsächlich an der Fritteuse der *Heiligen Krabbe.* Auf der letzten Seite gibt es kein Bild von mir, dafür aber eine mit Tesafilm fixierte Haarsträhne. Sie ist rot. Unwillkürlich fasse ich mir an den Kopf. Wo hat sie die denn her?

Bevor ich es schaffe, näher darüber nachzudenken, nehme ich ihre Schritte im Flur wahr. Schnell schließe ich mit ausgeprägter Beklommenheit den Zeichenblock und lege ihn wieder auf den Wohnzimmertisch. Ich versuche, so normal wie möglich zu wirken. Würde Juli meinen Pulsschlag fühlen, wäre ich auf der Stelle entlarvt.

Lächelnd reicht sie mir das Wasser und setzt sich neben mich. Als wäre alles in bester Ordnung. Als wäre niemand von uns ein stalkender Psychopath. Plötzlich ergibt alles einen Sinn. Dass ich ihr ständig zufällig über den Weg gelaufen bin. Ihr starkes Interesse für meine Person. Das Strandtuch vor meiner Wohnungstür. Dass sie überhaupt wusste, wo ich wohne. Und wo ich arbeite. Und überhaupt!

Innerlich lache ich laut auf. Obwohl ich es bin, der einen Heiligenschein trägt, scheinen ich und die Zimmerpflanzen die normalsten Lebewesen in diesem Zimmer zu sein.

»Alles okay?«, fragt Psycho-Juli irritiert.

Ich versuche mich an einem unverfänglichen Lächeln. »Klar! Danke für das Wasser.«

Sie schmunzelt. Zwei Grübchen drücken sich in ihre Wangen. »Ich finde es toll, dass du mich mal besuchen kommst.«

Ich schlucke trocken. Lautlos lächeln wir uns an. Ich spüre, dass mein rechtes Lid nervös zu zucken beginnt.

»Was im Auge?«, fragt Juli.

Ich verneine und trinke schnell einen großen Schluck. Er schmeckt bitter.

Juli rutscht ein Stück näher an mich heran. Ich bin ein guter Beobachter. Mir fällt auf, dass seit dem Küchengang zwei weitere Knöpfe ihrer Bluse offen stehen. Ich trinke einen weiteren hastigen Schluck, als sie mir zeigt, dass sie unter der Tunika wirklich nur die Ringelsocken trägt.

Wir werfen gleichzeitig einen Blick auf mein leeres Glas.

»Du kannst auch noch etwas ... anderes haben, wenn du willst.«

»Danke, das Wasser war völlig ausreichend.«

Sie nimmt mir das Glas ab, beugt sich nach vorn und kommt meinem Gesicht verdächtig nahe. Mir wird schwindelig von ihrem einlullenden Parfüm, das nach absoluter Verheißung riecht. Dennoch wende ich mich von ihr ab.

Gekränkt schaut sie mich an. »Gefalle ich dir nicht mehr?«

»Das ist es nicht«, weiche ich aus. »Es liegt eher daran, dass ich nicht frei bin für ...«

... eine Psychopathin!, denke ich den Gedanken still zu Ende.

»Es liegt an dieser Malena. Nicht wahr?«

Ich nicke erst, schüttele aber dann den Kopf. »Ja und nein. Mittlerweile sehe ich ein, dass sie und Pedro besser zueinanderpassen. Dennoch schmerzt es ungemein. Malena verkörpert einfach alles, was ich mir bei einer Frau wünsche.«

Juli hört zu und schaut mich nachdenklich an. Ihre Hand spielt mit der offenen Knopfleiste ihrer Bluse. »Und jetzt möchtest du dein Leben lang allein bleiben?«

»Nein, natürlich nicht. Aber zunächst muss ich mit mir selbst ins Reine kommen. Mein Leben fährt derzeit Berg- und Talbahn. Und dieser Jupp sitzt am Geschwindigkeitsregler.«

Juli taucht ihre Hand in meine strahlende Aura und streichelt meinen Kopf. Ich muss zugeben, dass sich das gar nicht so schlecht anfühlt. Generell fühlt sich gerade alles sehr, sehr gut an. Beinahe so, als würde ich über der Couch schweben.

»Geht's dir gut?«, fragt Juli. Obwohl sie neben mir sitzt, klingt ihre Stimme, als wäre sie ganz weit weg.

Ich gebe mich einem debilen Grinsen hin und nicke. Nicke. Nicke. Nicke. Bis sie meinen Kopf mit beiden Händen festhält.

»Irgendetwas stimmt nicht mit mir«, murmele ich.

Juli schüttelt langsam den Kopf. »Alles stimmt mit dir.«

Ich schließe die Augen und lasse mich zurückfallen. Ich nehme nichts mehr wahr außer Julis Berührung und ihrer Stimme, die etwas sagt, was noch nie zuvor eine Frau zu mir gesagt hat: »Nimm mich. Jetzt!«

Kapitel 30

Es ist mein Handywecker, der mich aus dem Schlaf reißt. Was schon mal äußerst merkwürdig ist, da ich ihn nicht gestellt habe. Schon gar nicht auf eine Uhrzeit mitten in der Nacht. Ich drücke den Wecker aus und mein Gesicht fester in das Kopfkissen, werde aber am Weiterschlafen gehindert, da gerade eine Kurznachricht eingeht. Mit halb geschlossenen Augen lese ich den Text: Ich habe eine Überraschung für dich. Komm zur Hohenzollernbrücke. Beeil dich! In Liebe, Juli.

Jetzt bin ich wach. Glockenwach. Augenaufreißwach! Ich blicke mich um finde mich in Julis Schlafzimmer wieder. Von der Wand begrüßen mich zwei meiner Bilder aus der Kellerparzelle sowie ein Reh, das vermutlich vor noch gar nicht langer Zeit in der Wohnung von Frau Mutschler äste. Hastig ertaste ich die andere Bettseite. Sie ist leer.

Mit dem untrüglichen Gefühl, einen riesengroßen Fehler begangen zu haben, zwinge ich mich zum Aufstehen. Dann sind sie da, die Erinnerungen. Ich suche nach meiner Kleidung. Mal wieder. Dann sehe ich sie. Sie hat sich vermischt mit Julis Bluse und den Ringelsocken.

Beklemmendes Unbehagen durchströmt meine Venen. Ich werde das Gefühl nicht los, einen gigantischen Fehler begangen zu haben. Ich hatte Sex. Schon wieder! Aber freuen kann ich mich darüber nicht. Zwischen mir und Juli hätte es niemals so weit kommen dürfen. Aber sie hat mich eiskalt erwischt, in einem kraftlosen Moment hat sie meine Schwäche ausgenutzt und ist über mich hergefallen.

Klar hätte ich es besser wissen müssen. Dass ich mich keinesfalls auf sie hätte einlassen dürfen. Nicht nach der Entdeckung des Zeichenblocks, der Haarsträhne und meiner eingerahmten Regenbogen-Broschüre. Der unumwundenen Tatsache, dass ich in die Falle einer Stalkerin gegangen bin. Aber ich bin eben auch nur ein Mann.

Eines ist gewiss: Nie wieder werde ich Ringelsocken unschuldig betrachten können.

Eine weitere SMS geht ein: Bist du schon angezogen? Ich bin ja so gespannt, was du sagst! *g*

Mir wird schwindelig, und das liegt ganz sicher nicht am Schlafentzug. Dieses »In Liebe« aus der ersten Nachricht hängt mir noch schwer nach. Es steht mir nach allem der Sinn, nur nicht nach einem Wiedersehen mit Juli. Andererseits muss ich die Situation aufklären. Sie ist ein zu sanftmütiges Wesen, als dass ich sie im Glauben umherwandeln lassen könnte, wir wären so etwas wie ein Paar oder gar ineinander verliebt.

Mein Handy gibt wieder ein Vibrieren von sich: Bin ja so aufgeregt! *xoxo*

Keine zehn Minuten später bin ich auf dem Weg. Es ist eine laue Nacht. Still und leer breitet sich Kölns Vorstadt vor mir aus. Vor allem aber ist es eine Nacht der Erkenntnis. Nicht nur, was das fehlgeleitete Verhältnis zwischen mir und Juli angeht.

Mit dem Abstand der vergangenen Stunden wird mir klar, dass dieses religionsübergreifende Exorzismusding weitaus mehr war als ein hinterlistiges Intrigenspiel von Jupp, um mir den Heiligenschein wegzunehmen. Denn vor allem war diese fehlgeleitete Aktion ein Hilferuf meiner Freunde. Wieder sehe ich Hans, Pedro und Malena vor mir. Da lag nichts Boshaftes in ihren Blicken. Ihre Gesichter waren voll mitfühlender Besorgnis. Besorgnis um mich.

Mir wird schwer ums Herz. Ich habe mich aufgeführt wie ein Volltrottel. Und das ausgerechnet vor den einzigen Menschen, die mir nahestehen. Menschen, die mir etwas bedeuten und denen ich etwas bedeute. Mittlerweile weiß ich, dass es so ist. Warum sonst würde Hans mir eine seiner Cousinen anvertrauen wollen? Warum sonst würde Malena überhaupt noch mit mir reden – nach allem, was ich ihr an den Kopf geknallt habe? Und Pedro. Sollte er nicht eigentlich einen Groll gegen mich hegen, da ich ihm *seine* Freundin ausgespannt habe? Dennoch versucht er zu helfen. Das Leben hat mir nicht nur eine zweite Chance und einen Heiligenschein geschenkt. Das größte Geschenk sind meine Freunde, die es aufrichtig und ausnahmslos gut mit mir meinen. Wenngleich die Mittel, mit denen sie das auszudrücken versuchen, echt schräg sind. Schwamm drüber.

Dass zwei von ihnen zufällig Gefühle füreinander haben, sollte mich freuen. Auch wenn's wehtut. Aber es geht hier schließlich nicht nur um mich. Und deshalb ist mir plötzlich klar: Ich muss Malena und Pedro meinen Segen geben. So schnell wie möglich! Mit zittrigen Fingern scrolle ich mich durch meine Kontaktliste. Dass ich Malena und nicht Pedro anrufe, liegt einzig und allein daran, dass M vor P im Alphabet steht.

»Es tut mir alles so leid!«, rufe ich, als das Freizeichen erstirbt. »Malena. Du, ich … Es tut mir so leid! Ich war ein Idiot. Ich muss mit dir reden. Mit euch. Alles, was ich gesagt und getan habe, war nicht so gemeint. Vielleicht liegt es ja wirklich an dem Exorzismus, dem Dibbuk, dem was weiß ich. Irgendwas davon scheint gewirkt zu haben. Denn jetzt endlich sehe ich klar.«

»Himmel, Jonas«, kommt mir Malenas schlaftrunkene Stimme entgegen. »Hast du mal auf die Uhr geschaut? Wo bist du?«

»Auf dem Weg zur Hohenzollernbrücke, um mit Juli … Ach, ist egal. Ich wollte Pedro und dir nur sagen, dass alles ein ganz, ganz großer Fehler gewesen ist. Ich weiß jetzt, dass ihr es nur gut mit mir meint. Und ich weiß jetzt auch, wie alles ein gutes und glückliches Ende finden kann, damit ich euch nicht mehr im Wege stehe. Also dir und Pedro. Unserer Freundschaft. Alles was ich tun muss, ist mir ...«

Irgendetwas unterbricht die Verbindung. Mitten im Satz. Der Akku hat den Geist aufgegeben. Na super. Resigniert stecke ich das Telefon zurück in die Hosentasche. Mit so schnellen Schritten, wie es mit nur einem Schuh geht, stolpere ich durch die Straßen. Egal. Wenn ich das mit Juli hinter mich gebracht habe, werde ich persönlich zu Malena und Pedro gehen und ihnen meinen Segen erteilen. Jupp wird keinen Keil mehr zwischen uns treiben können.

Endlich erreiche ich die Brücke. Ich stiefele den schmalen Pfad neben den Bahngleisen entlang und komme mir vor wie in einem Déjà-vu. Erneut wird mein Weg begleitet von der unzähligen Armee der Abertausenden Liebesschlösser, die im Mondlicht um die Wette glänzen. In der Entfernung sehe ich bereits eine Gestalt stehen, die mir zuwinkt. Adrenalin jagt durch meinen Körper. Eigentlich weiß ich ja überhaupt nicht, wie das geht, jemandem eine Abfuhr zu erteilen.

Die letzten Schritte, die uns trennen, kommt mir Juli entgegen und fällt mir sofort um den Hals, deckt mich ein mit Küssen. Ich schaffe es nicht, sie auf Abstand zu halten. »Schön, dass du da bist«, freut sie sich. »Ich habe eine Überraschung für dich! Genau genommen sind es sogar zwei Überraschungen.«

»Du, Juli«, setze ich an, werde aber sofort mit einem Kuss zum Schweigen gebracht.

»Du siehst so sexy aus mit diesen verwuselten Haaren.«

»Äh, danke.«

»Okay. Welche Überraschung willst du zuerst haben? Die gute oder die grandiose?«

»Du, ich, äh ...«

»Nein, ich weiß. Erst die gute. Sie wird dir gefallen! Sie ist so endromantisch wie nur irgendwas.« Julis Augenlider zucken nervös, während sie spricht.

Mir ist klar, dass ich die Sache beenden muss. Sofort! »Du, Juli«, ergreife ich wieder das Wort. »Das mit vorhin. Der Sex, der war …«

»Atemberaubend gut?«, schlägt Juli vor.

»Ähm, ja, das meine ich nicht. Eigentlich wollte ich das gar nicht. Also mit dir schlafen.«

»Ach, du meinst diese ›Kein Sex vor dem dritten Date‹-Regel?« Sie lacht. Etwas zu laut und überdreht für meinen Geschmack. »Darüber sind wir beide doch schon längst hinaus.«

»Nein, das meine ich nicht. Eigentlich bin ich gar nicht in der Verfassung, um überhaupt …«

Entgegen meiner Erwartung gehen ihre Mundwinkel nach oben, was mich sofort verstummen lässt.

»Entspann dich, Süßer. Das war genau das, was dein Unterbewusstsein wollte: dich von deiner falschen Moral befreien. Zum Glück haben dir die Drogen die Bedenken genommen.«

Ich starre sie ungläubig an. »Was denn für Drogen?«

Ihre Schultern schieben sich nach oben. »Keine Angst, absolut harmlos. Alles rein natürliche Extrakte und nur, um deine sexuelle Stimulation anzukurbeln.« Sie zwinkert mir zu. »Hat ja schon mal funktioniert, damals. Nicht wahr?«

Auf einmal denke ich wieder an den bitteren Nachgeschmack des Wassers und daran, dass ich mich nach unserer Nacht im *Nightlife* an kaum etwas mehr erinnern konnte. Ich werde mit einem Schlag wütend. »Du hast mich unter Drogen gesetzt?«, schreie ich sie an.

»Pscht.« Sie legt mir den Finger auf den Mund. »Sonst weckst du noch die grandiose Überraschung.«

»Bitte?« Ich verstehe überhaupt nichts mehr. Nur so viel, dass ich an eine komplette Psychopathin geraten bin und schleunigst das Weite suchen sollte.

Doch daran hindern mich genau zwei Dinge. Zum einen bin ich ein extrem neugieriger Mensch und möchte nun doch wissen, was es mit diesen beiden Überraschungen auf sich hat. Zum anderen interessiert es mich brennend, warum sich in meinem Kopf zwar äußerst leise, aber definitiv hörbar der Knabenchor zu Wort meldet. Ich blicke mich suchend um, kann aber nichts entdecken. Beim Versuch, an Juli vorbei auf die Mitte der Brücke zu schauen, stellt sie sich mir in den Weg und drückt mir einen weiteren ihrer feuchten Küsse auf.

»Du kannst mich doch nicht einfach so unter Drogen setzen«, fahre ich sie an.

Summend lenkt sie meine Aufmerksamkeit auf das von Schlössern nur so glitzernde Brückengitter.

»Was?«, frage ich genervt.

Jetzt singt sie auch noch: »Schenk mir heut' Nacht dein ganzes Herz und bleib bei mir.«

»Du singst mir ein Lied von den Höhnern vor?«, frage ich entgeistert.

Freudestrahlend zeigt sie mit dem Finger auf eine noch freie Stelle des Brückengitters. »Das da wird unser Platz«, ruft sie euphorisch. »Er ist perfekt! Direkt unter der Lampe.« Sie zieht einen glänzenden Gegenstand aus der Tasche. »Tada!«, sagt sie mit der Stimme eines mittelmäßigen Zirkuszauberers.

»Ein Vorhängeschloss«, sage ich matt.

»Ein Liebesschloss«, grinst sie mich an. »Leider hatte ich keine Zeit mehr, es gravieren zu lassen.« Liebevoll streichelt sie über das glatte Metall und hält mir dann den Schlüssel unter die Nase. »Aber immerhin ist es kein Kombinationsschloss.«

Sie kommt auf mich zu und küsst meine Stirn. Ihre Lippen fühlen sich auf meiner Haut an wie Lava.

»Ist das nicht total romantisch? Wir schenken uns ein symbolisches Herz als Zeichen unserer Liebe!«

»Liebe?« Ich sehe dabei zu, wie sie den Bügel des Schlosses

öffnet und es neben seinen Brüdern an der Brücke befestigt. Im nächsten Augenblick ist es bereits eingetaucht in das Schlössermeer und kaum mehr von den anderen zu unterscheiden.

Freudestrahlend hopst Juli auf mich zu und legt sich selbst meinen herabhängenden Arm um die Hüfte. »Zum Zeichen unserer ewigen Liebe«, sagt sie und wirft den Schlüssel im hohen Bogen von der Brücke. Bereits nach wenigen Metern hat ihn die Schwärze der Nacht verschluckt.

»Du, Juli ...«

Sie legt den Zeigefinger auf meinen Mund. »Pscht, jetzt kommt das Beste«, sagt sie und fängt wieder an zu singen: »Dann schenk ich dir mein ganzes Herz und zeige dir ...« Sie führt mich summend von unserem Liebesschloss weg.

»Was wird das hier?«, frage ich vorsichtig.

»Was dir gefällt. Na-na-na-na-na-na-na«, singt sie.

Als wir auf der Höhe des Stützpfeilers angekommen sind, bleibt sie stehen. In der Nähe erkenne ich ein Fahrrad mit einem zweirädrigen Anhänger im Schlepptau.

»Du schenkst mir ein klappriges Damenrad?«, frage ich irritiert, woraufhin Juli in schrilles Gelächter ausbricht.

»Quatsch, es geht da lang.« Sie zeigt auf das Brückengeländer, an dem fachmännisch zwei Seilenden verknotet sind.

Erst verstehe ich überhaupt nichts. Doch dann, beim näheren Hinsehen, erkenne ich, dass es sich um die Enden einer Strickleiter handelt.

»Was ist da unten?«, will ich wissen.

»Dein Geschenk! Lass mich vorgehen, dann siehst du, wie es am einfachsten geht.« Grinsend schwingt sie sich über das Geländer und steigt, geschmeidig wie ein Äffchen, die Strickleiter nach unten. »Komm schon!«, ruft sie mir zu, als sie das Podest des Brückenpfeilers erreicht hat.

Ich schlucke meine Höhenangst herunter und wuchte mich über das Geländer. Während ich die viel zu dünnen Streben umklammert halte, fällt mir wieder ein, wie ich einst auf dem Geländer gesessen habe und tatsächlich hinunterspringen wollte. Allein beim Gedanken daran dreht sich mir der Magen um. Stufe um Stufe nähere ich mich Juli, die dankenswerterweise die Strickleiter festhält, sodass es nicht noch mehr schaukelt.

Endlich unten angekommen, geht es mir nicht besser. Im Gegenteil. Die freie geländerlose Sicht nach unten auf den Rhein lässt meine Knie noch weicher werden. Außerdem frage ich mich, was ich eigentlich hier unten soll.

Als könnte sie meine Gedanken lesen, sagt Juli: »Weißt du noch? Damals. Ich war auf der Suche nach Erleuchtung, und dann kamst du. Ich sah dich auf der Tanzfläche, und es war um mich geschehen. Der Schein über dir, deine ganze Ausstrahlung. Da wusste ich, dass du der Richtige für mich bist.«

»Hör mal, das klingt jetzt vielleicht total unromantisch, aber ...«

»In der Liebe gibt es kein Aber.«

»Gut, wenn du es schon ansprichst. Also, die Sache mit der Liebe ...«

Sie bringt mich erneut zum Schweigen, indem sie mir die Hand vor den Mund hält. »Das ist mein Geschenk an dich, zum Zeichen *meiner* Liebe.« Bei diesen Worten zeigt sie auf die Spitze des Brückenpfeilers, an dessen Ende ich eine schwarze zappelnde Decke liegen sehe, die Laute von sich gibt, die in etwa klingen wie »Grmpflmp«.

Juli nähert sich dem unförmigen Sack und reißt ein Stück des Stoffes weg. In diesem Moment nehme ich zwei Dinge wahr: das erneute Aufbranden des Knabenchors in meinem Kopf und zwei weit aufgerissene Augen, eingerahmt von anderthalb Brauen. Das orangefarbene Licht der Brückenbeleuchtung lässt mich die aufgeblähten Nasenlöcher erkennen, mit denen Jupp gierig Sauerstoff einsaugt. Er wirkt benommen und orientierungslos. Vermutlich steht auch er unter irgendwelchen Kräu terdrogen. Sein Mund ist mit demselben Panzerband fixiert, mit dem er mich vor wenigen Stunden geknebelt hat. Doch ich spüre keine Genugtuung. Im Gegenteil, meine aktuelle Empfindung entspricht eher blanker Panik.

»Juli«, schreie ich meine Fassungslosigkeit in den an meiner Kleidung zerrenden Wind.

»Tada«, vollzieht sie wieder ihre Jahrmarktmagier-Geste.

»Grmpflmp!« Das war Jupp.

»Das kannst du doch nicht ernst meinen«, fahre ich sie an, während ich das Ausmaß dieser abstrusen Situation erfasse. Neben Jupp liegen ein langes Seil und ein handelsüblicher Amboss, stahlblau lackiert. Das erklärt das Fahrrad mit dem Anhänger. Vermutlich hat sie sowohl Jupp als auch den Amboss damit transportiert und beides irgendwie mit dem Seil heruntergelassen. Wahnsinnige sollen ja eine unbändige Kraft aufbringen können. Ich sehe der eiskalten Realität ins Gesicht: Der Amboss in Kombination mit dem geknebelten Jupp lässt nicht zwingend auf einen glücklichen Ausgang dieser Situation schließen.

Damdamdam-da-damdam-da-damdamdam …

»Juli«, hebe ich zögernd die Stimme an. Ich muss jetzt lauter reden, um mich selbst zu verstehen, da sowohl der Wind als auch der Chor einen enormen Krach veranstalten. »Was soll das werden?«

Sie schenkt mir keine Aufmerksamkeit. Zu sehr ist sie damit beschäftigt, die Stabilität des Seils zu überprüfen, das Jupps Hals mit dem Amboss verbindet. Der Knoten sieht fachmännisch aus. Ob sie den auch aus dem Internet hat?

Mein Knie sind noch zu wackelig, um zu reagieren. Generell stehe ich gerade unter Schock. Nur mein Mund funktioniert einwandfrei. »Und du willst die zarte Knospe unserer Beziehung wirklich mit einem blutrünstigen Mord düngen?«, versuche ich an ihr Gewissen zu appellieren.

Sie winkt belustigt ab. »Niemand wird hier bluten. Das wird eine total saubere Sache. Ein kleiner Plumps, und nichts ist mehr zu sehen.« Sie hält in der Seilüberprüfung inne und blickt zu mir auf. »Was schaust du denn so bedröppelt? Das ist doch genau das, was du wolltest. Ihn loswerden.«

»Damit meinte ich aber eher eine räumliche Gelöstheit. Keine endgültige. Und vor allem keine tödliche!«

Juli wirkt ein wenig enttäuscht. »Aber es ist doch mein Geschenk an dich!« Sie sagt das so entgeistert, als würde ich einen geschenkten Wochenendtrip nach Paris ausschlagen.

»Echt jetzt, Juli, wenn du mir unbedingt etwas schenken willst, tut es auch ein Stofftier.«

Der Knabenchor in meinem Kopf schreit mittlerweile so laut, dass ein Düsenjet vor Neid erblassen würde.

Juli schüttelt den Kopf. »Ich habe dir doch versprochen, es wiedergutzumachen. Und das tue ich jetzt.«

Eines muss ich ihr lassen: In Sachen Resolutheit ist sie nicht zu toppen. Und so lässt sie ihren Worten sofort Taten folgen. Mit einem unschuldigen »Mach's gut!« wuchtet sie Jupps wehrlosen Körper vom Brückenpfeiler. Er stürzt mitsamt der Decke, die ihn umwickelt, in die Tiefe. Als er schon nicht mehr zu sehen ist, dringt ein schrilles, langgezogenes »Grmpflmp!« zu uns herauf. Das endlich sorgt dafür, dass sich die Schockstarre in meinem Körper löst.

Keine Sekunde zu früh. Während ich zu der Stelle hechte, an der eben noch Jupp lag, sehe ich, wie sich das Seil um den Amboss spannt. Ich springe auf ihn zu, um ihn zu fassen zu kriegen, greife aber ins Leere, als er mit einem gewaltigen Ruck hinter Jupp her in die Tiefe gezogen wird.

Sofort hören die Knaben in meinem Innenohr mit dem Singen auf. Fassungslos schaue ich auf die leere Stelle. Kein Jupp mehr. Kein Amboss mehr. Gleichermaßen von Panik erfasst und rasend vor Wut fahre ich herum.

»Jetzt ist es vorbei«, sagt Juli gelassen. »Jetzt kann er dir nie wieder lästig werden.«

Ihre Worte dringen kaum zu mir durch, derart rauscht das Adrenalin durch meinen Körper. Ich weiß, was ich zu tun habe – ich muss hinterherspringen und Jupp retten. Meiner Höhenangst, vor allem aber meiner Feigheit zum Trotz. Schnell schlüpfe ich aus meinem verbliebenen Schuh und streife die Jacke ab.

»Was hast du vor?«, fragt Juli, die offenbar erkannt hat, dass das Geschenk nicht ganz so gut angekommen ist, wie sie es sich in ihrer irren Welt vorgestellt hat.

»Du krankes Miststück!«, brülle ich ihr beim Ausziehen entgegen. »Du kannst doch nicht einfach so einen Menschen umbringen!«

»Aber ich habe es doch für uns getan.«

»Es gibt kein ›uns‹. Hörst du? Lass mich in Ruhe, du ... du Stalkerin!«

Sie zuckt zusammen, als hätte ich ihr eine Ohrfeige verpasst. Doch das ist mir egal. Ich lasse sie stehen und mache mich bereit für den Sprung in die Tiefe. Bleibt nur zu hoffen, dass der Heiligenschein auch unter Wasser funktioniert, damit ich überhaupt den Hauch einer Chance habe, Jupp in der schwarzen Brühe zu finden. Sofern ich den Aufprall auf dem Wasser überhaupt überlebe. Es soll ja wie Beton sein, das Wasser, wenn man im falschen Winkel drauffällt.

Ich beuge den Kopf über die Kante und halte kurz inne. Dabei weiß ich natürlich, dass es gerade jetzt auf jede Sekunde ankommt. Das ändert aber nichts daran, dass ich nach wie vor Höhenangst habe, nicht gerade der beste Schwimmer bin und Mut noch nie eine Eigenschaft gewesen ist, die mich ausgezeichnet hat. Ich atme tief ein und aus, dränge alle Gedanken nach hinten und konzentriere mich auf meine Aufgabe.

»Also«, spreche ich zu mir selbst. »Auf drei, auf zwei, auf ...«

»Eine Sache noch«, drängt sich Juli in mein Bewusstsein.

»Was denn?«, frage ich genervt, während ich mich zu ihr umdrehe und gleichzeitig eine altbekannte Melodie in meinem Kopf angestimmt wird.

»Wenn ich dich nicht haben kann«, funkelt sie mich an, »soll dich niemand mehr haben können.«

Es ist nicht gerade nett, denke ich mir noch, was sie da sagt. Dann wundere ich mich darüber, was sie noch so alles mit nach unten geschleppt hat, als ich den ausschwingenden Baseballschläger auf mich zurasen sehe.

Der Schmerz lässt mich zurücktaumeln. Blöd, dass bereits mein erster Schritt ins Leere geht und ich nun ebenfalls in die Tiefe stürze. Nicht mit einem geplanten, den Todesspringern von Acapulco ähnlichen Kopfsprung, sondern taumelnd, zappelnd und hilflos. Eben so, dass man sich alle Knochen bricht, wenn man auf der Wasseroberfläche aufkommt.

Der Knabenchor in meinem Kopf jault beleidigt auf. Und diesmal bin ich mir sicher, dass er nicht Jupp oder irgendwem anders gilt. Sondern mir.

Während ich falle, kommt es mir vor, als würde mein Schädel explodieren. Ich ringe mit der Bewusstlosigkeit. Als ich das rasant näher kommende dunkle Wasser unter mir sehe, kommen die Knaben in meinem Kopf nach und nach in den Stimmbruch.

Dam-Dam ... Dam.

Dann wird es nass.

Und still.

Endlich.

Kapitel 31

Ich weiß nicht, wie lange ich bewusstlos war. Allzu lange kann es nicht sein, da ich immer noch sinke. Mit jedem Meter, den es hinab in Richtung Grund geht, verstärkt sich der Druck auf meinen Ohren. Die Augen habe ich geschlossen, und ich stelle fest, dass ich mich nicht bewegen kann. Ich bin ein Gefangener in meinem eigenen Körper. Als hätte mich der Aufprall auf die Wasseroberfläche gelähmt.

Was gar nicht so unwahrscheinlich ist. Vermutlich habe ich mir das Rückenmark verletzt und bin vom Halswirbel ab paralysiert. So oder so, gänzlich ohne Körperkontrolle liegt mein Schicksal so klar wie nie vor mir.

Ich werde sterben.

Ich versuche, nicht in Panik zu geraten und mir in Erinnerung zu rufen, dass es doch genau das ist, was ich von Anfang an wollte. Mich in die Tiefen des Rheins stürzen, um meinem jämmerlichen Dasein ein Ende zu bereiten.

Der Heiligenschein hat mir einmal mehr bewiesen, dass ich das Leben gar nicht verdiene. Denn kaum wurde ich durch eine seltsame Fügung des Schicksals mit etwas ausgestattet, was mich zu jemand Besonderem macht, versaue ich es mir mit all den Menschen, die mir am Herzen liegen, und lasse mich auf eine falsche Schlange ein.

Dennoch – einfach so kann ich nicht gehen. Es gibt da etwas in mir, eine dünne Stimme, die sagt: »Gib nicht auf. Es ist noch nicht vorbei. Deine Zeit ist nicht gekommen.« Ich muss gegen diese Schockstarre ankämpfen und mich zurück an die Oberfläche strampeln. Ich will noch nicht sterben. Das Leben ist nämlich schön. Und ganz schön bunt. Fast schon blendend, wie ich feststelle, als ich mit aller Willenskraft die Augen aufreiße und feststelle, dass um mich herum kein Wasser ist. Aber nicht nur das fehlt. Generell bleibt gerade so einiges aus. Jegliche physikalischen Gesetzmäßigkeiten zum Beispiel.

Ich muss ohnmächtig sein, ist mein erster Gedanke, als ein Schwarm bunter Fische an mir vorbeizieht und mich anlächelt. Und selbst in diesem Zustand ist mir klar, dass es im Rhein weder bunte lächelnde Fische noch leise Hintergrundmusik gibt. Ich höre *What a Wonderful World*, allerdings spielen nur eine Ukulele und ein paar Bongos. Die Melodie klingt so blechern wie in einer dieser Aufklappkarten, die mir meine Eltern immer zum Geburtstag schenken.

Irgendwas stimmt nicht mit der Umgebung. Alles wirkt so künstlich. Ein Quintett aus hektisch dreinblickenden Seepferdchen zieht vorbei. Sie haben Muscheltrommeln dabei. Meine Gedanken schlagen Purzelbäume. Ich bin seit geraumer Zeit unter Wasser. Vermutlich leide ich an einem Sauerstoffmangel, der sich gewaschen hat. Mit großer Wahrscheinlichkeit ist mein Hirn ohnehin schon so lange unterversorgt, dass nur noch Brei übrig ist. Das würde zumindest die tanzenden Meeresschildkröten und die singende Muräne erklären.

Ertrinke ich jetzt? Oder bin ich schon tot?

Sollte ich atmen? Ich nehme probeweise einen tiefen Zug und rechne fest damit, mir gleich das Wasser aus den Lungen husten zu wollen – doch nichts passiert. Ich atme. Unter Wasser.

Okay.

Ich sinke weiter. Vorbei an grünem Seetang, dessen Blätter sich im Takt der Musik sanft nach links und rechts wiegen und mir zuwinken, als ich sie passiere. Aus einem Reflex heraus winke ich zurück.

Das ist der Moment, in dem ich meinen Körper zum ersten Mal unter Wasser wahrnehme. Ich sehe meine winkende Hand. Aber es ist nicht mehr meine Hand. Es ist eine viel zu rosafarbene Hand. Makellos. Ohne Sommersprossen und Fritteusenfettverbrennungen. Ich halte sie mir ganz nah vors Gesicht, um sie zu mustern. Ihre Makellosigkeit könnte womöglich daran liegen, dass sie gezeichnet ist. Das trifft in der Tat auf die ganze Umgebung zu.

Ich befinde mich in einer Zeichentrickfilmunterwasserwelt. Die Einsicht trifft mich wie ein Vorschlaghammer.

Luftbläschen schießen an meinem Gesicht vorbei. Der Tauchgang nimmt ein Ende, als ich den Grund des Rheins erreicht habe. Sollte ich nicht frieren? Der Wasserdruck mein Trommelfell mit einem dumpfen Knall zum Platzen bringen? Meine Lungen erbärmlich um den letzten Restsauerstoff ringen?

Doch nichts dergleichen trifft zu. Keine Atemnot, keine Trommelfellperforation, keine Kälte. Im Gegenteil, rein körperlich fühle ich mich goldfischwohl. Ich rekapituliere: Eben noch war ich auf der Brücke. Dann der Sturz ins Wasser. Jetzt bin ich in einem Walt-Disney-Streifen gelandet. Ganz klar: Ich muss tot sein.

Ich habe mir den Tod immer anders vorgestellt. Dunkler, gefühlloser, endgültiger – toter eben. Doch mein gezeichnetes Ich fühlt sich quicklebendig.

Ich höre ein knackendes Geräusch hinter mir und drehe mich um. Was soll das nun wieder? Vor mir erscheint plötzlich Nebel. Dahinter glimmt ein Leuchten auf, und als sich der Dunst verzogen hat, fällt mein Blick auf eine orangefarbene Garnele, die mich aus ihren schwarzen Glubschaugen herausfordernd anstarrt. Sie hat einen Heiligenschein auf dem Kopf und die zahlreichen Arme vor dem schmalen Panzer verschränkt.

Reflexartig greife ich mir an den Schädel und spüre ihn nicht mehr. Mein Heiligenschein ist weg. Kurz fühle ich mich so elendig leer wie lange nicht.

»Ein Heiligenschein ist kein Lottogewinn, mein Lieber«, erhebt die Garnele da das Wort. »Er bedeutet Ehre und Verantwortung zugleich, wie du mittlerweile wissen müsstest.«

Neidisch schaue ich auf den hellweißen Kreis über dem Kopf des Krustentiers. »Was weiß schon eine wie du von Ehre und Verantwortung?«, gebe ich schnippisch zurück und versuche intuitiv, die Körperhaltung der Garnele zu imitieren. Ich verschränke die Arme vor meiner Brust und überkreuze die Füße.

»Mein lieber Jonas, selbst du solltest inzwischen mitbekommen haben, dass es nicht auf Äußerlichkeiten ankommt. Ansonsten hättest du nichts gelernt, und das wäre extrem schade. Glaubst du wirklich, so ein leuchtendes Ding macht dich heilig? Sicher nicht! Es ist deine Einstellung, die zählt. Deine Bereitschaft, dein Wille und dein Durchhaltevermögen.«

Ich weiß nicht, ob ich wirklich dazu bereit bin, mich mit einer Garnele über meine innere Einstellung zu unterhalten. Ich lasse die Arme baumeln und kratze mich am Kopf, exakt dort, wo mich Julis Baseballschläger erwischt hat. Zeichentrickblut klebt an meinen Fingern, aber ich verspüre keinen Schmerz. »Gottverdammte blöde Kuh«, kommt es mir über die Lippen.

»Na, na, na«, schimpft die Garnele. »Was hat denn Gott damit zu tun?«

»Womit?«

»Dass du dich auf die falsche Frau eingelassen hast?«

Ich werde laut. »Was geht dich das an?«

Sofern das überhaupt möglich ist, hebt die Garnele die Augenbrauen. »Ist das eine ernstgemeinte Frage?«

»Was soll das? Wer bist du?«

Die Garnele hüstelt affektiert. »Rate mal.«

»Großer Gott, ich weiß es nicht!«

»Bingo«, sagt die Garnele und fängt dann lauthals zu singen an: »Unter dem Meeeeeeer, unter dem Meer ...« Dabei klappert sie aufreizend mit ihren Scheren.

Ich fühle mich nicht ernst genommen. »Du willst Gott sein?«, unterbreche ich den Singsang. »Du bist eine Garnele und schmeckst am besten mit Knoblauchmarinade!«

Die Garnele runzelt die Stirn, also den Bereich, der eine Stirn sein könnte. »Hey«, beschwert sie sich. »Es ist *dein* beschissener Traum. Ich bin, was immer du in mir siehst. Mal einen Inder mit Kittelschürze, mal eine Garnele.«

Sie weiß von dem Hans-Mutschler-Wesen?

»Das«, die Garnele klopft gegen ihren Panzer, »ist nur eine Hülle. Genau wie dein Körper. Was zählt, ist deine innere Einstellung. Deine Taten sind von Bedeutung. Wie du dich verhältst in der wenigen Zeit, die dir zur Verfügung steht. Ich dachte, mittlerweile hättest du verstanden, dass alles, was du bist und jemals sein wirst, tief in dir drinsteckt. Du musst an dich selbst glauben, um du selbst zu sein. Dazu brauchst du keine Neonröhre auf deinem Kopf.«

Was die Garnele da sagt, hört sich nicht schlecht an. Auch wenn ich zugeben muss, dass ich ein wenig enttäuscht bin. Da treffe ich einmal in meinem Leben den lieben Gott, und er hat mir nicht mehr zu erzählen als das, was ich mir in drei Jahren Psychotherapie selbst erarbeitet habe. Toll.

Dennoch, das Wesen, das behauptet, Gott zu sein, gefällt mir. Es sieht irgendwie niedlich aus, wie es mich aus diesen großen Glubschaugen ansieht. Mich befällt ein schlechtes Gewissen aufgrund der zahllosen seiner Artgenossen, die ich im siedenden Öl frittiert habe.

»Vergiss die Viecher«, sagt die Garnele und winkt mit einem ihrer Ärmchen müde ab. »Ich habe sie erschaffen, damit die Fische was zu fressen haben – ansonsten hätte ich sie mit mehr Gehirnzellen ausgestattet.«

»Du kannst Gedanken lesen?« Ich bin ernsthaft entrüstet.

Die Garnele sieht ernsthaft angepisst aus. »Hast du auch nur ein Wort von dem verstanden, was ich gerade gesagt habe?«

Ich nicke automatisch, dann schüttle ich den Kopf. »Nicht so ganz, ehrlich gesagt. Du bist also wirklich … Gott?«

Die Garnele nickt.

»Beweise es.«

»Hallo?« Gott streckt die langen Fühler von sich. »Hast du dich schon mal umgeschaut? Tanzende Meeresschildkröten? Trommelnde Kraken? Singende Muränen? Du unterhältst dich mit einer Garnele, die behauptet, Gott zu sein! Brauchst du noch mehr?«

Ich habe auch all meine Bilder verkauft und weiß dennoch noch nicht, ob ich wirklich ein Künstler bin, denke ich.

»Du bist, was immer du sein möchtest. Letztlich sind wir alle Künstler auf unsere Art und Weise.«

Okay, die Garnele kann also wirklich Gedanken lesen. Ist das ein Indiz für ihre Göttlichkeit oder nur ein besserer Zaubertrick? Bei Walt Disney ist schließlich alles möglich. Im Grunde ist es mir auch egal. Außerdem hat die göttliche Garnele ja gerade selbst gesagt, ich soll nicht auf andere hören, sondern auf mich.

»Jetzt hast du mich verstanden, mein Junge. Dann kann ich dich ja gehen lassen.«

Innerhalb von vier Wochen treffe ich zuerst den Papst und dann Gott persönlich, und nie dauert die Audienz länger als ein paar Minuten. Sollte ich mir darüber Gedanken machen?

»I wo«, sagt Gott.

»Was meinst du mit ›gehen lassen‹?«, hake ich nach. »Heißt das, ich werde jetzt sterben?«

Gott stemmt die Scheren in die Hüften, was echt schräg aussieht mit diesen rudimentär entwickelten Ärmchen. »Das heißt, dass ich nicht die ganze Nacht Zeit habe, um auf dem

Grund des Rheins mit dir über den Sinn des Lebens zu philosophieren. Also dann, mach's gut.« Sie schnippt zum Abschied mit den zierlichen Greiforganen, dann ist sie weg.

Ein gleißendes Licht umhüllt mich, als ich das Bewusstsein verliere.

Schon wieder.

Kapitel 32

Ich schlage die Augen auf. Schwaches Licht sickert durch die Ritzen einer heruntergelassenen Jalousie, die vor der breiten Fensterfront hängt. Jeder einzelne Strahl, der auf mich trifft, droht meine Augäpfel in Brand zu setzen. Alles pocht und schmerzt und zwickt. Meine Nase ist zu. Mir geht's gar nicht gut.

Ich habe keine Ahnung, wo ich bin. Das Erste, was ich bewusst wahrnehme, ist ein weißes Laken, das mich zudeckt. Rechts und links von mir ertaste ich kalte, wurstdicke Metallstreben. Über mir baumelt eine Triangel am Galgen. Also tippe ich auf ein Krankenhausbett.

Mein Schädel fühlt sich an wie mit Watte gefüllt. Von weit hinten spüre ich einen unangenehmen intensiven Druck, der jedoch nicht wirklich zu mir durchdringt. Noch nicht.

»Jonas, bist du wach?«

»Malena«, sage ich. Oder ich denke es. Sicher bin ich mir da nicht.

Etwas greift nach meiner Hand und streicht gleichzeitig über meine Wange.

»Malena?« Ich wundere mich über den krächzenden Laut, den ich von mir gebe.

»Hier, trink erst mal einen Schluck.« Von der anderen Seite kommen zwei große Hände auf mich zu, die mir helfen, mich in eine aufrechte Position zu bringen.

»Pedro?« Allmählich kehrt die Kraft in meine Stimme zurück. Was ist passiert? Warum liege ich hier? Und, warum, verdammt, tut mir der Kopf so weh? Mit jedem Zwinkern gewöhnen sich meine Augen mehr an die Helligkeit.

»Gott sei Dank, du bist wach«, ruft Malena. Ich sehe ihren glänzenden Augen an, dass sie kürzlich geweint haben muss. Meinetwegen?

»Wie fühlst du dich, Keule?«, fragt Pedro. Er will lässig klingen, sein Gesicht aber straft ihn Lügen. Anstrengung und Besorgnis sind in fetten Buchstaben darin zu lesen. Außerdem ist seine Frisur im Arsch.

Ich versuche, mich noch ein Stück weiter aufzurichten, was mir jedoch eher schlecht als recht gelingt. Mein Kopf fühlt sich so komisch an. Ich fasse mir an die Stirn, um zu fühlen, ob sie fiebrig heiß ist. Nein, fühlt sich normal an. Jetzt erinnere ich mich wieder an den schwingenden Baseballschläger. Meine Hand wandert zur Schläfe und ertastet puren Schmerz. Davon abgesehen fühlt die Hand aber nicht das, was sie sonst gefühlt hat, wenn ich mir über den Kopf gestrichen habe.

Da ist nichts.

Kein Kribbeln, kein elektrostatischer Flaum. Außerdem ist es dunkel um mich herum.

Verdächtig dunkel.

»Wo ist mein Heiligenschein?«, schreie ich meine Stimmbänder auf Betriebstemperatur.

Malena zuckt erschrocken zusammen.

Pedro bleibt cool. Auch, als er sagt: »Weg.«

»Wie, weg?«

»Na, weg«, sagt Malena. Sie lächelt.

Gut, weg. Ich habe es jetzt zweimal gehört. Das ändert jedoch nichts daran, dass ich es nicht glauben kann. »Einen Spiegel«, schreie ich. »Schnell!«

Beide schauen sich hektisch um. Geistesgegenwärtig klaubt Malena ihre Handtasche vom Boden und taucht mit beiden Händen tief hinein, um einen kleinen Schminkspiegel ans

Tageslicht zu befördern. Lächelnd streckt sie ihn mir entgegen und zuckt erneut zurück, als ich ihn ihr aus den Händen reiße.

Nervös und aufgeregt halte ich mir den Spiegel vors Gesicht. Himmel, sehe ich scheiße aus!, ist mein erster Gedanke. Ich habe Augenringe, mit denen ich ohne Weiteres als viertes Mitglied der Panzerknacker durchgehen würde. Und blass bin ich. Unnatürlich blass. Selbst für meine Verhältnisse. Dennoch schiebt sich ein breites Grinsen in das Gesicht meines Spiegelbildes. Denn er ist weg.

Der Heiligenschein ist weg.

Keine leuchtende Aura mehr um mich herum. Da ist nichts mehr außer meinem kupferroten struppigen Haar, dessen Anblick ich nie mehr geliebt habe als gerade jetzt. Ich könnte schreien vor Freude, aber irgendwie hindern mich meine lädierten Stimmbänder und die besorgten Gesichter von Malena und Pedro daran.

»Du hast viel Wasser geschluckt, Keule«, sagt Pedro, als könne er meine Gedanken lesen.

Wasser …

Da plätschert was.

Ich sehe mich wieder auf der Brücke stehen. Ich sehe Juli. Den Amboss. Das Wasser.

»Könntet ihr mir bitte mal erklären, was genau passiert ist?«

»Als du mich angerufen hast«, beginnt Malena, »und die Leitung plötzlich tot war, habe ich mir Sorgen um dich gemacht. Himmel, du klangst so, als wolltest du dir das Leben nehmen … Schon wieder!«

»Ach Quatsch, ich wollte euch beiden doch nur sagen, dass …«

»… du weißt, wie du all dem ein Ende setzen kannst«, führt Malena den Satz zu Ende. »Und dann noch die Erwähnung, dass du auf dem Weg zur Hohenzollernbrücke bist.« Sie schüttelt den Kopf. »Da haben wir uns natürlich sofort auf den Weg gemacht.«

Während Malena erzählt, stellt sich Pedro hinter sie und legt ihr seine Hände auf die Schultern. Eine liebevolle Geste, die zu sehen mir merkwürdigerweise gar nichts ausmacht. Im Gegenteil. Zum ersten Mal bin ich wirklich der Meinung, dass sie ein hübsches Pärchen abgeben und sehr gut zueinanderpassen.

Vermutlich war der Schlag auf den Kopf doch zu viel für mich.

»Und dann haben wir das Fahrrad und die Strickleiter gesehen«, spricht Pedro weiter.

»Und *sie*.« Malenas Gesichtszüge ziehen sich zusammen, als hätte sie auf etwas Saures gebissen.

»Genau rechtzeitig«, fährt Pedro fort. »Wir haben gesehen, wie diese Tussi Jupp ins Wasser geschubst hat. Dann ging alles ziemlich schnell. Kurz darauf hat sie dir mit dem Baseballschläger eins übergezogen. Du hast echt keine Ahnung von Frauen, was, Keule?«

»Als du ins Wasser gestürzt bist, ist Pedro sofort hinterhergesprungen. Ohne auch nur eine Sekunde nachzudenken«, sagt Malena.

Ich schlucke schwer.

Pedro, der meine Beklemmung zu bemerken scheint, senkt den Blick und mustert interessiert den Linoleumboden. »Ehrensache, Keule.« Er sieht wieder auf, blinzelt mehrmals hintereinander. Dann ist sein Lächeln wieder da. Strahlend wie eh und je. »Ich bin in den Rhein gesprungen. Mit Schuhen, Klamotten und allem Drum und Dran. Junge, ich dachte, der Fall würde ewig dauern. Und dann der Aufprall. Wie Beton. Ich dachte, es zerbricht mir die Füße. Zunächst konnte ich mich gar nicht bewegen. Die plötzliche Kälte hat meine Muskeln gelähmt. Als ich mich dann im aufwirbelnden Wasser wieder orientieren konnte, sah ich erst mal gar nichts. Alles nur dunkel um mich herum, bis ich unter mir das Leuchten deines Heiligenscheins gesehen habe.«

Ich weiß nicht, warum mir auf einmal winkender Seetang und singende Fische in den Sinn kommen.

Pedro schüttelt sich. »Sah echt gruselig aus. Wie eine Taschenlampe bist du in die Tiefe gesunken.«

»Ich war bewusstlos«, sage ich zu niemand Bestimmten.

»Du bist so schnell gesunken, dass ich kaum hinterhergekommen bin. Und dann wurde es echt schräg. Plötzlich kamst du mir nämlich entgegen.«

»Ich kam *was?*«

»Ja, auf einmal habe ich Jupp gesehen, der dich umgriffen hatte und mir entgegengeschwommen ist. Als er mich erreicht und ich dich zu fassen gekriegt hatte, hat er mir noch zugezwinkert und nach oben gezeigt. Also hab ich dich an die Oberfläche gezerrt und in bester *Baywatch*-Manier ans Ufer bugsiert.« Er schüttelt sich erneut. »Ich will gar nicht wissen, wie viel Rheinwasser ich dabei gesoffen habe. Dafür bist du mir was schuldig, Keule.«

Auf einmal sehe ich Pedro ganz verschwommen. Ich wische mir über die Augen und ziehe einen feuchten Film mit mir. Erst jetzt wird mir klar, dass ich weine. »Und ich dachte, du hasst mich«, sage ich mit brüchiger Stimme.

»Wie sollte ich meinen besten Freund hassen können? Nach allem, was wir durchgemacht haben?«

Im emotionalen Schwall drängt sich ein Gedanke nach oben. »Und Jupp? Wo ist er überhaupt?«

Die entspannte Stimmung kippt sofort.

»Wo ist Jupp?«

Nun schauen beide betreten zu Boden.

»Er ist nicht wieder aufgetaucht. Keine Spur von ihm«, sagt Pedro schließlich.

»Feuerwehr und Hafenpolizei suchen noch nach ihm«, sagt Malena schnell, lässt dann aber wieder den Kopf sinken. »Viel Hoffnung haben sie jedoch nicht, ihn lebend zu bergen.«

Der Schock trifft mich bis ins Mark. Irgendwie muss es Jupp gelungen sein, sich von dem Seil zu befreien, das ihn mit dem Amboss verbunden hat. Dann hat er mir geholfen, zu Pedro zu gelangen. Dabei muss ihm der Atem ausgegangen sein, um selbst zurück zur Oberfläche zu gelangen. Ein elektrischer Impuls durchzuckt mich. Jupp hat sein Leben für meines geopfert. Nur so kann es sein. Unendliche Schuldgefühle machen sich in mir breit.

»Und was ist mit Juli?«

Zum ersten Mal, seitdem ich erwacht bin, sehe ich Malena lächeln. Sie streckt die Finger ihrer rechten Hand aus, ballt sie zur Faust und massiert sich jeden einzelnen Knöchel. »Als Pedro dir hinterhergesprungen ist, wollte sie abhauen. Kaum hatte sie die letzte Stufe der Strickleiter nach oben erreicht, habe ich sie mit schlagfertigen Argumenten an der Flucht gehindert.«

Pedro ist der Stolz im Gesicht anzusehen, als er seinen Arm um Malena legt. »Sie sitzt nun wegen Entführung und versuchten Totschlags in Untersuchungshaft. Und wenn Jupp nicht mehr gefunden wird, sieht es ganz schlecht für sie aus.«

Malena nickt mit Genugtuung. »Vermutlich wird man sie direkt in die Psychiatrie überweisen. Diese gestörte Bitch!«

Ich lasse mich nach hinten fallen, schließe die Augen und versuche, die eintrudelnden Informationen auf mich einwirken zu lassen. Doch meine Gedanken drehen sich immer wieder um eine Tatsache, die ich einfach nicht glauben kann: Der Heiligenschein ist weg. Ich habe mein altes Leben zurück.

»Da gibt es noch eine Sache, über die wir reden müssen«, reißt mich Pedro aus dem Gedankenstrudel. »Malena und ich wollen übrigens heiraten. Und wir dachten …« Seine Stimme versagt. Erst mit einem lauten Räuspern findet er sie wieder. »Dass du vielleicht unser Trauzeuge …« Er bringt den Satz nicht zu Ende.

Ich reiße die Augen auf und setze mich schneller aufrecht hin, als es der Schwellung an der Schläfe recht ist.

Beide sehen mich erwartungsvoll, aber auch ängstlich an. Da ist es wieder, dieses Schweigen zwischen uns dreien. Wie zuletzt in der *Heiligen Krabbe.*

»Ja«, sage ich schließlich und bin selbst überrascht, wie gut und richtig es sich anfühlt. »Nichts lieber als das.«

Kapitel 33

Rein vom Prinzip her habe ich es durchgezogen. Wenn auch nicht mit derartiger Konsequenz wie Elvis 77, habe ich den Sprung gemacht und mein altes Leben gekillt. Völlig egal, ob ich freiwillig gesprungen bin oder dazu genötigt wurde.

Noch immer habe ich Gedächtnislücken, was den Abend auf der Brücke angeht. Ich kann mich gerade noch an den Fall erinnern, danach aber ist alles schwarz. So schwarz wie die Wasserdecke, auf die ich bedrohlich schnell zugerast bin und deren Wellen mir entgegenschlugen, als wollten sie nach mir greifen, um mich tief in ihren Schlund zu ziehen. Pedros Bericht zufolge ist ihnen das auch ganz gut gelungen. Was jedoch ein Rätsel bleibt, ist, wie es Jupp geschafft hat, sich von dem Seil zu befreien, an dem der Amboss befestigt war. Und natürlich: wo er abgeblieben ist. Die Wasserschutzpolizei hat den halben Rhein dies- und längsseits von Köln auf links gedreht. Doch keine Spur von ihm. Es ist beinahe so, als hätte ihn sich Neptun persönlich einverleibt.

Alles hat sich in dieser Nacht verändert.

Ich gehe zurück auf Anfang und versuche, zu mir zu finden. Jetzt, ohne Malena und ohne Heiligenschein, sollte das kein Problem sein. Ich habe mir viel vorgenommen für mein Leben 2.0, möchte mich nur noch dem widmen, was mir wirklich wichtig ist: der Kunst. Mit allen Konsequenzen. Da ist es nur gut, dass ich mir mit dem Erlös meiner unfertigen Kellerbilder zumindest ein finanzielles Polster zugelegt habe. Jetzt stellt sich lediglich die Frage, ob sich meine Gemälde auch ohne den Heiligenschein-Bonus verkaufen lassen.

Natürlich habe ich Angst vor der Antwort. Aber irgendjemand hat mir mal gesagt, dass wir auf unsere Art und Weise letztlich alle Künstler sind. Trotzdem fürchte ich mich vor dem ersten Pinselstrich. Die weiße Leinwand steht vor mir wie ein übermenschlicher Gegner, den ich nur mit einem Lucky Punch bezwingen kann. Und so tänzele ich vor ihm hin und her, die Rechte mit dem Pinsel erhoben, und suche eine Lücke in der Deckung. Mal schießt mein Arm blitzschnell aus der Deckung hervor, um unten anzusetzen. Mal in der Mitte, mal ganz oben.

Wir befinden uns in den ersten Sekunden von Runde eins. Tasten uns ab, versuchen mit Finten die Stärken und Schwächen des anderen herauszufinden. Meine Schwäche ist nur zu offensichtlich. Ich habe weder einen Plan, noch verfolge ich eine Taktik. Kurz: Ich habe nicht die leiseste Ahnung, was ich malen soll. Doch dies mit purer Absicht. Denn ich möchte, dass die Kunst aus meinem Inneren spricht. Dass meine intensivsten Gefühle durch den Pinsel auf die Leinwand übertragen werden. Kein Plan. Keine Taktik. Nur die Kunst und ich …

Und die Türklingel. Zwar überkommt mich ein genervtes Aufstöhnen, doch wenn ich ehrlich bin, bin ich erleichtert über den Kampfabbruch vor dem ersten Schlagabtausch.

»Hallo, Jonas.« Mit dem Öffnen der Wohnungstür entblößt Hans die gesamte Armada seiner weißen Zähne, als wolle er damit den fehlenden Schein meiner Gloriole wieder wettmachen. »Wie geht es dir? Wir haben dir Pralinen und Blumen mitgebracht. Zur Genesung. Sie sind nichts Besonderes«, fügt er rasch hinzu. »Eben das, was man am frühen Morgen am Flughafen auf die Schnelle organisieren kann.« Er hält mir einen bunten Strauß vor die Nase.

Doch ich habe nur Augen für eine Blume. Und diese befindet sich im Haar seiner Begleitung.

»Das ist Dalaja«, fängt Hans meinen Blick auf, »meine Cousine aus Mauritius. Ich habe dir ja von ihr erzählt. Sie ist es, die ich gerade vom Flughafen abgeholt habe. Ist eben erst gelandet. Sie wird in Köln studieren. Aber das hab ich dir ja alles erzählt.«

Ich kann mich nicht mehr daran erinnern, was er mir von ihr berichtet hat. Selbst die Worte, die gerade aus seinem Mund blubbern, vergesse ich sofort wieder. Hängen bleibt nur ihr Name: Dalaja. Klingt toll!

Hans' Cousine sieht aus, als sei sie gerade druckfrisch aus einem Reiseprospekt geschlüpft und hätte eben noch auf Seite drei die Schönheiten ihrer Insel angepriesen. Sie trägt ein körperbetontes, knielanges Kleid mit buntem Blütenmuster, das sämtliche Farben von Mauritius in sich vereinigt.

»Du solltest mal blinzeln, von wegen Augenfeuchtigkeit und so«, grinst Hans.

Dalaja streckt mir zaghaft ihre Hand entgegen. Nein, nicht zaghaft. Eher elfengleich. Galant und erhaben, was auf ihr gesamtes Aussehen zutrifft. Sie ist äußerst attraktiv. Ich verliere mich in ihrer Anmut und verspüre den wilden Drang, an ihren nachtschwarzen langen Haaren zu schnuppern, die ihr schönes Gesicht umspülen wie eine sanfte Welle in einer Vollmondnacht.

Zum Malen schön.

Schuldgefühle überkommen mich. Ich habe Juli Unrecht getan. Es gibt sehr wohl Elfen und Sylphen in Köln. Vor mir steht der lebende Beweis.

»Dalaja«, flüstere ich. »Was für ein schöner Name das doch ist.«

Sie lächelt verlegen.

»Dalaja studiert übrigens Kunstgeschichte.« Hans' Brauen gehen dabei etwas in die Höhe, als wolle er mich auf irgendetwas hinweisen.

Mit einer leichten Kopfbewegung schiebe ich ihn aus meiner Gedankenwelt und widme mich Dalaja, deren ausgestreckte Hand noch immer unangetastet vor mir schwebt. Schnell wechsele ich den farbnassen Pinsel von rechts nach links und ergreife ihre Hand. Sie ist wunderbar warm und schlank und einfach toll. Einfach alles an ihr ist toll.

»Du malst auch?«, fragt Dalaja und schielt dabei auf meinen Pinsel.

»Hab ich dir das nicht erzählt?«, kommt Hans meiner Antwort zuvor. »Jonas ist ein großer Künstler in Deutschland.«

»Das stimmt nicht«, sage ich.

»Doch, das stimmt. Erst neulich hat er auf einer Vernissage alle seine Bilder an einem Tag verkauft.«

Dalaja schaut mich beeindruckt an. Ich könnte ihr nun erzählen, dass es gar keine richtige Vernissage war und die Bilder aus der Wohnung meiner Hausmeisterin verkauft wurden. Und das auch nur, weil ich bis vor Kurzem noch mit einem Heiligenschein gesegnet war.

Ich könnte aber auch einfach die Klappe halten und weiterhin debil vor mich hin grinsen. Ich fahre mir mit der Hand durchs Haar und lege den hinteren abstehenden Wirbel zurecht. Auf einmal ist es mir unglaublich wichtig, vor Dalaja gut dazustehen.

»Was malst du denn?«, fragt sie mich. Ihre Stimme ist mit nichts vergleichbar. Unerwartet dunkel und warm. Ich hänge an ihren vollen geschwungenen Lippen, bin aber nicht imstande, irgendetwas zu erwidern. Dafür bin ich zu gefangen von ihrem Lächeln, gefangen von der unendlichen Tiefe ihrer dunklen braunen Augen, in denen sich die exotische Schönheit ihrer Heimat wiederfindet.

Dann endlich finde ich meine Stimme wieder. Und ich schäme mich dafür, dass sie so gewöhnlich, dünn und nasal klingt, als ich aus meinem Mund diesen einen Satz kommen höre: »Ich möchte dich malen.«

Hans und Dalaja schauen sich überrascht an.

Zunächst verstehe ich ihre Reaktion nicht, doch dann wird mir klar, was ich da eigentlich gesagt habe. Blut schießt mit

Hochdruck in meine Wangen. Hektisch reibe ich mir übers Gesicht, um das Glühen etwas zu verteilen. »Ich meine«, druckse ich herum. »Ich wollte gerade anfangen zu malen. Hatte aber noch kein besonderes Motiv im Auge. Und jetzt stehst auf einmal du vor der Tür und lächelst mich an und ...«

Ich halte inne, schlage mir die Hand auf den Mund. Was labere ich da bloß? Ich bin derart aufgebracht, dass ich viel zu schnell rede, Dalaja vermutlich nicht ein Wort von dem versteht, was ich da von mir gebe. Hoffentlich.

Doch in diesem Moment der Peinlichkeit wird mir etwas klar: Ich will nichts sehnlicher, als diese Frau zu malen. Und mit dieser Erkenntnis kann ich nicht anders, als ganz breit zu lächeln. Es scheint ein gewinnendes Lächeln zu sein, denn Dalaja, die Frau mit der Stimme des mauritianischen Windes, lächelt zurück. Neugierig. Aufrichtig. Wunderschön.

»Sag mal, willst du uns nicht hereinbitten?«, mischt sich Hans ein. »Dalaja hat einen zehneinhalbstündigen Flug hinter sich.«

»Himmel, wo bleiben meine Manieren? Habt ihr Hunger? Ich könnte Frühstück machen.« Ich trete einen Schritt zur Seite und lasse die beiden eintreten.

»Hat er es nicht wunderschön sauber hier?«, sagt Hans zu Dalaja. Er schnüffelt demonstrativ. »Jonas ist ein sehr reinlicher Mensch.« Dabei schiebt er seine Cousine vor sich her in mein Wohnzimmer. In einem unbeobachteten Augenblick dreht er den Kopf in meine Richtung und zwinkert mir verschwörerisch zu. Seine Hände vollführen Putzbewegungen in der Luft.

»Da ist ja ein Loch in der Decke«, sagt Dalaja.

Keine zwei Minuten später sitzen wir an meinem Wohnzimmertisch, auf dem ich unter Hochdruck alle Frühstücksutensilien aufgebahrt habe, die mein Kühlschrank hergibt. Während sich der Toaster um die Weißbrotscheiben kümmert, beschäftigt sich Hans mit dem Smalltalk. Er hat einiges zu erzählen. In der Zeit meines Krankenhausaufenthalts hat sich einiges getan. Ganz besonders, was die *Heilige Krabbe* angeht.

Was Malte uns beiden bislang verschwiegen hat, ist, dass er des Öfteren Shrimps von einem fragwürdigen Großhändler aus Fernost besorgt hat. Tatsächlich konnte das Gesundheitsamt bei einer Untersuchung gravierende Mängel feststellen. Allem Anschein nach kamen einige der Lieferungen aus der unmittelbaren Umgebung von Fukushima und waren gesundheitsbedenklich strahlenbelastet. Man könne Malte zwar keine Absicht nachweisen, erzählt Hans, für die *Heilige Krabbe* aber sieht die Zukunft eher nicht mehr so hummerrosig aus. Was auch für unsere Jobs gilt.

»Na ja«, meint Hans. »So toll war die Arbeit an der Fritteuse ohnehin nicht.« Er nippt an seinem Orangensaft, dann erhellt sich sein Blick. »Aber das mit Fukushima und der Strahlenbelastung ist doch schon merkwürdig, findest du nicht? Oder meinst du, es hat doch etwas mit deinem …« Er verstummt, und mit einem Seitenblick auf Dalaja gibt er mir zu verstehen, dass er seiner Cousine nichts von meiner kurzzeitigen Erscheinung erzählt hat. »Na ja, mit dir zu tun?«

»Wer weiß«, zucke ich mit den Schultern. »Möglich ist alles.«

Das glaube ich mittlerweile wirklich. Dass einfach alles möglich ist. Außer, mit meinem Toaster eine Scheibe Weißbrot zu toasten. Feiner Qualm steigt aus dem Gerät auf, und es riecht verbrannt. Fluchend fische ich die zwei Toastscheiben aus den widerspenstigen Schlitzen, die sich jedoch zieren, die Scheiben aus ihrem Klammergriff zu entlassen.

Ich übergebe Dalaja den Toast und reiche ihr die Butter. Dabei lasse ich sie nicht aus den Augen und kann auch nicht vermeiden, dümmlich vor mich hinzugrinsen. Sie ist so schön und aufregend anders, dass ich gar nicht anders kann, als sie anzuschmachten.

»Ich glaube, ich wage nun den Schritt«, mischt sich Hans ungefragt in meine Beobachtung ein. »Ich werde nach Mauritius zurückgehen und meinen Traum von Mauritius à la Car verwirklichen.« Er lässt sich nach hinten gegen die Sofalehne fallen. »Einen perfekten Zeitpunkt wird es ohnehin niemals geben.«

Ich schaue Dalaja beim Abhobeln der Butter zu und bin mir sicher, dass diese einfache Handbewegung noch nie zuvor von einem Menschen derart grazil vollführt wurde.

Doch plötzlich hält sie in der Bewegung inne und schaut fragend auf. »Wirklich merkwürdig.« Sie hält sich das Toastbrot vors Gesicht und fährt mit den Fingern über das Brot.

»Was denn?«, fragen Hans und ich aus einem Mund.

Sie schüttelt den Kopf. Langsam, beinahe zweifelnd, dreht sie uns die getoastete Seite zu. »Schaut selbst. Das sieht aus wie ...« Sie schluckt angestrengt, als müsste sie aufstoßen. Dabei hält sie sich die Hand vor den Mund. Erneut setzt sie an: »Das sieht aus wie eine Jesus-Erscheinung!«

Hans und ich starren auf die geröstete Toastseite, die sie uns hinhält. Nahezu zeitgleich verfallen wir in ein entschiedenes Kopfschütteln.

»Nein«, widerspreche ich leise. »Das ist keine ...«

»Jesus-Erscheinung«, nimmt mir Hans das Wort aus dem Mund. Damit trifft er den Nagel auf den Kopf.

Die etwas zu kross gebratene Toastseite zeigt tiefbraune, beinahe ins Schwarze gehende Konturen, für die es keinen guten Willen braucht, um etwas darauf zu erkennen. Die Konturen zeigen ein Gesicht. Und zwar nicht irgendeines. Ganz klar zu erkennen ist die zerrissene Visage von Jupp. Lächelnd zwinkert er uns zu. Über seinem Kopf erkenne ich eine weitere dunkle Färbung in der Form eines Heiligenscheins.

Hans ist der Erste, der seine Stimme wiederfindet. »Ob wir dafür was bei *eBay* bekommen?«

Ende

Danke!

Ich danke der Agentur Schlück und dem Lübbe-Verlag für nicht weniger als die Erfüllung eines Traums. Allen voran Franka und Daniela für die gnadenlos gute Unterstützung. Es macht einfach Spaß, mit euch zusammenzuarbeiten.

Ich danke Lisa dafür, dass sie sich wieder einmal voller Hingabe um mein Manuskript gekümmert hat.

Ich danke Theda für die cleveren Textanmerkungen und Christina für das grandiose Cover-Artwork. Es war Liebe auf den ersten Blick!

Ich danke Anja für ihre Sichtweise unterhalb des Meeresspiegels – ganz besonders dafür, dass ich mir *Arielle, die Meerjungfrau* nicht bis zum Schluss anschauen musste.

Und schließlich danke ich David für Lotta, Daniel für Jonas, Mario für Pedro und Katrin für alles!